Amir Hassan Cheheltan

Der KALLIGRAPH
von Isfahan

AF153023

In seinem Roman «Der Kalligraph von Isfahan» erzählt Amir Hassan Cheheltan von Isfahan im Jahre 1722, von Überleben, verbotener Liebe und Flucht, von Krieg und Hunger und vom Zusammenprall verschiedener religiöser Kulturen, vom ewigen Kampf fundamentalistischer Asketen gegen Wein, Musik und Tanz, Poesie und deren Wahrheit.

Ein Manuskriptfund führt den Erzähler der Rahmenhandlung zurück in die Vergangenheit: Es sind die letzten Monate der Herrschaft der persischen Safawiden, die ihre Hauptstadt, Isfahan, zur prächtigsten Stadt der Welt ausgebaut haben und Handelsbeziehungen in die ganze Welt unterhalten. Aber vor den Toren der Stadt stehen afghanische Stammeskrieger und drohen sie zu erobern. Auch ist es die Geschichte von Allahyâr, dem Enkel des berühmten Kalligraphen von Isfahan, eines alten Sufis und Wundertäters, der das einzige Exemplar von Rumis mystischem Hauptwerk besitzt. Für die strengen Mullahs, die bald allein herrschen werden, ist es ebenso ketzerisch wie ein kleiner Teppich, in den das Bild einer nackten Europäerin eingeknüpft ist – sie ist Allahyârs Mutter ...

Amir Hassan Cheheltan, geboren 1956 in Teheran, studierte in England Elektrotechnik, nahm am Irakkrieg teil und veröffentlichte in Teheran bislang Romane und Erzählungsbände. Zwei Jahre hielt er sich wegen der Bedrohung durch das Regime mit seiner Familie in Italien auf. Sein Roman «Teheran, Revolutionsstraße» erschien 2009 als Welt-Erstveröffentlichung auf Deutsch, es folgten «Teheran», «Apokalypse» und «Teheran, Stadt ohne Himmel», inzwischen liegt die gesamte Teheran-Trilogie bei C.H.Beck vor. Zuletzt erschienen hier seine Romane «Der Kalligraph von Isfahan» (2015), «Der Zirkel der Literaturliebhaber» (2020), für den der Autor und die Übersetzerin Jutta Himmelreich 2020 den Internationalen Literaturpreis des Hauses der Kulturen der Welt erhielten, und «Eine Liebe in Kairo» (2022). Cheheltan veröffentlicht Essays und Feuilletons u. a. in der FAZ, der SZ und der ZEIT.

Kurt Scharf, geboren 1940, ist Übersetzer und Herausgeber von Literatur aus dem Persischen, Portugiesischen und Spanischen.

Amir Hassan Cheheltan

Der KALLIGRAPH
von Isfahan

Roman

Aus dem Persischen übersetzt
und mit einem Nachwort versehen
von Kurt Scharf

C.H.Beck

Titel des persischen Originals: خوشنویس اصفهان
© Amir Hassan Cheheltan 2015

1. Auflage in der Taschenbuchausgabe beim Verlag C.H.Beck. 2023
Für die deutsche Ausgabe:
© Verlag C.H.Beck oHG, München 2015, 2016
www.chbeck.de
Umschlaggestaltung: Geviert, Grafik & Typografie, Michaela Kneißl
Umschlagabbildung: © javarman/shutterstock
Satz: Fotosatz Amann, Memmingen
Druck und Bindung: Druckerei C.H.Beck, Nördlingen
Printed in Germany
ISBN 978 3 406 79770 5

myclimate

klimaneutral produziert
www.chbeck.de/nachhaltig

*In Erinnerung
und ehrendem Angedenken
an meinen Vater*

Wir haben im Koran das Mark gefunden
Und überließen leere Knochen nur den Hunden.

RUMI

Am Ende der Feierlichkeiten zum vierzigsten Tag nach dem Tode meines Vaters, zu dem wir, wie es bei den Schiiten Sitte ist, einige Verwandte und Freunde der Familie zu uns nach Hause eingeladen hatten, betraute mich meine Mutter, als die Gäste alle schon gegangen waren, mit einer Aufgabe, die zwar anfangs unwichtig schien, die aber, wie Sie bald merken werden, eine grundlegende Veränderung in meinen Gefühlen mir selbst, meinen Vorfahren und sogar meinem Vaterland gegenüber bewirkte.

Mein Vater war nicht mehr jung gewesen, bei seinem Tode hatte er bereits das siebenundachtzigste Lebensjahr vollendet. Aber er war noch sehr rüstig, sodass wir uns nicht klarmachten, wie betagt er schon war. Man kann also sagen, dass sein Tod uns ziemlich unvorbereitet traf. An jenem Morgen war ich mit einer Stunde Verspätung zur Arbeit erschienen, und sobald ich mich an meinen Schreibtisch gesetzt hatte, richtete mir die Telefonistin aus, ich müsse mich sofort bei meiner Mutter melden. Aus meinem Anruf im Elternhaus, der sich auf ein kurzes Gespräch mit meiner Nichte beschränkte, entnahm ich nur so viel, dass meine Anwesenheit dort dringend erforderlich war. Mir schwante nichts Gutes. In solchen Fällen drängen sich einem alle möglichen Befürchtungen auf, sogar die schlimmste.

Ich eilte sofort dorthin; sobald ich eintraf, wurde mir alles klar. Meine jüngere Schwester empfing mich, und da sie nicht an sich halten konnte, brach sie, während sie mich umarmte, in heftiges Weinen aus. Meine Mutter saß im großen Salon des Hauses gegenüber der Eingangstür auf dem Kanapee. Als sie mich sah, fing sie an, laut zu schluchzen, und stammelte irgendetwas völlig Unverständliches. Ich ging zu ihr hinüber, und als ich versuchte, sie zu beruhigen, weinte sie nur noch heftiger. Dann trafen die Vettern und Cousinen ein. Beim Anblick jedes Einzelnen von ihnen brach meine Mutter von Neuem in Wehklagen aus. Manchmal begann sie, sich in Erinnerungen zu ergehen, die meinen Vater und den Verwandten betrafen, der eben gekommen war; natürlich kam sie nicht dazu, auch nur eine einzige zu Ende zu erzählen. Denn jedes Mal wurde ihr Weinen wieder heftiger, und ihre Worte waren überhaupt nicht mehr zu verstehen. Wie zu erwarten, traf, noch bevor sie sich gefasst hatte, der nächste Verwandte ein, was bei ihr nur von Neuem Jammer und Herzeleid auslöste. Schließlich erschien mein Bruder; auch er wurde von meinen Schwestern empfangen, und wieder war lautes Klagen meiner Mutter zu hören.

Ich liebte meinen Vater und bewunderte ihn aus vielen Gründen. Von ihm habe ich gelernt, meine Ziele mit Geduld und Beharrlichkeit zu verfolgen und mich im Lebenskampf auf meine kreativen Fähigkeiten zu verlassen. Er verfügte über eine außerordentliche seelische Kraft und gab mir das Gefühl, dass mir, solange er an meiner Seite stand, keine Gefahr drohe. Entgegen der weitverbreiteten Auffassung glaube ich, dass Jungen erst dann erwachsen werden, wenn sie solch ein festes Vertrauen erwerben. Dennoch habe ich den Schmerz über seinen Verlust gut ertragen. Meine Einstellung zu Leben und Tod hatte sich gegenüber meinen früheren, jugendlichen Ansichten völlig gewandelt. Alles in allem war ich zu dem Schluss gelangt, dass die Menschen eines schönen Tages auf die Welt kommen und sie zwangsläufig eines anderen Tages wieder verlassen müssen. Dies ist völlig bedeutungslos und beeinträchtigt den gewaltigen Kreislauf des Daseins in keiner Weise, und jeder vernünftige Mensch muss diese Wahrheit ohne Wenn und Aber akzeptieren. Man kann den Tod gleichsam als eine lange, weite Reise betrachten, zu lang, als dass wir die Rückkehr des Reisenden noch erleben könnten. Dennoch kann ich versichern, dass der Tod meines Vaters mich unendlich traurig machte. Wenn ich mich an ihn erinnere, geht das meist mit dem guten Gefühl einher, dass ich immer auf ihn habe stolz sein können.

Sein gesellschaftliches Ansehen hatte er zu einem erheblichen Teil dem Fußball zu verdanken. In den Jahren vor dem Zweiten Weltkrieg war er der Manager von zwei Fußballclubs in der Hauptstadt, und er verstand es sogar, die Lederhaut eines Fußballs zu nähen. Aber abgesehen von Fußball und dem ganzen Drum und Dran, war er auch ein geschickter Handwerker – was mit der Kalligraphie, der ererbten Profession unserer Familie, nichts zu tun hatte –, und da es ihm als jungem Mann in seiner kleinen Werkstatt mit ihren begrenzten Möglichkeiten gelungen war, einen deutschen Vergaser nachzubauen, hatte ihm der damalige Premierminister einen Preis in Form einer Medaille verliehen. Ich habe diese Medaille immer noch.

In den ersten Tagen nach seinem Tod ereignete sich nichts von Bedeutung, außer den allgemein üblichen Feierlichkeiten am dritten und am siebenten Tag mit einem Strom von Beileidsbekundungen von Freunden und Verwandten, die von nah und fern anriefen oder vorbeikamen, um ihre Trauer über sein Ableben zu bekunden; und den immer gleichen bekannten und völlig leeren Phrasen wie: «Möge euch das letzte Mal ein solcher Schmerz getroffen haben» und «Möge der Staub seines Leibes langes Leben für euch bedeuten», Phrasen, die mir, der ich zu den Adressaten dieser Sätze gehörte, nur zum einen Ohr herein- und zum anderen wieder hinausgingen. Dann kam die Feier zum vierzigsten Tag nach seinem Tod.

An dieser förmlichen und kalten Feier, bei der alle Familienmitglieder die Trauergäste empfingen, fehlte außer meinem Vater noch jemand, nämlich meine Frau. Unser erstes Kind war am Morgen ebenjenes Tages zur Welt gekommen, und die beiden waren noch nicht aus dem Krankenhaus entlassen worden. Meine Frau bestand zwar darauf, an den Feierlichkeiten teilzunehmen, und sei es auch nur für ein paar Minuten, aber meine Mutter und ich redeten ihr das aus, da wir es als ihrer Gesundheit abträglich ansahen; und der Arzt pflichtete uns selbstverständlich bei.

Nachdem sich die Gäste an jenem Abend einer nach dem anderen verabschiedet hatten und gegangen waren, forderte meine Mutter mich – und nicht meinen Bruder – auf, ihr ins Zimmer meines Vaters zu folgen. Mir war klar, dass es sich um etwas Unwichtiges handeln musste, mein Bruder interessierte sich nicht für Nebensächlichkeiten.

In jenem Trauerzimmer, dem man deutlich anmerkte, dass es seinen Bewohner verloren hatte, waren der Geruch und die Wärme von der Gegenwart meines Vaters noch zu spüren, aber vielleicht bildete ich mir das auch nur ein.

Ich war mehr als einmal zu ihm in ebendiesen Raum gegangen, wenn die Kürze meines Besuchs es ihm nicht erlaubte, aus seinem Zimmer nach unten zu uns in den Salon zu kommen, wo meine Mutter sich gewöhnlich aufhielt – und meine Mutter hatte ihm natürlich immer schon vorher meinen Besuch angekündigt. Einige harte Lebenserfahrungen haben mich gelehrt, meine Gefühle unter Kontrolle zu halten, sonst hätte ich möglicherweise wieder angefangen zu weinen, und in Gegenwart meiner Mutter wollte ich das nicht. Am Tag nach der Beerdigung hatte ich allein in meinem Zimmer einige lange Minuten laut über den Verlust meines Vaters geheult, aber damit war es dann genug. Allerdings kann ich jetzt, da ich diese Sätze zu Papier bringe, meine Tränen kaum zurückhalten.

Dort auf dem Tisch meines Vaters lag ein Holzkästchen mit einem braunen Überzug, das mir bekannt vorkam. Vielleicht stammte es aus Indien oder Ceylon. Mein Vater war in seiner Jugend oft dorthin gereist und hatte manchmal von dort für meine ältere Schwester und mich kunstvolle Holzpuppen mitgebracht, die meistens ... Da unterbrach Mutter meinen Gedankengang und sagte, während sie auf den Kasten zeigte: «Dein Vater hat seine persönlichen Papiere und Dokumente in diesem Kästchen aufbewahrt. Vor ein paar Tagen habe ich nachgeschaut, ob er uns vielleicht ein Testament oder eine Verfügung für die Zeit nach seinem Tode hinterlassen hat. Aber ich habe nichts dergleichen gefunden.»

Mein Vater hatte mir, meinem Bruder und meinen Schwestern einige Jahre zuvor gesagt: «Dieses Haus und seine Einrichtung wird letztendlich euch gehören, aber solange eure Mutter am Leben ist, habt ihr keinerlei Recht darauf, und erst nach ihrem Tod könnt ihr es unter euch aufteilen.»

Ich versicherte meiner Mutter, dass mein Vater kein Testament hinterlassen hatte. Trotzdem forderte sie mich auf, den Inhalt des Kästchens genau zu untersuchen, damit wir nicht unnötig Zeit verlören, falls sich darin doch ein Schriftstück von seiner Hand mit Anweisungen für die vordringlichen Maßnahmen fände. Dann fügte sie noch hinzu: «Unter den Papieren in dem Kästchen sind auch ein oder zwei alte Handschriften. Ich weiß, dass du dich für so etwas interessierst.»

Das stimmt. Einige in einer schönen Nastaliq-Schrift abgefasste, mit Blumen und Vögeln auf der goldenen Umrandung verzierte, kalligraphische, handgeschriebene Eheverträge aus der Zeit vor hundertfünfzig Jahren, die sich in der Truhe meiner Großmutter mütterlicherseits gefunden hatten, hängen als Schmuck hier in meinem Arbeitszimmer. Ich entsprach dem Wunsch meiner Mutter und nahm das Kästchen mit zu mir nach Hause. Die Sache kam mir damals ganz unwichtig vor.

Damals ahnte ich noch nicht, dass der Inhalt dieses Kästchens mein Leben mindestens sieben Jahre lang beeinflussen sollte.

Ein paar Tage blieb es unbeachtet liegen. Das neue Mitglied unserer kleinen Familie, ein Junge mit großen Augen, deren schwarze Pupillen dem Weißen fast keinen Raum ließen und deren Blick manchmal einen so lebendigen, wachen Ausdruck annahm, dass meine Frau und ich davon ganz überwältigt waren, hatte alle anderen Beschäftigungen an den Rand gedrängt, und ich gestehe mit Beschämung, dass er sogar den Schmerz über den Tod meines Vaters verblassen ließ.

Nach einer Woche erinnerte ich mich wieder an das Kästchen. Der Anblick einiger dieser Unterlagen versetzte mich in Erregung, so etwa der Entlassungsschein meines Vaters aus dem Militärdienst oder sein Motorradführerschein. Einige andere Dokumente waren dagegen wertlos, wie z. B. die Abschrift einer Besitzurkunde für ein Haus, das schon vor Jahren verkauft worden war, oder die Kopie einer Quittung für eine Forderung, die nach einer Weile befriedigt worden war, wie am Rande mit den Unterschriften beider Parteien vermerkt war. Aber mitten unter den Papieren aus diesem Holzkästchen fand sich ein Stammbaum, dessen Abfassung auf den April 1850 zurückging und den der Großvater meines Vaters aufgestellt hatte, der Staatsbeamter gewesen war und dessen Zuverlässigkeit mein Vater mir gegenüber mehr als einmal erwähnt hatte. Was gab es sonst noch Interessantes in jenem Kästchen? Einen Porzellanteller mit dem Bild einer Frau im Profil, einer Abendländerin! Er sah wie ein gewöhnlicher Teller aus. Sein Alter, das man dem auf der Rückseite vermerkten Datum entnehmen konnte, war allerdings beträchtlich. Aber was hatte ein alter Teller inmitten von persönlichen Dokumenten in einem kleinen braunen Kästchen zu suchen? Ich legte ihn wieder zurück und schloss den Deckel des Kastens, hielt aber den Stammbaum für eine genauere

Betrachtung griffbereit, eine Beschäftigung, die mehrere Tage lang meine freie Zeit ausfüllte.

Mein Vater hatte mir nie etwas von diesem Familienstammbaum erzählt, vielleicht war die Sache für ihn nicht so wichtig gewesen. Dieser Stammbaum reichte acht Generationen zurück, der entfernteste Vorfahr, mit dessen Namen er auch begann, hatte in der Zeit von Schah Abbâs gelebt und war von diesem zum Vorsteher der königlichen Bibliothek ernannt worden. Aber drei Generationen später trat in dem Stammbaum eine Unklarheit auf, die es mich aufzulösen reizte, und dieser Reiz erfasste jede Faser meines Körpers wie eine geheimnisvolle, lange nachwirkende Droge.

Anstelle des Namens der Mutter eines meiner Vorfahren, der angesichts des für die Aufstellung des Stammbaums verwendeten Verfahrens in dem gegenüberliegenden Feld hätte vermerkt sein müssen, stand mit blauer Tinte ein Fragezeichen, das offensichtlich nachträglich in den Stammbaum eingefügt worden war.

Das konnte eine unbedeutende Angelegenheit sein, erklärbar mit einer Wissenslücke oder einer Flüchtigkeit des Letzten, der in diesen Stammbaum Eintragungen vorgenommen hatte. Aber eine Randbemerkung mit grüner Tinte, die darauf Bezug nahm, trieb mich an, der Sache weiter nachzugehen. Wissen Sie, warum? Diese Notiz behauptete, dass in meinen Adern französisches Blut fließe.

Die erste Person, die ich von dieser Entdeckung in Kenntnis setzte, war meine Frau. Sie lachte zuerst laut auf, und dann, sobald sie sich die Tränen mit den beiden Handkanten von den Wangen gewischt hatte, redete sie mich mit «Monsieur» an. «Ich bin sicher», sagte sie, «dass du nicht so viel französisches Blut hast wie arabisches, türkisches und mongolisches.»

Und um zu demonstrieren, dass sie diese Angelegenheit nicht im Geringsten interessierte, schob sie den Stammbaum in aller Ruhe vom Tisch und erhob sich.

Hätte ich mir die Reaktion meiner Frau zu Herzen nehmen sollen, als angemessene Haltung einer Angelegenheit gegenüber, die sich vor mehr als drei Jahrhunderten ereignet hatte? Natürlich hatte sie recht, auch wenn Historiker und sogar Genetiker die Iraner als jene Gruppe von Ariern betrachten, die sich vor viertausend Jahren auf ihrem Zug nach Süden schließlich auf den weiten Hochebenen Irans niederließen. Aber danach war die Gegend, die jetzt meine Heimat ist, mehrere Jahrhunderte lang Tummelplatz von Eindringlingen, die aus den Steppen Russlands, aus der glutheißen Arabischen Halbinsel, aus den Gebieten türkischer Nomaden und aus den kalten, trockenen Wüsten der Mongolei gekommen waren. Genau deshalb verstehe ich auch nicht, was Iraner zu sein, wenn man es als Ariertum versteht, in meinem Fall zu bedeuten hätte. Aber dieses Thema interessierte mich in dem Augenblick nicht. Was mich an dieser Sache faszinierte, war die Frage, wie diese mutmaßliche Französin meinem Urahnen über den Weg gelaufen war.

Und dann machte ich mich daran, alles, was ich im Laufe meines Lebens gesehen und gehört hatte, nach Hinweisen zu durchforsten, die diese Annahme bestätigen könnten. In der Familie meines Vaters waren vereinzelt Neugeborene mit blauen Augen zur Welt gekommen. Meine Mutter hatte bei ihrer Hochzeitsfeier eine alte Tante väterlicherseits gesehen, die klare, himmelblaue Augen hatte.

Die Randbemerkung auf dem Stammbaum war knapp und klar, sie war weder datiert noch unterschrieben, und sie war offensichtlich nachträglich eingefügt worden. Da ein solches Dokument nie in die Hände von Außenstehenden gelangt, muss der Verfasser ein Familienmitglied und Erbe mit den nötigen Kenntnissen gewesen sein. Die Eintragung lautete: Marie Petit war zu Beginn des 18. Jahrhunderts zusammen mit einer französischen Delegation von König Ludwig XIV. von Frankreich an den iranischen Hof entsandt worden. Sie pflegte sich, ohne dass ihr eine bestimmte Funktion in dieser Delegation zugekommen wäre, als Vertreterin der französischen Prinzessinnen vorzustellen. Allahyâr war die Frucht einer kurzen, flüchtigen Verbindung zwischen ihr und Ssoleymân. Kaum war Allahyâr auf die Welt gekommen, übergab Marie Petit den Säugling seinem Vater und verließ Iran. Sonst ist über ihr Leben kaum etwas bekannt.

Wer war Marie Petit? Was hat der Name einer Abendländerin im Stammbaum meiner Familie zu suchen?

Große Entdeckungen haben bisweilen unscheinbare Ursachen. Meine Nachforschungen führten mich nach Delhi in die Bibliothek eines Sammlers, der handgeschriebene Bücher in persischer Sprache zusammengetragen hatte. Dort fand ich ein Büchlein, auf dem stand: «Eigenhändiger Bericht des Enkels des großen Kalligraphen aus der Zeit der Belagerung von Isfahan».

Ich wusste, dass Isfahan zu jener Zeit so prächtig und so groß gewesen war, dass Reisende einst über die Stadt gesagt hatten: «Wenn eine Katze von einem Dach am einen Ende der Stadt zu einem am anderen Ende spränge, würde sie hundert persische Meilen, also fast 600 Kilometer, zurücklegen.»

Wir sind Iraner und wissen nicht, was es heißt, Iraner zu sein. Das ist für uns ein Rätsel. Auch die historische Kontinuität dieses Landes ist ein Geheimnis. Ich bin mittlerweile zu der Auffassung gelangt, dass dies schlicht daran liegt, dass wir unsere Geschichte nicht kennen und die Taten unserer Väter nicht würdigen. Ich will damit sagen, der Gewinn aus diesen Nachforschungen besteht für mich nicht in jenem Büchlein, sondern in einem vermehrten und tieferen Wissen über meine Abstammung. Das hat mir die Gelegenheit gegeben, mich selbst besser zu verstehen. Diese Selbsterkenntnis hat mein Leben verändert und einen neuen Menschen aus mir gemacht.

Ich veröffentliche dieses Büchlein, das in schönem Nastaliq, einer Stilart, die nicht umsonst als die Braut der Schön-

schriften gerühmt wird, auf altem chinesischen Papier nieder-
geschrieben worden ist, eigentlich meinem Sohn zuliebe. Gerade heute sollte die junge Generation erfahren, wie ihre Vor-
väter gelebt haben und wie die Zeiten damals gewesen sind.
Gewiss, damit habe ich mit einer Tradition gebrochen, die so
alt ist wie die Geschichte meines Landes. In meiner Heimat
haben die Väter nämlich immer ein Geheimnis, das erst nach
ihrem Tode enthüllt wird, auch wenn es in seltenen Fällen
vorkommt, dass sie es auf dem Totenbett verraten, aber ich
mache mich nun mitten im Leben daran. Außerdem ist eine
Veröffentlichung dieses Büchleins sowohl für Könige und
Mächtige als auch für gewöhnliche Menschen lehrreich: für
die Mächtigen, damit sie wissen, welcher Taten sie sich ent-
halten sollen, und für die übrigen Menschen, damit sie erkennen, welche die Erfahrungen sind, deren Wiederholung sie
tunlichst vermeiden sollten.

Im Übrigen muss ich hinzufügen, dass dem Text, der Ihnen
vorliegt, Eingriffe von meiner Hand nicht erspart geblieben
sind. Zum einen hielt ich es, um ihn leichter lesbar zu machen,
für meine Pflicht, veraltete oder schwierige Wörter durch mo-
dernere zu ersetzen. Bisweilen habe ich auch zur Erleichterung
des Verständnisses, damit man jene historische Epoche besser
begreift, hier und da Erklärungen in den Fluss der Erzählung
eingefügt, die natürlich ebenfalls von meiner schöpferischen
Ader beim Schreiben zeugen – etwas, das in meinen ersten
Jahren auf dem Gymnasium begann und mit jener Zeit auch
sein Ende fand. Ich gebe zu, dass dies der schönste Teil meiner
Arbeit war. Ein noch wichtigerer Punkt ist vielleicht, dass ich
die Unverblümtheit von Allahyârs Bericht an einigen Stellen
etwas abgemildert habe, um Nörglern und Zensoren keinen
Vorwand zu liefern. Aber ich schwöre, dass ich dem ursprüng-
lichen Wesen des Textes treu geblieben bin. Zwar habe ich
das Original der Memoiren nicht, bewahre aber eine Foto-
kopie davon auf.

Isfahan, im Jahre 1722

Teil 1

Es gibt keine Stadt, die wir nicht vernichten vor dem Auferstehungstag
Oder die wir gewaltig strafen werden.

KORAN, SURE 17 («DIE NACHTREISE»), VERS 58

Unser kleines, zweistöckiges Haus befand sich in einem Viertel, das die Judengasse mit der Ladenzeile der Baumwollhändler verband und das aus zwei Gründen wichtig war: erstens wegen eines mächtigen, heiligen Baumes und zweitens, weil dort ein verlassenes Sufi-Kloster lag, was als gutes Omen galt.

Der heilige Baum stand am Ende einer Straße in einem einigermaßen offenen Hof, der an unser Haus grenzte. Er war neben einem trockengefallenen Brunnen aus dem Boden gewachsen. An dem mächtigen Stamm konnte man einen Meter über dem Boden deutlich den Abdruck von fünf Fingern bemerken, was als Beweis seiner Heiligkeit galt. Man erzählte, dass sich dieser Abdruck alle paar Jahre, wenn sich die Rinde des Baumes erneuerte, an genau derselben Stelle auf der frischen Rinde abzeichne. Die Pilger, die sich von nah und fern an diesem Treffpunkt versammelten, vor allem im Sommer, wenn seine zahllosen, dicht belaubten Äste einer beachtlichen Schar Schutz vor der heißen Sonne boten, das Gemurmel ihrer Gebete und ebenso ihr Geplauder waren vom Morgengrauen bis zur Abenddämmerung in unserem Haus ziemlich deutlich zu hören. Die Pilger schlugen Nägel in seinen Stamm und banden kleine, bunte Stofffetzen daran, die bei jedem noch so geringen Windstoß zu flattern begannen und aussahen, als wären sie kleine tanzende Puppen. Zu Beginn der kalten Jahreszeit verlor dieser Pilgerort seine Anziehungskraft, und der

Mann, dem die Pflege des Baums oblag, säuberte seinen Stamm von den alten Stoffresten und richtete ihn für den Anfang der nächsten warmen Saison und für die neuen Pilger her.

Aber über das verlassene Derwischkloster wurde gemunkelt, dass von dort, obwohl es schon vor Jahren aufgrund einer Fatwa des obersten Geistlichen geschlossen worden war, in bestimmten Nächten des Jahres durch die schmalen Ritzen der Holztür Kerzenschein und die Klänge eines *Tanburs* herausdrängten. Deshalb füllte sich unser Viertel in solchen Nächten mit wandelnden Schemen, die sich in dem Wunsch, Segen zu erlangen, in dieser Gegend herumtrieben. Es hieß, das Licht, das wie Wasserstrahlen aus den Spalten in der Tür herausdrang, sei so stark, dass es Löcher in den Boden der Gasse bohre, und die Büttel der Regierung begäben sich am nächsten Morgen eilends dorthin, um die tiefen Löcher im Untergrund aufzufüllen. Die Behörden der Stadt schlossen Wunder keineswegs grundsätzlich aus, versuchten aber, auf ihr Eintreten ein Monopol geltend zu machen.

In diesem Viertel, das nicht weit vom Nordtor der Stadt entfernt lag, gab es außerdem ein Wirtshaus, in dem die Gäste mit einem Sud aus aufgebrühten Mohnkapseln bewirtet wurden. Berücksichtigt man außerdem, dass es im selben Viertel noch ein berüchtigtes Freudenhaus gab, dessen Betrieb mehr oder weniger heimlich ablief, kann man sagen, dass damit alle Einrichtungen vorhanden waren, die für den Empfang der Neuankömmlinge, welche die Stadt durch das Nordtor betraten, nötig waren.

Aber an jenem frühen Wintermorgen, als ich mich zum verbotenen Erwerb von zwei Fünf-Man-Krügen Wein zum Hause Manuels des Armeniers jenseits des Flusses Sayandé-Rud begab, war weder von den Pilgern zu dem heiligen Baum etwas zu sehen, noch von den wandelnden Schemen, nicht einmal von den Reisenden, die beim Verlassen des Wirtshauses häufig einen so starken Rausch hatten, dass sie ihr Gepäck dort vergaßen. Nur ein schneidender Wind wehte vom Fluss herüber, und ich mochte mich noch so fest in meinen Wollmantel hüllen, die Kälte wurde immer schlimmer. Um diese frühe Morgenstunde war sogar die Talglampe, die gewöhnlich zum Zeichen der Bereitschaft, Gäste zu empfangen, in einem Glaskasten über der Tür des Freudenhauses brannte, erloschen. Dies war ein geheimes Zeichen zwischen dem Betreiber des Bordells und seinen Kunden, aber natürlich wusste die ganze Stadt Bescheid. Die staatlichen Aufseher taten so, als ob sie den Betrieb des Puffs nicht bemerkten, und dies gab seinerseits Anlass zu allerlei Gerede.

Bis in die Nähe des Schahplatzes waren mein Esel und ich weit und breit die einzigen Lebewesen, aber nach und nach tauchten hier und da Männer auf, die ein Bündel unter dem Arm trugen und wahrscheinlich auf dem Weg ins öffentliche Bad waren, um sich noch vor Sonnenaufgang für das Gebet zu reinigen.

Die Luft wurde, als ich die Brücke überquert hatte, auf der anderen Seite des Flusses plötzlich milde, und der Frühlingsduft, der trotz des kalten Winterhauchs seit einigen Tagen mehr und mehr die Luft erfüllte, machte sich nun endgültig bemerkbar. Bald darauf langte ich vor Manuels Haus an.

Ich pochte ein, zwei Mal, verzichtete aber auf weiteres Klopfen, damit das Geräusch des Türklopfers Manuel nicht wecke, und setzte mich, den Zügel meines Esels in der Hand, zum Warten auf einen Mauervorsprung.

Manuel pflegte fast bis zum Mittag zu schlafen, und um diese Tageszeit bedienten Manusch und der Diener Hamo die Kunden, natürlich nur Christen, überwiegend Europäer, die in Isfahan wohnten. Der Verkauf von Wein an Muslime war nicht gestattet. Aber wenn der Vater, der zu dieser Stunde noch schlief, es nicht bemerkte, machte Manusch für mich eine Ausnahme. Zwar bedurfte es eigentlich keiner Vorkehrungen, um sie geneigt zu machen, dennoch hatte meine Großmutter mir auch dieses Mal ein Fläschchen Parfum, das sie von einem Damaszener Händler erworben hatte, für sie mitgegeben, und vielleicht waren es ja diese Flakons, die das arme Mädchen so sehr für mich einnahmen.

Es gab einen Zeugen für unsere dunklen Geschäfte, Hamo! Aber Manusch war sich sicher und überzeugte auch mich davon, dass Hamo, der sich als Mitwisser ihrer Geheimnisse betrachtete, Manuel nichts verraten würde. Manusch und ich brauchten beide diese Gewissheit, um unsere verborgenen Geschäfte fortsetzen zu können.

Nach ein paar Minuten öffnete Hamo die Tür. Ohne dass er mich dazu aufgefordert hätte, trat ich ein und band den Zügel meines Esels gleich dort hinter dem Eingang an den Nagel in der Wand.

Er sah mich wie immer mürrisch an. Ich habe es noch nie erlebt, dass er mich einmal freundlich angeblickt hätte, aber natürlich machte er auch keine Schwierigkeiten. Ich fragte: «Ist Manusch schon wach?»

Statt zu antworten, sagte er: «Es ist doch hoffentlich alles in Ordnung!»

Ich erwiderte: «Aber gewiss ist alles in Ordnung. Wenn sie noch schläft, weck sie bitte. Ich kann nicht lange bleiben.»

Ich trat vor und erblickte Manusch auf der Veranda, wie sie zu uns herüberschaute, und als ich weiter vorging, breitete sich allmählich ein strahlendes Lächeln auf ihrem Gesicht aus.

Manuels Haus lag inmitten eines großen Gartens voller Obstbäume, die in zwei, drei Wochen in voller Blüte stehen würden. Während ich zwischen ihnen hindurchging, kam mir Manusch freudestrahlend die Treppen von der Veranda herab entgegen. Aber neben diesem Ausdruck der Freude machten sich allmählich auch Spuren von Sorge in ihrer Miene bemerkbar. Ich sagte: «Ich bin gekommen, um Wein zu holen, ich bitte um Entschuldigung, wenn ich dir Ungelegenheiten bereite.»

Um mir die Verlegenheit zu nehmen, lächelte sie – dabei ließ sie die Reihe ihrer perlweißen Zähne sehen –, dann antwortete sie: «Warum denn so früh am Morgen, und das ohne Voranmeldung?»

Natürlich ging ich immer morgens dorthin, um Wein zu holen, aber es war noch nie vorgekommen, dass ich es ohne Ankündigung so plötzlich und in solcher Eile getan hätte. Für gewöhnlich schickte ich ihr eine Nachricht, um Wein bei ihr zu besorgen, und sie verabredete sich mit mir zu einer Morgenstunde, wenn ihr Vater noch schlief, oder in seltenen Fällen auch am Nachmittag, wenn er außer Hause war. Ich erklärte ihr, dass die Dringlichkeit, den Wein zu beschaffen, mir keine Zeit gelassen habe, ihr vorher Bescheid zu geben, und natürlich bat ich nochmals um Verzeihung.

Schweigend schaute ich erst sie und dann Hamo an. Manusch merkte, dass ich in Gegenwart des Dieners keine weiteren Erklärungen abgeben wollte. Also machte sie mir mit der Hand ein Zeichen und nahm mich mit hinter das Gebäude zum Eingang des Weinkellers. Dort blieb sie am Treppenabsatz stehen und sah mich erwartungsvoll an. «Die Kundin ist eigentlich Seynab Châtun, die Lieblingsfrau des Schahs», sagte ich, «meine Großmutter muss ihn ihr in ein bis zwei Stunden schicken.»

«Seynab Châtun?», fragte sie. «Und dann noch in solch einer Eile?»

«Es heißt, der Schah sei heute Abend abwesend», antwortete ich, «sie bereiten eine Vergnügungsfeier vor.»

Ihr Blick drückte Verachtung aus, sie verzog die Miene, und mit einem Ausdruck von Empörung, ja Heftigkeit meinte sie: «Die barfüßigen Afghanen stehen kurz vor der Hauptstadt, und der Schah ist damit beschäftigt, mit seinen Kätzchen zu spielen, während seine Lieblingsfrauen eine Feier veranstalten, um sich heimlich zu vergnügen!»

Um sie zu beruhigen, streckte ich die Hand aus und strich ihr sanft eine Locke aus der Stirn. Dabei hatte ich wohl die Miene eines schmachtenden Liebhabers aufgesetzt. Aber wie dem auch sei: Mir erschien diese Zärtlichkeit in diesem Augenblick als geboten – eine Freundlichkeit, die mich nichts kostete. Aber sie legte ihre Hand auf die meine, schob diese sacht beiseite und meinte: «Nur weil du es bist.»

Das Gebäude war vollständig unterkellert, und an den Wänden standen mehrere Reihen von Weinkrügen bis unters Dach. Einige dieser Krüge waren über hundert Jahre alt und stammten noch aus der Zeit von Schah Abbâs dem Großen. Manuel selbst erzählte niemandem von der Existenz dieser alten Weine auch nur ein Sterbenswörtchen. Ich hatte es von Manusch gehört. Wir stiegen die feuchten Stufen hinunter.

Dort war es ziemlich dunkel. Die Sonne war noch nicht kräftig genug, um den Weinkeller durch einige schmale Fenster unter der Decke ganz zu erhellen. Manusch ging voran, und ich folgte ihr. Plötzlich blieb sie vor einigen Korbflaschen stehen, die zu ihrem Schutz mit feinen Jutefasern umwickelt waren, legte die Hand auf eine von ihnen und fragte, ohne sich zu mir umzudrehen: «Na, wie wär's damit?»

«Mit dem Wein, den du mir das letzte Mal gegeben hast, war sie sehr zufrieden», sagte ich.

«Der hier ist sogar noch besser», sagte sie überzeugt.

Dann schwenkte sie Hals und Kopf ein wenig hin und her und rezitierte Hafis: «Ich möchte einen bitt'ren Wein, der trunken macht sogar den stärksten Mann, dass ich für einen Wimpernschlag die Unrast dieser Welt vergessen kann.»

«Meinst du das ernst?»

Schicksalsergeben nickte sie und sagte: «Besser, die Haremsdamen des Schahs trinken ihn, als dass die Afghanen, diese fanatischen Sunniten, ihn in den Sayandé-Rud kippen.»

Und dann fragte sie: «Und du selber? Willst du keinen für dich mitnehmen?»

Ich hatte noch genug Wein zu Hause. Deshalb antwortete ich: «Vielleicht beim nächsten Mal.»

«Ich hoffe, es wird noch ein nächstes Mal geben.»

Und plötzlich sah sie besorgt und verzweifelt aus. Ich redete ihr zu: «Nun gib doch nicht gleich alle Hoffnung auf!»

Ganz ruhig, aber mit einem warnenden Unterton sagte sie: «Die afghanische Soldateska ist nur noch ein paar Meilen von Isfahan entfernt, sie stehen schon bei Golanâbâd.»

«Weiter sind sie noch nicht? Golanâbâd liegt doch am Ende der Welt!»

«Am Ende ist Isfahan selbst. Sie sind noch nicht einmal hier angekommen, und schon jetzt ist man nirgends mehr sicher. Am helllichten Tage sind sie ins Haus des holländischen Botschafters eingebrochen, haben die Wachen entwaffnet und alles mitgenommen, wonach ihnen der Sinn stand.»

«Das ist wohl wieder eines von jenen Gerüchten, die von Zeit zu Zeit ...»

Sie fiel mir ins Wort: «Das ist kein Gerücht. Nachdem mein Vater gestern früh zum Basar gegangen war, erzählte er mir bei der Rückkehr, dass die ganze Stadt davon spricht. Gestern, gegen Abend ...»

Diesmal war es an mir, sie zu unterbrechen: «Genau das meine ich doch mit Gerücht. Alle sprechen über etwas, was gar nicht geschehen ist, und jeder schmückt es ein bisschen aus.»

«Lass mich doch ausreden ... Gestern gegen Abend kam der holländische Botschafter hierher, um sich Wein zu besorgen. Ich habe das alles von ihm höchstpersönlich gehört, genau so, kein einziges Wort mehr oder weniger. Nun rate mal, was alles gestohlen worden ist!»

«Wahrscheinlich Gold, Seide, Edelsteine ...»

«Und etwas noch Bedeutsameres?»

Zum Zeichen meiner Ahnungslosigkeit zuckte ich mit den Schultern und schaute sie erwartungsvoll an. Sie fuhr fort: «Der Teppich mit dem Bild der Fränkin.»

Verblüfft trat ich einen Schritt auf sie zu.

«Das stimmt wirklich», sagte sie. «Er war gezwungen, gegenüber dem Polizeichef der Stadt zu Protokoll zu geben, dass dieser Teppich, bevor er gestohlen wurde, in seinem Besitz gewesen war.»

Dann wandte sie sich zu den Korbflaschen um, goss schweigend ein wenig Wein aus einer halb vollen Flasche in eine Kristallphiole, hielt ihn gegen das fahle Dämmerlicht, das durch das Fenster drang, und sagte mit grenzenloser Bewunderung: «Siehst du das?!»

Er leuchtete rubinrot. Dann hielt sie sich die Phiole unter die Nase und roch daran. Alles war ganz nach ihrem Geschmack. Billigend und heiter nickte sie, dann streckte sie mir das Fläschchen entgegen: «Koste mal!»

Sie hatte recht. Der Wein schmeckte angenehm bitter. Ich stimmte in ihr Lob ein und meinte: «Nirgends in der Welt lässt sich ein besserer Wein auftreiben.»

Als ob ihr diese Worte neue Kraft verliehen hätten, nahm sie mit der Geübtheit einer Kennerin zwei randvolle Korbflaschen von dem hölzernen Regal, stellte sie auf den Boden und, um sicherzugehen, dass keine Luft dran gekommen war, überprüfte sie die wachsüberzogenen Stoffpfropfen, dann fragte sie: «Wie willst du die mitnehmen?»

«Ich habe meinen Esel mitgebracht.»

Sie nickte zufrieden und meinte: «Ich sage Hamo, er soll sie dir zu deinem Esel bringen.»

Eigentlich war mein Auftrag damit erledigt, aber ich war neugierig, mehr über den Teppich mit dem Bild der Fränkin zu hören.

In der Regel erfuhr meine Großmutter vor allen anderen

von den Gerüchten der Stadt. Aber als sie am Vortag nach Hause zurückgekehrt war, hatte sie mir nichts davon erzählt. Ich sagte: «Wer weiß, vielleicht wollte sich der holländische Botschafter in einer Situation, in der alle in Angst leben, mit den Isfahanern einen Scherz erlauben.»

Sie widersprach mir nicht, seufzte nur und antwortete: «Jetzt ist dieser Teppich erneut in andere Hände geraten, und wieder können welche behaupten, sie hätten ihn bei seinem neuen Besitzer gesehen … Erst muss dieser Teppich alle Männer der Stadt in den Wahnsinn treiben, eher hört das nicht auf!»

Dann fügte sie schelmisch hinzu: «Und du? Reizt es dich nicht auch zu behaupten, du hättest diesen Teppich gesehen und dich in die Fränkin verliebt?»

Dieser Teppich war ohne Zweifel das berühmteste Stück in ganz Isfahan, obwohl seit geraumer Zeit niemandem neue Nachrichten darüber zu Ohren gekommen waren. Ich sagte: «Die Diebe müssen in jemandes Auftrag gehandelt haben. Aber selbst wenn sie nur durch Zufall in seinen Besitz gelangt sind, werden sie ihn sicher schon bald an einen reichen Liebhaber solcher Stücke verkaufen.»

«Dies ist das erste Mal», meinte sie, «dass jemand seinen Besitz überhaupt zugibt, allerdings auch erst, seit er ihn nicht mehr hat.»

«Selbst wenn sich dieser Teppich tatsächlich im Besitz des holländischen Botschafters befunden haben und ihm gestohlen worden sein sollte, wie kann man sicher sein, dass es sich dabei um den echten handelt? Ich glaube dem Botschafter nicht. Die machen sich manchmal einen Spaß daraus, uns an der Nase herumzuführen.»

Zur Bestätigung meiner Worte und mit einem Ausdruck des Überdrusses fragte sie: «Zum wievielten Mal taucht dieser Teppich jetzt eigentlich schon auf?»

Um die Bedeutungslosigkeit dieser ganzen Sache zu unterstreichen, zuckte ich mit den Achseln und antwortete: «Soweit ich mitbekommen habe, ist es das fünfte Mal.»

«Vielleicht ja auch das sechste!»

Bei den früheren Malen hatte man den Teppich aufgrund einer Fatwa des obersten Geistlichen auf dem Schahplatz verbrannt. Natürlich konnte es sich letztlich nur bei einem um das Original gehandelt haben, die anderen mussten nach der Beschreibung, die von Mund zu Mund weitergegeben worden war, geknüpft worden sein: Eine halb nackte Fränkin mit einer Târ im Arm schaute den Betrachter mit einem melancholischen Blick direkt an. Seit vielen Jahren sprachen alle von diesem Teppich, aber die Anzahl derjenigen, die ihn zu Gesicht bekommen hatten, ließ sich bestimmt an den Fingern einer Hand abzählen, und der letzte vorgebliche Besitzer des Stückes war nun eben der holländische Botschafter gewesen. Es hieß, der Teppich sei mit solcher Vollendung und Geschicklichkeit geknüpft worden, dass etwas Derartiges nur mit dem Teufel als Lehrmeister habe geschaffen werden können, genauso, wie er auch den Nimrod und dessen Leute den Bau des Katapults gelehrt habe, um Abraham ins Feuer zu schleudern. Man munkelte, der Anblick jenes Teppichs – ein geheimnisvolles Kunstwerk mit dem Abbild des nackten Oberkörpers einer Fränkin! – würde jedem muslimischen Mann den Kopf verdrehen. Ich dagegen war davon überzeugt, dass auch dieser Teppich, wenn der oberste Geistliche nicht jenes berühmte Rechtsgutachten erstellt hätte, bloß einer unter Tausenden anderer Teppiche gewesen wäre, die überall in dieser Stadt, in diesem Reich oder meinetwegen auch auf der ganzen Welt als Wandschmuck oder als Bodenbelag dienten.

Ich sagte: «Du glaubst doch nicht, dass dieser Teppich, sogar wenn der holländische Botschafter zu Recht Anspruch auf ihn erheben sollte, tatsächlich der echte ist?»

Und ich war selbst überrascht von dem hoffnungsvollen Unterton, der in meiner Frage mitschwang.

«Es wäre nicht verwunderlich, denn sein Eigentümer war auf jeden Fall ein vermögender Mann. Nur solche Leute können ja den exorbitanten Preis dafür bezahlen. Vielleicht ist es tatsächlich jener Teppich, der vor Jahren unter den Augen der Aufpasser des obersten Geistlichen verschwunden ist.»

Damals war ich noch ein Kind gewesen und verstand nichts von den aufregenden Angelegenheiten, welche die Welt der Erwachsenen betrafen. Aber später hörte ich von vielen davon. Alle behaupteten sie, dass sie, als das Wunder geschah, selbst auf dem Schahplatz zugegen gewesen seien: Ein Mann sei mit dem Teppich unter dem Arm nach einem Handgemenge und einer langen Verfolgungsjagd durch die engen Gassen der Stadt schließlich auf dem Schahplatz, umzingelt von den Schergen des obersten Geistlichen, plötzlich verschwunden. Manche sagten, er habe sich in einen Vogel verwandelt und sei davongeflogen, andere meinten, er sei zu einem Tropfen Wasser geworden und im Boden versickert, einer gab sogar an, er sei zum Sayandé-Rud gelangt und übers Wasser davongewandelt.

Manusch drehte sich einen Moment um, schaute hinüber zum geschlossenen Fenster ihres Vaters, und ihr Blick füllte sich plötzlich mit Sorge.

Ich sagte: «Nun gut, ich muss gehen.»

Sie lächelte und nickte. Ich ging einen Schritt auf sie zu, denn eine herzliche Verabschiedung war, so weit entfernt, wie wir voneinander standen, nicht möglich. Darauf war der Duft ihres Atems zu spüren und ebenso ein plötzliches Feuer, das bei meinem Nähertreten auf ihrem Antlitz sichtbar wurde. Diese Reaktion überraschte mich nicht. Sie stellte sich unweigerlich bei jedem Treffen ein. «Ich sehe dich bald wieder», sagte ich.

Resigniert schüttelte sie den Kopf, und der Wohlgeruch, der von ihrem Haar aufstieg, erfüllte plötzlich die ganze Luft. Das tat mir gut. Sie antwortete: «Ich sehe schwere Zeiten auf uns zukommen.»

Sogleich war es mit meinem Wohlbehagen vorbei.

Ich tröstete sie. «Mach dir keine Sorgen. Niemand von uns weiß, was die Zukunft bringen mag.»

«Ich weiß nicht, ob diese Unkenntnis eher ein Grund zum Seelenfrieden ist oder ein Anlass zur Sorge.»

«Lass uns mit Gelassenheit darauf reagieren.»

Zweifelnd schüttelte sie den Kopf. Zugleich füllte sich ihr Gesichtsausdruck mit äußerster Skepsis. Dann starrte sie mich mit einem Blick voller Leidenschaft an ... Nein, das war bloß wahre Freundschaft, nichts weiter. Ich hoffte, es sei so.

Hamo und ich steckten die großen Korbflaschen mit Wein in die Satteltaschen des Esels und umwickelten sie mit Stroh, sodass jeder, der sie sah, glauben musste, dass wir Bündel oder dergleichen hineingestopft hätten. Hamo murmelte die ganze Zeit mürrisch vor sich hin. Er sagte, dass die Büttel des obersten Geistlichen die Häuser, in denen Wein hergestellt wurde, strenger als früher überwachten, und wenn es herauskäme, dass Wein an eine Person islamischen Glaubens verkauft würde, ginge es dem Besitzer an den Kragen. Diese Nörgeleien waren nichts Neues, und ich hatte mich daran gewöhnt. Er war nicht glücklich über die Komplizenschaft zwischen Manusch und mir und gab mir seinen Ärger zu verstehen, indem er kurz, aber wirkungsvoll seinen Zorn und Hass in seinen Blicken aufblitzen ließ; er wagte es jedoch nicht, ihn offen zum Ausdruck zu bringen.

Wie immer legte ich ihm eine Münze in die Hand und sagte: «Statt zu brummeln, solltest du besser auf die Straße

achten, denn ich muss zusehen, dass ich so schnell wie möglich nach Hause komme.»

Er verstummte und gehorchte. Er warf einen prüfenden
Blick auf die Gasse, und da kein Passant zu sehen war, trieb
ich meinen Esel hinaus und machte mich auf den Weg. Ich
wusste, dass die Büttel des obersten Geistlichen das Kommen
und Gehen im Hause Manuels und der übrigen Armenier, die
Wein herstellten, gewöhnlich unauffällig überwachten und
wohl hinter einer Luke irgendeiner Dachkammer in der Nähe
auf der Lauer lagen. Das hatte mir besonders meine Großmutter, als ich das Haus verließ, eingeschärft. Aber ich war
mir sicher, dass die Aufpasser zu dieser frühen Morgenstunde
noch nicht auf ihrem Beobachtungsposten angelangt waren
oder, wenn doch, gerade ein Nickerchen machten.

Auf dem Heimweg verdrängte der Gedanke an die Wieder-
entdeckung und den Diebstahl des Teppichs die Sorge über
den bevorstehenden Angriff des afghanischen Heerhaufens
auf die Stadt. Ich machte mir noch nicht einmal Sorgen wegen
der argwöhnischen Blicke der Vorübergehenden auf die La-
dung meines Esels. Ich legte den Mund an sein Ohr und
sagte: «Jedes Mal, wenn dieser Teppich zum Vorschein
kommt, reden alle Leute noch lange darüber.»

Dieses allgemeine Gesprächsthema gehörte zu den wenigen, für die meine Großeltern offenbar keinerlei Interesse auf-
brachten, und sie beantworteten meine Fragen danach vollkommen gleichgültig, einsilbig und vage, so als ob es sich um
etwas ganz Unwichtiges handelte.

Das Desinteresse meiner Großmutter gegenüber der Angelegenheit mit dem Teppich überraschte mich. Sie war sehr
empfänglich für die Gerüchte, die in der Stadt umliefen, und
genoss es, bei allem, was zum Gegenstand öffentlicher Aufregung wurde, noch Öl ins Feuer zu gießen. Aber in diesem
Fall schwieg sie beharrlich. Eigentlich gab es nichts in der
Stadt, worüber meine Großmutter keine Kenntnisse aus ers-

ter Hand gehabt hätte. Sie stand der Wäscherei des königlichen Harems vor und war eine Vertraute von Seynab Châtun. Sie war zwar schon hochbetagt, und um es mit ihren eigenen Worten zu sagen, sollten die letzten Lebensjahre dazu dienen, an ihr Seelenheil zu denken. Aber sie kam nicht vom Harem und Seynab Châtun los. Schließlich überbrachte meine Großmutter nicht nur ihre geheimen Botschaften an diesen und jenen in der Stadt und trug ihr immer den neuesten Klatsch zu, sondern sie konnte ihnen in den Falten der Kleider, die sie morgens in den Satteltaschen ihres Esels ins Innere des Palastes transportierte, auch gewisse Dinge, die im Harem gebraucht wurden, deren Erwerb aber von Rechts wegen verboten war, zukommen lassen. Wein war nur einer dieser Artikel.

Was die Leitung des Waschhauses und den Verkehr mit dem Harem für meine Großmutter erträglich machte, war der Einblick in die Geheimnisse, von denen sie vielleicht nur Bruchstücke zu Hause weitererzählte und die sie selbst gegenüber meinen engsten Freunden zu verraten mir natürlich strengstens verbot. Wenn sie uns diese Geheimnisse offenbarte, geriet sie stets in Erregung und schärfte uns ein: «Das muss unter uns bleiben!»

Mit einem warnenden Blick starrte sie mich an. Großvater, ein lebenserfahrener Mann, lächelte bitter, wenn er diese verwunderlichen Nachrichten hörte, und schüttelte den Kopf. Er verfolgte das öffentliche Leben in der Stadt, und meistens erwiesen sich seine Vorhersagen als zutreffend. Seine Schüler schrieben ihm hellseherische Fähigkeiten zu. Aber auf den Teppich mit der Fränkin reagierte er mit eisernem Schweigen. Nur einmal sagte er zu mir: «Über diesen Teppich gibt es viele Geschichten. Das wirst du schon noch selber merken.»

Allem, was in Isfahan geschah, lag diese «Legende» zugrunde. Seit ich alt genug war, um ins Kaffeehaus zu gehen, war ich ein-, zweimal Zeuge einer allgemeinen Diskussion darüber geworden, über die aufregenden Abenteuer einer Frau, deren Bildnis in das Gewebe eines Teppichs geknüpft worden war. Ich hörte den Reden der Leute mit gespitzten Ohren zu. Sie kamen dabei auch auf die Einzelheiten zu sprechen, wie die Gesichtszüge der Fränkin aussahen, wie der Teppich entdeckt worden war, wie die Büttel des obersten Geistlichen ihn beschlagnahmt hatten, ja, sie sprachen sogar über die Bestrafung seines unglückseligen Eigentümers. Ssohrâb behauptete einmal, diese Fränkin in seinen Träumen gesehen, ja, sie sogar umarmt zu haben, und sobald das geschehen sei, habe er einen Samenerguss gehabt. Ich hatte damals noch keine solchen Erfahrungen gehabt. Die Pubertät und ihre Begleiterscheinungen kamen bei mir erst später, ich war ein gutes Jahr jünger als Ssohrâb.

Die erste Fränkin, die nach Iran kam und sich dort frei in den Städten bewegte, hieß Marie und stammte aus Paris, einer der schönsten Städte der Welt, vielleicht so schön wie Isfahan oder noch schöner. Damals war ich noch nicht geboren gewesen, ich habe es von anderen gehört. Bis dahin hatte ich nur selten Fränkinnen gesehen. Die Nonnen aus den katholischen Klöstern verließen diese kaum jemals. Ein- oder zweimal hatte ich welche im Basar beim Einkaufen gesehen. Sie wirkten unattraktiv, und wenn das, was in den Köpfen der Isfahaner Männer über diese Fränkin herumspukte, auch nur annähernd der Wahrheit entsprach, konnte man daraus schließen, dass diese Nonnen alles andere als typische Vertreterinnen der fränkischen Frauen waren.

Das Nachdenken über diesen Teppich verkürzte mir den Weg, und gleichzeitig bewahrte es mich davor, mir wegen des Transports meiner verbotenen Fracht Sorgen zu machen. Als ich zu Hause ankam, erwartete mich Großmutter schon voller Unruhe in der Mitte des Hofes, und bei meinem Anblick seufzte sie erleichtert auf.

Sie brachte jeden Tag mit ebendiesem Esel, meinem Liebling, den Jacob, der Uhrmacher, mir in meiner Kindheit noch als Fohlen geschenkt hatte, Tischdecken und feine Seidendeckchen zum Bügeln nach Hause, denn sie wollte das Plätten feiner Stoffe nicht den Mädchen überlassen, die unter ihrer Aufsicht Dienst im Harem taten. Sie sagte immer, sie seien dieser Aufgabe nicht gewachsen. Jetzt lagen diese Stoffe in mehreren kleinen Bündeln auf der Steinbank unseres Hofes bereit, um die Strohballen in den Satteltaschen zu ersetzen. Wir holten das Stroh aus den Satteltaschen heraus und stopften stattdessen die Bündel mit den Deckchen hinein, und bevor Großmutter das Haus verließ, fragte ich sie: «Hast du gehört, was passiert ist?»

Auch wenn mein Tonfall sie erschreckt haben musste, fuhr sie dennoch nicht zusammen, sondern sah mich nur erstaunt an und fragte stotternd: «Die Afghanen?»

Ich antwortete: «Keine Angst. Von den Afghanen ist noch nichts zu sehen. Es geht um den Teppich mit der Fränkin. Er soll aus dem Hause des holländischen Botschafters gestohlen worden sein.»

Sie seufzte erleichtert auf und erwiderte: «Das wusste ich.»

«Und warum hast du mir dann nichts gesagt?»

«Ich denke, dieser Tage gibt es Wichtigeres zu besprechen.»

Verdrossen ging sie zu meinem Esel hinüber, aber bevor sie das Tier aus unserem Hof trieb, sagte sie noch: «Ich habe dein Badebündel schon geschnürt.»

Da ich in meinen Gedanken noch ganz bei dem gestohlenen Teppich war, muss ich ihr einen ratlosen, fragenden Blick zugeworfen haben.

Sie war gezwungen, es mir zu erklären, und betonte dabei jedes einzelne Wort: «Heute ist Montag, und du gehst doch am Montagvormittag immer zusammen mit Ssohrâb ins öffentliche Bad.»

Natürlich hatte ich längst begriffen, aber offenbar hatte sie mir noch etwas mitzuteilen, denn mit dem Zügel des Esels in der Hand schaute sie mich unverwandt an: «Du musst deinem Großvater übrigens so schnell wie möglich sein Frühstück zubereiten. Er hat gestern Abend nichts gegessen.»

Dann warf sie einen besorgten Blick zu den Fenstern im Obergeschoss hinauf, in denen sich der blaue Himmel spiegelte, und fügte hinzu: «Er hat bis zum Morgengrauen nur geschrieben.»

Das Kratzen der Feder auf dem Papier, der Geruch von Tinte und das Murmeln von Versen aus Rumis *Massnawi*: Daraus bestand Großvaters Leben. Schon in seiner Jugend, er war erst siebzehn Jahre alt, konnte er ohne Hilfslinien die sechs verschiedenen Schriftgrade in Nastaliq vom dünnsten bis zum dicksten in Vollendung schreiben. Er gehörte zu den wenigen Kalligraphen, die bereits in ihrer Jugend einen unverkennbaren Stil entwickelt hatten und deshalb nicht mehr zu signieren brauchten. Er hatte Neuerungen in die Schriftkunst eingeführt, die nach allgemeiner Überzeugung die Schönheit der Kalligraphie und die Freude daran noch steigerten. Nur Nastaliq von seiner Hand war so anmutig, dass sie den Namen «die Braut unter den Schönschriften» tatsächlich verdiente.

Außer von Rumi schrieb er keine Texte. Die kreuzförmigen Schönschriftblätter und die Kalligraphien einzelner Verse enthielten nur Rumis Verse, und seine Auszüge aus dem *Massnawi* fanden Kunden in allen vier Himmelsrichtungen, die Rumi nur in seiner Handschrift lesen wollten, bis nach Indien, Kaschmir und China in der einen Richtung und bis nach Istanbul, Damaskus, Aleppo und sogar Al-Andalus in der anderen. Da er es nicht über sich brachte, sich zu wiederholen, war jedes Blatt, das er schrieb, etwas Neues. Man sagte, er sei bis zum höchsten Grad schöpferischer Originalität gelangt. Es hieß, um Rumi in seiner ganzen Tiefe zu verstehen, müsse man das *Massnawi* unbedingt in Großvaters Schönschrift lesen, da jedes Exemplar, das er geschrieben habe, eine neue, tiefe Bedeutung von Rumi offenbare. Aber er schrieb nicht, um den anderen zu gefallen, die Kalligraphie ersetzte ihm all das, was die Ungerechtigkeit dieser Welt ihm vorenthalten hatte, das waren seine eigenen Worte.

Ich holte ein Gefäß mit Käse und ein Tuch mit Brot aus einer Nische in der Küche und trug sie ins Obergeschoss hinauf. Großvater lag mit nacktem Oberkörper auf dem Teppich, und Âssef, sein Schüler und treuer Jünger, massierte ihm mit einem besonderen Pflanzenöl Rücken, Schulterblätter und Schultern. Großvater stieß abgehackte Seufzer des Behagens aus. Âssef war so sehr in seine Arbeit vertieft, dass er meine Anwesenheit nicht bemerkte. Ich ließ mich in einer Ecke nieder und starrte auf ihn, dessen geübte Hände mit Feingefühl und Geschick das weiche, weiße Fleisch meines Großvaters kneteten. Er hatte sein Gesicht mit geschlossenen Augen mir zugewandt. Seine Züge waren nicht schön, er hatte eine Knollennase mit ein paar dicken Haaren auf der Spitze, große, abstehende Ohren und eine niedrige Stirn. Aber sein durchdringender und dennoch gütiger Blick hob diesen unangenehmen Eindruck wieder auf. Abgesehen davon, genügten schon seine zartgliedrigen, langen Finger, um den Betrachter davon zu überzeugen, dass er die wertvollste Gabe Gottes besaß und dass Er sie ihm nur dazu verliehen hatte, die schönsten Kunstwerke damit zu schaffen, die sich mit persischen Buchstaben überhaupt vollbringen ließen. Man sagte von ihm, die Kraftquelle seiner Finger sei sein inneres Licht.

Die Tage meiner Kindheit hatte ich überwiegend in ebendiesem Zimmer verbracht. Großvater schrieb den ganzen Tag lang, und das, was er gerade aufzeichnete, murmelte er vor sich hin. Wenn er nicht schrieb, war er entweder damit beschäftigt, Schreibfedern aus Rohr zuzuschneiden oder in einem kleinen Kessel in der Küche Stärke aufzukochen. Beim Zuschneiden der Schreibfedern war er äußerst gewissenhaft, er schnitt und verwarf, und er hörte erst damit auf, wenn er eine Feder so weit hatte, dass sie seinen Anforderungen absolut entsprach. Er pflegte zu sagen: «Wie könnte man denn ohne geeignetes Werkzeug richtig schreiben?» Es hieß, niemand könne ihm beim Stärken des Papiers das Wasser reichen. Wenn er das Kesselchen mit Stärke und Wasser aufs Feuer setzte, rührte er ständig um und überprüfte die Dicke alle Augenblicke. Wenn er mit diesen Vorbereitungen fertig war, setzte er sich auf eine wollene Matratze, die mit rotem Samt bezogen war, legte sich das Papier auf die Knie und schrieb ohne Unterlass. In den Nächten meiner Kindheit war das Geräusch seiner Feder noch zu hören, wenn Großmutter mich in den Schlaf sang, und morgens, wenn ich erwachte, ebenfalls. Wann schlief er eigentlich?

Ich wuchs mit dem Geräusch der Feder und dem Geruch nach Tinte in einem zweistöckigen Haus auf, dessen große Fenster in der Gebetsrichtung lagen, mit einer mächtigen Platane, die den ganzen Hof überschattete. Meine Großmutter verbrachte fast den ganzen Tag außer Haus, und es war mein Großvater, der ab und zu das Schreiben unterbrach, mich zu sich rief und mir Geschichten von den Gesandten Gottes erzählte: von Adham, Zacharias und Joseph.

Er war es, der mich zählen lehrte. Neben seiner Hand standen in einem blau glasierten, tönernen Gefäß, auf dessen Bauch ein Vogel im Flug gemalt war, schreibfertige Federn; kurze und lange, mit breiten oder schmalen Spitzen, für die ihm die Rohrstängel aus Buchara und Aleppo gebracht wurden, die er dann monatelang in Stutendung einlegte, bis sie so weit waren, dass man sie zuschneiden konnte. Meine ersten Versuche im Zählen unternahm ich mithilfe dieser Federn.

Ich hatte ihn nur selten essen sehen, eine Handvoll Brot und ein paar Schalen Kaffee reichten ihm für den ganzen Tag.

Weder begehrte er die Güter dieser Welt, noch lag ihm etwas an dem Lob seiner Bewunderer. Er sagte mir immer: «Ich schreibe zu meiner eigenen Freude.» Bevor er sich an seine kalligraphische Arbeit machte, nahm er meistens eine rituelle Waschung vor, wie wenn er sich für das Gebet zu seinem Schöpfer bereit machte.

Ich weiß nicht mehr, wie alt ich war, als er mir eine Feder in die Hand drückte und sagte: «Schreib!»

Die Kalligraphie ist seit Generationen der Beruf unserer Familie. Mein Urgroßvater war der Lieblingskalligraph von Schah Abbâs dem Großen. Der Schah selbst soll ihm beim Schreiben mit dem Kerzenhalter geleuchtet haben, und den Erzählungen meines Großvaters nach fiel er schließlich dem Groll seiner Neider und dem Hass der Intriganten zum Opfer. Auf Befehl des Schahs wurde er nachts von Lumpen und Mordgesellen überfallen, und sein Leib wurde mit so vielen Stichen von Messern, Dolchen und Krummsäbeln durchbohrt, dass er zu Boden fiel und starb. Da alle wussten, dass ihn dieses Unglück auf Anordnung des Schahs getroffen hatte, wagten seine Schüler und Jünger es tagelang nicht, seinen Leichnam zu bergen. Sein Ansehen und der Ruf der Heiligkeit lassen sich schon daraus ersehen, dass die Hunde in jenen unheilvollen Tagen dank einer verborgenen Macht daran gehindert wurden, sich über seine Leiche herzumachen und sie zu zerreißen. Er wurde verdächtigt, Sunnit zu sein, und wegen dieses Frevels wurde er getötet.

Großvater sagte: «Das reicht.»

Âssef hörte auf, ihn zu massieren, und erhob sich. Ich stand auf und breitete das Brottuch aus. Âssef ging in den Hof, um sich dort die Hände zu waschen, und Großvater fragte mich: «Du warst aus?»

«Ich bin zum Haus von Manuel, dem Armenier, gegangen, um Wein zu holen.»

Er erinnerte sich an den Auftrag von Seynab Châtun und nickte, er meinte: «Klar, sie brauchen dergleichen, um zu vergessen.»

Und während er das Unterhemd anzog, seufzte er und fügte hinzu: «Der Schah ist ganz und gar außerstande, mehr Mittel für den Kampf gegen die barfüßigen Afghanen aufzutreiben. Pausenlos treffen Nachrichten darüber ein, wie schlecht es steht.»

Âssef setzte sich mit nassen Händen neben das Esstuch, und sobald er dort Platz genommen hatte, sagte Großvater: «Lass Allahyâr auch wissen, was du gestern Abend im Kaffeehaus gehört hast.»

«Jemand hat erzählt, dass ein paar Soldaten, die mit einem Auftrag vom Kriegsschauplatz nach Isfahan gekommen waren, berichtet haben, dass die Afghanen an der Front die Oberhand gewonnen hätten, die Niederlage der Soldaten des Schahs sei sicher, es sei denn, es geschähe ein Wunder.»

Großvater meinte: «Wunder sind das Werk Gottes, und diese Stadt ist gottlos ... Die Safawiden werden gestürzt. Eine Regierung, die ihr Schicksal in die Hände der Mollâs legt, hat kein anderes Los zu erwarten.»

Nach dem Frühstück kam Borsu, Großvaters Lieblingsjünger, ein junger Pahlawân, der beim Ringen alle anderen Pahlawâne der Stadt besiegt hatte, herein. Er war der Einzige, der das Recht hatte, unser Haus unangemeldet jederzeit zu betreten.

Ssohrâb stand in der Nähe des Wirtshauses mit einem Bündel in der Hand und wartete auf mich. Als ich bei ihm ankam, begrüßte er mich mit einem leichten freundschaftlichen Klaps auf die Wange und meinte: «Du bist spät dran.»

Natürlich erzählte ich ihm von meinem morgendlichen Auftrag zum Kauf des Weins für den Harem des Schahs, und als ich darauf zu sprechen kam, dass der Teppich wieder aufgetaucht sei, unterbrach er mich: «Ich weiß, gestern haben im Kaffeehaus alle darüber geredet.»

Ich fragte: «Stimmt es, dass man den Wächter umgebracht und den Teppich aus dem Haus des holländischen Botschafters gestohlen hat?»

«Ja, ungefähr so ist es gelaufen … Aber im Kaffeehaus war auch von etwas noch Wichtigerem die Rede, vom Kampf um Golanâbâd und der Schwäche der Streitkräfte des Schahs.»

Wir erreichten den Hamâm und gingen in den Umkleideraum.

Ich sagte: «Dann dauert es also nicht mehr lange, bis die Afghanen vor Isfahan stehen.»

«Mach dir keine Sorgen, ich werde nicht zulassen, dass dir jemand etwas antut!»

Er lächelte mich kokett an, und ich erwiderte: «Kümmere du dich lieber um dich selbst.»

Wir hatten uns ausgezogen und die Lendenschurze umgebunden. Er kam näher, schaute mir in die Augen und flüsterte mir ins Ohr: «Wir wollen uns doch die Laune nicht von dem Geschwätz über diese verdammten Afghanen und den blöden Teppich mit der Fränkin verderben lassen.»

Ich trat einen Schritt zurück, schlug ihm leicht mit der Faust auf die Schulter und lief in den Raum mit dem Warmbad. Er rannte mir hinterher und schubste mich ins Wasserbecken, dann sprang er auch selbst hinein. Wir balgten uns eine Weile. Bislang hatten wir angenommen, außer uns sei niemand im Bad, aber plötzlich kam ein Mann aus der Enthaarungskabine des Hamâms und setzte sich auf die Steinbank am Rande des kleinen Wasserbeckens. Ssohrâb meinte: «Wir haben uns schon seit ein paar Monaten nicht mehr die Schamhaare entfernen lassen, komm mit!»

Ohne eine Antwort von mir abzuwarten, kletterte er aus dem Becken. Notgedrungen folgte ich ihm.

Ssohrâb und ich sind an der Brust derselben Frau gestillt worden. Diese Frau ist zwar Ssohrâbs Mutter und nicht meine, aber ich liebe sie sehr. Ssohrâb und ich sind von klein auf Spielgefährten und Freunde gewesen. Aber erst seit drei oder vier Jahren gingen wir immer montags mittags zusammen ins öffentliche Bad. Um diese Tageszeit war das Bad leerer als zu jeder anderen Stunde, und es kam nicht selten vor, dass sich dort außer uns niemand aufhielt. Am meisten Andrang im Bad herrschte kurz nach Tagesanbruch und vor Sonnenuntergang, dann füllte es sich plötzlich mit Menschen.

«Weißt du, warum? Weil sie Geschlechtsverkehr mit ihren Frauen gehabt haben, und jetzt müssen sie die rituelle Waschung des ganzen Körpers vornehmen, damit sie ihr Morgengebet verrichten können. Manche von ihnen sind vielleicht auch unverheiratete junge Männer, die im Schlaf einen Samenerguss hatten.»

Seit ein oder zwei Jahren hatte ich manchmal nachts eine Ejakulation, ohne dass ihr ein Traum vorausgegangen wäre.

Ich hatte bis dahin noch nie mit einer Frau geschlafen. Seit die Prostitution vom obersten Geistlichen verboten worden war, hatten die billigen Huren der Stadt ihren Arbeitsplatz an muffige, dunkle, leer stehende Hütten in den Bergen außerhalb der Stadt verlegt. Die käuflichen Frauen, die betuchte Männer bei sich zu Hause empfingen und höhere Preise nahmen, lebten natürlich weiterhin in der Stadt. Junge Habenichtse wie ich hatten selbstverständlich zu ihren Häusern keinen Zugang.

Ssohrâb war ein gutes Jahr älter als ich, und er wusste Dinge, von denen ich keine Ahnung hatte.

«Der Mund des Weibes verrät die Größe ihres Geschlechts. Eine Frau mit einem kleinen Mund hat auch eine enge Möse, und wenn ihr Mund groß ist, steht auch ihre Möse weit offen. Deshalb ist der sexuelle Appetit dieser Frauen auch gewaltig.»

Und er war an Orten gewesen, an denen ich nicht gewesen war, und hatte Dinge getan, die ich nicht getan hatte.

«Eines Tages werde ich dich mitnehmen.»

Aber er löste sein Versprechen nie ein. In einem Haus am Stadtrand lebte eine Frau, mit der man für drei Schâhi eine Nummer schieben konnte und, wenn man ihr fünf gab, auch zwei.

«Wenn ich fertig bin, ziehe ich sie splitternackt aus, und dann gucke ich sie mir genau an. Sie ist jung und hat einen üppigen Körper, ihr rechtes Bein ist krumm, aber gut, das macht mir nichts aus.»

Schon weil er etwas über ein Jahr älter war als ich, war er in meinen Augen ein weltgewandter Mann. Einige seiner Kenntnisse hatte er bei den Mollâs der Moscheen erworben, die er besuchte. Mein Großvater hatte mir verboten, mir ihre Predigten anzuhören, denn nach seiner Meinung sprachen sie, anstatt die Menschen die Geheimnisse der Liebe zu Gott zu lehren, dauernd bloß von seinem Zorn und dem Höllenfeuer.

Er hatte also auch Erfahrungen, die ich nicht hatte. Deshalb, und weil mir sonst niemand zur Verfügung stand, stellte ich ihm all die Fragen, die ich hatte. Vor einiger Zeit, als ich gerade in die Pubertät gekommen war, erkundigte ich mich bei ihm: «Hast du auch im Schlaf Samenergüsse?»

Plötzlich blitzte der Schalk in seinen Augen, und er sagte: «Jedes Mal, wenn ich jemanden, der blond ist, im Arm halte.»

«Jede Nacht?»

«Selbstverständlich nicht.»

«Wie ist es, wenn du einen Erguss hast?»

«Plötzlich brennt mein Glied, als ob ich dringend Wasser lassen müsste. Und dann bin ich mit einem Male erleichtert. Aber manchmal sehe ich im Traum eine Frau, und zwar diejenige, zu der ich gehe.»

Er stockte, und dann fügte er mit einem neckischen Blick hinzu: «Aber manchmal mache ich es mir natürlich auch selbst. Willst du sehen, wie?»

Damit erhob er sich vom Beckenrand, stemmte die Hände in die Hüften, machte einen Schritt auf mich zu und fragte: «Besorgst du es dir auch manchmal selbst?»

Ich schüttelte den Kopf: «Das ist doch Sünde; das nennt man Onanie.»

Er erwiderte nichts, grinste und kam noch einen Schritt auf mich zu, sodass ich seinen Atem im Gesicht spürte. Er legte die Hand an den Knoten meines Lendenschurzes. Ich fragte: «Was machst du denn da?»

«Ich will es dir beibringen.»

«Das kann ich selbst.»

«Das glaube ich dir nicht.»

Seelenruhig löste er, während er mir unverwandt mit einem Lächeln auf den Lippen in die Augen schaute, den Knoten meines Lendenschurzes. Sein Blick hatte in jenem Moment einen seltsamen, herrischen Ausdruck angenommen, aber das machte mir keine Angst, ich würde eher sagen, dass es mir gefiel, und als ob ich verhext worden wäre, hatte ich keine Kraft, etwas dagegen zu unternehmen. Dann trat er ein bisschen zurück, stemmte wieder die Hände in die Seiten und sagte mit einem spöttischen Unterton: «Dir wächst ja auch schon die Wolle! Warum säuberst du dich nicht?»

Ich sah erst meinen Unterleib und dann ihn an, bevor ich fragte: «Ja und?»

Er zeigte auf einen kleinen Raum in der Ecke des Bades: «Du musst dich enthaaren.»

«Ja, ich weiß», antwortete ich, «aber das habe ich bisher noch nie gemacht. Das ist so schon in Ordnung.»

«Davon verstehst du nichts. Komm mal mit!»

Ich rührte mich nicht vom Fleck, aber er zog mich an der Hand mit sich fort. In dem halbdunklen kleinen Raum in der Ecke des Bades, in dessen Nische ein trübes Öllämpchen brannte, zeigte er auf einen kleinen Napf in jenem Winkel, und sagte: «Das ist es.»

Er knüpfte sich den Lendenschurz auf und langte mit der Hand in das Näpfchen. Dann meinte er: «Komm her!»

Er rieb mir etwas von dem lehmartigen Zeug auf die blonden Haare über meinem Glied, und danach machte er das Gleiche bei sich selbst. Dabei erklärte er: «Wir müssen ein paar Minuten warten.»

Wir setzten uns auf den Rand des kleinen Beckens, das sich dort befand, und ab und zu lächelte er mir mit einem schiefen Grinsen in den Mundwinkeln zu. Ich fühlte mich unwohl, mir war unheimlich, und ich hatte Angst, bis er sagte: «Jetzt müssen wir uns waschen.»

Er übergoss sich selbst und mich aus einer Kupferschale mit Wasser und meinte: «Jetzt sind wir glatt und sauber.»

Dann wandte er mir den Oberkörper zu, und während er mich anschaute, traute er sich, mein Glied in die Hand zu nehmen. Dabei lag wieder dieser seltsame Ausdruck auf seinem Gesicht.

Ich sagte: «Nein, schließlich ...»

«Sei still!»

Mir war bange, und da er das spürte, sagte er: «Hab keine Angst!»

Mir stockte der Atem, und er beruhigte mich: «Ich mache schnell.»

Er bewegte seine Hand nun schneller, und er hatte recht, ich spürte schon sehr bald Erleichterung. Als es so weit war, schlang ich mir den Lendenschurz um, stand auf und erklärte: «Das mag ich nicht.»

Er sagte ruhig: «Zu Anfang geht es allen so, weil sie denken, sie kommen dafür in die Hölle, aber später geben manche vor sich selber zu, dass sie es eigentlich schön fanden.»

«Und zu welcher Gruppe von Menschen gehörst du?»

«Ich gehöre zu denen, die alles schön finden.»

«Aber ich nicht.»

Unumwunden erwiderte er: «Das kannst du noch gar nicht beurteilen. Wenn du morgen wieder Lust verspürst, kommst du zu mir und fängst erst einmal selber damit an.»

Er stand mir gegenüber und hatte sich den Lendenschurz noch nicht wieder umgebunden. Er starrte mich unverwandt an und lächelte wieder schelmisch. Als wir das Bad verließen, fühlte ich mich, als hätte man mir einen Brunnenschacht in den Leib gegraben, einen Schacht, der sich danach auf keine Art und durch nichts mehr füllen ließ.

Aber an jenem Tage im Hamâm kamen wir von jedem anderen Gesprächsthema immer wieder auf die Afghanen oder die Brücke mit der Fränkin zurück, bis Ssohrâb schließlich gestand: «Nachdem ich gestern im Kaffeehaus so viel von dem Teppich mit der Fränkin gehört hatte, habe ich sie heute Nacht im Traum gesehen. Ich hielt sie im Arm, und ich bin gekommen.»

Und in seinem Blick lag wieder jener herrische und zugleich zweideutige Ausdruck.

Es war gegen Abend, ich saß am Feuer, übte mich in Schönschrift und freute mich daran, wie gut die Tinte, die ich mit
eigener Hand zubereitet hatte, floss und glänzte. Von allem,
was mit Kalligraphie zu tun hatte, hatte mir Großvater eigentlich nur die Herstellung der Tinte gänzlich überlassen. Ich
machte Tinte, schwarz wie die Nacht, denn ich setzte ihr ein
bisschen grüne Haut der Walnuss zu, außerdem verlieh ich
ihr mit ein wenig Safran Glanz.

Ich war damit beschäftigt, die Buchstaben mit Kurven zu
üben. Großvater glaubte, die Reife eines Kalligraphen könne
man allein schon an dem geschickten Schwung ermessen, mit
dem seine Hand die Bögen aufs Papier brachte, aus denen die
Buchstaben mit Kurven erwuchsen. Das war seine wichtigste
Lektion, eine Lektion, die ich bis heute nicht vergessen habe,
und jahrelang bestanden meine Übungen in der ewigen Wiederholung dieser Buchstaben, der Buchstaben mit Kurven.

Plötzlich vermeinte ich, in der Ferne Stimmengewirr zu
hören. Bald darauf wurde es immer deutlicher. Nun ja, in jenen
Tagen warteten wir alle auf neue Nachrichten über die Bewegungen der Afghanen. Ich unterbrach meine Arbeit und sah
mich erstaunt um. Es war nicht klar, aus welcher Richtung
die Stimmen kamen. Mit einem Male klopfte es an die Tür.
Ein paar Augenblicke lang wagte ich nicht, mich zu rühren,
aber da das Klopfen erneut und diesmal noch lauter ertönte,
nahm ich eine Lampe und begab mich verwirrt zur Tür. Es

war Ssohrâb. Sogar im rötlichen Feuerschein konnte ich sehen, dass er ganz rot im Gesicht war. Er sagte nichts; er starrte mich nur mit weit aufgerissenen Augen an und brachte kein Wort heraus.

Ich hielt ihm die Lampe vors Gesicht und schüttelte ihn heftig mit der freien Hand. Wie ein Schlaftrunkener, der plötzlich erwacht, sagte er: «Die Afghanen stehen kurz vor Isfahan.»

«Aber das ist doch nichts Neues.»

«Neu daran ist aber, dass sie die gesamte Streitmacht des Schahs aufgerieben haben.»

«Also rücken sie vielleicht bald in Isfahan ein?»

Er lauschte angestrengt und sagte: «Hör mal!»

Ich starrte in die tiefe Schwärze vor uns. Hier an der Türschwelle war der Lärm noch deutlicher zu vernehmen, und wenn die Brise aus dem Süden wehte, war er sogar im Zimmer zu hören. Ich konnte die Schemen einiger Menschen ausmachen, die sich am Ende der Straße bewegten. Ssohrâb meinte: «Die Leute gehen alle zum Schahplatz.»

Eine Nachbarin stand, eine Laterne in der Hand, in ihrem Türrahmen. Sie fragte: «Ist es wahr? Die Afghanen dringen heute Nacht in Isfahan ein?»

Ich schüttelte zweifelnd den Kopf und sagte: «Ich weiß nicht, ich habe keine Ahnung.»

Ssohrâb wandte sich kurz zu der Frau um und schaute sie und ihre Zwillinge an, die sich an beide Rockzipfel ihrer Mutter klammerten. Dann sagte er zu mir: «Ich habe es zu Hause einfach nicht mehr ausgehalten. Kommst du nicht mit?»

«Warte! Ich muss mir etwas anziehen.»

Nun, da ich wieder ins Haus gegangen war, kam es mir ungewöhnlich still vor. So als ob das Haus plötzlich wieder ein von der Welt abgeschiedener Ort wäre, der keinerlei Verbindung zu ihr hätte.

Dann dachte ich, auch Großvater müsse von dem Ereignis

erfahren. Sein Jünger Borsu und er waren seit dem Morgen immer noch im Trancezustand der Abgeschiedenheit, und Großmutter war bislang nicht nach Hause zurückgekehrt. Ich stieg schnell hinauf in das Obergeschoss, aber ein paar Schritte vor seinem Zimmer zögerte ich, lief auf Zehenspitzen weiter. Die Tür stand einen Spalt offen, Borsu saß an Großvaters Knie gelehnt, dieser hatte sich vornüber gebeugt und sein Gesicht an dasjenige seines Schülers geschmiegt. Beide verharrten in völligem Schweigen.

Zum ersten Gedränge kam es gegenüber einer Moschee, die im Ruf stand, dass dort die Bitten von Frauen, deren Schoß unfruchtbar war, erfüllt wurden. Offensichtlich war die dort versammelte Menge diesmal nicht von einem solchen Wunsch getrieben. Vielleicht flehte sie Gott an, den Angriff der Afghanen abzuwehren. Die Synagoge der Juden lag wie immer still und verlassen da, aber als wir an ihrem Fenster vorbeikamen, erkannte ich im schwachen Kerzenlicht einige besorgte Augenpaare, die das Hin und Her in der Gasse beobachteten. Seit der oberste Geistliche die Juden vor einigen Jahren zum Wechsel ihrer Religion gezwungen hatte, waren die meisten aus der Stadt fortgezogen, und die wenigen Verbliebenen ließen sich nur selten in der Öffentlichkeit sehen. Auf Befehl des obersten Geistlichen waren die Synagogen zerstört und Moscheen an ihrer Stelle errichtet worden, aber natürlich nannten die Leute sie weiterhin Synagogen, und niemand außer den Juden, die nur dem Anschein nach zum Islam bekehrt worden waren, besuchte sie.

Wir gingen weiter, und das schwache Gemurmel, das aus einer unbekannten Quelle herrührte, drang so schnell, wie Öl über Marmor fließt, von allen Seiten auf uns ein. Die Stimmen wurden allmählich lauter, und das verstärkte die allgemeine Unruhe. Sie rührte nicht nur vom Stimmengewirr und dem hektischen Getrampel her, sondern sie ließ sich sogar in der seltsam rötlich schimmernden Luft gleichsam mit Händen greifen.

Viele Leute trugen Lampen, es waren wohl Menschen, die auf ihrem Weg zur Stadtmitte dunkle Gassen hatten durchqueren müssen, und dies dämpfte die allgemeine Besorgnis in mir. Das starke Gedränge verlieh allen Orten den Anschein von Festversammlungen, und das flößte mir ein Gefühl der Aufregung und sogar Freude ein. Ich schämte mich dafür, dass ich in so einem Augenblick eine heimliche Lust verspürte.

An einer Straßenkreuzung hatte ein Mann, der kürzlich vom Schlachtfeld geflohen war – oder zumindest behauptete er das –, eine Menschenmenge um sich geschart und redete mit vor Erregung funkelnden Augen auf sie ein: «Seit dem Mongolensturm wird bis zu unseren Tagen in keiner Chronik von einem so blutrünstigen Heerhaufen berichtet. Sie tragen nicht einmal richtige Hosen, um ihre Blöße zu bedecken, aber ihr Mut und ihre Grausamkeit sind unübertroffen. Mit einem einzigen Hieb strecken sie drei iranische Soldaten nieder, so!»

Und er fuchtelte so Furcht einflößend mit den Händen in der Luft herum, dass alle, die ihn umringten, auf einmal vor Angst zurückwichen.

Da ergriff ein Junge, der ihn mit offenem Mund und vor Schreck geweiteten Augen anstarrte, das Wort: «Und was ist mit den Kindern? Töten sie auch die Kinder?»

Der Mann machte einen Schritt auf den Knaben zu, lächelte süffisant und antwortete, während er seine böse funkelnden Augen auf ihn heftete: «Jungen wie dich, die noch keinen Bartflaum haben, nicht, die nehmen sie mit in ihre Zelte.»

Und dann ließ er mit einem Lachen seinen dunkelblauen Schlund und seine dicken, gelben Zähne sehen. Die Frau, die den Knaben an der Hand hielt, wandte das Gesicht zornig ab und zog ihn mit sich fort. Die Menge, die den Mann umringt hatte, zerstreute sich, als ob das einzig Interessante an der Geschichte die Gegenwart des Jungen gewesen wäre.

Auf dem ganzen Weg bis zum Schahplatz hatten vom Schlachtfeld Geflohene, Überbringer schrecklicher Nachrichten mit glühenden Gesichtern und Schaum vor dem Mund, überall, auf diesem Platz oder an jener Kreuzung, in diesem Kaffeehaus oder in jener Karawanserei, Menschenmengen um sich geschart und steigerten jetzt durch ihr Gerede den allgemeinen Aufruhr und die Erregung noch weiter. Vor einem Bäckerladen sagte ein älterer Mann zu den Umstehenden: «Die Bäcker müssen heute Nacht bis zum Morgen hindurch backen. Wenn die Afghanen erst einmal da sind, gibt es eine Hungersnot.»

Auf der Schwelle der Bäckerei bekräftigte ein Mann, der sich eine Bäckerschürze um die Hüften gebunden hatte, das, was der Mann mittleren Alters da gesagt hatte, mit lauter Stimme: «O ihr Menschen, kauft Brot, solange ihr noch könnt!»

Und um keine Zeit zu verlieren, lief er zum Backtrog. Ein anderer Mann widersprach ihm: «Dieses Durcheinander hört heute oder morgen wieder auf, die Afghanen haben nicht einmal richtige Hosen, um ihre Blöße zu bedecken, und da sollen sie einen Angriff auf die Hauptstadt zustande bringen?»

Eine Frau, die einen geflochtenen Korb in der Hand hielt und an die sich ein kleines Mädchen klammerte, rief aus: «Ihr Taugenichtse! Anstatt hier Reden zu schwingen, müsstet ihr sie aufhalten! Reden bringt doch nichts.»

Der Schahplatz war so voll wie sonst nur an Fest- oder Feiertagen, jedoch ohne Geschichtenerzähler, Gaukler und Zauberer. Überall drängten sich die Menschen. Sie wollten wissen, warum die Soldaten des Schahs nur zwei Schritte von der Hauptstadt entfernt von den Afghanen geschlagen worden waren, und noch wichtiger, was am nächsten Tag oder in nächster Zeit geschehen sollte.

«Nur eine kleine Anzahl von den Soldaten des Schahs ist mit dem Leben davongekommen.»

«Mehrere von den Befehlshabern haben den Schah verraten, sie haben dem Feind militärische Geheimnisse und den Angriffsplan zugespielt.»

«Der Oberkommandierende des iranischen Heeres hat sich heimlich mit Mahmud, dem Hauptmann der Afghanen, verbündet.»

«Der Oberbefehl von Mahmuds Truppen liegt in den Händen eines iranischen Zoroastriers.»

Plötzlich drängte eine große Gruppe von Frauen auf den Platz, sie stießen schrille Schreie aus und riefen etwas Unverständliches. Viele hatten ihre Babys dabei, von denen die meisten vor Angst weinten. Die Frauen liefen, unaufhörlich Zeter und Mordio schreiend, quer über den Platz. Ein Mann, der sich am Rande der Frauengruppe bewegte, forderte die Zuschauer auf, sich ihnen anzuschließen.

«Wir suchen Zuflucht in der Burg Tabarak. Kommt mit, oder schickt wenigstens eure Frauen und Kinder dorthin.»

Einige Frauen schlossen sich ihnen an, sogar eine Alte, die ihren kleinen körperlich oder geistig behinderten Sohn an einem Seil führte und mit großer Kraftanstrengung hinter sich herzog. Es war nichts Wichtiges; die meisten ignorierten es, vielleicht wussten sie, dass dies erst der Anfang ungeheuerlicher, tragischer Ereignisse war, die monate- oder sogar jahrelang ohne Unterlass aufeinander folgen würden. Es war also besser, sich jetzt schon daran zu gewöhnen.

Ständig kamen neue Gruppen von Menschen dazu, und das Gedränge auf dem Platz wurde immer größer. Ein dicker Mann, der an einer Krücke und mit Unterstützung eines jungen Mannes, der ihm unter die Arme griff, voranhumpelte, flehte Gott unter Tränen an, Er möge es ihm vergönnen, sein wertloses Blut zur Verteidigung des Vaterlandes zu vergießen.

Der Vorhof der Schahmoschee war noch überlaufener als

alle anderen Ecken des Platzes. Die Leute verlangten, das blutgetränkte Hemd des Imams Hussein, das in einer Truhe aus Aloeholz über der Gebetsnische aufbewahrt wurde, herauszuholen und auf eine Lanzenspitze zu stecken. Es herrschte die allgemeine Überzeugung, dass der Feind in jedem Krieg, sobald sein Blick auf das Hemd falle, in alle Winde zerstreut werde. Der Hüter der Moschee war jedoch offensichtlich anderer Meinung. Noch hatte niemand dieses Hemd mit eigenen Augen gesehen, aber fast alle waren von seiner Existenz überzeugt.

Zu dieser Abendstunde hatte Seynal, der Inhaber des Kaffeehauses, in dem Ssohrâb und ich Stammgäste waren, gewöhnlich die Fensterläden schon geschlossen und war nach Hause gegangen. Aber jetzt hatte er, als würde er ein kleines Fest veranstalten, alle Lampen angezündet und einen Mann auf eine Steinbank mitten in seinem Lokal gesetzt, der erregt dozierte: «… ja, liebe Leute, der Astrologe des Schahs hat unserem Herrscher verkündet, dass der Stand der Gestirne bis zum Datum des zwanzigsten Dschomadi-ol-awwal für einen Angriff unsererseits auf die feindlichen Truppen nicht günstig sei.»

Das Geschäft der Hellseher und Handleser erlebte inmitten der allgemeinen Aufregung und Ungewissheit einen nie gekannten Aufschwung. Einer von ihnen sagte, während er einer Frau, die auf einem Schemel ihm gegenüber saß, auf die Hand starrte, mit nachdenklicher und entrückter Miene: «Du wirst mit dem Leben davonkommen, aber zwei von deinen Lieben …»

Dann hob er den Kopf und bat die Menge, die sich in einem engen Kreis um ihn und die Frau drängte: «Tretet doch um Gottes willen bitte ein wenig zurück.»

Dann starrte er erneut auf die Handfläche der Frau. Und wie um sich zu sammeln, schwieg er eine Weile.

«Ja, ich sagte, du wirst zwei Personen, die dir nahestehen,

in diesem wilden Durcheinander ... warte einen Augenblick! ... eine ist von mittlerem Wuchs und ziemlich stattlich, die andere ein dürres, kleines Mädchen ... lass mich sehen, ob der Mann dein Ehemann oder dein Bruder ist ...»

Als der Handleser so weit gekommen war, sprang die Frau plötzlich von dem Schemel auf und tauchte, bevor sie in Weinen ausbrach, in der Menge unter. Aus der Gruppe derer, die den Wahrsager umringten, meinte ein Mann mit einem Stoppelbart und einem dicken Nacken brummend: «Er redet Unsinn. Niemand kennt die Zukunft außer Gott.»

Der Handleser erhob sich von der Pferdedecke, auf der er gesessen hatte, und sagte: «Genau dein Gott, der auch der meine ist, hat mir mit einem kleinen Strahl Seines Wissens das Herz erleuchtet.»

Sein Widersacher entgegnete ihm spöttisch: «Und warum hätte Er das tun sollen? Bist du vielleicht einer Seiner auserwählten Diener?»

Ein anderer Mann ergriff für den Wahrsager Partei: «Das ist ein ehrlicher Mann, auch wenn ihr unter den Hellsehern so viele Gauner, Lügner und Betrüger finden mögt, wie euer Herz begehrt.»

Der Handleser hob die Pferdedecke vom Boden auf, warf sie sich über die Schulter und trat brummend aus dem Kreis der Umstehenden hinaus. Die erste Person, auf die er traf, war eine Frau mittleren Alters, die auf einem Büffel ritt und den Henkel eines Kupfergefäßes voll glühender Holzkohlen in der einen Hand hielt und mit der anderen wohlriechende Pflanzensamen zur Abwehr des bösen Blicks darüberstreute.

Etwas weiter entfernt erblickte ich einen Mann, der den ehrenwerten Beruf eines Traumdeuters ausübte und natürlich auch Heilmittel verkaufte, Kräuter gegen alle möglichen Krankheiten. Ich hatte ihn auch schon früher gesehen, und jetzt saß er wieder auf seinem angestammten Platz gegenüber dem Vorhof der Schahmoschee. Die Menschen pflegten ihm ihre Träume zu erzählen, und er erklärte sie ihnen; Frauen berichteten, dass sie im Traum Kinder mit zwei Köpfen geboren hätten, Männer, dass sie sich mutterseelenallein in der Wüste verirrt hätten und vom Satan überfallen worden seien … Erstaunlicherweise hatte er jetzt überhaupt keine Kundschaft, hilflos schaute er in die Menge und rief: «Ich habe alle Sorten von Arzneien, ein Mittel, das euch vergessen hilft, und ein anderes, damit ihr euch erinnert.»

Inmitten dieses Durcheinanders wussten sich fliegende Händler, die Speisen verkauften, über den Ansturm von Kunden zu dieser späten Stunde, die sonst keine gute Zeit für das Geschäft ist, gar nicht zu fassen vor Freude. Ihr türkischer Honig und ihre Plätzchen fanden reißenden Absatz. Sie bekundeten natürlich nach außen hin ihr Mitgefühl mit der besorgten Menge und flehten: «Möge Gott das Übel der Afghanen von uns wenden!» Aber in Wirklichkeit hatte die brodelnde Betriebsamkeit dieses Marktes in ihren Herzen keinen Raum mehr für Angst vor dem drohenden Angriff der Afghanen gelassen. Sie hörten nur noch das Klingen der Münzen in ihren Taschen, und ein ums andere Mal priesen sie ihre Waren an.

Wir waren auf dem Weg von der Mitte des Platzes zum Eingang des Basars, als Ssohrâb plötzlich stehen blieb und ausrief: «Sieh mal, wer da ist!»

Es war Âssef. Er hatte uns zwar den Rücken zugewandt, aber an dem dichten, lockigen Haar, das ihm über die Schultern fiel, war er leicht zu erkennen. Ich legte ihm die Hand auf die Schulter. Er drehte sich um, und ohne das leiseste Anzeichen von Überraschung hob er sogleich mahnend den Zeigefinger und äußerte wie ein Heiliger, der weissagt: «Irgendwo auf diesem Platz wird Âbguscht verkauft.»

Ssohrâb rümpfte die Nase und meinte schnuppernd: «Du hast recht. Es stinkt bis hierher. Sicher haben sie die Köpfe und Hammelbeine afghanischer Gefangener darin eingekocht.»

Âssef achtete nicht darauf, was der andere gesagt hatte, und fügte mit immer noch erhobenem Zeigefinger hinzu: «Jeder, der von diesem Âbgușcht kostet, wird für das Auge des Feindes unsichtbar.»

Er erzählte uns, dass ebendieser Eintopf unsere Soldaten für das Auge des Feindes hätte unsichtbar machen und ihnen den Sieg hätte sichern sollen. Das hatte einer der Kommandanten dem Schah als Garantie für den Sieg unserer Soldaten über die Feinde empfohlen.

Ich fand: «Dann sollten wir besser auch davon essen; denn die Afghanen werden Isfahan bald erstürmen.»

Ssohrâb zuckte mit den Schultern: «Ich esse das nicht, das Zeug hat sich doch schon einmal als unwirksam erwiesen.»

«Aber wir können es doch zumindest noch einmal probieren», widersprach ich ihm.

Âssef nahm wieder die Haltung eines Heiligen an und predigte: «Zwei Ziegenböcke und dreihundertfünfundzwanzig Erbsen in jedem Kessel.»

Ssohrâb meinte: «Wenn man so rechnet, müsste es für alle reichen. Ein Kessel für jeden Stadtteil.»

Nachdenklich sagte Âssef: «Aber es gibt ein kleines Problem: Über jedem dieser Erbsenkügelchen muss eine Jungfrau dreihundertfünfundzwanzigmal das Glaubensbekenntnis sprechen.»

«Und wo liegt da das Problem?», fragte ich.

«Es besteht möglicherweise darin, dass es, wenn die besiegten Truppen des Schahs nach Isfahan kommen, auf einmal keine Jungfrauen mehr gibt», sagte Âssef.

Ssohrâb lachte laut auf: «Das lässt sich doch leicht lösen: Wir beten, dass alle unsere Soldaten bis auf den letzten Mann von der Hand der Afghanen getötet werden.»

«Eine bessere Lösung wäre es», wandte ich ein, «die Jungfrauen von den Soldaten fernzuhalten.»

«Du hast wohl noch keine Soldaten gesehen, die ein, zwei

Monate im Felde gestanden haben, die suchen nach Löchern, nehmen die Witterung auf und finden sie», erwiderte Ssohrâb.

Es war, wie Ssohrâb gesagt hatte: Von den zwölf Mädchen, die aus den Dörfern um die Stellungen unserer Soldaten herum zu diesem Zweck ausgewählt worden waren, meldete eines aus Sorge um die Gefahren der Verheimlichung, dass sie ihre Jungfräulichkeit verloren habe. Als man die übrigen elf untersuchte, stellte sich heraus, dass keine mehr unberührt war. Sie alle hatten ihre Jungfräulichkeit erst in jüngster Zeit eingebüßt.

Mit der Miene eines Mannes, der sich seiner Sache sicher ist, sagte Ssohrâb: «Wir sollten unsere Soldaten also wegen dieser Niederlage nicht grundlos tadeln, wir müssen auch fair sein. Es waren eben keine geeigneten Mädchen in Reichweite.»

Âssef setzte seinen Bericht fort: «Auf jeden Fall hat man nach langer Suche zwei achtjährige unberührte Mädchen gefunden. Diese beiden unschuldigen Mädchen haben das Glaubensbekenntnis so oft wiederholt, dass sie in der Feldküche des Heerlagers neben den Kesseln mit dem wunderbringenden Âbguscht schließlich vor Müdigkeit umgefallen sind.»

Und als wäre ich auf eine große Ungerechtigkeit gestoßen, sagte ich: «Also haben unsere Soldaten letztlich das Âbguscht gegessen und die Schlacht dennoch verloren.»

Vielleicht drückte in jener Nacht niemand in Isfahan vor lauter Aufregung ein Auge zu. Bei uns zu Hause wurde es eine von den seltenen Nächten, in denen Großvater zu uns ins Erdgeschoss herunterkam. Er sagte: «Die Dynastie der Safawiden ist auf einer Lüge begründet.»

Esmâʿil, der Gründer dieser Dynastie, war, bevor er sich zum Schah ausrufen ließ, zu der Zeit, als er aus Furcht vor seinen

Feinden beim Gouverneur von Lâhidschân Zuflucht gesucht hatte, in einen an der Decke aufgehängten Korb gestiegen, damit der Gouverneur den Leuten, die auf der Suche nach ihm in dessen Haus gekommen waren, schwören konnte, dass der Fuß Esmâ'ils nirgends den Boden Lâhidschâns berühre.

Großmutter und ich saßen stundenlang wach und lauschten Großvaters Geschichten, bis sich dieser zu seinem Lager begab und gleich darauf sein Schnarchen die Luft erfüllte. Ich aber musste bis Mitternacht an Jasmin denken und an die Ereignisse, die uns noch bevorstanden.

Ich träumte, die Afghanen hätten die Stadt angegriffen, und ich sei in der Umgebung des Grabmals von Ghasâl, dem Lieblingspferd von Schah Abbâs, das die iranischen Soldaten in einem Krieg von einem osmanischen Kommandanten erbeutet hatten. Plötzlich spross eine Frau vor mir aus dem Boden. Ich kannte sie, obwohl ich sie noch nie gesehen hatte, weil sie gestorben war, bevor ich auf die Welt gekommen war. Dennoch stellte sie sich vor: «Ich bin Zwölf-Tumân-Dame.»

Sie war die teuerste Hure Isfahans aller Zeiten.

Dann war ich wach, und es war wieder alles wie vorher. Der Feind stand nur wenige Schritte von unseren Häusern entfernt. Die Afghanen hatten Isfahan schon vor einigen Tagen erreicht. Aber der Hochwasser führende Sayandé-Rud hinderte sie daran, die Stadt einzunehmen; die Soldaten des Schahs verteidigten entschlossen die Brücken, und die ganze Zeit waren Schüsse zu hören. Mal legte sich der Schusswechsel sehr schnell wieder, mal wurde er heftiger, und nur wenige Augenblicke, bevor die Stadt durch den entsetzlichen Lärm im Wahnsinn versinken würde, beruhigte sich alles wieder.

Isfahan schlief. Bis zum Morgengrauen fuhr ich noch zweimal vor Entsetzen aus dem Schlaf hoch. In einem sich wiederholenden Traum hatte ein afghanischer Berittener Jasmin hinter sich auf sein Pferd gesetzt und sie entführt. In diesem wirren Traum war ich zu keinem Widerstand fähig, ich brachte nicht einmal einen Laut heraus. Ich war wie gelähmt, nichts als ein ohnmächtiger Zeuge. Wenn ich erwachte, klebte mir das schweißnasse Hemd am Leibe, und das Herz pochte nicht nur in meiner Brust, sondern es schlug mir bis zum Halse. Jedes Mal lag ich eine Stunde wach, und dann versank ich wieder im Strudel des Schlafes.

In meinem letzten Albtraum entfernte sich der afghanische Reiter, doch seltsam: Der Hufschlag wurde mit zunehmender Entfernung immer deutlicher. Dann, als der Lärm aus dem Inneren meines Schädels zu kommen schien, fuhr ich aus dem Schlaf hoch, aber das Geräusch hielt weiter an. Ich brachte nicht den Mut auf, die Augen zu öffnen, aber ich spürte die Kraft des Tageslichtes hinter meinen geschlossenen Lidern.

An gewöhnlichen Tagen, bevor der Aufstand der Afghanen ausgebrochen war, hatte ich dieses Licht zusammen mit einem unbestimmten, fernen Summen wahrgenommen, dem halb erstickten Raunen des Basars, dem Geräusch des Tages! Aber jetzt war es allerorten wieder ruhig, bis sich der Lärm, deutlicher als zuvor, von Neuem erhob. Es klopfte an der Haustür.

Schließlich öffnete ich die Augen. Ja, der Sonnenschein war schon bis zur Mitte meines Zimmers vorgerückt, aber es war ganz still, nichts war zu hören, keine Gewehrschüsse oder Kanonendonner, die Isfahan sonst von Zeit zu Zeit erschütterten. Die Stadt lag gewissermaßen im Koma, erschöpft von der Angst und dem Schrecken der letzten paar Tage, unfähig, sich wieder aufzurappeln. Und wieder das Klopfen an der Tür.

Ich hob den Kopf, und plötzlich erschien mir jener wiederholte, wirre Traum in einer Klarheit, als hätte ich ihn im Wachen mit offenen Augen gesehen. Wieder das Klopfen an der Tür.

Hektisch lief ich noch im Nachthemd zur Haustür und öffnete sie. Ich erblickte Hamo und Manusch, die beim Öffnen der Tür einen Schritt vortrat. Sie sagte: «Wir hätten beinahe aufgegeben.»

Hamo drückte Manusch das Bündel, das er unter dem Arm trug, in die Hand und meinte: «Na, dann werde ich mal gehen.»

Sein Verhalten hatte etwas Aufgeregtes, Gehetztes an sich, Manusch wirkte ruhiger und sagte: «Lass mich doch erst einmal sehen, ob sie einen ungebetenen Gast aufnehmen.»

Ich trat beiseite und erwiderte: «Der Gast ist der Liebling Gottes.»

Hamo verabschiedete sich und ging. Manusch trat ein, und ich schloss die Tür. Es war das erste Mal, dass sie zu uns nach Hause kam. Sie sagte: «Die Afghanen sind drauf und dran, in Dschulfa einzudringen.»

Das war die Erklärung dafür, warum sie gekommen war. Doch wie verwunderlich, dass ihre ruhige Miene ganz und gar nicht zu dieser erschreckenden Nachricht passte! Ich fragte: «Und dein Vater?»

Sie antwortete: «Er war nicht bereit, Dschulfa zu verlassen. Aber er hat darauf bestanden, dass ich zu euch gehe.»

Großmutter kam mit einem Bündel Brot von draußen herein und war ganz verblüfft, Manusch mitten im Hof stehen zu sehen. Diese wiederholte, was sie schon zu mir gesagt hatte. Großmutter lächelte freundlich und erklärte: «Dein tägliches Brot hat Gott uns schon vorsorglich ins Haus gesandt. Sieh nur, wie viel Brot ich gekauft habe. Komm herein!»

Sie nahm Manusch bei der Hand und zog sie mit sich ins Zimmer. Sobald diese sich gesetzt hatte, holte sie einen Zettel aus der Tasche und gab ihn Großmutter. «Das ist eine Nachricht meines Vaters für den Kalligraphen.»

Und sogleich fragte sie: «Ist er jetzt zu Hause?»

Großmutter versicherte ihr: «Schon seit Jahren hat er den Fuß nur noch außer Haus gesetzt, um ins Bad zu gehen.»

«Je eher er ihn liest, desto besser.»

Geistesabwesend öffnete Großmutter den Brief, aber noch bevor sie einen Blick darauf geworfen hatte, faltete sie das Papier wieder zusammen und reichte es mir.

Großvater war dabei, zu schreiben. Als er mich mit dem Zettel erblickte, hielt er inne und ließ ihn sich reichen. Offenbar war es eine kurze Notiz, denn er sagte sofort: «Sag ihr, solange es ihrem Vater angebracht erscheint, ist sie unser Gast.»

Als ich wieder nach unten kam, waren sie in Großmutters Zimmer gegangen, doch sobald ich eintrat, unterbrachen sie ihr Gespräch und wandten sich zu mir um. Ich richtete Großvaters Worte aus. Großmutter sagte: «Gut, das ist ja selbstverständlich.»

Dann fügte sie, zu Manusch gewandt, hinzu: «Betrachte dies hier als dein eigenes Haus.»

Manusch fuhr fort, ihr Herz auszuschütten: «Die jungen Armenier stehen mit leeren Händen da. Aber mit bloßen Händen kann man nicht kämpfen. Wenn sie doch nur …»

Vor einer Woche, als die Afghanen gegen Isfahan vorgerückt waren, hatte der Schah die bewaffneten Wachen von Dschulfa aus Furcht, sie könnten sich mit dem Feind verbünden, entwaffnen lassen.

«Nicht mehr lange, dann werden wieder Kanonendonner und Schüsse hallen, lass mich noch schnell Frühstück machen», sagte Großmutter.

Sie verließ das Zimmer, und kurz darauf rief sie, wahrscheinlich aus der Küche: «Hast du Großvater das Frühstück gebracht?»

Meine Antwort war kurz: «Mit welchem Brot?»

«Keine Ausreden! Ist etwa nicht genug zu essen für ihn im Topf?»

Der sich wiederholende Albtraum der vergangenen Nacht kam mir wieder in den Sinn. Ich musste unbedingt in Erfahrung bringen, wie es Jasmin ging. Als ich in den Hof ging, um mich zu waschen, kam Großvater die Treppe herab, seine Miene war über die Maßen bitter, und er begann zu sprechen, als wendete er sich an ein Publikum: «Nun nimmt das Unglück dieses Volkes seinen Lauf.»

«Mach dir um dieses Volk keine Sorgen», sagte Großmutter. «Die Kriegswirren werden sich bald wieder legen. Was können die barfüßigen Afghanen schon ausrichten?»

Großvater lächelte bitter und sagte: «Ich habe das deutliche Gefühl, dass diese Wirren nicht so bald wieder vergehen werden, es wird ein böses Ende nehmen …»

Dann stieß er einen langen Seufzer aus und fügte hinzu: «Der Schah dieses Landes ist schon lange tot. Die Safawidenherrscher haben sich auf den Stab gestützt, den ihnen ihr großer Ahnherr Schah Abbâs weitergereicht hat, und dass sie verstorben sind, haben die Menschen nur nicht bemerkt. König Salomon verschied, auf einen Stecken gestützt, im Stehen, und die Dschinnen, die auf seinen Befehl den Tempel bauten, bemerkten es ein ganzes Jahr lang nicht, bis die Erdwürmer den Stock zernagt hatten und sein Leib zu Boden fiel. Die Afghanen sind genau solche Erdwürmer.»

Dann trat er mitten in den sonnenbeschienenen Hof, setzte sich auf den steinernen Beckenrand und sagte mit einem bitteren Lächeln: «Der Schah betrachtet sich als Schatten Gottes auf Erden, und der oberste Geistliche sieht sich als Stellvertreter des Herrn der Zeit. Jetzt stehen die barfüßigen Afghanen vor den Toren der Stadt, um sie mit Stumpf und Stiel zu vertilgen. Beide haben ihre Macht einst auf Blutvergießen und Verrat gegründet.»

Es ist überliefert, dass bei den Krönungsfeierlichkeiten von Schah Esmâ'il, dem ersten Safawidenherrscher, vorab so viele Soldaten wie zu erwartende Zuschauer auf den Hauptplatz der Stadt Täbris gebracht wurden, damit man, falls es bei der

Verlesung der Proklamation im Namen des Herrschers zu Protesten käme, den Aufruhr gleich an Ort und Stelle ersticken könne. Denn die Ausrufung des Schahs sollte nach dem Ritus und den Grundsätzen der Schia erfolgen, die Bevölkerung Irans war aber, bis auf kleine Minderheiten in Qom, Kaschan und Sabsawar, sunnitisch.

Ohne auf die Tageszeit zu achten, schlüpfte ich in meine Sandalen, zog mir das Gewand über und verließ das Haus. Im letzten Augenblick hörte ich noch die Stimme von Großmutter, die erstaunt fragte: «Du gehst mit nüchternem Magen aus?»

Während ich zum Haus der Mattenflechter lief, wuchs meine Besorgnis noch. Um zu ihrem Haus zu gelangen, musste ich zuerst den Lebensmittelmarkt durchqueren, den ich noch nie so überfüllt gesehen hatte. Alle waren damit beschäftigt, ihre Körbe zu füllen, die Preise waren auf ein Vielfaches gestiegen, trotz alledem zahlten die Kunden, ohne zu feilschen, jeden Preis. In dem Gedränge des Basars rempelte ich die Leute an oder wurde von ihnen angerempelt, ich stieß sogar einmal den Korb eines Jungen um, der am Rande eines kleinen Platzes Datteln verkaufte und der sich erst wieder beruhigte, als zwei Frauen, die mit ihren Körben frisch gewaschener Wäsche vom Qanât zurückkamen, für mich eintraten.

Das Viertel, in dem sie lebten, war als Altstadt bekannt, ein Viertel mit lauter kleinen Häusern und engen, dunklen, verwinkelten Gassen, in dem Fremde sich leicht verirrten. Seine Bedeutung verdankte es einer berühmten Moschee, in deren Gebetsnische der Fußabdruck eines Imams zu sehen war und die dreimal in der Woche eine Armenspeisung anbot. Hinter den Opiumhöhlen, die den Platz säumten, lag die Zwei-Brüder-Gasse, in der vor allem Huren wohnten, und dann gelangte ich zu einer anderen Gasse, in der das Haus von Jasmin lag.

Karîm öffnete mir, ein tauber kleiner Junge, der dort bei der Hausarbeit half. Ich hatte wohl so anhaltend und ungestüm an die Tür geklopft, dass Jasmin, als ich eintrat, mir schon im Hof entgegenkam, wobei sie besorgt zur Tür blickte. Als sie mich erkannte, zeigte sie kaum eine Regung, kehrte auf die Veranda zurück und nahm, in der Sonne sitzend, ihre Flechtarbeit wieder auf. Ich aber war plötzlich außer mir vor Freude, sie heil und gesund dort vor mir sitzen zu sehen. «Habt ihr ausreichend Essensvorräte im Haus angelegt? Sind Türen und Wände fest genug?», fragte ich.

Sie blickte mir neugierig und tief in die Augen und sagte: «Jetzt setz dich doch erst einmal hin, bis du dich beruhigt hast und aufhörst zu schwitzen.»

Offensichtlich machte sie sich über mich lustig. Ich erwiderte: «Ich mache keine Witze, ich bin bei klarem Verstand.»

«Solange der Fluss Hochwasser führt, ist Isfahan in Sicherheit. Das sagen alle», antwortete sie kühl.

«Und wozu baut man dann Brücken? Doch wohl, um Hochwasser führende Flüsse zu überqueren. Wenn die Afghanen es gestern geschafft hätten, die Brücken einzunehmen, wären sie jetzt schon in der Stadt und würden Jagd auf junge Mädchen machen.»

«Wenn die Soldaten des Schahs nicht stark genug sind, um die Brücken zu halten, wozu taugen sie denn dann?»

«Zu gar nichts. Die sind nicht einmal stark genug, um ihre Hosen festzuhalten … Ich mache mir Sorgen.»

Sarkastisch versetzte sie: «Soso! Aber ich mache mir keine Sorgen. Nur als du beinahe die Tür eingeschlagen hast, habe ich mir, allerdings auch nur für einen Augenblick, ein wenig Sorgen gemacht.»

«Letzte Nacht hatte ich einen wirren Traum.»

«Hoffentlich bedeutet er etwas Gutes!»

«In meinem Traum hat dich ein barfüßiger Afghane hinter sich aufs Pferd gesetzt und entführt.»

«Nun, ich hatte, als ich jünger war, einen ähnlichen Traum, allerdings mit einem kleinen Unterschied: Der Mann, der mich hinter sich aufs Pferd gesetzt hatte und entführte, war ein Prinz und kein barfüßiger Afghane.»

Dann lachte sie schallend und ausgiebig, wischte sich mit dem Handrücken die Tränen aus den Augen und wandte sich gleichmütig wieder ihrer Arbeit zu. Aber einen Moment später hob sie, als hätte sie auf meine Worte noch keine passende Antwort gegeben, den Kopf und sagte in völliger Hoffnungslosigkeit: «Ich glaube nicht, dass meine Lage noch schlechter werden kann, als sie schon ist. Was kann der Feind mir schon antun? Ich bin mir vollkommen gleichgültig.»

Und von Neuem nahm sie ihre Arbeit auf. Ich ging die zwei, drei Stufen vom Hof zur Veranda hinauf und erwiderte: «Aber mir bist du nicht gleichgültig; ich liebe dich.»

Sie hob den Kopf und starrte mir in die Augen. Ich bin überzeugt, dass in meinem Blick kein Anflug von Täuschung oder Unehrlichkeit lag.

Sie wusste ohne Zweifel, was Liebe ist. Die Büttel des obersten Geistlichen hatten ihren Verlobten vor drei Jahren in einem Derwisch-Kloster getötet, und sie trug deshalb immer noch Schwarz.

Bis vor zwei Monaten hatte sie mir nichts von diesem Vorfall erzählt. Ich hatte es rein zufällig vom Wirt des Kaffeehauses gehört. Erst vor zwei Monaten hatte mir Jasmin von der offenen, blutenden Wunde in ihrem Herzen berichtet, einer Wunde, die eine teuflische Tat ihr zugefügt hatte.

Im Kaffeehaus hatte ich von jenem jungen Derwisch gehört. Wenn er tanzte, wurden alle von spiritueller Hingabe ergriffen, und das Kloster versank in tiefe Stille. Beim Tanzen warf er nach und nach alle Kleider ab, so nackt, wie er aus dem Schoß seiner Mutter gekommen war, drehte er sich lange und fiel schließlich, mit Schaum vor dem Mund, in Ohnmacht.

Im Zustande der Bewusstlosigkeit ließ er unablässig den Namen Gottes aus seinem Munde hören, dann erhob er sich plötzlich und fing wieder an, sich zu drehen. So ausdauernd, dass er manchmal bis zum nächsten Tag weitertanzte. Sie hatten ihn getötet, und seine Leiche war nie gefunden worden. Manche sprachen von einigen Tropfen Blut im Hof des Klosters, andere sagten, als die Büttel des obersten Geistlichen ihn ermordet und zerstückelt hätten, sei dort nichts als ein wohlriechender Turban übrig geblieben.

Ich wusste, dass Jasmin einen jüdischen Hintergrund hatte. Ihr Großvater war in mittleren Jahren wie die anderen Juden von der Fatwa des obersten Geistlichen und den Lanzenstichen der Soldaten des Schahs gezwungen worden, zum Islam überzutreten. Auch das hatte sie mir keinesfalls selbst verraten, aber natürlich wusste es alle Welt. Ihre Bekehrung hatte zwar die Gefahr, die von den Lanzen der Soldaten des Schahs drohte, gebannt, aber den Argwohn der Leute nur noch verstärkt.

Ich setzte mich auf einen Schemel auf der Veranda und sagte: «In den Bäckereien nimmt das Gedränge Tag für Tag zu, und die Preise steigen von Minute zu Minute. Es wäre besser, wenn ihr wenigstens einen kleinen Brotvorrat im Haus anlegtet.»

«Die Nachbarn meinen, dass es mit diesem Aufruhr bald vorbei sein wird. Der Schah hat seinen Enkel aus dem Harem geholt, damit dieser Isfahan verlässt und sich daranmacht, in anderen Landesteilen Truppen auszuheben.»

«Dann weißt du also noch gar nicht, wie das Ganze ausgegangen ist! Der Unglückselige ist in den Harem zurückgekehrt. Die Leute haben in ihm ihren Retter gesehen, aber er hat sich diesen Erwartungen nicht gewachsen gefühlt. Ein Prinz, der unter lauter Frauen aufgewachsen ist, taugt nicht zum Oberbefehlshaber einer Armee.»

«Mach dir keine Sorgen. Der oberste Geistliche kennt eine Beschwörungsformel, welche die Afghanen, wenn man sie rezitiert und dabei in ihre Richtung bläst, augenblicklich zu Stein erstarren lässt.»

Und wieder lachte sie laut auf, nervös und schallend.

«Ich fürchte, deine Sorglosigkeit wird sich noch rächen. Vorsicht ist besser als Nachsicht.»

Darauf setzte sie eine ernstere Miene auf und sagte: «Natürlich hat meine Mutter mit all ihren Ersparnissen einen Vorrat an Mehl, Zucker und Datteln angelegt und die Wandnischen in unserer Küche damit gefüllt.»

«Das ist gut. Die Afghanen scheinen die Eroberung Isfahans einstweilen aufgegeben zu haben, und wahrscheinlich haben sie deshalb Dschulfa angegriffen. Auf jeden Fall hat das die Lage noch verschlimmert.»

Sie war eifrig mit Flechten beschäftigt, und ich hatte das Gefühl, sie allein lassen zu müssen. Ich sagte: «Übrigens, wenn du Geld brauchst ...»

Sie sah mich verstimmt an und schüttelte den Kopf. «Was ist denn dabei? Man muss sich doch in schwierigen Situationen gegenseitig helfen», setzte ich nach.

Kühl und kurz angebunden sagte sie: «Danke.»

Eine alte Frau brachte mir eine Schale mit Tee. Es war ihre Stiefmutter, ursprünglich ihre Amme, die sie aufgezogen hatte, und natürlich nannte Jasmin sie Mutter.

Am ersten Frühlingstag, dem iranischen Neujahr, griffen die Afghanen die Dörfer in der Umgebung von Isfahan an und plünderten sie. Die Dorfbewohner, die konnten, ergriffen die Flucht, überquerten die Brücken und strömten nach Isfahan herein. Es wurde schwieriger, in der Stadt Proviant aufzutreiben. Tatsächlich hatten die Lebensmittelläden überhaupt nichts mehr zu verkaufen. Im Granatapfelbasar von Isfahan, in dem es diese Frucht neun Monate im Jahr gab, war nicht einmal mehr ein einziger Granatapfelkern zu finden. Die Ladeninhaber stellten ihre großen, leeren Vorratsbehälter, die bis vor wenigen Tagen noch voller Weizen, Reis, Bohnen und Linsen gewesen waren, umgedreht in die hinterste Ladenecke und hockten selbst mit abwartendem Blick auf der Türschwelle. Die Kunden fragten nicht einmal mehr nach. Mit vor Unterernährung tief in die Höhlen gesunkenen Augen blickten sie auf die leeren Gefäße für Hülsenfrüchte, schüttelten traurig den Kopf, brummten etwas oder spuckten zornig auf den Boden und gingen weiter.

Überall ging das Gerücht um, die Afghanen hätten zur Rechtfertigung für den Angriff auf uns von den sunnitischen Muftis in Mekka eine Fatwa erhalten. Großvater sagte immer wieder: «Jetzt ernten die Safawiden, was sie gesät haben.»

Die Safawiden hatten die geistlichen Würdenträger dieses Reiches, fast alle Sunniten, töten lassen oder zur Flucht gezwungen und, weil nun niemand mehr da war, der sich um die religiösen und rechtlichen Angelegenheiten der Menschen hätte kümmern können, schiitische Rechtsgelehrte aus dem Libanon ins Land geholt, um die Herrschaft über die Bevölkerung zu erlangen. Das Erste, was diese taten, war, die ersten drei Kalifen in den Moscheen verfluchen zu lassen und Hass zu säen. Das war es, was Großvater meinte.

Dschulfa hatte bereits kapituliert. Die unerfreulichen Nachrichten, welche von dort die Stadt erreichten, nahmen kein Ende. Eine hohe Kopfsteuer, mehr, als die Bewohner hätten aufbringen können ... Wenn sie kein Geld hatten, wurde ihnen das Mobiliar geraubt, und wenn das noch nicht ausreichte, die jungen Frauen oder Töchter. Manche dieser jungen Mädchen kehrten hinterher wieder zu ihren Familien zurück, und die Priester hatten alle Hände voll zu tun, denn sie mussten sie durch ein rituelles Bad erneut taufen.

An den meisten Tagen begab sich meine Großmutter wie gewöhnlich in den Harem, und als neue Gehilfin nahm sie Manusch mit. Seynab Châtun, die spürte, wie nah die Bedrohung durch die Afghanen rückte, war ungnädig. Dennoch hatte sie Manusch gefragt, ob sie ihr die Kunst, Wein zu machen, beibringen könne.

Eines Nachmittags wurden Großmutter und Manusch auf dem Heimweg von Räubern überfallen, die es auf ihren Esel abgesehen hatten. Großmutter erhob ein Riesengeschrei, ein paar Leute eilten ihnen zu Hilfe, und die Angreifer nahmen Reißaus. Die ersten Anzeichen einer Hungersnot machten sich bemerkbar. Großmutter sagte: «Wir müssen uns um das arme Tier kümmern.»

Das Gerücht machte die Runde, dass die Leute, die sich das Rind- und Hammelfleisch nicht mehr leisten konnten, das von Tag zu Tag teurer wurde, heimlich Eselsfleisch äßen. Deshalb war der Preis für einen Esel auf das Hundertfache gestiegen und inzwischen bei zwölf Tumân angelangt, aber damit immer noch viel niedriger als der für Rind- oder Hammel-fleisch.

Großmutter sagte immer wieder: «Man kann doch diese arme Kreatur nicht hungern lassen, die Preise für Stroh und Gerste sind in schwindelerregende Höhen gestiegen. Mit dem wenigen, was wir ihm geben können, kommt das Tier kaum noch auf die Beine, wir müssen uns um ihn kümmern.»

Manusch und Großmutter gingen zu Fuß. Vom weiten Weg wurde Manusch müde, kaum war sie wieder zu Hause, streckte sie die Beine aus und massierte sie, zumal sie auch noch zwei Bündel auf dem Rücken tragen musste.

Ein paarmal fragte Großvater: «Was machst du mit dem Mädchen? Vielleicht würde sie lieber zu Hause bleiben.»

Jedes Mal antwortete ihm Großmutter: «Erstens gibt man uns dort immerhin ein Stück Brot, und zweitens haben wir einen unverheirateten jungen Mann im Haus, sollen wir Baumwolle neben das Feuer legen?»

Baumwolle und Feuer! Baumwolle und Feuer!

Zu mir sagte Großmutter oft: «Sie sieht dich immer aus den Augenwinkeln an; wenn du im Haus herumgehst, horcht sie auf deine Schritte, sie zählt sie, damit sie weiß, in welchem Winkel des Hauses du gerade bist.»

Dann schwenkte sie warnend den Zeigefinger vor meinem Gesicht. «Auch du solltest dich möglichst wenig in ihrer Nähe aufhalten. Begeh bloß keinen Fehltritt!»

«Das bildest du dir doch alles bloß ein! Das Mädchen guckt doch nur besorgt und verwirrt.»

«Ich sehe nur eins in ihrem Blick: Sie begehrt dich.»

Großmutters Ermahnungen taten allmählich ihre Wirkung. In manchen Nächten fuhr ich aus dem Schlaf hoch, sofort schoss mir der Gedanke durch den Kopf, dass eine hübsche, junge Frau, die vor Verlangen brannte, mit mir zu schlafen, in meiner Nähe war, und jedes Mal überkam mich ein seltsames Gefühl. Ich bildete mir sogar ein, den Duft ihres Atems durch die Wand hindurch aus Großmutters Zimmer zu riechen und die Wärme ihres Körpers zu spüren. In solchen Nächten hatte ich immer einen Samenerguss.

Aber Manusch war tatsächlich besorgt und traurig, und ich versuchte, sie mit Freundlichkeiten, die sie so sehr brauchte, aufzuheitern, ihre Sorgen zu lindern oder sie von dem, was sie beschäftigte, ganz abzulenken. Deshalb behielt uns meine Großmutter ständig im Auge, aber ich scherte mich nicht darum.

Manchmal machte eine ermunternde Nachricht die Runde, und alle fassten frischen Mut. Die örtlichen Befehlshaber und Gouverneure sandten von nah oder fern ihre Soldaten zur Entsetzung der Hauptstadt. Aufgeregt sagten die Menschen zueinander, nun sei es um die Afghanen geschehen. Diejenigen, die Lebensmittel gehortet hatten, ließen etwas davon auf dem Basar anbieten; die Preise fielen wieder.

«Der Gouverneur von Georgien kommt Isfahan mit zwölftausend Soldaten zu Hilfe.»

«Das glaubst du doch selbst nicht! Wie oft haben wir solche Geschichten schon gehört? Jetzt reicht es.»

«Diese Nachricht ist glaubwürdig. Ich habe sie von einem zuverlässigen Mann.»

«Ein großes Heer aus Nischapur ist zur Rettung der Hauptstadt unterwegs.»

«Zehntausend kampferprobte Männer ...»

Das Warten zog sich hin. Warum trafen die Soldaten denn nicht ein? Manchmal rückten sie sogar an, aber kurz bevor sie Isfahan erreichten, wurden sie in der Nähe von den Afghanen aufgerieben. Diese Nachricht löste allgemeines Wehklagen aus, und die Lebensmittelpreise zogen wieder an. Man fragte sich: «Was zum Teufel machen bloß der Schah und der oberste Geistliche?»

Ich hatte das Gefühl, dass Manusch sich notgedrungen mit ihrem neuen Leben abgefunden hatte. Mit einer jungen Nachbarin, die mit ihren Zwillingssöhnen im Haus gegenüber wohnte, hatte sie sich angefreundet und sich ihr angeschlossen, immer wenn sie zu Hause nichts zu tun hatte, ging sie hinüber. Die Zwillinge sagten Tante zu ihr.

Das Verhältnis von Manusch und mir, ob nun echte oder nur angebliche Gefühle im Spiel waren, hatte sich zu Großmutters Hauptsorge entwickelt. Es war in Isfahan tatsächlich sehr ungewöhnlich, dass ein Mann und eine junge Frau in einem Haus zusammenlebten, wenn sie nicht miteinander verwandt waren, aber schließlich lebten wir auch unter sehr ungewöhnlichen Umständen. Hinter den Mauern unserer Häuser stand der Feind.

«Ich habe sie gefragt: ‹Erinnerst du dich noch an die Zeit, als Allahyâr erst sieben oder acht Jahre alt war? Du warst ein junges Mädchen voller Saft und Kraft und mochtest ihn sehr. Weißt du das noch? Jedes Mal, wenn wir kamen, um Wein zu holen, wichst du ihm nicht mehr von der Seite.›»

«Du hättest das nicht zu ihr sagen sollen, Großmutter.»

«Hör doch erst mal, was sie mir geantwortet hat. Sie hat mir gesagt: ‹Er war schließlich der einzige blonde Junge in ganz Isfahan, und das ist er immer noch.›»

«Großmutter, du bringst das arme Mädchen noch ganz durcheinander!»

Zornig erhob sie ihre Hand und fuchtelte damit in der Luft herum, um mir zu bedeuten, ich solle den Mund halten: «Dann habe ich sie gefragt: ‹Hast du ihn immer noch so gern?› Sie hat nicht geantwortet, sondern nur den Kopf gesenkt und ist aus dem Zimmer gegangen.»

Um ihr zu zeigen, dass ich nicht einverstanden war, wandte ich das Gesicht ab und sagte: «Armes Mädchen!»

Sie blieb dabei: «Ich bin eine Frau, so etwas sehe ich euch schon von Weitem an!»

«Das sind doch alles bloße Hirngespinste.»

Ohne auf meine Worte einzugehen, sagte sie: «Möge Gott

uns alle aus dieser Lage erlösen ... weißt du, sonst muss sie eben Muslima werden. Wenn du sie auch willst ...»

«Sie sollte ihren Glauben lieber beibehalten. Ohne Manuels Weine ist es aus und vorbei mit Seynab Châtuns Lustbarkeiten.»

Ssohrâb und ich gingen wie gewohnt an manchen Abenden ins Kaffeehaus, und auch dort war, wie überall in dieser Stadt, nur noch die Rede von den Untaten der Afghanen in Dschulfa.

Ab und zu hatten junge Armenier im Schutz der Dunkelheit fliehen können und waren über den Sayandé-Rud nach Isfahan gelangt. Sie berichteten von Mord, Plünderungen und der Vergewaltigung junger armenischer Mädchen durch die Afghanen. Sie waren sogar in die St.-Josephs-Kirche eingedrungen und hatten die Mädchen, die dort Zuflucht gesucht hatten, herausgezerrt und mitgenommen.

Tatsächlich setzten die Afghanen ihre Angriffe auf die Brücken des Sayandé-Rud noch immer Tag für Tag fort, um in die Stadt zu gelangen, und jedes Mal wurden die Attacken vereitelt. Zur Vergeltung ließen die verärgerten Afghanen ihre Wut an den Armeniern von Dschulfa aus.

Wir taten unser Möglichstes, damit Manusch nichts davon erfuhr. Aber bald stellten wir fest, dass sie über alles Bescheid wusste. Die Nachbarin gab diese Nachrichten brühwarm an sie weiter und schmückte sie womöglich sogar selbst noch aus. Manusch kehrte mit rot geweinten Augen aus ihrem Haus zu uns zurück.

«Die Afghanen haben wieder fünfzig armenische junge Mädchen als Gefangene verschleppt.»

Die schönsten von ihnen fielen Mahmud, ihrem Oberkommandierenden, zu. Wie mit den Frauen des Feindes, die in Gefangenschaft gerieten, zu verfahren sei, war in der Scharia klar geregelt. Manusch machte sich Sorgen um ihre Cousinen.

In jenen Tagen schickte Großvater seine Schüler fort und empfing sie von da an auch nicht mehr. Der Rückzug aus der Welt war für ihn die letzte Rettung in diesen schweren Zeiten.

«Die Heilmittel für meinen Schmerz sind Abgeschiedenheit und Einsamkeit.»

Tatsächlich suchte ihn auch niemand außer Âssef und Borsu mehr auf.

Er schrieb jetzt sogar noch eifriger als früher, fast den ganzen Tag lang. Um an Kerzen und Öl für die Lampen zu sparen, die beide nahezu unerschwinglich geworden waren, hatte er es aufgegeben, nachts zu arbeiten. Aber da er seit Jahren daran gewöhnt war, die Nächte durchzuarbeiten, verbrachte er sie am offenen Fenster seines Zimmers sitzend und betrachtete bis zum Morgengrauen den Himmel und die Sterne. Nach einem kurzen, tiefen Schlaf, und bevor er zu schreiben begann, nahm er bei Tagesanbruch seine rituelle Waschung vor. Die Kalligraphie war für ihn eine Form des Gebets.

Großmutter pflegte zu sagen: «Sieh ihn dir doch nur an! Was er da macht, ist kein Schönschreiben, das ist ein Liebesakt!»

Er betrieb ein Liebesspiel mit Wörtern, und die Wörter trieben es miteinander. Manchmal vereinigten sich die Buchstaben in seiner Kalligraphie, als ob sie sich geheime Liebesworte zuflüsterten. Großmutter sagte immer, und zwar mit Nachdruck: «Als die Sufi-Klöster geschlossen und der Tanz der Derwische verboten wurden, hat sich Großvaters Schreibstil vollkommen verändert.»

Der elegante Schwung, den er den Buchstaben gab, ihre in die Länge gezogenen Schlussstriche, die Wellen, die sich aus der Verbindung der Buchstaben ergaben, dies alles glich den verschiedenen Haltungen des menschlichen Körpers, der sich unwiderstehlich angezogen fühlt, sich verzückt und sehnsüchtig in Leidenschaft windet und sich nach dem Himmelslicht streckt. Das Weiß zwischen den Linien seiner Buchstaben und das Schwarz der Federstriche waren gleichermaßen bedeutungsvoll. Das sagte nicht nur Großmutter, das sagten alle.

Er schrieb unaufhörlich. Großmutter erklärte: «Eine solche Leidenschaft und einen solchen Drang zum Schreiben habe ich noch nie bei ihm beobachtet.»

Ich fragte ihn: «Großvater, viel Papier ist nicht mehr übrig, soll ich in den Basar gehen und dir welches kaufen? Tinte hast du auch nicht mehr viel, soll ich Ruß und Galläpfel besorgen?»

Er warf einen Blick auf die neben ihm gestapelten Papiere und auf das Tintenfass in der Wandnische. Dann antwortete er: «Das, was wir haben, reicht mir.»

Und ruhig tunkte er seine Feder wieder in die Tinte, machte nach einer wohlbemessenen Pause eine unmerkliche Drehung, zog sie wieder heraus und setzte sie aufs Papier, worauf ihr Kratzen zu hören war. Nie habe ich gesehen, dass er die Feder zu lange oder zu kurz eingetunkt hätte und womöglich eine Kalligraphie von Neuem hätte beginnen müssen.

Die wenigen Blätter Papier und diese paar Tropfen Tinte sollten genug sein? Er hatte also seinen Entschluss gefasst. Auch ich war mir offenbar längst über seine Entscheidung im Klaren. War es bloße Ahnung oder Gewissheit? Was es auch gewesen sein mag, ich wusste, dass dies seine letzte Kalligraphie war. Er stand in dem Ruf, der einzige Kalligraph zu sein, der die Buchstaben in einem Zuge schrieb. Als ich noch ein Kind gewesen war, hatte ich sehr genau auf das, was er tat, geachtet; wenn er die Feder auf dem Papier aufsetzte, hielt er die Luft an und atmete erst wieder aus, wenn er die Feder hob, nachdem er einen Buchstaben vollendet hatte. Danach war er außer Atem, als hätte er eine schwere Arbeit zu Ende gebracht, der Schweiß stand ihm auf der Stirn, und bevor er

heruntertropfen konnte, wischte er ihn sich mit einem Hand-
tuch ab, das er wie ein Werkzeug neben sich liegen hatte.

«Die bessern Künstler», sagten die Chinesen, «das sind wir»,
Die Griechen meinten: «Nein, die bessern stehen hier.»
Der Sultan gab zur Antwort: «Machet euch bereit
Und zeiget mir, wer Sieger wird in diesem Streit.»
Zunächst ergriffen die Chinesen dann das Wort,
Die Griechen aber zogen ab von jenem Ort.
Drauf baten die Chinesen ihn um diese Gabe,
Dass jeder von den beiden seine Werkstatt habe.
«Hier ist ein Haus mit einem Vorhang und zwei Türen,
Die euch in zwei verschied'ne Räume führen.»
Alsdann erbaten die Chinesen hundert Farben.
«Ich öffne euch den Schatz, ihr sollt nicht darben.
Nehmt alle notwendigen Farben, jeden Morgen!
Für alles, was ihr braucht, werde ich gerne sorgen.»
Die Griechen wollten weder Farben noch Alaun,
Sie wollten auf etwas ganz anderes aufbaun.
Die Wände zu polieren, schlossen sie sich ein,
Bald glänzten diese wie der Himmel hell und rein.
Hinter den Wolken vieler Hundert Farben thront
Und strahlt, von allen Farben frei, der helle Mond.

In diesen Tagen versetzte uns alle die Energie, die er zum
Schreiben aufbrachte, in Erstaunen, als ob ihm durch seine
Genügsamkeit bei Speise und Trank neue Kräfte zugewach-
sen wären. Aber ungeachtet seiner neuen Kräfte, traten ihm
beim Schreiben, wie den Derwischen beim Tanz, Schweiß-
perlen auf die Stirn, sein Angesicht glühte und glänzte wie im
Feuer gerötetes Metall. In jenen letzten Tagen kam ich zu dem
Schluss, dass die Kalligraphie seine Art zu tanzen war, und
fragte mich, ob die Niederschrift dieses Exemplars von Rumis
Massnawi sein letzter Tanz sei.

Da fällt mir ein, wie er mich einige Jahre zuvor zu einem in einem Privathaus untergebrachten Sufi-Kloster mitgenommen hatte, das verborgen vor den Augen der Agenten des obersten Geistlichen betrieben wurde. Er tanzte dort die ganze Zeit in der Mitte, griff danach einen vollen Monat lang nicht zur Feder und begann hinterher mit derselben Leidenschaft wie vorher zu schreiben. Die Kalligraphie ersetzte ihm den Tanz, sie war ein Gebet aus tiefster Seele. Nicht wenige Leute glaubten, dass das, was er schrieb, ein Widerschein von Gottes Wort sei, oder vielleicht sollte man besser sagen, dass der Widerschein von Gottes Wort darin leuchtete.

An einem jener Tage, als die Arbeit zu Ende ging, zeigte er, nachdem er sein Tagewerk überprüft hatte, auf die vor ihm liegende Handschrift und sagte: «Dort liegt unser verlorenes Paradies!»

Und sogleich fügte er hinzu: «In diesen Tagen will ich es vollenden.»

Teil 2

Eine Stadt, die sicher war und wohlbehütet,
deren Versorgung zu ihr kam in Fülle, aus jedem Ort.
Da ward sie undankbar gegen die Wohltaten Gottes,
und Gott ließ sie fühlen das Kleid des Hungers und der Furcht –
für das, was sie vollbrachten.

KORAN, SURE 16 («DIE BIENEN»), 112

Großmutter glaubte, Gott werde einem hungrigen Mund sein tägliches Brot nicht vorenthalten, und sie hatte recht. Als es eines Tages nicht mehr möglich war, Brot von den Bäckern zu bekommen, und wir jedes Mal, wenn wir Brot aßen, wirklich nicht wussten, ob wir bei der nächsten Mahlzeit wieder welches auf dem Esstuch haben würden oder nicht, brachten Großmutter und Manusch einen kleinen Sack Mehl aus dem Harem mit nach Hause.

Als ich die Haustür öffnete, hielt Manusch den Sack keuchend auf den Armen, und Großmutter stand mit einem Knüppel in der Hand neben ihr. Ich musterte sie ungläubig. Ärgerlich fuhr Großmutter mich an: «Nimm das dem armen Geschöpf doch mal ab. Sie ist völlig fertig!»

Noch bevor ich etwas unternehmen konnte, warf mir Manusch den Sack mit dem Mehl zu, ich fing ihn auf, trug ihn in die Küche und brachte ihr dafür eine Schale kaltes Wasser in den Hof. Großmutter hatte ihren Stock noch nicht auf den Boden gelegt, und selbst die Art, wie sie dastand, zeigte ihre Entschlossenheit, jedweden Angriff abzuwehren. Ich drückte Manusch, die sich völlig erschöpft im Hof an die Mauer lehnte, die Schale Wasser in die Hand und sagte zu Großmutter: «Leg ruhig deinen Knüppel auf den Boden, in unseren vier Wänden sind wir doch sicher.»

«Aber es ist ungewiss, wie lange diese Sicherheit noch währt!», meinte Großvater.

Und vielleicht war es tatsächlich diesem Prügel zu verdanken, dass sie etwaige Angreifer hatten abschrecken und ihre kostbare Last nach Hause bringen können.

Seit die Afghanen alle Zugänge versperrt hatten, war der Belagerungsring um die Stadt geschlossen, und es war völlig unmöglich, herein- oder hinauszukommen. Die Bäcker buken an den meisten Tagen nichts mehr, und die Brotpreise waren ins Unermessliche gestiegen. Aber auch an den Tagen, an denen die Bäcker ihre Öfen anheizten, brach jedes Mal ein solcher Aufruhr aus, dass es nur den kräftigsten und streitbarsten Männern gelang, die anderen wegzuschieben und sich vorzudrängen, um etwas Brot zu ergattern. Oder man hatte sich im Vorhinein heimlich mit den Bäckern abgesprochen. Die Angst vor einer Hungersnot war mittlerweile so groß, dass sich die Leute das Brot gegenseitig aus der Hand rissen. Deswegen machten sich gewöhnlich alle Familienmitglieder gemeinsam auf, um Brot zu kaufen, damit sie dieses, wenn sie denn überhaupt etwas bekamen, sicher nach Hause bringen konnten.

Zwar wurde das Brot knapp, aber die Phantasie der Leute wurde dafür umso blühender. So manche Geschichte, ob wahr oder erfunden, machte die Runde: Ein Mann habe einer Frau das Brot aus der Hand gerissen und sich den ganzen Fladen, während er von den Umstehenden mit Faustschlägen und Fußtritten traktiert worden sei, in den Mund gestopft, habe sich dabei aber verschluckt und sei erstickt. Daraufhin hätten die anderen dem Toten das halb zerkaute Brot aus dem Mund gepult und sich darangemacht, es zu essen ... Manche Bäcker hätten Dattelkerne zermahlen, sie mit Sägespänen aus Tischlerläden vermischt und daraus Brot gebacken ...

Die Inhaber der Geschäfte, die als Erste keinerlei Waren mehr anbieten konnten, hatten inzwischen jegliche Hoffnung aufgegeben, eine der Lieferungen zu ergattern, die von Zeit zu Zeit noch von nah oder fern zu ihnen gelangt waren – und die sie natürlich zu sündhaft hohen Preisen verkauft hatten.

Aber es gab immer noch Menschen, die nicht müde wurden, an die geschlossenen Türen der Lokale zu klopfen, die einst vom Duft wohlschmeckender Speisen erfüllt gewesen waren. Genüsslich sogen sie die restlichen Spuren dieser Düfte durch die Ritzen der verschlossenen Türen ein, schlossen die Augen und ließen sich vielleicht in ihrer Einbildung Gerichte auf der Zunge zergehen, aber die Unglückseligen kehrten schließlich mit leeren Händen nach Hause zurück.

Wir aber hatten jetzt einen kleinen Sack mit Mehl im Hause, und um alles Weitere musste ich mich nun kümmern. «Vielleicht sollte ich auch Ssohrâb einweihen, damit wir den Sack einem der Bäcker der Stadt zum Backen übergeben können.» Kaum hatte ich meinen Gedanken ausgesprochen, sagte Großmutter auch schon: «Man kann keinem von ihnen trauen.»

Natürlich konnte man das Mehl nicht einfach so essen. Daher fragte ich: «Und was machen wir dann?»

Anstatt mir zu antworten, sagte Manusch: «Es ist nicht unwahrscheinlich, dass sie uns auch später noch ab und zu ein wenig Mehl geben.»

«Wir müssen also eine grundsätzliche Lösung finden», erwiderte ich.

Großmutter brachte einen wirklich unerwarteten Einfall zur Sprache: «Wir bauen in der Ecke des Hofes einen Tanur.»

«Macht ihn groß genug; vielleicht dient er auch noch anderen Zwecken», schlug Großvater vor.

Es galt, keine Zeit zu verlieren. Ich benachrichtigte Ssohrâb und Âssef, und die beiden kamen noch am selben Tag, um mir beim Bau eines Tanurs zu helfen.

Am Nachmittag wurden wir damit fertig, und am nächsten Tag brachte Großmutter einen Trog mit Teig, den sie vorher zubereitet hatte, in den Hof und heizte den Ofen an. Der neu gebaute Tanur brauchte etwas länger, um heiß zu werden, und wir alle setzten uns um ihn herum, als ob wir so etwas zum ersten Mal zu Gesicht bekämen. Geduldig richteten wir unsere Blicke auf seinen roten Schlund.

Sobald Großmutter den ersten Brotfladen an die Ofenwand geklebt hatte, warf sie etwas Ziegenwolle aufs Feuer, dessen Rauch sich überallhin ausbreitete, und damit fuhr sie fort, bis das letzte Brot fertig war.

Dahinter steckte ein kluger Gedanke: Der Geruch der Ziegenwolle überdeckte den Duft nach Brot und würde verhindern, dass das Heer der Hungrigen in unserer Stadt sich hinter den Mauern unseres Hauses versammelte.

Außer dem kleinen Sack Mehl, von dem alle paar Tage wieder einer eintraf, brachte mir Manusch aus dem Obstgarten des Palastes gelegentlich Äpfel oder Pflaumen mit. Sie wickelte sie in Handtücher und händigte sie mir, kaum angekommen, aus.

Ich sagte ihr immer: «Und du? Iss das doch selbst, Manusch!»

Und sie pflegte zu antworten: «Ich habe schon gegessen, das ist dein Anteil.»

Ich wusste, dass sie log. Aber ich drang nicht weiter in sie, weil ich ziemlich fest davon überzeugt war, dass es sinnlos wäre. Außerdem machte mich der Duft des frischen Obstes verrückt. Manchmal führte ich es gleich vor ihren Augen zum Munde. Sie schaute mich hingerissen an, und eines Tages sagte sie schließlich zu mir: «Ich brauche nichts zu essen, dir ins Gesicht zu sehen, ist mir Nahrung genug. Du bist mein Joseph.»

Während der großen Dürre in Ägyptenland zur Zeit des Propheten Joseph, als alle Nahrungsmittel ausgegangen waren und es noch vierzig Tage hin waren bis zur Kornernte, klagten die Leute über Hunger. Joseph betete, und es ertönte eine Stimme von oben: «O Joseph, Ich habe deinen Anblick zu ihrer Speise gemacht.» So trat Joseph täglich hinaus, setzte sich auf eine erhöhte Steinbank und nahm den Schleier vom Gesicht, sodass alle ihn sähen. Die Menschen wurden von dem Genuss, den sie am Anblick seines Antlitzes hatten, satt und brauchten sonst weder Speise noch Trank. So lebten die Leute vierzig Tage lang davon, Joseph anzuschauen.

Ich entgegnete: «Aber dieses Wunder hat nur vierzig Tage gedauert.»

«Wenn du den Anblick Josephs meinst, hast du recht. Ich aber sehe Allahyâr ins Gesicht, dem einzigen jungen Mann mit blauen Augen und goldblondem Haar in ganz Isfahan.»

Großmutter, die uns ständig beobachtete, hatte dies Gespräch wohl mitangehört. Bei erster Gelegenheit sagte sie zu mir: «Siehst du? Sie ist in dich verliebt.»

«Großmutter, du machst Scherze. Sie könnte meine Mutter sein.»

«Du dummer Junge! Verliebt zu sein, hat nichts mit dem Alter zu tun. Suleika war auch so alt, dass sie Josephs Mutter hätte sein können.»

Meine erste Erinnerung an Manusch ging auf die Jahre zurück, als Großmutter mich, um Wein zu kaufen, zu Manuels Haus mitnahm. Damals war Manusch in meinen Augen die schönste Frau der Welt. Ich pflegte in jenem großen Garten zwischen den Obstbäumen Schmetterlinge zu jagen, aber nur einmal erhaschte ich einen. Ich gab ihn ihr, sie streichelte mir übers Haar und küsste mich auf die Wange. Zum Dank pflückte sie eine Frucht und gab sie mir. An jenem Tag trug sie ein langes schwarzes Kleid. Als ich älter war, sagte mir Großmutter, dass sie in jenen Tagen in Trauer um den Tod ihrer Mutter gewesen sei. Seither hatte sie alle Bewerber abgewiesen, um ihren Vater nicht allein zu lassen. Das hatte ich auch von Großmutter erfahren.

«Großmutter, wie alt war sie damals?»

«Vielleicht fünfzehn, so ungefähr.»

«Und ich? Wie alt war ich?»

«Vielleicht fünf oder sechs. Älter warst du nicht.»

Wenn ich damals an meine Mutter dachte, stellte ich mir immer eine Frau mit dem Äußeren und der Gestalt von Manusch vor, genauso schön und liebevoll.

Sie antwortete: «Ob deine Mutter lieb war, weiß ich nicht, aber dass sie schön war, steht ganz außer Frage! Jeder Mann, der sie zu Gesicht bekam, verliebte sich in sie. Sogar heute noch bringen der Gedanke an sie und die Vorstellung von ihr die Männer um den Verstand.»

Diese früheste Erinnerung an Manusch wird von dem Wohlgeruch begleitet, der an jenem Tag von ihrem Leib ausging. Sie küsste mich, dann drückte sie meinen Kopf an ihre Brust. Ich habe nie vergessen, wie weich und zart sie war, ebenso wenig, wie ihr Herz pochte. Als ich wenig später zum ersten Mal eine Taube in der Hand hielt, spürte ich dasselbe Herzklopfen.

Morgens übte ich mich jeden Tag, außer montags, wenn mein Besuch im Hamâm zusammen mit Ssohrâb anstand, bei Großvater in Kalligraphie, und kurz vor Sonnenuntergang, wenn Isfahan in den letzten Zügen lag und weit und breit keine Menschenseele in dieser weiten, hungrigen Stadt zu sehen war, begab ich mich, als wäre ich der einzige Bewohner dieser Ruinenlandschaft, ganz außer mir vor Freude, mit einem Fladen Brot, den ich ab und zu von Daheim mitgehen ließ und unter meinem Hemd versteckt hielt, zum Hause meiner Liebsten, so glücklich, als ob es mich nichts anginge, dass die Menschen sich in den Gassen gegenseitig das Brot aus der Hand rissen, Brot, das aus Mehl gebacken worden war, dem man Sägespäne und gemahlene Dattelkerne beigemischt hatte. Diejenigen, die körperlich schwächer waren oder über geringere Geldmittel verfügten, starben wie die Fliegen, man warf ihre Leichen in den Sayandé-Rud, wo sie bald aufquollen. Die Nässe ließ ihre Kleider in der Sonne glänzen.

Jasmin saß jedes Mal auf ihrer Flechtmatte. Weder die Belagerung der Stadt noch Hungersnot und Seuchen hatten irgendeine Änderung in ihrem Tagesablauf bewirkt, dieser war, ohne dass etwas hinzukam oder wegfiel, stets der gleiche. Vom Sonnenaufgang bis zu ihrem Untergang flocht sie Matten auf der Veranda ihres Hauses, Matten, für die es keine Kundschaft mehr gab. Der Mangel an Nahrung hatte sie entkräftet, das war ihr deutlich anzusehen, aber sie ließ es sich nicht anmerken. Ich hatte sogar das Gefühl, dass sie in meiner Gegenwart den Eindruck erwecken wollte, es gehe ihr gut und alles sei in Ordnung. Der Fladen Brot, den ich ihr von Zeit zu Zeit brachte, reichte offenbar nicht aus. Hätte ich ihr mehr Brot bringen müssen? Ehrlich gesagt, wäre es mir unmöglich gewesen, Großmutter hatte mich sogar ein- oder zweimal verdächtigt, aber ich hatte mich herausreden können. Schließlich wurden wir selbst in jenen Tagen stets nur zur Hälfte satt, und mein geliebter Esel wurde aus Futtermangel tagtäglich schwächer. Es ließ sich kein Futter mehr auftreiben oder, wenn doch, dann zu einem unerschwinglichen Preis. Großmutter sagte immer: «Wir müssen uns etwas für die arme Kreatur überlegen.»

An einem dieser Abende, als ich von Jasmin nach Hause kam, spürte ich, dass etwas in der Luft lag. Großmutter schwieg bedrückt. Manusch sah elend aus, umschlang ihre Knie und starrte matt vor sich hin. Ich fragte: «Ist etwas passiert?»

Als hätte Manusch nur darauf gewartet, brach sie in Tränen aus, Großmutter sagte: «Gott sei uns gnädig! Es hat wieder angefangen!»

Als ich Großmutter verwirrt und wohl in Erwartung einer Erklärung ansah, drehte sie sich um und sagte: «Die Kinder! ... die Kinder des Harems!»

Da begriff ich. Nun, das war nichts Neues. Alle paar Jahre gab es im Harem ein Großreinemachen. Dabei wurden die überzähligen Kinder, deren Menge unübersehbar geworden war, beseitigt.

Der Schah und die Würdenträger seines Harems waren offensichtlich wegen der Vorfälle, die sich ein paar Tage zuvor abgespielt hatten, sehr gereizt, und es war nicht verwunderlich, dass sie ihre schlechte Laune an den unglücklichen Kindern ausließen. Vor einigen Tagen nämlich war eine Anzahl von Leuten, die mit gesenkten Häuptern und leeren Händen vom Markt zu ihren hungrigen Frauen und Kindern zurückkehrten, ohne Vorwarnung zur Hälfte vor dem Palast des Schahs und zur anderen Hälfte vorm Haus des obersten Geistlichen aufgetaucht, und da einige wegen ihrer verzweifelten Lage wütend waren, bewarfen sie die Gebäude mit Steinen. Sie riefen, dass es besser wäre, wenn dieser unfähige Schah sich zurückzöge und die Herrschaft seinem Bruder überließe. Was den Obermollâh anbelangte, so verlangten sie seine Hinrichtung. Die Soldaten des Schahs und die Büttel des obersten Geistlichen ritten in die Menschenmenge hinein. Einige wurden niedergetrampelt oder erschlagen, aber die Übrigen entkamen. Die Unglückseligen wollten um jeden Preis ihren Tod hinauszögern.

Aber das Großreinemachen im Harem oder, wie Großvater sich auszudrücken pflegte, der Massenmord an den dort lebenden Kindern, hatte eine lange Tradition. Tatsächlich zeugten der Schah und die geschlechtsreifen Prinzen unablässig Nachwuchs – denn sie hatten in diesem Königreich nichts anderes zu tun –, und wenn es überall, fast allerorten, nicht nur in den Zimmern, Fluren und Gärten, sondern auch in den Torwegen und Wandnischen von Kindern nur so wimmelte, musste man wohl oder übel die Ärmel hochkrempeln und mit der Säuberung beginnen. Die Kinder der Favoritinnen, also die künftigen Prinzen, die, sobald sie die Geschlechtsreife erreichten, wiederum Nachkommen zeugten, wurden selbstverständlich von der Ausrottung verschont, aber die Kinder der Zeitfrauen und Sklavinnen wurden alle getötet. Wenn der Zeitpunkt näher rückte, suchten die Zeitfrauen und Sklavinnen verzweifelt nach einem Ausweg, um ihre Kinder aus der Lebensgefahr zu retten. Ein vergebliches Unterfangen, das nur in den seltensten Fällen Erfolg hatte. Zur Rettung ihrer Kinder baten sie manchmal sogar Großmutter um Vermittlung, aber die Antwort von Seynab Châtun auf alles Flehen meiner Großmutter lautete immer nur: «Darauf habe ich bei Gott keinerlei Einfluss.»

Sie sagte die Wahrheit, denn diese Tötungen fanden unter Aufsicht der Königin Mutter statt. Die schwarze Liste mit den Namen wurde vorab zusammengestellt, gestempelt und gesiegelt.

Ich fragte Großmutter: «War es denn überhaupt schon wieder so weit?»

Sie verneinte, man hatte die lästigen hungrigen Mäuler nur so schnell wie möglich loswerden wollen. Das zeigte, dass Hungersnot und Teuerung auch vor dem Harem des Schahs nicht haltmachten.

Niemand weiß, wie diese Kinder beseitigt wurden, vielleicht wurden sie erwürgt. In unserer Religion ist es eine Sünde, das Blut eines Muslims zu vergießen. Selbst als Hülägü Chân dem muslimischen Kalifen in Bagdad nach dem Leben trachtete, bedachte er die Möglichkeit, dass es zum Weltuntergang führen könnte, wenn er dessen Blut vergoss. Also gab er den Befehl, ihn in einen Teppich zu wickeln und diesen zusammenzupressen, und während man das tat, ließ er auf die Säulen und Wände des Kalifenpalastes schauen, ob sie nicht etwa zu beben begännen. Der Kalif war schon halb tot, und nichts war geschehen. Also ordnete der Chân an, energischer zuzudrücken, bis jener endlich seine Seele dem Schöpfer befahl, ohne dass auch nur ein einziger Tropfen seines Blutes vergossen worden wäre. Die Sunniten erzählten überall herum, dass die Schiiten dem Mongolen Hülägü Chân diesen Trick gelehrt hätten.

Das Leben der Kinder der Favoritinnen und der rechtmäßigen Ehefrauen des Schahs wurde bei den Säuberungen zwar verschont, aber den eines Verbrechens beschuldigten Prinzen drohte nach der Pubertät eine andere Gefahr. Sie wurden zwar weder erwürgt noch in Teppichen erstickt, eher schon in seltenen Fällen durch einen Schwertstreich getötet. Wenn aber der Verdacht aufkam, ein Prinz wolle dem Schah die Herrschaft streitig machen oder er sinne auf Verrat, wurde er kurzerhand vorgeladen und geblendet. Großvater meinte, dass die Safawiden dieses Vorgehen von den Osmanen gelernt hätten.

Das Verfahren war ganz unkompliziert. Eine Kupferklinge wurde ins Feuer gehalten und so lange erhitzt, bis sie schließlich weiß glühte. Dann hielt man sie vor die Augen des unglücklichen Prinzen, bis der Talg seiner Augen schmolz. Während vieler Jahre bediente man sich dieser Methode, aber nachdem man bei einem Prinzen festgestellt hatte, dass er gar nicht vollständig erblindet war, führte man eine Neuerung ein. Diesmal verlegte man sich darauf, die Augenhöhlen zu leeren. Für gewöhnlich stach man eine Lanzette in die Augen, oder man kratzte sie mit einem Dolch aus den Höhlen, wickelte sie in ein Seidentuch und präsentierte sie dem Schah. Man erzählte sich, der persönliche Oberscherge des Schahs, nie um einen originellen Einfall verlegen, habe für seine Arbeit ein besonderes Verfahren entwickelt. Er bat den Verurteilten, ihm gegenüber Platz zu nehmen, begann mit ihm zu plaudern und fuhr damit so lange fort, bis dessen Angst und Unruhe sich gelegt hatten, womöglich scherzte er sogar mit ihm, erzählte Witze und schnitt Grimassen, bis er seine Aufmerksamkeit, soweit möglich, von dem Schicksal, das ihn erwartete, abgelenkt hatte.

Es hieß sogar, die Verurteilten hätten in manchen Fällen ihr beklagenswertes Schicksal völlig vergessen und den Oberschergen im Lachen und Scherzen noch übertroffen. Bis dieser schließlich im geeigneten Moment die Zeigefinger, an denen er meist verhältnismäßig lange Fingernägel hatte, blitzschnell in einen Augenwinkel schob und den ganzen Inhalt der Augenhöhle aus dem anderen herausdrückte, sodass der Verurteilte bis zuletzt nicht begriff, wie ihm geschah. Es kam sogar vor, dass er noch weitersprach, lachte oder das tat, womit er gerade beschäftigt war. Und nicht selten nahm er die warme viskose Masse, die an feinen Äderchen vor seinem Gesicht baumelte, in die Hände und fragte sich oder den Oberschergen erstaunt, wo das auf einmal hergekommen sei. Und gleich danach kam eilends jemand hinter dem Vorhang hervor, um die leeren Augenhöhlen mit lauwarmem Wachs zu füllen. Damit stillte man sowohl die Blutung als auch den Schmerz. Sie sehen, diese Leute hatten wirklich an alles gedacht.

Ein solches Verfahren erforderte natürlich eine außerordentliche Raffinesse. Manche glaubten sogar, darin eine besondere Kunst zu entdecken. Schließlich gilt dieses Land voller Juwelen nicht umsonst als die Wiege der Kunst.

3. Kapitel

Großmutter verkündete bekümmert: «Es ist kein Brot mehr da!»

Alle hatten es kommen gesehen. In den drei Monaten, die seit dem Beginn der Belagerung Isfahans vergangen waren, hatten die Menschen immer irgendwie noch etwas zu essen aufgetrieben. Aber nachdem die Afghanen einige Tage zuvor die Weizenfelder um die Stadt herum in Brand gesteckt hatten und Rauchsäulen bedrohlich in der Luft standen, hatten die Händler alles, was sie noch auf Lager hatten, versteckt, und die Stadt war so leer von allem Essbaren wie die flache Hand. Die Leute sagten sich, nun sei alles aus.

Schwarze Rauchwolken breiteten sich in geringer Höhe über der ganzen Stadt aus, und der Preis für Brot und Mehl war von zwei Schâhi für ein Man auf fünfzig angestiegen, allerdings bekam man sie nicht einmal mehr dafür.

Das Mehl aus den Silos der Stadt war schon vorher ausgegangen. Die Hoffnung, neues zu bekommen, war zusammen mit allem, was auf den Feldern verbrannt worden war, in Rauch aufgegangen und zum Himmel aufgestiegen. Um dem Hungertod zu entgehen, entschlossen sich manche zur Flucht. In dem ganzen Drunter und Drüber machten einige ein einträgliches Geschäft daraus, sie hatten ein paar Bewaffnete angeheuert, und für einen hohen Betrag versprachen sie den Menschen, sie mit Kind und Kegel durch den Belagerungsring der Afghanen zu schleusen. Etliche ließen sich darauf ein, verkauften ihr gesamtes Hab und Gut, trieben einen Haufen Geld auf und händigten es ihnen aus. Die Nachricht von der erfolgreichen Durchführung mehrerer Fluchtpläne trieb den Kurs in die Höhe. Andererseits ließen ihn Nachrichten, dass man einige Menschen dabei gefangen und getötet hatte, nicht wieder sinken, sondern noch weiter steigen. Die Schleuser sagten ihren Kunden nämlich: «Das ist ein fester Preis. Schließlich bezahlt ihr dafür, dass wir unser Leben aufs Spiel setzen.»

Der Preis für ein Menschenleben war indessen nicht gestiegen, sondern gesunken. Manche Leute entführten Kinder und verkauften sie. Sie waren billiger als Esel, denn sie hatten weniger Fleisch. Andere verkauften Kinder, ohne sie geraubt zu haben: ihre eigenen.

Der Aufstand, der vor zwei, drei Wochen stattgefunden hatte, bewies, auch wenn er nicht erfolgreich gewesen war, dass der Schah und der oberste Geistliche keinerlei Ansehen mehr genossen. Mahmud, der Oberkommandierende der Afghanen, nahm die Gelegenheit wahr und schickte einen seiner Befehlshaber mit einer weißen Fahne zu Verhandlungen nach Isfahan. Schamlos forderte er eine der Töchter des Schahs mit fünfzigtausend Tumân Mitgift und den Oberbefehl über den östlichen Teil Irans: Kandahar, Kermân und Chorassân. Schon zu Beginn, als er sich um die Städte und Dörfer auf seinem Weg nicht geschert, sondern gleich zum Sturm auf Isfahan angesetzt hatte, hatten alle bemerkt, dass er ein Mann mit einem gesunden Appetit sein musste. Die Nachricht von seinen Forderungen verbreitete sich wie ein Lauffeuer, die Leute spotteten über den Schah, aber zuweilen waren sie auch außer sich und sagten: «Seht nur, wie weit es schon mit uns gekommen ist, ein barfüßiger Afghane hat es gewagt, einen Brautwerber zu schicken und um die Hand der Tochter des Herrschers über das iranische Reich anzuhalten.» Selbst als der Schah die Werbung dieses dreisten, ungehobelten Freiers zurückwies, wussten die Leute nicht, was sie davon halten sollten. Manche meinten gefasst, mit dem Hunger lasse sich leichter leben als mit der Demütigung. Andere sagten, der Schah habe es nicht anders verdient, als seine Tochter auf die Bettstatt eines barfüßigen Afghanen zu schicken. Jedenfalls ging das Gerücht um, Mahmud habe dem Schah daraufhin folgende Botschaft gesandt: «Jetzt werde ich es dir zeigen. Erst habe ich nur eine deiner Töchter gewollt, nun hast du mich gezwungen, sie alle zu meinen Beischläferinnen zu machen, und der oberste Geistliche persönlich soll sie mir zuführen.»

Mahmuds Abgesandter wurde abgewiesen und kehrte zurück, die Feinde griffen erneut an, und diesmal nahmen sie eine der Brücken ein, die nach Isfahan hineinführten. Die Leute waren verängstigt und fühlten sich in die Enge getrieben. Sie versammelten sich auf dem Schahplatz und drohten, würden keine Maßnahmen zur Abwehr der Afghanen getroffen, den Schah vom Königsthron zu stürzen und sich den Streitkräften des Feindes anzuschließen. Als der Schah sah, dass die Stimmung umzuschlagen drohte, schickte er den Prinzen Tahmasb, seinen dritten Sohn, unverzüglich aus Isfahan hinaus, um ein Heer aufzustellen. Er war erst achtzehn Jahre alt, ein Faulpelz und Lebemann wie sein Vater, es war von vornherein klar, dass er nichts auf die Beine stellen würde. Seinen zweiten Sohn hatte der Schah schon abgezogen, als er begriffen hatte, dass diesen niemand für voll nahm, daraufhin war der in den sicheren Hort des Harems zurückgekehrt. Er hatte umfassendere Befugnisse verlangt. Doch jedes Mal, wenn er eine Entscheidung traf, widersetzte sich der oberste Geistliche und verhinderte ihre Ausführung.

Das Hungern und Darben hatten uns alle sichtlich geschwächt, wir waren kraftlos wie Schilfrohre. Den letzten Sack Mehl, den Großmutter aus dem Harem mitgebracht hatte, hatten wir vor einer Woche verbacken und im Laufe der Woche ver-

zehrt. Die Verteilung des Brotes in diesen Tagen hatte Großmutter übernommen, und an jenem Tag sagte sie ungefragt zu
mir, Manusch und Großvater, als wir alle um ein leeres Esstuch herum auf dem Boden saßen: «Die Brotvorräte sind erschöpft!»

Offenbar hatten wir am Abend zuvor die letzten Bissen
Brot gegessen, und sie hatte uns nichts davon verraten. An
jenem Morgen war sie, vielleicht in der Hoffnung auf ein
Wunder, von Neuem zu dem leeren Esstuch gegangen. Sie
hatte es vor unseren Augen ausgebreitet und sagte: «Sehr ihr?
Es ist alle, alle!»

Sie war offensichtlich wütend. Auf wen? Vielleicht auf sich
selbst, auf uns, auf alles und jedes. Großvater fragte: «Warum
hast du uns nicht rechtzeitig Bescheid gegeben, dass das Brot
zur Neige geht, damit wir uns darauf hätten einstellen können?»

«Hätten wir noch weniger essen sollen als ohnehin schon?
Außerdem habe ich bis zum gestrigen Tag gehofft, einen Sack
Mehl oder ein paar Fladen Brot aus dem Harem mit nach
Hause bringen zu können.»

Die Rationierung des Brotes wurde sogar im Harem selbst
von Tag zu Tag strenger. Nicht ohne Grund war man noch
früher als vorgesehen auf den Gedanken gekommen, jene unglücklichen Kinder zu beseitigen.

Großvater erhob sich und erklärte: «Dieses Elend ist nicht
mehr zu ertragen. In meinem ganzen Leben ist es das erste
Mal, dass auf dem Esstuch in meinem Hause das Brot fehlt.»

Großmutter antwortete: «Heute hatte ich eigentlich nicht
vor, zum Harem zu gehen, aber ich tue es trotzdem, ich will
sehen, ob Seynab Châtun vielleicht …»

Dann wandte sie sich an Manusch und fügte hinzu:
«Komm, wir machen uns auf den Weg!»

Manusch gehorchte augenblicklich, und sobald die beiden
aufgebrochen waren, ging Großvater in den Hof, hielt sich da

so lange auf, bis es dort keinen Schatten mehr gab, und starrte auf die Wand gegenüber, als ob er zwischen den schiefen Kanten zerbrochener Ziegel etwas verloren habe.

Schließlich legte er die Hände auf die Knie, stand auf und sagte, als spräche er mit dem leeren Raum vor sich: «Es herrschen Elend und Hungersnot. Isfahan legt seine Seele bloß, ich habe nicht die Kraft, das mitanzusehen.»

Ich erwiderte: «Eine Handvoll Brot für jeden von uns reicht uns doch. Wir werden schon nicht verhungern.»

«Gott schuf den Menschen mit einem Magen wie ein leerer Sack, als der Teufel das erfuhr, brach er in schallendes Gelächter aus und jubilierte: ‹Es ist leicht, den Menschen zu betrügen.› Ich mache mir keine Sorgen um mich selbst, die Menschen leiden Hunger, und sie werden Isfahan in Verbrechen und Lüge stürzen.»

Dann wandte er sich wieder an denselben leeren Raum: «Es wäre Sünde, wenn ich noch länger am Leben bliebe.»

Und er betonte jedes einzelne Wort, das er hervorbrachte, das war keine gewöhnliche Rede.

Ich antwortete ihm: «Großvater, es werden auch wieder schöne Tage kommen.»

Er erwiderte: «Wenn es in diesem Haus nur noch genügend Brot gibt, um einen von uns beiden am Leben zu erhalten, wer soll das dann sein, ich oder du?»

«Dann teilen wir, Großvater.»

«Du hast nicht richtig zugehört.»

Eine Weile schüttelte er nur den Kopf und fügte dann hinzu: «In jedem Jahrhundert gibt es in diesem Volk ein- oder zweimal ein Massensterben, hervorgerufen durch Krieg, Seuchen oder Hungersnöte. Die tüchtigen und gerechten Menschen kommen um, und diejenigen, die sich auf Tricks und Betrügereien verstehen, bleiben übrig, sodass Lügner und Betrüger stets die Oberhand behalten. Jetzt findet wieder eines dieser Massensterben statt.»

Damit stieg er die Treppe hinauf. Ein paar Minuten später tauchte Borsu vor unserem Haus auf, sobald ich ihm die Tür geöffnet hatte, begrüßte er mich flüchtig und eilte, immer zwei Stufen auf einmal nehmend, nach oben. Ich verstand den Grund für seine Panik nicht.

Die Tür zu Großvaters Zimmer wurde geschlossen, normalerweise ließ er sie offen stehen, und wenn er sie zumachte, bedeutete das, dass man ihn nicht stören durfte. Schon als ich noch ein sehr kleines Kind gewesen war, hatte Großmutter mir das beigebracht. Sie hatten sich *zurückgezogen*.

Überall war es still. Wenn weder das Kratzen von Großvaters Feder noch das Keuchen aus Großmutters Brust zu hören war, wurde es im ganzen Hause ruhig.

Plötzlich vernahm ich aus dem Obergeschoss Geräusche, die sich beinahe wie das Röcheln im Todeskampf anhörten. Ich lauschte aufmerksam, ja es war, als ob ein Mann in den letzten Zügen vor Schmerzen aufstöhnte. Voller Angst lief ich hinauf und legte das Ohr an die Tür von Großvaters Zimmer. Augenblicke später wurde das Stöhnen heftiger und schneller. Darauf ertönten zwei lange Seufzer; das war's.

Ich ging wieder hinunter. Damals begriff ich noch nicht recht, was sich zwischen Großvater und seinem Lieblingsjünger abgespielt hatte. Kurz danach kam Borsu die Treppe herab, und als ich ihm entgegenging, um ihn zu empfangen, sah ich, dass er sehr bekümmert und obendrein verwirrt war. Ohne ein Wort zu sagen oder sich von mir zu verabschieden, verließ er das Haus. Ich konnte mir keinen Reim darauf machen, alles war wie der Auftakt zu einem großen, mysteriösen Ereignis.

Kurz darauf rief Großvater mich. Während ich die Treppe hinaufging, stieg mir der Duft eines Parfüms, das er nur selten benutzte, in die Nase, und als ich an die Türschwelle seines Zimmers gelangte, sah ich, dass er seine neuesten Kleider angelegt und sich den weißen Bart und die Haare gekämmt hatte. Er deutete auf den Boden und sagte: «Von nun an gehört das dir.»

Er deutete auf die Stelle vor seinen Füßen. Ja, das war sie. Ich erkannte sie auf den ersten Blick. Vor meinen Augen lag die zu Stoff gewordene Legende, die mit dem Sinnen und Trachten der Männer dieser ganzen Stadt all die Jahre hindurch ihr Spiel getrieben hatte, auf dem Boden ausgebreitet, und ein leuchtender Komet schwang in dem Raum über ihrem Kopf. Als ob er etwas ganz Selbstverständliches ausspräche, wiederholte er: «Sie gehört dir, und von nun an musst du selbst auf sie aufpassen.»

Ich? Es verschlug mir die Sprache. Da lag die Brücke, direkt vor meinen Augen. In dem gedämpften Licht, das durch das vergitterte Fenster ins Zimmer fiel, schaute mich eine Frau mit einem rätselhaften Lächeln in den Mundwinkeln und einem sinnlichen Blick an, so als ob aus ihren Augen Honig tropfte. Auf ihrem Gesicht lag ein verführerischer und bezaubernder Ausdruck, und ihre schlanken Finger, die auf den Saiten der Târ lagen, ja sogar die elegante Kurve, die ihre Hände formten, brachten das Geheimnisvolle ihrer Miene noch mehr zur Geltung. Von ihren Schultern und sogar von ihren Wangen, die einen Flaum wie ein reifer Pfirsich hatten, stieg eine angenehme Wärme auf, die bald darauf eine Lust, sie zu streicheln, in meinen Fingern erweckte, eine Lust, der ich kaum zu widerstehen vermochte. Ihre Haare bildeten dicke Locken, die wie ein goldener Wasserfall auf ihre Schultern fielen, und von ihnen stieg gleichsam ein paradiesischer Wohlgeruch auf, eine seltsame Mischung aus Quittenessenz und Rosenduft mit einer flüchtigen Spur unreifer Datteln.

Ich hob den Kopf, zunächst brachte ich kein Wort heraus, doch schließlich gelang es mir mit außerordentlicher Mühe, ungläubig zu fragen: «Er gehört mir?»

Großvater nickte.

Ich trat ins Zimmer, stellte mich neben die Brücke und hob

wieder den Kopf, um Großvater forschend ins Gesicht zu sehen. War das etwa der Teppich, von dem alle sprachen?

Er nickte erneut und meinte schließlich: «Willst du nicht wissen, was diese Brücke hier bei mir macht?»

Ihm war klar, dass ich kein Wort über die Lippen bringen würde. Er sagte: «Die Zeit ist gekommen, dir dies mir anvertraute Gut auszuhändigen. Aber hast du eine Ahnung, wer diese Frau ist?»

Ich wusste es und wusste es nicht. Die Erinnerung an die Verwirrung, die sie gestiftet hatte, war noch überall wach, volle zwanzig Jahre lang waren die Gerüchte über sie wie ein Wirbelwind durch die Gassen, den Basar, die Moscheen und die Schulen der Stadt gebraust. Ich kannte sie, und ich wusste sogar, dass sie nur nach Iran gekommen war, damit die Erinnerung an sie die Männer dieser Stadt von Geschlecht zu Geschlecht immer aufs Neue verrückt mache. Großvater widersprach, als ob er meine Gedanken gelesen hätte: «Nein, diese Frau ist nach Iran gekommen, um uns einen prächtigen Enkel zu schenken.»

Er machte eine Pause, trat bis zur Zimmerwand zurück, als brauchte er für das, was er zur Sprache bringen wollte, Abstand von mir, und fügte hinzu: «Diese Frau ist deine Mutter.»

Seine Worte waren so bedeutungsschwer, dass ich eine Weile brauchte, um ihren wahren Sinn zu erfassen. Und mein Unverständnis hielt an. Ich hatte das Gefühl, als schwankte der Boden unter meinen Füßen und als ginge es über meine Kräfte, mich aufrecht zu halten. Ich tastete nach der Wand hinter mir und setzte mich schließlich in die Fensternische. Aber ich fürchtete mich noch, das Bild dieser Frau wieder anzusehen, die, so die unbezweifelbare Behauptung, meine Mutter sein sollte.

Großvater zeigte auf die Brücke und erklärte: «Wie viele Leute haben in all diesen Jahren vor Verlangen nach ihr gebrannt, und wie viele werden sich auch künftig noch nach ihr verzehren. Sie gehört dir!»

Und wie jemand, der das ihm anvertraute Gut über die stürmische See und zwischen Wegelagerern in der Wüste hindurch heil und unversehrt ans Ziel gebracht hat, seufzte er erleichtert auf und ließ die Schultern sinken.

Ich konnte nicht anders, ich musste den Teppich noch einmal anschauen. Da geschah ein Wunder. Unter meinen Blicken wurde das Antlitz der Frau weich, eine unendliche Zärtlichkeit breitete sich darauf aus, und in meinen Augen leuchtete es mit einem Male vor lauter Güte. Ich hatte das Gefühl, dies sei nicht mehr bloß ein Bild in einem Teppich, sondern lebendig und warm, und nach und nach schien ihr Atmen hörbar zu werden. Ihre Lippen bewegten sich, als wollte sie mir etwas sagen, doch kein Laut war zu vernehmen. Ich kniete mich vor den Teppich und streckte die Hände aus, um ihr Gesicht zu berühren, aber auf halbem Weg hielt ich inne, als ob mich etwas davon abhielte. Ich weiß nicht mehr, wie lange es dauerte, bis ich zu fragen wagte: «Meine Mutter? Meinen Sie das ernst?»

Ich brauchte die Antwort nicht abzuwarten, mein Gefühl sagte mir, dass er es tatsächlich so meinte. Ich legte die Hand auf ihr Antlitz und fuhr sanft mit dem Strich des Teppichs darüber.

Er nickte bedächtig: «Ja, sie ist deine Mutter.»

Ich streichelte sie, ihre Haare, die roten, vollen Wangen, die verspielten, wohlgeformten Hände – ich sah auf –, und abermals sagte ich: «Das ist also meine Mutter.»

Als wollte er dies bekräftigen oder offiziell beglaubigen, vielleicht auch, weil ich nochmals seine Bestätigung brauchte, die Bestätigung eines Menschen, der mich nie belogen hatte, nickte er noch einmal ruhig.

Ich lehnte mich zurück, als wiche die Überraschung durch die Enthüllung dieses Geheimnisses mit einem Male einem

Gefühl der Abwehr, der Enttäuschung und des Zorns. Ich blickte Großvater ins Angesicht, und ich weiß nicht, was er in meinen Augen entdeckte, dass er sogleich auf mich zutrat. Vielleicht wollte er mich umarmen, ich aber fragte ihn mit einem Rechenschaft heischenden Ton: «Was tut dieser Teppich bei Ihnen?»

«Nun, bei wem hätte er denn sonst sein sollen? Du bist sein eigentlicher Besitzer. Das ist das Einzige, was dein Vater dir hinterlassen hat.»

Mein Vater? Was wusste ich von ihm? Dass er in der Fremde, weit weg von zu Hause und fern von seiner Familie, erkrankt und gestorben war, als ich erst sechs Monate alt gewesen war, solch spärliche Auskünfte über den Vater können keinem Kind genügen. In einer der Erzählungen aus Firdausis *Königsbuch* hatte ich von einem Vater gelesen, der seinem Sohn, noch ein Säugling, bevor er ihn verlassen hatte, noch etwas als Unterpfand oder Andenken hinterlegt hatte, worauf eine Tragödie ihren Lauf genommen hatte. Ich fragte: «Hat er selbst es Ihnen anvertraut?»

Er stieß einen Seufzer aus, setzte sich an seinen gewohnten Platz und erwiderte: «Du brauchst es nicht zu glauben, hör mir nur gut zu! ... Dieser Teppich war nicht von Anfang an bei mir. Eines Nachts erschien mir im Traum ein Mann, dessen Gesicht ich wegen des starken Lichts, das von ihm ausging, nicht erkennen konnte, und sagte: ‹Nunmehr obliegt dir die Verantwortung für diesen Teppich, er ist dir anvertraut.› Ich schreckte aus dem Schlaf hoch und musste die ganze Zeit darüber nachdenken, was diese Worte wohl zu bedeuten hätten. Als ich am nächsten Tag an meinen Schrank ging, entdeckte ich darin zusammengerollt den Teppich.»

«Großvater, hören Sie auf!», flehte ich ihn an. «Auch ich möchte wie alle anderen Bewohner dieser Stadt eine Mutter haben, von der ich sicher sein kann, dass sie echt ist. Es ist nicht einmal wichtig, ob sie tot oder lebendig ist. Ich habe das

Bedürfnis nach einer Mutter aus Fleisch und Blut, nach einer, die mich wirklich zur Welt gebracht hat.»

Enttäuscht trat er ein paar Schritte zurück und sagte dabei: «Sei versichert, dass es diese und keine andere Frau ist, die dich zur Welt gebracht hat.»

«Wenn ein Derwisch aus der Vertiefung vor dem steinernen Mihrab eines Sufi-Klosters verschwindet, wenn ein Teppich durch die Lüfte fliegt, durch sämtliche Türen und Wände dringt und schließlich im Schrank deines Zimmers landet, warum soll es dann nicht möglich sein, dass ich, der Enkel des großen Kalligraphen der Hauptstadt Isfahan, aus einem Rosenstrauch, aus Donner und Blitz des Himmels oder aus den schaumgekrönten Wogen des Sayandé-Rud geboren bin?»

Zum ersten Mal sah ich Tränen in seinen Augen. Er blickte mich schweigend an.

Ich schrie: «Nun sagen Sie mir doch, wer sie war und wo sie jetzt ist?»

Er kehrte wieder zu mir zurück, setzte sich mir gegenüber auf den Boden, drückte meinen Kopf an seine Brust und fragte, während er über meine Haare strich: «Welche von jenen Legenden soll ich dir nochmals erzählen? Du hast sie doch alle schon gehört.»

Ich rückte von ihm ab und dachte: «Und was ist mit mir? Wer bin ich? Bin ich ein richtiger Mensch oder vielleicht auch nur ein Mysterium? Jemand soll mir sagen, ob ich auch nur einer Legende gleiche.»

Großvater war ein Mensch, der in mein Inneres schauen und meine Gedanken lesen konnte, das hatte mich immer verunsichert. Soweit ich wusste, war er der einzige Mensch mit diesen Fähigkeiten.

«Du bist der wirklichste Mensch, den ich in meinem ganzen Leben gesehen habe. Du bist die Frucht einer Liebe, das am meisten geliebte Kind, das je den Weg auf diese Welt gefunden hat. Alle waren über meine Liebe zu dir erstaunt, besonders deine Großmutter. Im Übrigen habe ich nie ein böses Wort über deinen Vater verloren, denn er hat geliebt und sein Leben dafür hingegeben.»

«Es ist für mich nicht wichtig, wer mein Vater gewesen ist und was für ein Mensch er war. Ich will die Frau kennenlernen, deren Schoß mich geboren hat.»

«Ich habe jene Frau nie gesehen und weiß nichts von ihr. Ich habe nur über sie gehört, dass sogar die Blätter an den Bäumen sich umgedreht haben, um ihr hinterher zu blicken, wenn sie durch die Straßen gegangen ist.»

Diese Erklärungen überzeugten mich nicht. Ich schüttelte zornig den Kopf und sagte: «Ich will wissen, woher meine Mutter gekommen ist, warum sie gekommen ist und warum sie meinen Vater plötzlich verlassen hat.»

So traurig wie noch nie sagte Großvater: «Ich weiß keine Antwort auf deine Frage, niemand weiß es. Die Dinge, nach denen du fragst, gehören zu einer realen Welt.»

«Ja, und ich bin ebenfalls Teil einer realen Welt, und jene andere Welt kenne ich nicht. Ich habe Angst vor ihr, denn sie ist noch unbegreiflicher als diese.»

«Dann wirst du es schwer haben. Alle deine Vorfahren konnten die schwere Bürde der Existenz nur schultern und ertragen, weil sie sich zu jener anderen Welt zugehörig fühlten.»

Ein Zittern überkam mich, ich brach in Tränen aus und sagte: «Das ist mir egal. Ich will nur wissen, was für ein Mensch meine Mutter gewesen ist und warum mein Vater gestorben ist. Kann ich diese Frau für den Tod meines Vaters verantwortlich machen?»

«Weise Menschen urteilen nicht. Nur Gott kennt alle Geheimnisse.»

«Jemand soll mir wenigstens sagen, ob diese Frau …»

An dieser Stelle unterbrach er mich: «Hab Geduld! Es gibt

Geheimnisse in dieser Welt, die zu begreifen uns nicht vergönnt ist. Das ist doch offensichtlich.»

«Andere Geheimnisse interessieren mich nicht, mir geht es nur um dieses eine, denn nur dieses eine hat unmittelbar mit mir zu tun. Lebt sie noch?»

Sein Gesicht lief rot an, und er antwortete mit lauter Stimme: «Ich habe dir doch gesagt, dass ich nicht viel über sie weiß. Ich weiß nicht einmal, ob sie noch lebt oder schon tot ist. Sie ist zusammen mit einigen anderen vom französischen König in diplomatischer Mission nach Iran geschickt worden, dein Vater hat sie unterwegs, ich weiß nicht, ob in Istanbul oder in Bagdad, vielleicht auch in Eriwan, gesehen und sein Herz an diese Schlampe verloren, das ist alles!»

Schlampe! Er wandte mir den Rücken zu, etwas, was ich bei ihm noch nie gesehen hatte, und schwieg so lange, dass ich in einem möglicherweise etwas gereizten Ton antwortete: «Sprechen Sie weiter, Großvater, ich will mehr wissen, und denken Sie immer daran, dass Sie von meiner Mutter, der Mutter Ihres Enkels, sprechen.»

Ärgerlich verharrte er in seiner Stellung und erwiderte: «Mehr werde ich dir nicht erzählen, denn ich bin wahrhaft zornig auf sie, und ich will nicht ungerecht sein.»

«Selbst nach all diesen Jahren?»

«Ja, selbst nach all diesen Jahren!»

Und dann drehte er sich zu mir um und sagte in einem Ton, der seinen Überdruss verriet und klarmachte, dass das Thema für ihn damit beendet war: «Geh zu Jacob! Er kannte sie gut.»

Jacob, der Uhrmacher! Hatte er mir deshalb, als ich ein Kind gewesen war, den Esel geschenkt, den jetzt der Hunger quälte, oder lud er mich deshalb jedes Mal, wenn ich an seinem Laden vorbeikam, auf eine Tasse Kaffee ein?

Schweigend verharrten wir so für kurze Zeit, bis Großvater endlich zu seinem Schrank ging. Er holte ein in braunes Leder gebundenes Buch und ein paar lose Blätter heraus und legte sie vor mich hin. Er erklärte: «Das ist mein ganzer Besitz. Den überlasse ich dir.»

Ich begriff nicht, was er damit sagen wollte. In seiner Stimme schwang ein Kummer mit, ganz leicht nur, und doch war ich mir sicher. Ich warf einen Blick auf das Buch, ich konnte den Buchrücken erkennen. Es war ein vollständiges Exemplar von Rumis *Massnawi*, die losen Blätter waren die Kalligraphien, die er in diesen letzten Tagen so eifrig geschrieben hatte.

Was teilte er mir sonst noch mit? Ich glaube, nichts. Außer dass er mich zum Abschied auf die Stirn küsste und noch einmal betonte: «Es wäre Sünde, wenn ich jetzt noch weiterlebte.»

Auf einmal begriff ich. Ich widersprach: «Nein, ich flehe Sie an, sterben Sie nicht, Großvater!»

Er wischte mir die Tränen mit den Fingern von den Wangen und legte sich, ohne auf meine Worte zu achten, mit dem Gesicht gen Mekka auf den Boden, atmete tief aus und rezitierte folgende Verse von Rumi:

«Ich tötete das Tier in mir, um eines Menschen Seele zu erwerben.

Deswegen fürchte ich den Tod nicht mehr, denn was verlier' ich schon beim Sterben?»

Kaum hatte er das letzte Wort ausgesprochen, da starb er.

Ich spüre noch den bitteren Nachgeschmack auf der Zunge. Das Einzige, woran ich mich sonst erinnere, ist ein starkes Gefühl der Einsamkeit, und diese Empfindung überwältigte mich. Es war übrigens das erste Mal, das ich dem Tod begegnet war, und er kam mir wie etwas Vertrautes vor, als wäre mir etwas Alltägliches zugestoßen. So also war das Sterben!

Da stand ich, mitten in einem Zimmer im Obergeschoss eines zweistöckigen Hauses. Auf der einen Seite lag mein Großvater, der mich auf seinem Schoß großgezogen hatte, dessen geschlossene Augen mir nun kein Geheimnis mehr enthüllen würden, und auf der anderen Seite meine Mutter, die Frau, die mich zur Welt gebracht hatte. Aber genau genommen waren beide nicht mehr sie selbst. Von meinem Großvater waren nur noch Haut und Knochen geblieben, und meine Mutter war nur ein Bild. Ich sah aus dem Fenster in den Hof. Die Blätter der Platane kamen mir wie Worte vor, fehlerlos, in einem Stil und einem Duktus, wie Großvater sie immer zu handhaben pflegte. Es waren klare, deutliche Worte, und als ich einen Schritt auf das Fenster zu tat, fand das Wunder sein Ende. Nun waren sie wieder nichts als Blätter, grüne Blätter. Ich drehte mich um, starrte Großvaters Leichnam und das Bild meiner Mutter an, und in meiner Vorstellung erweckte ich sie zum Leben. In diesem Wachtraum war Großvater wieder der dünne, aber lebhafte alte Mann, der mir, dem Kind, die Feder in die zitternden Hände gedrückt und, wenn ich meine Aufgaben erledigt hatte, zufrieden über den Kopf gestreichelt und ein Stück Naschwerk gegeben hatte, und meine Mutter stand in einem Nebelschleier auf der Schwelle in der halb offenen Tür und rief mich: «Allahyâr …! Allahyâr …!»

Ich konnte sie nicht genau erkennen, Nebel hing in der Luft, und ein tiefes Tal lag zwischen uns. Dieses Bild hatte sich seit Langem in meiner Vorstellung festgesetzt. In ihrer Stimme lag mütterliche Zärtlichkeit, und ihre Anwesenheit gab mir trotz des Nebels und der großen Entfernung ein Gefühl der Sicherheit, sie erinnerte mich daran, dass sie da war und sich um mich kümmerte. Damals wusste ich noch nicht, dass sie, viele Meilen von mir entfernt, am Rande einer Stadt namens Paris eine Spielhölle betrieb.

Jetzt blieben nur noch zwei Dinge zu tun, zunächst den Teppich und das Buch zu verstecken und dann Ssohrâb zu benachrichtigen. Ich erhob mich, rollte den Teppich ein und stellte ihn in Großvaters Schrank, der noch halb offen stand und in den ich nun zum ersten Mal hineinblickte, ebenso stellte ich das in Leder gebundene Buch hinein, nach dem es alle verlangte, die es genossen, seine Kalligraphien zu betrachten. Was es sonst noch in dem Schrank gab? Hafis, Saadi, Attâr, Chajjâm, Firdausi, Bücher, die er ab und zu aus dem Schrank geholt und aus denen er mir Abschnitte vorgelesen hatte. Eines davon war das *Heliat-ol-Motaqin (Die Zierde der Rechtgläubigen)*, ein Werk des orthodoxen Theologen und Rechtsgelehrten Allameh Madschlessi über die Regeln der Schariʿa. Dies war das einzige Buch, von dem ich nichts gewusst hatte. Ich bedeckte Großvaters Gesicht mit einem Tuch und wollte das Haus verlassen, als ich auf der Türschwelle plötzlich Borsu begegnete.

Wir umarmten uns, er vergoss Tränen wie ein kleines Kind. Ich redete auf ihn ein, um ihn zu beruhigen, aber er weinte nur immer heftiger. Ich war sehr überrascht und wusste nicht, wie er von Großvaters Tod erfahren hatte.

Später erzählte er mir alles. Am Morgen jenes Tages war ihm, kurz bevor er erwacht war, Großvater im Traum erschienen und hatte zu ihm gesagt: «Komm zu mir!» So etwas war noch nie vorgekommen. Deshalb war er so besorgt zu uns geeilt. Nach der «Entrückung», zu der es übrigens nur in großen Abständen zu kommen pflegte, hatte Großvater zu ihm gesagt: «Jetzt geh, dies war unser letztes Zusammensein.» Borsu war über diese Worte sehr erstaunt gewesen, er hatte nicht begriffen, was das zu bedeuten hatte. Er hatte geglaubt, dass er vielleicht einen Fehler gemacht und Großvater sein Herz einem anderen Jünger zugewandt habe oder, im günstigsten Falle, dass Großvater sich entschlossen haben könnte, sich der Belagerung der Afghanen zu entziehen und die Stadt auf Wegen, die nur ihm bekannt waren, zu verlassen. Aber als er nach dem Grund gefragt hatte, hatte Großvater ihn barsch wie noch nie angefahren: «Geh!» Borsu hatte unser Haus verwirrt und wie benommen verlassen. Er hatte am Ufer eines Wasserlaufes gesessen und war, den Kopf an eine Mauer gelehnt, in eine Art Schlaf verfallen. Großvater war ihm für einen Augenblick im Traum erschienen und hatte zu ihm gesagt: «Geh zu mir nach Hause und hilf meinem Enkel, mich zu bestatten.»

Ich benachrichtigte Ssohrâb und kehrte nach Hause zurück. Großmutter saß weinend zu Häupten ihres Gemahles und rezitierte Koranverse. Sie stellte mir keine Fragen, als hätte sie von Großvaters Entscheidung längst gewusst und wäre nur über den Zeitpunkt seiner Ausführung im Ungewissen gewesen. Gelegentlich unterbrach sie ihre Rezitation, warf einen bekümmerten Blick auf Großvater und nahm ihre Lesung wieder auf. Auch Manusch war traurig und besorgt und warf mir immer wieder Blicke zu. Zu dem Zeitpunkt ahnte noch niemand, dass Großvaters Tod mit der Entdeckung des größten Geheimnisses meines Lebens zusammenfiel.

Borsu lehnte gegenüber Großvaters Leichnam an der Wand, hielt sich ein Taschentuch vor die Augen und schluchzte unentwegt. Kurz darauf traf Ssohrâb in Begleitung von Âssef in unserem Haus ein.

Wir trugen Großvater in die Küche und wuschen ihn dort nach den Vorschriften der Scharia mit einem Pulver aus Zedernblättern und Kampfer, dann bedeckten wir ihn mit einem geweihten Leichentuch, das er selbst in seiner Jugend aus Mekka mitgebracht hatte und das über und über mit Koransprüchen verziert war.

Großmutter wandte ihren Kopf um und sagte, während sie die Türen und Wände des Hauses prüfend musterte: «Ich möchte, dass wir ihn hier im Haus bestatten.»

Zu jenem Zeitpunkt ahnte noch niemand von uns, wie richtig diese Entscheidung war. Drei Monate später gingen die Leute, nachdem sie alle Hunde, Katzen, Mäuse und sogar Insekten der Stadt verputzt hatten, auf der Suche nach dem Fleisch der Toten auf die Friedhöfe.

Ein kleines Grab, nicht größer als für eine Kinderleiche, reichte ihm. Großmutter sagte, an uns alle gewandt: «Ich weiß, dass sein Leib selbst nach tausend Jahren nicht verwesen wird. Wenn dieser Angriff der Afghanen erst vorüber ist, bestattet ihn in der Nähe eines Heiligen.»

Ssohrâb und Âssef hoben das Grab aus, und Borsu sprach unter Tränen das Totengebet für Großvater. Ich umarmte seinen in das Leichentuch gewickelten Leib und legte ihn ins Grab. Er war leicht wie ein Strohhalm. Borsu war der Einzige in der kleinen Trauergemeinde, der die ganze Zeit laut weinte, und seine breiten Schultern bebten unaufhörlich. Die Trauer hatte den berühmten Pahlawân von Isfahan, den ansehnlichsten Mann der Stadt, so aus der Bahn geworfen, dass ein Fremder, der des Weges gekommen wäre, geglaubt hätte, er als Einziger betrauere diesen Todesfall.

Im letzten Augenblick, bevor wir Großvater mit Erde bedeckten, sagte Großmutter, an den in das Tuch gewickelten Toten gewandt: «Diese Trennung wird nur von kurzer Dauer sein. Bald komme ich zu dir.»

Großmutter warf die ersten Brocken Erde auf ihn. Ssohrâb und Âssef schaufelten das Grab zu, wir alle umstanden es und beteten. Manusch ging in die Küche, um für die spärlichen Trauergäste des großen Kalligraphen von Isfahan Kaffee aufzubrühen, als etwas Unerwartetes geschah: Mein Esel begann mit der jämmerlichsten Stimme, die ich je von ihm vernommen hatte, zu schreien. Auch er wollte seine Trauer über Großvaters Tod zum Ausdruck bringen.

Zwei Wochen waren seit Großvaters Tod vergangen, und ich fragte mich, ob Großmutter gewusst hatte, dass der Teppich all die Jahre bei Großvater im Zimmer gewesen war. Ob sie wusste, dass diese Brücke jetzt in meinem Besitz war. Großvaters Tod bedeutete hauptsächlich zweierlei für mich: Zum einen hatte ich etwas Neues über meine Mutter in Erfahrung gebracht, auch wenn diese Neuigkeiten, anstatt ihr Bild vor meinem geistigen Auge deutlicher werden zu lassen, die Geschichte noch verworrener erscheinen ließen. Zum anderen wusste ich vielleicht als Einziger über den Teppich mit der Fränkin, also über das größte Geheimnis der Stadt, Bescheid.

Den Schlüssel zu dem Schrank, in dem der zusammengerollte Teppich stand, trug ich stets bei mir. Ich hielt es für meine Pflicht, das Geheimnis, das Großvater die ganzen Jahre über sorgsam vor aller Welt gehütet hatte, zu bewahren.

An jenem Abend fragte mich Großmutter, als sie wie immer an ihrer Näharbeit saß: «Als Großvater diese Welt verlassen hat, warst du bei ihm, nicht wahr?»

Natürlich hatte ich ihr in allen Einzelheiten – mit Ausnahme des Teppichs – von Großvaters Tod berichtet. Ich antwortete: «Selbstverständlich, ich habe dir doch alles erzählt.»

«Ja, sicher, ich möchte nur wissen, ob er nicht einen Letzten Willen oder ein Vermächtnis für jemanden hinterlassen hat. Oder einen Wunsch, den wir erfüllen sollen.»

«Ich habe dir alles haarklein erzählt. Er hat weder ein Testament noch einen Auftrag hinterlassen.»

«Gestern bin ich in sein Zimmer gegangen, die Tür zu seinem Schrank war versperrt. Nun ja, es stimmt, er hatte den Schrank immer abgeschlossen, aber ich habe den Schlüssel nicht gefunden, sosehr ich auch gesucht habe. Ich dachte, hoffentlich hat er ihn nicht in den Taschen seiner Kleidung gehabt, sodass ihr ihn vielleicht, als ihr sie ihm ausgezogen habt, um sie zu waschen …»

«Nein, ich habe alles, was er in den Taschen hatte, vorher herausgeholt. Seine Kleider liegen noch oben, außer der Weste, die Borsu sich als Andenken mitgenommen hat.»

Dann fragte ich mit gespielter Ahnungslosigkeit: «Glaubst du, etwas ist in diesem Schrank?»

An dem Punkt unterbrach sie ihre Arbeit, sah mich an, nickte ruhig mit dem Kopf und fragte: «Allahyâr! Hat Großvater dir vor seinem Tod nichts anvertraut?»

Sie stellte diese Frage, als wüsste sie ohnehin über alles Bescheid, und als sie mein verwundertes Schweigen bemerkte, fügte sie hinzu: «Der Teppich mit der Fränkin ist in dem Schrank da oben! … Und wahrscheinlich hast du längst davon erfahren.»

Ich stotterte: «Ja … Aber … Eigentlich …»

Sie nahm ihre Arbeit wieder auf und meinte: «Es macht nichts. Großvater und ich hatten vereinbart, dir die Brücke zu übergeben, sobald du alt und reif genug wärest, denn du bist sowieso der rechtmäßige Eigentümer. Dein Vater hat ihn in Auftrag gegeben und den Preis dafür bis auf den letzten Heller bezahlt.»

Sie schwieg, und nach einem langen Seufzer meinte sie: «Ich bin überzeugt, dass es die Liebe zu dieser Frau war, die deinen Vater umgebracht hat, nicht der Typhus.»

Ich fragte: «Großmutter, hast du meine Mutter jemals gesehen?»

Sie fuhr mit ihrer Näharbeit fort, und als sie ihren Kopf für einen Moment hob, bemerkte sie offenbar meinen forschenden, ja sogar Rechenschaft fordernden Blick. In die Enge getrieben, erwiderte sie: «Ich habe sie nie gesehen, ich hatte keine Lust dazu … Sie war eine Frau, die nie zur Ruhe kam. Ich weiß nicht, was sie suchte. Die Liebe zu ihr führte deinen Vater ins Verderben. Er gab Hamse sein gesamtes Hab und Gut, damit dieser ihr Bild in den Teppich knüpfe, auch wenn er selbst diese Brücke nie zu Gesicht bekommen hat. Sie ist erst nach seinem Tode fertig geworden.»

Und dann fragte sie: «Denkst du, dass der Teppich in diesem Hause sicher ist?»

«All die Jahre ist diese Brücke hier sicher aufbewahrt worden. Daran wird sich doch jetzt auch nichts ändern.»

«Nun, da dein Großvater nicht mehr da ist, drohen dem Teppich vielleicht größere Gefahren.»

Nach diesen Worten schaute sie mich an. Ich verstand nicht, was sie meinte, und fragte nach: «Und zwar welche?»

Sie antwortete: «Wie ich heute von Leuten aus dem Harem gehört habe, hat der oberste Geistliche den Schah davon überzeugt, dass die Existenz dieser Brücke in der Stadt dies Unglück mit den Afghanen ausgelöst habe. Es wäre nicht verwunderlich, wenn man in den nächsten Tagen Haus für Haus nach ihr durchsuchen würde.»

«Mach dir keine Sorgen, Großmutter. Dieselbe Macht, die diesen Teppich bisher vor dem Zugriff des obersten Geistlichen geschützt hat, wird ihn auch fürderhin bewahren.»

Ich weiß nicht, woher ich diese Sicherheit nahm. Großmutter schaute mich einen Augenblick prüfend an, nickte und sagte zur Bestätigung meiner Worte: «Gewiss, wenn der Allmächtige es nicht gewollt hätte, wäre es Hamse, dem Teppichknüpfer, gar nicht erst gelungen, diese Brücke mithilfe einer unsichtbaren Kraft vor den Bütteln des obersten Geistlichen in Sicherheit zu bringen. Wie dem auch sei, der Obermollâh liebt es ohnehin, alles dem verderblichen Einfluss der Ausländer zuzuschreiben. Er sagt, iranische Maler könnten das Gesicht eines Menschen gar nicht wie die Porträtkünstler der Franken en face darstellen, deswegen habe bestimmt ein Franke seine Finger im Spiel gehabt ... Aber den ganzen Skandal hat natürlich Habib, Hamses törichter Lehrling, ausgelöst.»

In dieser Nacht sprachen Großmutter und ich bis zum Morgengrauen über den Teppich. Seit Hamse, der Teppichknüpfer, mit der Brücke unter dem Arm auf dem Schahplatz unter den Augen der ihn umzingelnden Büttel des obersten Geistlichen verschwunden war, ward er nirgends mehr gesehen. Manche behaupteten, er sei in Täbris gesichtet worden, andere sprachen davon, er halte sich in Schiras oder Kermân auf. Aber die ganze Geschichte ging erst richtig los, als Habib den Teppich aus der Werkstatt stahl und mit nach Hause nahm. Der unglückliche Junge war vermutlich der erste Mann, der sich in die Fränkin im Teppich verliebte, und flüsterte ihr von abends bis morgens Liebesworte zu. Kurz darauf war die Schönheit der Frau, deren Haut wie Marmor schimmerte und deren Augen von der Farbe des Himmels waren, unter den Männern Isfahans in aller Munde, in den Häusern, im Basar, auf den Straßen, in allen Stadtvierteln, in den Kaffeehäusern und den öffentlichen Bädern, einfach überall.

Habibs Frau erfuhr als Erste davon, dass sich die Brücke im Besitz ihres Mannes befand. Eines Nachts bemerkte sie, dass ihr Mann eine Lampe anzündete und damit in den Keller ging ...

«Natürlich hatte ich schon lange den Verdacht gehegt, dass etwas nicht stimmte. Er war oft durcheinander, schlief nicht mehr gut und aß kaum noch. Einmal sah man ihn, wie er mitten im Hof im Schatten des Nussbaums saß und vor sich hinstarrte. Wenn man ihn nicht gerufen hätte, wäre er Stunden um Stunden so sitzen geblieben. Kurz, er war nicht ganz bei sich und hatte Schwierigkeiten. Ich behielt ihn auch ständig im Auge, um zu verhindern, dass er etwas in diesem Zustand anstellte und eine Katastrophe heraufbeschwor. Nachts schlief ich nur noch unruhig und achtete immer auch auf ihn. Einmal wachte ich gegen Morgen auf und bemerkte, dass er nicht mehr neben mir lag. Ich sagte mir, vielleicht musste er über Nacht einmal aufstehen und seine Notdurft verrichten. Aber weil er so lange wegblieb, erhob ich mich, um zu sehen, wo er hingegangen oder was mit ihm los war, als ich mit einem Mal seine Schritte hörte, wie er die Kellertreppe hochstieg, und kurz darauf kam er auch ins Zimmer und legte sich wieder schlafen. Als er am nächsten Tag fortgegangen war, bin ich runter in den Keller gestiegen, um zu sehen, was er die letzte Nacht da gemacht hatte. In unserem Haus befindet sich im Keller eine Art Verschlag mit einem Vorhang davor. Als ich den beiseitezog, entdeckte ich einen eingerollten Teppich, der dort an die Wand gelehnt stand. Ich dachte, o Gott, was macht denn dieser Teppich hier? Ich nahm ihn und breitete ihn auf dem Boden an einer Stelle aus, auf die von draußen das Licht fiel, und da sah ich zum ersten Mal das Bild von der Fränkin im Teppich. Ich habe in meinem ganzen Leben keine schönere Frau gesehen. Aus ihren Augen schienen Flammen zu lodern, und da sagte ich mir, mein armer Mann! ... Ich will Sie nicht langweilen, von da an hat er jede Nacht das Gleiche getan. Um Mitternacht zündete er eine Lampe an, ging in den Keller und kehrte später völlig erledigt wieder zurück. Eines Tages habe ich mir gesagt, heute Nacht gehe ich ihm nach, ich will doch schließlich mal sehen, was er dort eigentlich die ganze Zeit tut. Wissen Sie, was ich gesehen habe? Er hatte die Brücke auf dem Kellerboden ausgebreitet und sich dann so auf den Bauch gelegt, als wollte er das fränkische Weib umarmen. Und dann hat er lauter Sachen zu ihr gesagt, die ich nicht richtig verstanden habe, das hörte sich beinahe wie Flehen an, und geweint hat er auch noch. Seit zehn Jahren schlafe

ich jetzt mit diesem Mann im selben Bett, drei Kinder habe ich
ihm geboren, aber ich habe ihn noch nie so unglücklich ge-
sehen. Ich habe mir gesagt, es ist das Beste, wenn ich seinen
Meister einweihe. Ich wusste, dass er ihn manchmal zum
Wollekaufen in den großen Basar schickte. Niemand konnte
so gut wie Habib Schafwolle von Ziegenwolle unterscheiden.
Damit kannte er sich aus, ihm genügte ein Blick, und er wusste
Bescheid. Ich versteckte mich in einer Ecke, und sobald er die
Teppichwerkstatt verließ, wandte ich mich an seinen Meister.
Ich sagte zu ihm: ‹Mein Mann hat sich verliebt, du musst ihm
helfen.› Er sagte: ‹Mir ist auch schon aufgefallen, dass er nicht
bei der Sache ist, setz dich hin und erzähl mir, was los ist …›
Ich verlor vollkommen die Fassung und heulte los. ‹Du musst
uns helfen, meine Kinder haben keinen Vater mehr.› Er schalt
mich und gab mir dann eine Schale Wasser. Er sagte: ‹Anstatt
hier herumzujammern, erzähl mir lieber, was los ist, damit ich
verstehe, was passiert ist.› Und dann habe ich ihm die Geschichte mit dem Teppich erzählt. ‹Es ist also dieser Trottel
gewesen!›, sagte er zu sich. ‹Nach all den Jahren, in denen wir
Brot und Salz zusammen gegessen haben, hat er mir etwas aus
meinem Laden geklaut!› … Da habe ich erst begriffen, was er
angestellt hat. Sein Meister meinte: ‹Wir haben diesen Teppich heimlich geknüpft, ohne dass uns jemand gesehen
hätte … Lass mich mal überlegen, wie ich diese Brücke wieder
von ihm zurückkriegen kann.› Ich sagte zu ihm: ‹Er hängt so
an dem Teppich, dass er bestimmt durchdreht, wenn wir ihm
den wieder wegnehmen.› Darauf sagte der Meister: ‹Nach
dem, was du so erzählt hast, ist er sowieso schon völlig über-
geschnappt.› Um es kurz zu machen, zwei, drei Tage später
sah ich ihn am Abend zusammen mit dem Meister nach Hause
kommen. Der hatte zu ihm gesagt: ‹Natürlich vertraue ich dir,
ich weiß, dass dein Herz und deine Hände rein sind, aber da
ich mich nun einmal entschlossen habe, die Häuser aller meiner Mitarbeiter in der Teppichknüpferei nach der Brücke mit

der Fränkin zu durchsuchen, fange ich am besten gleich bei dir an.› Sie kamen bei uns zu Hause an, und kaum angelangt, ging der Meister schnurstracks in den Keller, zog den Vorhang vor dem Verschlag beiseite und holte die Brücke heraus. Mein Mann wurde bleich und fing an zu zittern. Ich sagte mir: ‹Gleich fällt er in Ohnmacht.› Der Meister warf ihm einen wütenden Blick zu, klemmte sich den Teppich unter den Arm und machte sich davon. Meinem Mann hatte es die Sprache verschlagen, und er schien, obwohl seine Augen offen waren, nichts zu sehen. Ich nahm ihn bei der Hand und führte ihn aus dem Keller ins Zimmer hinauf. Er setzte sich in eine Ecke, sprach kein Wort und rührte sich nicht mehr. Um Mitternacht stand er auf und rannte schreiend aus dem Haus. Eine Weile war sein irres Gebrüll noch zu hören, und dann wurde es nach und nach still … Jetzt rennt er von Kaffeehaus zu Kaffeehaus und spricht überall nur von dem fränkischen Weib.»

In der Stadt gab es noch jemanden, der etwas von meiner Mutter wusste, wie Großvater gesagt hatte, Jacob, den Uhrmacher. Am nächsten Tag begab ich mich zu ihm; als ich sein Geschäft betrat und ihn begrüßte, fuhr er ganz überrascht halb von seinem Stuhl hoch und starrte mich minutenlang nur an. Ich fühlte mich bemüßigt, mich ihm vorzustellen: «Ich bin Allahyâr, der Enkel des großen Kalligraphen.»

Er musste lachen, kam um seinen Arbeitstisch herum und trat auf mich zu. Er entgegnete: «Wer sollte denn den einzigen Jungen von ganz Isfahan mit blauen Augen und goldblonden Haaren nicht kennen?»

«Anscheinend hat mein ganzes Unglück mit diesen beiden Nebensächlichkeiten zu tun.»

Er lachte noch lauter und deutete auf einen Diwan an der Seite des Ladens: «Setz dich, mein lieber Junge! … Nun, ich bin überrascht, weißt du? Du hast eine ganze Weile keinen

Fuß mehr in mein Geschäft gesetzt. Du bist ein richtiger Mann geworden!»

Dabei musterte er mich voller Bewunderung von oben bis unten. Jacobs Uhrmachergeschäft hatte in jenen Tagen keinerlei Kundschaft mehr. Jacob erklärte: «Die Leute suchen in diesen Tagen bloß noch nach einem Bissen Brot, um sich das Maul zu stopfen.»

Dann fügte er hinzu: «Ich schäme mich, dass ich dir zur Begrüßung in meinem Laden nichts vorsetzen kann.»

Früher pflegte der bittere, appetitliche Duft von Kaffee Jacobs Geschäft, wenn er sich dort aufhielt, zur Gänze zu erfüllen und zog schon durch den Türspalt. Jetzt erklärte er: «Ich brühe keinen Kaffee mehr auf, ich möchte nicht, dass der Duft die Hungrigen hierher lockt.»

Dann sprach er mir sein Beileid zu Großvaters Tod aus und meinte, wenn er unter normalen Umständen verschieden wäre, hätte sicherlich die ganze Stadt seinen Leichnam in einem Trauerzug begleitet, aber jetzt habe kaum jemand davon erfahren. Außerdem sagte er, der wahre Wert seines künstlerischen Schaffens werde erst in Zukunft erkannt werden. Schließlich fragte er: «Wie ist er eigentlich gestorben?»

«Leichter, als ein Blatt vom Baume fällt.»

«Ja, wie denn?»

«Er sagte, ‹jetzt ist es genug›, legte sich auf den Boden mit dem Gesicht gen Mekka, schloss die Augen und verschied.»

«Das glaube ich gern, schon die Kraft, die er beim Schreiben in seinen fünf Fingern besaß, war überirdisch.»

Dann fügte er noch hinzu: «Dann bist du jetzt wohl der Besitzer eines großen Schatzes von seiner Hand.»

«Nur einen Band von Rumi. Das ist alles, was er mir hinterlassen hat.»

Dann fragte er: «Wie geht es dem Eselsfüllen?»

«Es ist jetzt über zehn Jahre her, dass ich ihn von dir geschenkt bekommen habe, er ist kein Füllen mehr.»

Während er sich mit der Reparatur einer Uhr beschäftigte, sagte er noch einiges und fragte mich anderes, aber ich erinnere mich nicht mehr. Eigentlich hatte ich mich ja auch nicht zu ihm aufgemacht, um mich über das Genie meines Großvaters oder das Befinden meines Esels zu unterhalten. Ich suchte nach einer Gelegenheit, um ihm zu sagen, wozu ich gekommen war. Vielleicht bemerkte er meine Zerstreutheit, jedenfalls fragte er: «Ist er eigentlich immer noch so bockig und verspielt?»

Ich antwortete nicht, stand auf, trat so nahe wie möglich an ihn heran und sagte ohne Umschweife: «Jacob, du hast meine Mutter doch gekannt.»

Darauf war er nicht gefasst, unterbrach seine Arbeit und starrte mich ein Weilchen an. Es blieb auch mir selbst nicht verborgen, dass mein Gesicht rot anlief, und ich spürte ein Pochen in meinen Schläfen. Da nickte er und schloss für einen Moment die Augen. Als er sie wieder öffnete, sah er immer noch meine erwartungsvolle Miene vor sich. Schließlich erwiderte er: «Ja, aber geh wieder an deinen Platz und setz dich.»

Es klang aus seinem Munde wie ein Befehl, aber als er merkte, dass ich seinem Wunsch nicht nachkam, fügte er hinzu: «Du hast also von der Geschichte gehört? ... Ich habe dich schon seit Jahren erwartet. Ich wusste, dass du eines Tages hier auftauchen würdest.»

«Sag mir nur eins: Lebt meine Mutter noch?»

«Wart's ab, ich werde dir alles erzählen.»

«Das ist im Moment das Einzige, was ich wissen will.»

Und in einem Ton, der mich beruhigen sollte, fügte er hinzu: «Soweit ich weiß, ja.»

Ich fragte unverzüglich nach: «Wo ist sie jetzt?»

«Sie lebt in Paris.»

«Erzähl mir, wo und wie mein Vater und sie sich kennengelernt haben.»

Jacob erhob sich hinter seinem Tisch und kam auf mich zu,

legte mir die Hand auf die Schulter und sagte: «Das ist eine lange, geheimnisvolle Geschichte, in der es um eine Hure und einen Mann aus dem Morgenland geht.»

Ich spitzte die Ohren, genau das war es, was ich hören wollte. Ich weiß, dass jeder andere an meiner Stelle wahrscheinlich starr vor Staunen gewesen wäre. Er erzählte mir geduldig das ganze Abenteuer, mit allen Einzelheiten, von A bis Z.

Dass ich mitten in dieses Getümmel, in das ausgehungerte, von Gott verfluchte Isfahan geraten war, lag an dem Entschluss von Ludwig XIV., dem König von Frankreich, eine Gesandtschaft nach Iran zu schicken, damit die französischen Kaufleute im Wettstreit mit den Holländern und den Engländern im Persischen Golf fester Fuß fassen und leichter an die Seide aus Iran, die Perlen aus Oman und die Gewürze aus Indien gelangen konnten.

Ich bin zur Welt gekommen, weil Seide, Perlen und Gewürze die Gier französischer Händler angefacht hatten und sie vor Neid auf die Holländer, die Engländer und sogar die Spanier beinahe platzten. Dieser Neid bestimmte mein Schicksal, sodass ich aus dem Schoß einer Pariser Hure zur Welt kam. Ich bin nicht unglücklich darüber, das Licht der Welt erblickt zu haben, und schäme mich auch nicht, dass meine Mutter eine Dirne war, denn zumindest zur Zeit Ludwigs XIV. galt die käufliche Liebe, vorausgesetzt, sie wurde mit einer gewissen Etikette betrieben, nicht als Schande. Es gab hochgestellte Kurtisanen, die mehrere Sprachen beherrschten, etwas von Musik und Poesie verstanden und ihren Einfluss und ihr Vermögen zur Förderung von Dichtern und Denkern verwendeten. Alles in allem war die Liebeskunst in jenen Breiten ein angesehenes Gewerbe, und Frauen, die sich diesem Beruf zuwandten, empfanden keine Scham. Gelegentlich erlangte eine Mätresse einen Ruf wie der König selbst. Ich hatte keinen

Zweifel an der Wahrheit dessen, was Jacob mir sagte, und glaubte ihm aufs Wort. Ich wünschte, unser oberster Geistlicher und der Schah hätten auch nur einen Funken von dieser Vernunft und Lebensart.

Meine Eltern lernten sich in Konstantinopel kennen. Mein Vater stand als Schreiber und Privatsekretär im Dienste des iranischen Gesandten. Er war einer jener heißblütigen Morgenländer, die das blonde Haar einer Fränkin um den Verstand bringen konnte. Meine Mutter war eigentlich mit einer diplomatischen Gesandtschaft auf dem Weg nach Iran. Leiter dieser Gesandtschaft war Faber, ein Kaufmann, der im Morgenland Handel getrieben hatte und vieles aus jenen Breiten erzählen konnte.

Aber um zu erklären, wie meine Mutter dazu kam, in einer Gesandtschaft des französischen Königs aufzutauchen, muss ich etwas weiter ausholen.

Meine Mutter Marie war eine vermögende Frau und betrieb in Paris ein berühmtes Spielcasino. Sie war zwar das Kind einer Wäscherin, stand aber in dem Ruf, dass in ihren Adern blaues Blut fließe. Vielleicht hatte ein Aristokrat ja im Rausch mit der Wäscherin geschlafen. Jedenfalls war sie von solcher Eleganz und Schönheit, dass alle sie als Comtesse oder Marquise ansahen, und deshalb verkehrte auch eine Reihe von Höflingen in ihrem Spielsalon, zumal es darin Separees für heimliche Stelldicheins gab. Es wurde gemunkelt, dass sie sich auf Abtreibungen und auf den Vertrieb von Liebestränken verstand, aber noch wichtiger, dass sie ein Gift parat hielt, das sinnigerweise nur schleichend wirkte und das sie nur hochmögenden Persönlichkeiten zur Verfügung stellte, deren alternde Gemahlinnen der Vereinigung mit ihren Geliebten Steine in den Weg legten und ihnen deswegen Szenen machten.

Meine Mutter war Fabers Mätresse, und deshalb verbrachte der Kaufmann die meiste Zeit, in der er nicht auf Reisen war, in ihrem Spielcasino und schlug ihre adlige Klientel, die nicht selten aus Höflingen und Würdenträgern des Reiches bestand, mit Erzählungen über den märchenhaften Orient in den Bann. Aus diesem Grund haben wohl mehrere Höflinge dem König Ludwig XIV., als er auf den Gedanken verfiel, eine Delegation nach Iran zu schicken, Faber vorgeschlagen, einen Mann, der mit dem Morgenland und seinen Geheimnissen vertraut war.

Der König willigte ein, und Faber erhielt den Befehl, sich so schnell wie möglich zur Ausführung dieses Auftrags bereitzumachen. Allerdings gab es eine große Schwierigkeit, die er dem König nicht offenbart hatte: Er hatte kürzlich sein gesamtes Hab und Gut im Spielsalon meiner Mutter durchgebracht.

Fabers Erzählungen hatten bei allen, die ihm lauschten, das mehr oder weniger starke Verlangen hervorgerufen, selbst in den Orient zu reisen, aber bei meiner Mutter war die Verlockung so groß geworden, dass sie sich, als Faber sie um Geld bat, bereitfand, ihren Spielsalon zu verkaufen und ihm den gesamten Erlös zur Verfügung zu stellen, allerdings nur unter der Bedingung, dass sie die Gesandtschaft begleiten dürfe. Faber ging auf diese Bedingung ein, und die Delegation machte sich reisefertig. Auch Jacob, der kürzlich aus Genf nach Paris gekommen war, gehörte zu den Mitgliedern dieser Gesandtschaft. Er war Uhrmacher, übte also ein edles, allseits geschätztes Handwerk aus.

Sie schifften sich in Marseille ein, aber bis zu diesem Augenblick ahnten sie nichts von Maries Anwesenheit unter ihnen. Sobald das Schiff abgelegt hatte, nahm der junge Mann, der sich unter den Teilnehmern der Delegation befand, den Hut ab, und als ihm die vollen weizenblonden Haare auf die Schultern fielen, erkannten sie Marie wieder. Die Seereise dauerte einige Wochen, aber als sie endlich im Hafen von Alexandrette auf osmanischem Reichsgebiet ankamen, zog

Marie wieder Männerkleidung an. Von da reisten sie nach Antiochien und dann weiter nach Aleppo. Dort hielt es meine Mutter, die ihre Schönheit und Anmut ein ganzes Leben lang in der Öffentlichkeit gezeigt hatte, nicht länger aus, legte die Männerkleider ab und zeigte sich unverschleiert auf den Gassen und Straßen. Sie verließ das Haus gewöhnlich in einer von vier Trägern geschulterten Sänfte, und eines Tages versammelte sich, als sie sich auf diese Weise in den großen Basar von Aleppo begeben hatte, dort eine so dichte Menge von Schaulustigen, dass der Marktbetrieb vollkommen zum Erliegen kam. Ein, zwei Personen verloren sogar ihr Leben im Gedränge. Nicht einmal das Erscheinen des Satans hätte einen solchen Skandal erregen können.

Der französische Konsul in Aleppo, der das alles mitbekam, hatte ernstliche Zweifel an der Zusammensetzung der Gesandtschaft und dem Verhalten ihrer Mitglieder bei dieser diplomatischen Mission, und er verhinderte ihre Weiterreise, bis er Instruktionen aus Paris erhalten hatte. Faber und Marie wurden des Wartens überdrüssig, trennten sich von der Delegation, reisten nach Konstantinopel und besuchten die Sehenswürdigkeiten. Und es war dort, dass ich im unheilvollen Zeichen des Skorpions gezeugt wurde. Sie lernten sich auf einem Gastmahl kennen, mein Vater tat damals Dienst an der iranischen Botschaft von Konstantinopel.

Drei Monate leidenschaftlicher Liebe! Ich bin die Frucht dieser Liebe, aber natürlich wartete meine treulose Mutter nicht einmal ab, bis ich zur Welt kam, ich war noch in ihrem Leib, als sie meinen unglücklichen Vater verließ. Vielleicht hatte es sie ja gekränkt, dass er als Muslim gleich beim ersten Anlauf sein Banner wie ein erfolgreicher Eroberer in das Land der Ungläubigen gepflanzt hatte. Ich kam in Täbris zur Welt, ein Bastard mit blauen Augen und goldblondem Haar, und ich war erst sieben Tage alt, als mein Vater mich der Amme, die mich nährte, abnahm, nach Isfahan brachte und meinen

Großeltern anvertraute. Ssohrâbs Mutter, die in unserer Nachbarschaft wohnte und ihren Sohn gerade erst abgestillt hatte, bot sich an, mir als Amme zu dienen, und so fand mein unglückseliges Leben seine Fortsetzung.

Meine Mutter schloss sich wieder der Gesandtschaft an. Faber starb, und sie übernahm als Vertreterin der Pariser Prinzessinnen die Leitung der Delegation. Diese fand es unannehmbar, durch Marie angeführt zu werden, aber wegen ihrer außergewöhnlichen Schönheit wurde sie von den iranischen Behörden empfangen. Ihre Berufung war die Liebe, und wenn die iranischen Männer sie hingerissen umringten, so empfand sie es als das größte Vergnügen der Welt.

Schließlich machte sich meine Mutter auf den Rückweg nach Paris, und kaum hatte sie in Marseille das Schiff verlassen, schickte man sie ins Gefängnis. Sie verbrachte einige Jahre hinter Gittern. Nach ihrer Entlassung kehrte sie nach Paris zurück.

Dies war es im Wesentlichen, was Jacob Allahyâr erzählte. Aber anstatt, dass seine Worte ihm das Bild seiner Mutter klarer gemacht hätten, wurde es nur noch undurchsichtiger, immerhin war sie in seinen Augen nun zu einer noch interessanteren Person geworden. Das Kind einer französischen Dirne zu sein, war in seinen Augen etwas Aufregendes. Sie war gekommen, um das legendäre Persien zu sehen, und nun war sie selbst zu einer Legende für die Männer Isfahans geworden. In jener Zeit wusste man Legenden noch besser zu schätzen, und letzten Endes hing die Glaubwürdigkeit einer jeglichen Wirklichkeit von ihrer Beziehung zu einer Legende ab.

Ich sagte: «Von manchen Leuten habe ich gehört, dass die Geschichten, die über sie im Umlauf sind, ob richtig oder falsch, nur Früchte unserer Einbildungskraft seien.»

Er antwortete: «Nun, um ehrlich zu sein, auch für mich ist es schwierig, das zu beurteilen. Faber und deine Mutter waren bis Aleppo mit uns zusammen, dann reisten sie nach Konstantinopel, bevor sie sich uns ein Jahr später wieder anschlossen, du bist in diesem einen Jahr, in dieser verlorenen Zeit, auf die Welt gekommen, während der Zeitspanne, über die ich und die übrigen Mitglieder der Gesandtschaft kaum etwas wissen.»

Ich bin das Kind einer verlorenen Zeit, das Kind einer Mutter, die eine außergewöhnliche Kurtisane war, und eines Vaters, den Gott zu sich genommen hat. Ich bin ein Bastard, und jedes Kind, das von mir abstammt, wird ebenfalls ein Bastard sein, die Bastarde werden sich vermehren, und in zwei, drei Jahrhunderten wird das ganze Land voll von ihnen sein. Ich bin ein Bastard, aber in der Obhut eines Mannes und einer Frau aufgewachsen, die ihr inneres Licht an die blauen Fliesen Isfahans weitergegeben haben, die nichts von meiner Mutter wussten und mir nichts von meinem Vater erzählt haben. Vielleicht kann der Knoten dieses Rätsels nur von den schlanken, betörenden Fingern jener Frau gelöst werden, die während ihres kurzen Aufenthalts in unserer Stadt in Geist und Seele all ihrer männlichen Bewohner unauslöschliche Eindrücke hinterlassen hat. Jacob berichtigte meinen Gedanken: «Sie ist nie nach Isfahan gekommen, und um sie zu sehen, müsstest du nach Paris gehen.»

«Paris? Wo ist das?»

«Hinter Berg und Tal und Meer.»

«Was macht sie dort?»

«Das sage ich dir später einmal.»

Ich machte mir nichts daraus. Seine Worte waren eindeutig so zu verstehen, dass seine Antwort mir nicht gefallen würde. Also sagte ich: «Dann möchte ich gerne etwas anderes von dir wissen.»

Er schaute mich erwartungsvoll an. Ich fragte: «Warum

bist du in Isfahan geblieben? Warum bist du nicht in deine Heimat zurückgekehrt?»

Als hätte er schon oft darüber nachgedacht, hatte er die Antwort parat: «Ich habe mich in diese Stadt verliebt, in ihr Blau.»

«Alle Franken, die ich gesehen habe, sprechen von Isfahans Blau.»

«Ich weiß nicht, woher all dieses Blau sein Licht nimmt.»

«Vielleicht aus einer inneren Quelle; das, wovon Großvater immer gesprochen hat, von einer Quelle inneren Lichtes.»

«Aber er hat das auf die Menschen bezogen.»

Ich sagte: «Möglicherweise haben diese Menschen ihr Licht an die Fliesen weitergegeben.»

Großmutters Voraussage erwies sich als richtig. Sie verschied einen Monat nach Großvater; in dieser Zeit hatte sich nicht viel ereignet, außer dass täglich immer mehr Leute an Hunger und Entkräftung starben.

Großmutter hatte immer gesagt, die größte Gnade, die der Schöpfer seinen Dienern gewähre, sei kein üppiger Besitz, ja nicht einmal ein zufriedenes Herz. Die größte Gnade sei ein leichter Tod. Sie könne es nicht ertragen, Schmerzen zu erleiden, zu ächzen und zu stöhnen.

Der Wunsch wurde ihr erfüllt. Der Allmächtige gewährte ihr diese größte Gnade. Jener Abend verlief für mich, für Manusch und sogar für sie selbst wie alle Abende zuvor. Sie war eher noch heiterer als sonst, ja, man kann sagen, sie sah mit Hoffnung in die Zukunft. Sie meinte, der Aufruhr werde über kurz oder lang sein Ende finden, zur dauernden Schande der Afghanen und des obersten Geistlichen. Dann fügte sie noch hinzu: «Wenn wir auch kein Brot zu essen haben, so haben wir doch einander, und das genügt uns.»

Um Mitternacht rief mich Manusch. Als ich in Großmutters Zimmer kam, hatte diese Fieber und stöhnte leise, und sobald sie bemerkte, dass ich neben ihrem Bett saß, streckte sie ihre Hand aus, um nach der meinigen zu tasten. Als ich die ihre zwischen meine Hände nahm, sagte sie: «Vor achtzehn Jahren, als dich dein Vater zu uns in dieses Haus brachte, warst du höchstens einen Monat alt. Großvater und ich, wir glaubten beide tatsächlich, der Schöpfer habe uns auf unsere alten Tage wie einst Abraham und Sarah ein Kind geschenkt. Bei deiner Erziehung haben wir keine Mühen und Kosten gescheut, Gott gebe, dass du mit uns zufrieden bist … (Dann lächelte sie.) Ich habe für meinen Tod kein Leichenhemd vorbereitet, aber ich habe genug Leinwand im Haus.»

So sprach sie, hob die Hand und zeigte auf den Schrank in der Ecke des Zimmers. Dann ließ sie die Hand ruhig wieder sinken und schloss die Augen. Sie hatte aufgehört zu leben.

Wir weinten nicht, als gehörte Großmutters Tod zum Lauf der Dinge, als hätten wir ihn vorausgesehen und wären darauf vorbereitet gewesen. Aber tatsächlich hatten wir überhaupt keine Vorkehrungen getroffen. Manusch holte sofort Leinen aus dem Schrank, goss Öl in die Lampe und begann, das Leichenhemd zu nähen; als die Sonne aufging, war sie damit fertig, dann ging sie zur Nachbarin hinüber und sagte ihr Bescheid.

Ich füllte einen großen Kupferkessel mit Wasser aus dem Brunnen und stellte ihn auf den Herd in der Küche. Als es warm war, fingen die beiden an, Großmutter zu waschen. Ich holte Hacke und Schaufel und machte mich daran, unter dem Baum im Hof neben Großvaters Ruhestätte ein Grab auszuheben.

Ein kleines Grab genügte für sie, und als ich diese Arbeit erledigt hatte und in die Küche ging, war die Nachbarin damit beschäftigt, Großmutters Haare zu flechten. Sie war nicht tot, sie schlief nur, und ich hatte sogar das Gefühl, dass sie wahrnahm, was in ihrer Umgebung vorging. Ich nahm ihren leichten Körper im Leichenhemd in die Arme und legte ihn in das dort ausgehobene Loch, und da, an dieser feuchten Grube, ergriff auf einmal tiefe Trauer mein Herz wegen dieses einsamen Begräbnisses. Beide waren wir nun allein, sie im Grab und ich dort am Rand.

Mir gegenüber stürzten Erdbrocken aus der Grubenwand

herab und legten eine von den schmalen Baumwurzeln frei. Ich hatte sie unbarmherzig mit Hacke und Schaufel abgetrennt, aber sie wuchsen weiter, und vielleicht würden sie Großmutters kleinen Körper bald wie ein Pflanzenkleid ganz umhüllen. Dieser Gedanke tröstete mich. Ich konnte mir vorstellen, dass die Teilchen ihres Körpers über die Wurzeln in die Zweige und die Blätter gelangten und wir uns auf diese Weise wieder täglich begegnen würden.

Wir bedeckten Großmutters Leichnam, und als ich mich zum Gebet auf den Boden kniete, weinte ich zum ersten Mal nach Großvaters Tod am Grab der beiden, lang anhaltend und laut schluchzend. In dem Augenblick war ich der einsamste Mann der Welt. Beim Tode des letzten Angehörigen, den ich hatte, überkam mich plötzlich das Gefühl, mein Leben liege jetzt ganz und gar und allein in meinen Händen.

Wie dem auch sei, das Weinen tröstete mich. Ich erhob mich. Das Sonnenlicht wanderte langsam an den Wänden herab und fiel tiefer in den Hof herein, und ich hatte das Gefühl, mit dem Anbruch dieses neuen Tages sei ich mit einem Mal Erbe all jener Dinge geworden, die meine Vorfahren von Geschlecht zu Geschlecht an meine Großeltern weitergegeben hatten, und so seien sie nun unerbittlich bis zu mir gelangt. Würde ich die Kraft aufbringen, dieses Erbe zu bewahren?

Eine Stunde später schlossen sich uns Ssohrâb, Âssef und Borsu an, und so fand eine notgedrungen schlichte Trauerfeier statt, sogar noch schlichter als jene für meinen Großvater. Damals hatte Großmutter nach der Bestattung und dem Gebet außer dem Kaffee, den Manusch zubereitet hatte, immerhin noch einen Fladen Brot, den sie aus dem Harem mitgebracht hatte, in fünf Stücke geteilt, jedem von uns ein Stück gegeben und uns gebeten, für Großvaters Seelenheil eine Fürbitte zu sprechen. Aber dieses Mal hatten wir weder Brot noch Kaffee im Haus, sondern nur einen kleinen Beutel Rosinen, das Einzige, was Großmutter in den letzten Tagen aus dem Harem mit nach Hause gebracht hatte. Also betete ich noch einmal, während Manusch nach Art der Christen ein Kreuz schlug. Noch bevor ich den Beutel Rosinen öffnen konnte, holte sie ein Tuch aus der Tasche, das sechs Datteln enthielt, und zu sechst sprachen wir noch einmal ein Gebet. Und gleichzeitig ertönte zum ersten Mal seit Großvaters Tod wieder das traurige Geschrei meines Esels. In dieser Familie war mein Esel meiner Großmutter vertrauter als jeder andere.

Am Abend gingen alle fort. Der Letzte, der das Haus verließ, war Ssohrâb, und kurz, bevor er ging, sagte er zu mir: «Jetzt bist nur noch du da – und sie!»

Und aus dem Augenwinkel warf er einen Blick auf Manusch, die in Trauerhaltung ihre Knie umklammerte und, zwischen zwei Gräbern an die Platane gelehnt, auf dem Boden des Gärtchens hockte.

In dieser Nacht träumte ich bis zum Tagesanbruch von Großmutter. Sie flocht im Sonnenschein ihre Haare und lächelte. Sie wirkte heiter und entschlossen, als ob sie sich für ein wichtiges Fest zurechtmachte. Am nächsten Morgen erwachte ich voller Hoffnung, froh, dass noch jemand anderes im Hause war, und plötzlich erhielten Ssohrâbs Worte für mich eine neue Bedeutung.

Aber als ich das Zimmer verließ, um mich zu waschen, sah ich Manusch auf dem steinernen Beckenrand im Hof sitzen und auf die beiden niedrigen Grabhügel schauen. Ihr Kleiderbündel lag griffbereit neben ihr. Als sie mich erblickte, sagte sie bedrückt, ohne mir ins Gesicht zu sehen: «Seit einer Stunde warte ich darauf, dass du wach wirst.»

Als ob mein Verstand ausgefallen wäre, blickte ich sie nur an, anstatt ihr zu antworten.

Sie lächelte bitter, dabei betrachtete sie weiter die Hügel im Gärtchen, und fuhr fort: «Ich muss jetzt gehen.»

Ich war überrumpelt, ungläubig fragte ich: «Wohin?»

Gefasst antwortete sie: «Ich gehe ins Kloster. Ich bin sicher, dass sie dort die Türen vor einer alleinstehenden Christin nicht verschließen werden.»

«Aber geht es dir hier denn nicht gut?»

«Hast du nicht bemerkt, dass diese Tage trotz der Unglücksfälle, die ständig über uns hereingebrochen sind, für mich die schönsten meines Lebens waren, da ich sie an deiner Seite verbringen durfte?»

Und dann blickte sie mir so freimütig wie sonst noch nie in die Augen. Ich war zu jener Zeit noch ein unerfahrener Junge und begriff die Bedeutung dieser Worte trotz ihrer noch nie da gewesenen Offenheit nicht. Sie trat einen Schritt auf mich zu. Gewiss wartete sie auf eine ermunternde Reaktion von meiner Seite, um die übrigen Schritte zu tun und mich zu umarmen, aber ich stand nur reglos da wie ein Tor und fragte: «Aber warum gehst du denn dann?»

«Ich habe die ganze Nacht lang wach gelegen und nachgedacht. Dieser Tage ist es sehr schwer, Essen aufzutreiben, da will ich dir nicht zur Last fallen.»

«Bis jetzt bist du es gewesen, die immer Essbares für mich aus dem Harem mitgebracht hat.»

«Das war alles nur dank Großmutter. Jetzt nach ihrem Tod ist der Weg dorthin für mich verschlossen.»

«Wir werden schon nicht verhungern.»

«Ich weiß, aber es ist schwieriger, zwei Mäuler zu stopfen als eines; außerdem musst du etwas für dieses Mädchen ...»

An dieser Stelle verstummte sie, und ihr Gesichtsausdruck wurde außerordentlich bitter. Es war das erste Mal, dass sie auf Jasmin anspielte.

«Mit diesen Aufgaben werde ich schon fertig, das verspreche ich dir.»

«Schließlich sind wir beide weder verwandt noch verheiratet. Die Leute würden sich unseretwegen das Maul zerreißen. Ich weiß, dass kein Krieg bis zum Jüngsten Gericht dauert, eines Tages geht er zu Ende, vielleicht leben wir dann noch und wollen wieder unter ebenjenen Menschen in dieser Stadt wohnen.»

«Sag doch nicht so etwas; um das Gerede der Leute brauchen wir uns doch nicht zu scheren.»

«Ihre Verachtung ist eine schwere Bürde. Ich hätte nicht die Kraft, sie zu tragen.»

«Dann lass mich dir wenigstens noch etwas zeigen, bevor du gehst. Es muss unbedingt noch jemand außer mir von diesem Geheimnis wissen.»

Sie schaute mich ratlos und verwirrt an, und ich sagte: «Komm mit!»

Sie folgte mir. Ein paar Augenblicke später standen wir in Großvaters Zimmer vor dem Teppich, den ich aus dem Schrank geholt und auf dem Boden ausgebreitet hatte. Sie starrte ihn an und sagte gar nichts. Die Ratlosigkeit in ihrem Blick hatte noch zugenommen. Ich erklärte ihr: «In all diesen Jahren hat sich die Brücke hier in diesem Haus bei Großvater befunden, und nicht einmal ich hatte eine Ahnung davon.»

Sie starrte sie weiter an, und kurz darauf sagte sie: «Die Schönheit dieser Frau ist überwältigend. Das ist das einzige Gerücht, bei dem man wirklich nicht übertrieben hat.»

«Wenn ich sterbe, bitte ich dich, sie aufzubewahren.»

Da schaute sie mich an und fragte: «Glaubst du wirklich, dass ich nach deinem Tode weiterleben werde?»

Weiter sagte sie nichts. Sie verließ das Zimmer und setzte den Fuß ruhig auf die Treppe. Während wir diese hinabstiegen, wirkte sie aufgewühlt. Im Hof nahm sie ihr Bündel, ging zur Tür und meinte mit dem Rücken zu mir: «Ich verabschiede mich nicht. Ich werde dich besuchen.»

Sie war jetzt Mitwisserin meines größten Geheimnisses, des größten Geheimnisses einer ganzen Stadt, einer unglücklichen, ruinierten Stadt am Rande des völligen Zusammenbruchs. Ich machte einen Schritt auf sie zu, und sie spürte das, denn sie hielt einen Moment inne. Aber ich fand nicht den Mut, die nächsten Schritte zu tun. Als sie die Haustür öffnete, trat ich näher an sie heran, an der Schwelle standen wir uns einen Augenblick gegenüber. Eine senkrechte Furche wie die Narbe einer alten Wunde zerteilte ihre Stirn in zwei Hälften, aber uns fehlten die Worte; dann ging sie fort.

Am ersten Montag, an dem ich nach Großmutters Tod mit Ssohrâb wieder ins öffentliche Bad ging, erzählte ich ihm, was Jacob mir über meine Mutter mitgeteilt hatte. Davon, dass der Teppich sich bei mir befand, verriet ich ihm nichts, aber ich sagte ihm, Jacob habe mir versichert, die Fränkin auf dem Teppich sei meine Mutter. Ssohrâb antwortete: «Wenn schon ihr Bild die Männer um den Verstand bringt, dann stell dir vor, wie umwerfend erst sie selber gewesen sein muss!»

In meiner viele Tage währenden Einsamkeit stellte ich mir vor, wie sie als Kreuzritter verkleidet auf dem Deck eines Schiffes stand, hoch zu Ross durch die gepflasterten Straßen von Täbris ritt oder in Konstantinopel ihre goldenen Haare als Netz zum Fang eines heißblütigen Morgenländers benutzte. Ich begab mich zu Großvaters Schrank, holte den Teppich heraus und breitete ihn aus im Sonnenlicht, das durch das Fenster fiel. Ein heißes, sündhaftes Gefühl keimte in mir auf, und notgedrungen ersetzte ich die Frau auf dem Teppich in meiner Träumerei durch Jasmin.

Ssohrâb fragte: «Hast du die Fränkin aus der Brücke nie im Traum gesehen?»

Er selbst erzählte mir, dass er geträumt habe, mit einer Blutsverwandten ein inzestuöses Liebesspiel zu betreiben. Ich hakte nach: «Mit welcher denn?»

Er schaute mich mit großen Augen an und schwieg. Ich gab nicht auf: «Na los, sag schon, mit wem?»

Er schrie mich an: «Das ist doch egal!»

Dann beruhigte er sich und fügte hinzu: «Mit meiner Mutter.»

An dem Tag holte ich, sobald ich aus dem öffentlichen Bad nach Hause zurückgekehrt war, das Buch von Allameh Madschlessi aus dem Schrank hervor und verschlang das, was er über Fleischeslust und Beischlaf geschrieben hatte. Dort stand geschrieben, es stärke den Glauben eines Muslims, eine Frau zu erkennen, und es wurde empfohlen, den Frauen häufig beizuwohnen. Ein Muslim solle auch nicht eine einzige Nacht ohne eine Frau schlafen. Denn durch jeden Beischlaf fielen die Sünden von ihm ab, wie im Herbst die Blätter von einem Baum zur Erde taumelten. «Nehmt euch junge Mädchen, deren Mund Wohlgeruch atmet, deren Scheide eng ist und deren Brüste viel Milch geben. Nehmt euch eine Frau mit einem duftenden Nacken und fleischigen Fesseln. Nehmt eine Frau, die gegenüber ihrem Manne unterwürfig ist und ihrem Gatten, wenn sie allein sind, in allem, was er begehrt, zu Willen ist.»

Was Männer von Frauen begehren, wenn sie allein sind? Ich wusste, was das war. Ssohrâb hatte mir sein Wort gegeben, dass er mich an den Stadtrand mitnehmen würde, damit ich für drei Schâhi in der Einsamkeit einer der leer stehenden Lehmhütten bei den verfallenden *Türmen des Schweigens* das bekommen könne, was Frauen Männern zu geben haben.

Ssohrâb schob die Erfüllung seines Versprechens so lange auf, bis diese Hütten am Stadtrand schließlich den barfüßigen Afghanen als Schlafstätten dienten. Er war nur anderthalb Jahre älter als ich, aber was das weibliche Geschlecht betraf, war er ein Kenner, und seit gut zwei Jahren sprach er mit mir von einer jungen, üppigen Frau, die in einer solchen verlassenen Hütte am Stadtrand lebte. Das erste Mal, dass er die Rede auf sie brachte, fragte ich ihn: «Kannst du mich auch dahin mitnehmen?»

Er sah mich an, als ob mein Mund noch nach Muttermilch röche. Ich gab nicht auf: «Ich kann das auch schon, das habe ich dir doch schon gesagt.»

«Du brauchst das doch noch nicht.»

«Doch, ich brauche es.»

«Das bildest du dir nur ein. Du brauchst es nicht!»

Und dann erklärte er mir: «Wenn mir das Geld fehlt, um zu ihr zu gehen, dann befriedige ich mich selbst.»

Ich schwieg.

Er fragte: «Willst du zusehen?»

Er wartete meine Antwort nicht ab, nahm sich den Lendenschurz ab und machte sich ans Werk; es dauerte nicht lange. Die ganze Zeit schaute er mich an. Erst im letzten Moment schloss er die Augen, hob das Kinn, und dann war er fertig.

Dann fragte er mich: «Allahyâr, weißt du, was *Nekâh* ist?»

«Ja, weiß ich, heiraten.»

«Falsch. Ficken.»

Dann fügte er noch hinzu: «Eigentlich verlieben sich Frauen und Männer nur deshalb ineinander.»

Ich schlug ihm mit der Faust auf die Schulter und lief in den Hauptraum des Hamâms. Er lief hinter mir her. Das Geräusch hallte in der Kuppel des Bades wider, schmale Säulen von Licht, die in verschiedenen Winkeln aus den kleinen Luken in der Decke hereinfielen, kreuzten einander, und der Spuk eines leeren Hamâms, dessen hohes Gewölbe und weite Warmbadhalle den Eindruck gänzlicher Verlassenheit machten, verschwand vollkommen. Nahe am Wasserbecken drehte ich mich plötzlich um und gab ihm einen Stoß, er fiel seitwärts ins Becken hinein. Dann bespritzten wir uns eine Weile mit Wasser, tobten laut herum und neckten uns gegenseitig.

7. Kapitel

Seit einer Woche hatte ich nun überhaupt kein Futter mehr
für meinen Esel, nur mit großer Mühe hatte ich verwelktes
Grün oder Schalen von Wassermelonen für ihn auftreiben
können. Vielleicht aßen die Leute jetzt auch Viehfutter. Als
die Nachbarin sah, dass ich alles Mögliche unternahm, um
das Tier satt zu kriegen, sprach sie mich an und meinte: «Alle
denken jetzt nur daran, wie sie den eigenen Magen füllen
können, und du denkst an den Magen deines Esels?»

«Das arme Tier kann doch selbst nicht für sich sorgen, also
muss ich mich als sein Herr darum kümmern, dass es nicht
verhungert.»

«Die meisten Leute, die einen Esel oder ein Maultier hatten, haben es geschlachtet und sein Fleisch verzehrt.»

«Mir wäre es unmöglich, mein armes Tier zu schlachten.»

«Wenn du nicht willst, dass es verhungert, musst du es verkaufen. Dann schlachtet es jemand anders und isst es auf.»

Sie hatte recht, aber ich hätte das Fleisch meines armen
Esels nicht hinunterbekommen, also blieb mir nichts anderes
übrig, als ihn zu verkaufen. Am Freitagnachmittag führte ich
meinen Esel am Zügel zum Schahplatz, um ihn dort zu ver-
äußern.

Obgleich sich die ganze Woche über keine Menschenseele
auf dem Platz zeigte, wimmelte er an den Freitagen nachmittags plötzlich von Leuten und überall lagen die Decken von
Menschen, die darauf gebrauchte Gegenstände feilboten. Das

war natürlich eine alte Sitte, und es war der einzige Brauch, welcher der Hungersnot nicht zum Opfer gefallen war.

An dem Tag brachte jedermann alles, was er im Hause hatte, auf den Platz, um es zum Verkauf anzubieten, wertloses Zeug, für das es keine Kundschaft gab. Verzinnte Kupfergefäße, billiges Porzellan, Kaftane mit durchgescheuerten Ärmeln, fadenscheinige Teppiche ... Die Leute sahen sich mit vor Hunger tief eingesunkenen Augen um und liefen gleichgültig umher, niemand war darauf aus, etwas zu erwerben – ihnen stand nur der Sinn nach etwas Essbarem. Aber trotzdem herrschte auf dem Platz an diesen Freitagnachmittagen ein solches Gedränge, als wären alle dahin gekommen, um zu zeigen, dass sie noch am Leben waren, oder um Nachrichten auszutauschen, und wohl auch, um ihr Elend mit dem der anderen zu vergleichen.

Aber an jenem Tage, an dem ich mit dem Zügel des Esels in der Hand auf den Platz kam, machte das Gerücht die Runde, dass der Eigentümer des Teppichs mit der Fränkin ihn just an diesem Tage auf dem Platz zum Verkauf anbieten werde. Man sprach von einem Wettbewerb der Wohlhabenden, um seiner habhaft zu werden. Schwindelerregende Summen kursierten von Mund zu Mund. Die Schätzungen überboten einander, und neue Gerüchte ließen die ermatteten Nerven der Stadt vor Erregung erzittern. Vielleicht war das der Grund dafür, dass amtliche Aufseher in der Menge patrouillierten.

Auch Antiquitätenhändler, die das scharfe Schwert des Hungers an ihren Kehlen spürten, brachten gelegentlich ihre Habe auf den Platz, um sie zu verkaufen: einen Vogelkäfig, der wie ein königlicher Pavillon aussah, einen versilberten russischen Samowar, Teppiche mit Darstellungen königlicher Jagdszenen, der Geburt von Wölfen, der Begegnung von Joseph und Sulcika, von Jonas im Bauch des Wals ... Porzellanschalen in verschiedenen Größen mit Bildern von wilden

Blumen, Dolche mit Elfenbeinscheiden, Frauenarmreifen mit kostbaren Steinen, Türkis aus Nischapur, Rubine aus Damaskus und Topase aus Jemen. Verkäufer, die ob der Flaute auf dem Markt die Geduld verloren hatten, griffen gelegentlich ein Stück heraus und riefen die anderen zu sich.

«Schauen Sie diese Tasse an, mein Herr, dasselbe Modell wie die, aus welcher der russische Zar seinen Tee zu trinken pflegt.»

«Dies ist genau das Armband, das der König von Frankreich einer treulosen Geliebten geschenkt hat.»

Ab und zu forderte ein Passant den Verkäufer heraus: «Na schön, dann erzählen Sie uns doch mal, wie so etwas in Ihre Hände gelangt ist.»

Der verlegene Verkäufer schwieg einen Augenblick lang, brach dann in lautes Lachen aus, legte seine Ware weg und erwiderte: «Das ist eine lange Geschichte, werter Herr!»

Der Passant antwortete: «Ich höre sie mir gerne an.»

Ein paar Leute, die das Gespräch der beiden mitbekommen hatten, mischten sich dann ebenfalls ein. Der Verkäufer entgegnete: «Aber leider habe ich nicht genug Zeit, um sie Ihnen mit allen Einzelheiten auseinanderzusetzen. Ich kann Ihnen nur so viel verraten, dass ein jüdischer Basarhändler sie dem Dogen von Venedig trickreich abgeluchst hat.»

Ein Raunen erhob sich, und die neugierige Menge ließ nicht locker: «Weiter, mein Herr! Erzählen Sie mehr!»

Der Verkäufer ging nicht darauf ein, und als er sah, wie erpicht die Menge auf eine Erklärung war, wies er sie zurecht: «Ich kann mich nur wundern, liebe Leute, dass ihr nichts Besseres zu tun habt! Geht lieber eurer Arbeit nach! Und lasst mich die meine machen.»

Darauf sagten bestimmt einer oder zwei der Umstehenden: «Es liegt auf der Hand, dass er lügt.»

Der Verkäufer tat so, als hätte er das nicht gehört, hielt einen großen Stein gegen das Licht, und dann wandte er sich an die Menge: «Hallo, liebe Leute, hierher! Schaut nur, wie wunderbar das Licht in diesem Opal spielt. Dergleichen findet man sonst nirgends auf der Welt.»

Konkurrierende Antiquitätenhändler und fränkische Gesandte wählten gelegentlich einen der Gegenstände aus, die auf den Verkaufsmatten lagen, und feilschten um den Kaufpreis. Die Preise hatten schwindelerregende Höhen erreicht, Geld und Gold waren völlig entwertet. Der Gegenwert selbst der teuersten Artikel entsprach bloß noch einem Fladen Brot. Nur selten wurde ein Geschäft abgeschlossen, die Leute, die Geld hatten, kauften lieber Brot, als einen solchen Wertgegenstand zu erwerben.

Mein halb verhungerter Esel brach beim Laufen beinahe zusammen. Ich stand in Erwartung von Kundschaft in einer Ecke und betrachtete das Kommen und Gehen der umherschlendernden Grüppchen, als ich plötzlich Jacob bemerkte, der auf mich zukam, genau den Menschen, der mich nicht beim Verkauf des Esels ertappen durfte.

Verlegen brachte ich die erste Ausflucht vor, die mir in den Sinn gekommen war: «Ich habe meinen armen Esel für einen Spaziergang hierhergebracht.»

«Da hast du dir ja einen sehr schönen Ort dafür ausgesucht.»

Glücklich über so viel Einfühlungsvermögen, sagte ich: «Weißt du, in dem engen, dunklen Stall wird er mir sonst noch trübsinnig.»

«Ja, ich weiß, genau deswegen habe ich beschlossen, ihn dir abzukaufen. Ich bringe ihn in meinen Garten, und da geht es ihm dann richtig gut.»

Anschließend schaute er mich einen Moment lang erwartungsvoll an. Seine Worte waren gar nicht misszuverstehen, und ich weiß nicht, warum ich, anstatt ihm gleich zu antworten, nur herausbrachte: «Seit zwei Tagen habe ich nichts mehr zum Fressen für ihn auftreiben können.»

Er nickte verständnisvoll und meinte: «Das Leben wird von Tag zu Tag schwerer; ich weiß.»

Er tätschelte das Tier am Hals: «Zum Ausgleich gebe ich dir fünf Fladen Brot, ist das in Ordnung?»

Das war mehr, als ich erwartet hatte; ich nickte schnell. Er fuhr fort: «Großartig; komm mit!»

Ich wusste, dass sein Haus nicht weit entfernt vom Schahplatz lag. Wir waren bald da, den Zügel meines Esels hatte ich Jacob in die Hand gedrückt, ich hielt meinen Mund an das Ohr des Esels und sagte: «Auf Wiedersehen, alter Freund, bitte verzeih mir, dass ich mich von dir trennen muss. Mir bleibt nichts anderes übrig, aber ich glaube, da, wo du hingehst, wirst du es gut haben, du wirst wenigstens keinen Hunger leiden.»

Er zeigte keinerlei Regung, er hatte die Lider gesenkt und hielt seinen sanften Blick wie immer auf den Boden gerichtet. Jacob ging mit meinem Esel, der von nun an seiner war, hinein, und ich blieb im Vorhof seines Hauses zurück, bis er einen Moment später mit den Satteltaschen meines Esels, aus denen der herbe Geruch von Kot aufstieg, zu mir zurückkehrte. Er sagte: «Die Taschen deines Esels kannst du als Andenken behalten. In die eine habe ich extra noch Mist gestopft, damit der Duft von frischem Brot den Hungrigen nicht in die Nase steigt. In die andere habe ich dir sechs Fladen Brot getan.»

Das war ein Fladen mehr, als er mir versprochen hatte. Ich wusste nicht, wie ich ihm danken sollte, aber ich kannte den Grund für seine Freundlichkeit. Er fügte hinzu: «Wann immer dir das Leben zu schwer wird, komm zu mir.»

Seine Worte richteten mich auf. Ich verabschiedete mich von ihm, und ich war noch weit von seinem Hause entfernt, da hörte ich das Schreien meines Esels. Als ob das arme Tier endlich begriffen hätte, dass sein treuloser Herr es für sechs Fladen Brot verkauft hatte und sich jetzt, froh über diesen Handel, für immer von ihm entfernte. Sein betrübtes Schreien war das Letzte, was ich von meinem geliebten Esel hörte, er war traurig, und dabei war ich noch nicht einmal gestorben. Mein Esel verstand gewiss nicht, dass dieses Geschäft für uns beide von Vorteil war.

Tief bekümmert fasste ich, nachdem ich ihn zurückgelassen hatte, den Entschluss, bei Jasmin vorbeizuschauen und mein Brot mit ihr zu teilen.

Vor der Hungersnot und dem Aufstand der Afghanen hatte ich ihr gelegentlich ein kleines Geschenk mitgebracht, das ich auf dem Platz auf einer der Verkaufsdecken für sie gefunden hatte, so hatte ich einen Vorwand dafür gefunden, sie zu Hause zu besuchen: einen kleinen Parfümflakon, einen Spiegel mit Metallrahmen, einen Kamm mit ein, zwei Halbedelsteinen.

«Ich bin über den Platz gegangen, da habe ich auf dem Warentuch eines Inders dieses Parfumfläschchen gesehen und es für dich gekauft. Gott gebe, dass es dir gefällt.»

Sie hatte meine Geschenke immer ziemlich gleichgültig entgegengenommen, aber sobald ich an jenem Tag den Fuß in ihr Haus setzte, roch sie den Duft des Brotes, und ihre Nasenflügel begannen zu zittern.

Sie saß auf der Veranda und kämmte sich die Haare, sie hatte ein Kleid aus blauem Kattun an und sah so schön wie ein Engel aus. Gleich am Fuß der Veranda legte ich das Tuch mit dem Brot vor sie hin und schlug es auf. Sie schaute mich an, und ein Lächeln erhellte ihr Gesicht. Ich sagte: «Nimm, es ist für dich.»

Sie nahm einen Brotfladen, hielt ihn sich an die Nase und roch daran, frohgemut nickte sie und bedankte sich.

Ich stieg die Stufen zur Veranda hoch und trat näher zu ihr, sie war seit dem letzten Mal, dass ich sie besucht hatte, sichtlich magerer und blasser geworden. Dies war übrigens das erste Mal, dass sie nicht mit ihrer Flechtarbeit beschäftigt war, als ich ihr Haus betrat.

Ich rief erstaunt aus: «Sieh an, du bist dabei, dich auszuruhen.»

Sie zeigte auf einen Haufen fertiger Flechtarbeiten in einer Ecke der Veranda und antwortete: «Seit über einer Woche ist der Mattenflechter nicht mehr zu uns gekommen. Ich habe alle meine Arbeiten erledigt.»

Er war nicht gekommen und hatte auch das, was sie geflochten hatte, nicht abgeholt. Ich bemerkte: «Dann bekommst du auch keinen Lohn für deine Arbeit. Wovon lebt ihr denn jetzt?»

«Das Geld ist sowieso nichts mehr wert, egal, ob man welches hat oder nicht.»

«Und die Körbe und Matten, die du geflochten hast?»

«Es gibt wohl keine Kundschaft mehr, die Leute suchen dieser Tage nur nach etwas, was sie sich zwischen die Zähne schieben können.»

«All dieses Brot ist für dich!»

Sie schüttelte den Kopf und setzte eine ernste Miene auf. Sie deutete mit dem Kopf auf das Brot, das sie in der Hand hielt: «Das hier ist genug.»

«Aber ihr seid zu dritt, und ich bin nur einer.»

«Unsere Essensvorräte sind noch nicht erschöpft.»

Sie schlug das Esstuch wieder zu und schob es mir auf dem Boden zu.

«Und der Junge? Wo ist er eigentlich? ... Sonst hat doch immer er mir die Tür geöffnet.»

Sie wies mit dem Finger auf das Zimmer. Durch das offene Fenster sah ich den Knaben auf der Matratze liegen und die Amme, die ihn mit einem Löffel fütterte. Ich fragte: «Hoffentlich keine ansteckende Krankheit?»

«Was macht das schon für einen Unterschied, Krankheit oder Hunger?»

«Ich fürchte, dass dir etwas zustößt.»

«Mach dir keine Sorgen. Ich bin zäh.»

«Komm, wir gehen zu mir nach Hause. Die beiden Zimmer unten bekommst du, und Großvaters Zimmer im Obergeschoss nehme ich.»

Mit einem Anflug von Lächeln fragte sie: «Willst du etwa Baumwolle neben das Feuer legen?»

«Ich gebe dir mein Wort, dass ich mich dir gegenüber ehrenhaft verhalten werde.»

Sie machte eine ernste Miene: «Selbstverständlich, ich weiß. Aber ich kann diese alte Frau und den armen, kranken Jungen doch nicht im Stich lassen, nicht wahr?»

«Kann ich dir irgendwie helfen?»

Sie blickte mich eine Weile schweigend an, ich sah ihr an, dass sie innerlich um die richtigen Worte rang, aber schließlich meinte sie: «Unsere neugierigen Nachbarn wollten von meiner Mutter wissen, wer der junge Mann ist, der uns so oft besucht.»

Sie schaute dabei mürrisch drein, aber ich sah den Schalk in ihren Augen. Ich entgegnete ihr: «Sag deiner Mutter, sie soll den neugierigen Nachbarn antworten: ‹Das ist der abgewiesene Bewerber meiner Tochter, der zu uns nach Hause kommt, um ihre Gesellschaft zu genießen.› Wozu noch Heimlichtuerei?»

Sie brach in ein bezauberndes Lachen aus und entblößte ihre weißen Zähne. Der blonde Flaum in ihrem Nacken leuchtete hell im Sonnenschein. Ich erklärte: «Vielleicht hast du davon gehört, dass Suleika Joseph aufgefordert hat, ihr seine Gerte zu geben, um ihm zu beweisen, wie hell die Flammen ihres Herzens loderten. Josephs Rute war aus Bambus, er gab sie Suleika, und als sie sich die Gerte vor den Mund hielt und seufzte, fing das Holz Feuer und verbrannte.»

Wieder musste sie lachen, diesmal laut und schallend, und ließ mich dabei ihren Schlund sehen, der rosa leuchtete wie die Blüten der Quitte. Ich sagte: «Was meinst du zu der Geschichte von den drei Schmetterlingen? ... Lass sie mich dir erzählen: Drei Falter waren verliebt ins Feuer, aber dennoch kannten sie sein Wesen nicht, sie beschlossen, es zu erforschen, um seine wahre Bedeutung zu ergründen. Sie wussten, dass in einem weitab gelegenen Schloss eine Kerze stand, deren Flamme ewig brannte. Der erste Schmetterling begab sich zu jenem fernen Palast, und um die wahre Natur des Feuers zu begreifen, flog er rund um die Kerze herum. Dann kehrte er zu den zwei anderen Faltern zurück und berichtete: ‹Das Feuer ist warm.› Damit konnten die beiden nicht viel anfangen. Offensichtlich reichte eine so kurze Beschreibung nicht aus, um das Wesen des Feuers zu erkennen. Also erhob sich auch der zweite Schmetterling, flog in das Schloss hinein, umkreiste die Flamme der Kerze, und da er ihr zu nahe kam, verbrannte er sich die Flügel. Darauf kehrte er zu seinen Freunden zurück und verkündete ihnen: ‹Das Feuer ist heiß.› Der dritte Schmetterling fand auch diese Ansicht nicht überzeugend, flatterte zum Schloss davon, und als er bei der Kerze ankam, stürzte er sich in die Flamme und verbrannte. Er vermochte nicht, zu seinen Freunden zurückzukehren und den Schleier vor dem Geheimnis der wahren Natur des Feuers zu lüften. Nur jener verbrannte Falter erfuhr, was das Feuer ist. Wie könnte dann jemand einem anderen erklären, was das Wesen der Liebe ist?»

Teil 3

Die vermochten nichts auf Erden zu durchkreuzen
Und hatten keine Helfer gegen Gott.

DER KORAN, SURE 11 («HUD»), VERS 20

Das Brot, das ich für meinen Esel erhalten hatte, war seit zwei Tagen aufgebraucht, und in diesen ganzen zwei Tagen hatte ich nur ein paar Rosinen gegessen. Aber da es zutrifft, dass Gott einem hungrigen Mund sein tägliches Brot nicht vorenthält, schickte Er mir Manusch mit zwei Stücken süßem Brot ins Haus. Sobald sie hereingekommen war, öffnete sie den Beutel, holte das Kuchenbrot heraus und legte es mir in die Hände. Ich konnte es kaum glauben. Glücklich und zugleich verlegen fragte ich: «Wo hast du die denn her?»

«Ich habe sie aus der Klosterküche gestohlen.»

Das Wort «stehlen» hatte in meinen Ohren einen schlechten Klang, auch wenn es mir unter diesen Umständen weniger schwerwiegend vorkam, und ich fragte: «Wie hast du es angestellt?»

«Wenn du Tag und Nacht darüber nachdenkst und Pläne schmiedest, wie du ein Ziel erreichen kannst, findest du am Ende eine Lösung.»

Ich verzog das Gesicht und fragte: «Das heißt, ich soll Diebesgut verzehren?»

Natürlich scherzte ich nur. Dennoch entgegnete sie: «Danke Gott, dass wir noch nicht so weit sind, dass ...»

Sie unterbrach sich und fuhr dann fort: «Also, ich muss schauen, dass ich fortkomme.»

Sie ging auf die Tür zu und drehte sich dann, als hätte sie es sich anders überlegt, noch einmal zu mir um und sagte: «Vielleicht ist dir auch zu Ohren gekommen, dass ein, zwei Schlächter offensichtlich Menschenfleisch verkauft haben!»

Ich hatte davon gehört, es war eines von den Gerüchten, die ich nicht glauben mochte, trotzdem fuhr ich zusammen und fragte: «Und die geben das selber zu?»

«Das ist gar nicht nötig, das wissen auch so alle Leute.»

«Das ist ja entsetzlich.»

Ich hielt mir das Gebäck unter die Nase und sog seinen Duft ein. Das Gute an einer Hungersnot ist, dass der Mensch schon vom Geruch von Kuchenbrot der Wonnen des Paradieses teilhaftig wird.

Sie sagte: «In dieser Stadt gibt es außer Menschenfleisch sonst nichts mehr zu beißen. Eine Menge Leute kochen das Leder ihrer Schuhe oder Wasserschläuche und essen es.»

Dann wiederholte sie: «Ich muss schauen, dass ich fortkomme.»

Und erneut wandte sie sich zur Türe. «Manusch!...», rief ich.

Sie drehte sich um, und ich sagte zu ihr: «Unter diesen Umständen, in denen die Menschen sich gegenseitig auffressen, kann ich nichts von dir annehmen. Eigentlich wäre es meine Pflicht, dafür zu sorgen, dass du keinen Hunger leidest.»

«Weißt du, einstweilen leide ich noch keine Not. Aber wer weiß, was die Zukunft uns bringt? Vielleicht werde ich mich eines Tages gezwungen sehen, wieder in diesem Hause Zuflucht zu suchen.»

«Ich merke dir doch an, dass du am Essen sparst. Seit ich dich das letzte Mal gesehen habe, bist du viel schmaler geworden.»

«Warum sollte ich in Zeiten einer Hungersnot Völlerei treiben?»

Mir knurrte der Magen, ich hielt mir wieder das Kuchenbrot unter die Nase und sagte: «Mit dem Duft dieses Gebäcks hättest du sämtliche Einwohner dieser Stadt anlocken können.»

«Daran hatte ich auch schon gedacht.»

Sie holte den Beutel aus der Tasche ihres Umhangs heraus und hielt ihn mir hin. Unwillkürlich zuckte ich zurück. Sie erklärte: «Diesen Beutel hatte ich mit Mist beschmiert, damit niemand das Gebäck riecht.»

«Anscheinend machen das dieser Tage alle Leute so, aber genau das kann einem dann verraten, dass jemand Brot oder sonst etwas Essbares mit sich führt.»

«Mach dir deswegen keine Sorgen, Mist ist heutzutage fast ebenso rar wie Brot. Die Leute haben alles, was vier Beine hat, geschlachtet und verzehrt. Nur einige fränkische Untertanen haben noch ihre Pferde. Ich habe ihn von einem Bediensteten der Jesuitenkirche bekommen. Aber ... dein Esel? Was ist deinem Esel zugestoßen?»

Sie wartete meine Antwort nicht ab, ging zum Stall hinüber und blieb auf der Schwelle stehen; und so, mit dem Rücken zu mir, fragte sie: «Hast du ihn geschlachtet?»

Auf mein Schweigen hin drehte sie sich wieder um und starrte mich an. Ich sagte: «Nein, ich habe ihn jemand anderem gegeben.»

«Damit der ihn schlachtet?»

«Nein, es ist ein vertrauenswürdiger Mann.»

Sie grinste spöttisch: «Was sagst du da? In dieser Stadt gibt es keine vertrauenswürdigen Männer mehr.»

«Du hast recht, aber ich habe ihn Jacob, dem Uhrmacher, übergeben. Das arme Tier wäre beinahe verhungert ... Allerdings habe ich dafür ein paar Fladen Brot bekommen.»

«Also hast du ihn verkauft.»

Mich überkam ein heftiges Reuegefühl, und ich stammelte: «Es blieb mir nichts anderes übrig.»

«Es war richtig von dir, sonst wäret ihr beide verhungert.»

«Sobald die Lage wieder besser ist, kaufe ich das Tier zurück.»

«Falls er bis dahin nicht eingegangen ist oder Jacob ihn notgedrungen geschlachtet hat.»

«Was auch immer, die fränkischen Gesandten und ihre Priester werden sich schon um die Christen kümmern.»

«Wenn die Christen der Stadt auch nicht vor Hunger sterben, dann doch vielleicht an den Seuchen.»

Und noch einmal wiederholte sie: «Ich muss jetzt wirklich gehen.»

Um ihr die Hand zu reichen, trat ich auf sie zu und nahm ihre Hände zwischen die meinen. Ich hatte das noch nie getan, es war unsere erste Berührung.

Sie wehrte sich nicht nur nicht dagegen, ich hatte sogar das Gefühl, dass sie sich mir kaum merklich zuneigte, und schließlich sagte sie: «Iss wenigstens eines davon auch selber.»

Möglicherweise wusste sie, oder vielleicht ahnte sie auch nur, dass ich alles, was mir in die Hände fiel, eilends zu Jasmin brachte. Ich antwortete: «Natürlich esse ich es selbst.»

«Seit ich dich das letzte Mal gesehen habe, bist du deutlich magerer geworden, deine Augen sind dir in die Höhlen gesunken, und du hast rissige Lippen bekommen.»

«Mach dir keine Sorgen, ich halte eine Menge aus.»

«Ich weiß, aber der Hunger würde sogar einen Haifisch umbringen.»

«Ich bin stärker als ein Hai.»

Sie nickte lächelnd, dann fragte sie: «Was machst du übrigens den ganzen Tag?»

«Ich lege mich hin, starre an die Decke und hänge meinen Gedanken nach.»

«Einsamkeit und Träumereien können einen verrückt machen.»

«Was soll ich denn tun?»

Ohne zu zögern, sagte sie nachdrücklich: «Schreib! Mach dasselbe, was du früher getan hast. Übe dich in Kalligraphie.»

Sie ging zur Tür, und bei dieser Bewegung fiel mir das rhythmische Kreisen ihres Hinterns auf.

Ohne nachzudenken, sagte ich: «Ach, wenn du doch nur bei mir bleiben könntest!»

Möglicherweise nahm sie den flehentlichen Ton in meiner Stimme wahr. Sie drehte sich zu mir um und starrte mich ungläubig an. Und das Begehren in mir wurde stärker. Konnte ich sie hier an Ort und Stelle im Schatten des Baums auf dem Hof auf den Boden legen? Alle Fasern meines Körpers forderten das von mir. Es ist erstaunlich, dass nicht einmal der Hunger den Drang, sich zu vereinigen, der mich ab und zu in passenden oder unpassenden Augenblicken überfiel, zum Erliegen brachte.

Ich trat einen Schritt auf sie zu, aber sie wich zurück und sagte noch einmal, wobei sie jedes einzelne Wort betonte: «Ich muss jetzt wirklich gehen.»

Sie wandte sich um und ging schnell auf die Haustür zu. Ich rief ihr nach: «Manusch, ich bete zu Gott, dass Er dein gütiges Herz mit Glück und Licht erfülle.»

Sie drehte sich um und lächelte, aber man spürte, dass es ein bitteres Lächeln war.

Sie ging davon, und es war, als würde das Gefühl der Einsamkeit dadurch plötzlich übermächtig in mir, zugleich kam es mir so vor, als hätte ich kein Zuhause mehr.

Großvater war tot, Großmutter war ebenfalls gestorben. Auch Manusch, die mehr als drei Monate lang Mitglied der Familie gewesen war, hatte dies Haus verlassen, ja, nicht einmal der liebenswerte Esel, der zehn Jahre an meiner Seite gelebt hatte, war noch da.

Ich hatte das Gefühl, kein Heim mehr zu haben. Die Wände, die Türen, die Nischen, die große Platane, der neu gebaute, geräumige Ofen, der Brunnen und das kleine Wasserbecken, alles, alles war noch an Ort und Stelle, sogar die beiden Gräber, welche die mir liebsten Menschen bargen, aber dennoch hatte ich das Gefühl, keine Heimstatt mehr zu haben. Solange sie da gewesen waren, hatte ich im Haus die Wärme ihres Atems gespürt und das Kratzen der Feder gehört, jetzt herrschte nur noch Schweigen.

Sie waren gestorben, und die Lichter in ihren Zimmern waren erloschen. Der angenehme Geruch von Tinte lag nicht mehr in der Luft, die Rohrstängel, die unter einem Haufen Maultiermist in einer Ecke des Hofes lagen, bis sie brauchbar wurden, waren nicht mehr da, der Kotgeruch meines Esels war verflogen. Es war, als ob mir nur noch die gelegentlichen Treffen mit Jasmin Hoffnung geben könnten, und ständig spürte ich die Wärme ihres Daseins, selbst über die Entfernung von einigen Stadtvierteln hinweg.

Ich musste ihr ein Kuchenbrot bringen, am Vortag hatte ich ihr ein paar der Rosinen, die Großmutter vor ihrem Tod nach Hause gebracht hatte, angeboten, sie hatte sich jedoch geweigert, sie von mir anzunehmen. Sie sagte immer, wir haben noch zu essen, aber ihren vor Hunger stumpf gewordenen Augen sah ich an, dass sie log.

Ich wickelte eines der beiden Gebäckstücke in ein Tuch, nahm es unter den Arm und ging aus dem Haus. Die Nachbarin und ihre beiden Söhne standen an ihrer Türschwelle. Als sie mich sahen, riefen die Zwillinge wie aus einem Munde: «Tante Manusch ist weggegangen.»

Die Nachbarin blickte mich verschmitzt an, und als die beiden Zwillinge zu mir herüberkommen wollten, hielt ich sie mit einer Handbewegung zurück und sagte: «Jetzt nicht, aber ich komme bald zurück.»

Ich war noch nicht bei dem heiligen Baum angelangt, als plötzlich eine alte Frau vor mir auftauchte, die in einen Kampf mit einer Katze verwickelt war, wobei sie beide pausenlos kreischten.

Ich war überrascht, woher nahm die alte Frau, von deren Hand und Gesicht das Blut tropfte, nur so viel Kraft? Sie hatte zwei der Katzenpfoten mit einer Hand gepackt und schlug, während sie es weit von sich weghielt, mit der freien Hand von links und rechts auf das Tier ein. Dieses hatte ihr, wild geworden, die Hand zerkratzt und, sich aufbäumend, ins Gesicht gebissen. Nun kämpften beide um ihr Leben und stießen dabei beinahe die gleichen Laute aus. Monate nach dem Tode Großvaters wurde mir auf einmal völlig klar, warum er sich entschlossen hatte zu sterben.

Ich näherte mich der alten Frau und blieb zwei Schritte vor ihr stehen. Auf ihrem Gesicht las ich Erregung, gepaart mit Hass. Ich hätte ihr geholfen, wusste aber nicht, wie ich das anstellen sollte. Als sie mich erblickte, schrie sie mich voller Zorn und grundlos an: «Sie gehört mir! Steh hier nicht so sinnlos herum!»

Dabei warf sie einen flüchtigen Blick auf das Bündel unter meinem Arm. In jenen Tagen konnten die Menschen die köstliche Vorstellung niemals ganz aus ihren Gedanken verbannen, dass es sich bei allem Erdenklichen vielleicht um etwas Essbares handelte. «Aber ich will doch nur helfen», entgegnete ich ihr.

Während sie fortfuhr, mit der Katze zu kämpfen und das Tier anzuschreien, wies sie mich ab: «Das ist nicht nötig. Mit der werde ich alleine fertig.»

Und dabei war ihr Gesicht voller Argwohn. Ich antwortete: «Es sieht aber ganz und gar nicht danach aus. Merkst du denn nicht, wie du blutest?»

Mein Tonfall war voller Anteilnahme. Ich wartete ihre Antwort nicht ab, stopfte das Kuchenbrot in die weit offene Tasche meiner Kleidung, trat näher, packte die Pfoten der Katze an derselben Stelle, an der die Alte diese gehalten hatte, und schrie: «Lass los!»

Sie wiederholte: «Sie gehört mir.»

Ich rief: «Ich weiß; Gott verfluche mich, wenn ich es auf sie abgesehen habe.»

Jetzt war ich es, der aus der Hand blutete, aber ich spürte das Brennen des Kratzers nicht. Ich brüllte, die alte Frau ließ die Katze los, trat zurück, und sobald sie das getan hatte, ließ ich das Tier um meinen Kopf kreisen. Die Katze hörte sofort auf zu schreien.

Ich wirbelte sie noch schneller herum und kam zu dem Schluss, dass sie ihre Seele dem Höchsten anempfohlen habe, aber sobald ich sie vor der alten Frau auf den Boden legte, zuckte sie und schickte sich vielleicht gar zur Flucht an. Der Hunger hatte allen Lebewesen überirdische Kräfte verliehen.

Ich setzte meinen Fuß auf sie, regungslos starrte sie mich mit weit aufgerissenen Augen an und fletschte die Zähne.

Ich fragte: «Soll ich sie töten?»

Die alte Frau, die bis an die Hauswand zurückgewichen war, näherte sich dem Opfer und antwortete, vor Erschöpfung keuchend: «Nein, nein, nicht so!»

Sie bestand darauf, das Tier müsse unbedingt den Vorschriften der Schariʿa gemäß geschlachtet werden. Sie ging ins Haus und kam mit einer Schale Wasser und einem Schlachtmesser zurück.

Ich meinte: «Ein Küchenmesser hätte es auch getan; wir wollen doch keinen Büffel schlachten?»

Sie achtete nicht auf meine Worte und hielt dem Tier die Schale an den Hals, aber dies drehte nur den Kopf weg und weigerte sich zu trinken. Da setzte die Alte den Fuß auf die Katze und erklärte: «Ich schlachte sie selber.»

Ein Streich genügte; der Kopf des Tiers wurde gänzlich abgetrennt. Der kopflose Rumpf zuckte noch ein-, zweimal und kam dann zur Ruhe. Die alte Frau stand mit dem bluttriefenden Messer neben ihrem Opfer, betrachtete es und sagte zu mir: «Gott vergelt's, junger Mann.»

Zum Glück war ihrem Gesichtsausdruck und ihrem Tonfall keine Spur von der Gereiztheit und dem Zorn von vorhin mehr anzumerken. Sie meinte nur noch: «Also dann, auf Wiedersehen!»

Mit einer Kopfbewegung wies sie mir den Weg. Ich blieb reglos stehen, und sie starrte mich misstrauisch an. Ich streckte ihr die Hände entgegen und sagte: «Ich möchte sie bloß waschen.»

Eine Weile schaute sie mich prüfend an, dann nickte sie, als ob sie plötzlich begriffen hätte, und zeigte auf den Hauseingang. Sie selbst packte das tote Tier am Schwanz und ging vor. Am Beckenrand im Hof legte sie die Katze ab und ergriff eine Kanne, die dort stand. Auf der anderen Seite hing eine Tierhaut an zwei Nägeln in der Sonne, um zu trocknen. Ich hatte den Eindruck, es könne die eines Hundes sein.

«Halte deine Hände näher heran!»

Ich tat, wie mir geheißen, während sie immer noch damit beschäftigt war, die gefüllte Kanne aus dem Becken zu holen. Jetzt machte sie einen rüstigeren Eindruck auf mich als eben noch. Während sie mir Wasser über die Hände goss, hob ich den Kopf. Aus der Tiefe des Zimmers schaute uns ein alter Mann mit eingesunkenen Augen und runzligem Gesicht an. Er sah aus wie eine Leiche, die soeben ihr Haupt aus dem Grab erhoben hatte.

Die alte Frau empfahl mich noch einmal Gott, und als hätte mir die Freude über diesen Sieg neue Kraft verliehen, brach ich pfeifend und trällernd von dort zu Jasmins Haus auf.

Ich war so guter Laune, dass Jasmin, als sie mir die Tür öffnete, lächeln musste. Ich trat vor, ihr Lächeln wurde breiter, und gleichzeitig gab sie mir den Weg frei, sodass ich eintreten konnte. Erfüllt von einer Wärme, welche nur die Liebe ausstrahlt, ging ich hinein. Dieses Lächeln schwebte mir bis zu meinem nächsten Besuch bei ihr vor Augen.

Auch Manusch ließ sich einige Tage nicht bei mir sehen, als ob sie mich vergessen hätte, und ich hatte außer ein paar Rosinen nichts Essbares mehr im Haus. Aber noch war ich in einer glücklicheren Lage als viele andere Bewohner der Stadt, die nur Blätter aßen.

In den Mühlen wurden Dattelkerne zu einem Mehl zermahlen, aus dem man hartes, braunes Brot buk, das zu Wucherpreisen an diejenigen verkauft wurde, die Geld im Überfluss besaßen, und man bekam es natürlich kaum hinunter. Ich hatte im Haus absolut nichts, was dazu getaugt hätte, es zu verkaufen oder gegen Essen einzutauschen. Selbst wenn ich Geld gehabt hätte, wäre auf dem Markt nichts Essbares zu finden gewesen, was man dafür hätte kaufen können. In jenen Tagen gab es nichts Wertloseres als Geld und Gold.

Noch einmal durchkämmte ich alle Winkel des Hauses auf der Suche nach etwas, was sich zu Geld machen ließe, und schließlich langte ich bei Großvaters Schrank an. Dort mussten die Schätze dieser Heimstatt verwahrt sein, aber außer meiner Brücke, einem Band Rumis und den losen Blättern, die zu binden Großvater nie die Zeit gefunden hatte, gab es nichts darin. Ich nahm den Rumi in die Hand und blätterte darin herum.

Diese Wörter und diese Zeilen waren mir vertraut, ich war mit ihnen aufgewachsen, und dennoch hatte in den vergangenen drei oder vier Jahren diese lange Bekanntschaft nicht verhindern können, dass ich jedes Mal, wenn ich auf diese Schriften stieß, von Staunen überwältigt wurde. Von Kindesbeinen an hatte ich ihre Schönheit bewundert, sie Schwung um Schwung in den Linien der Buchstaben entdeckt, die, begleitet von einem sanften Zirpen, das an Vogelzwitschern erinnerte, aus Großvaters Feder flossen und den Text formten. Seit der Zeit, in der ich lesen gelernt hatte, war es für mich ein Grund zum Staunen gewesen, dass seine Wörter, die auf dem Papier Gestalt annahmen, gleichzeitig Laute zum Inhalt hatten. Er pflegte zu mir zu sagen: «Schreibe so, dass du in den Schwüngen der Lettern und im Zusammenspiel der Wörter einen Tanz erkennst und den Klang der Stockfiedel hörst. Das haben sie uns verboten, aber wir geben dem eine andere Form und neues Leben.»

Ich war davon überzeugt, dass es selbst in dieser vom Hunger geplagten, darniederliegenden Stadt begüterte Menschen gäbe, die bereit wären, mir dafür allerhöchste Preise zu bezahlen. Aber ich hatte mir geschworen, diese Kalligraphien niemals zu verkaufen, sie bedeuteten mir mehr als alles andere, da sie die einzigen Erinnerungen an meinen Großvater waren. Ich war in meinem Leben unzählige Male Zeuge davon geworden, wie er Partikel seiner Seele durch die Spitze seiner Feder aufs Papier fließen ließ. Diese Wörter waren nicht nur Zeichen, die es möglich machten, Rumis Verse zu lesen, sie waren weit mehr.

Ich rief mir ständig ins Gedächtnis, ich erinnerte mich wieder und wieder daran, dass ich sie nie und nimmer verkaufen würde. Den Hunger zu ertragen, war für mich leichter, als den Seelenschatz meines Großvaters zu plündern.

Wenn ich auch in jenen Tagen vor Entkräftung die meiste Zeit zwischen Schlafen und Wachen verbrachte, suchte ich in meinen klaren Augenblicken doch dauernd nach einem Weg, Jasmin und mich vor dem Verderben durch Hunger, Krankheit und Tod zu retten. Jasmin war nicht bereit, ihre Amme und den stummen Knaben allein zu lassen, sonst wären wir aus dem Belagerungsring geflüchtet. Allerdings gingen in der Stadt lauter Gerüchte über Menschen um, die einen Fluchtversuch unternommen hätten, aber den Afghanen ins Netz gegangen und getötet worden seien. Man erzählte sich, dass sie die Leichen so lange am Galgen hängen ließen, bis sie zum Fraß der wilden Tiere würden. Die Gerüchte wurden nicht nur niemals weniger, sondern von Tag zu Tag kamen neue hinzu. Wer nicht im Winkel seines Hauses auf den Tod wartete, traf Vorbereitungen, um sein Heil in der Flucht zu suchen.

Zuweilen hieß es, es sei Leuten gelungen, ein, zwei Afghanen zu erschlagen und zu fliehen. Aber zur Abschreckung der anderen drangen diese während der Nacht in die Stadt ein und rammten ihre Lanzen, auf denen sie die abgeschlagenen Köpfe Gefangener aufgespießt hatten, auf einem Platz in den Boden.

Um den Wahnvorstellungen zu entkommen, die mich weder im Schlaf noch im Wachen verließen, beschloss ich, meine Schreibübungen wieder aufzunehmen, die ich bei Großvaters Tod aufgegeben hatte. Immer wieder hatte er zu mir gesagt: «Schreibe! Das ist die einzige Nahrung für unsere Seele.»

Am Abend ging ich mit dem Gefühl, mich endlich an diesen schrecklichen Ausnahmezustand gewöhnt zu haben, mit leerem Magen zu Bett, aber der Wirbelsturm der Erinnerungsfetzen ließ mir keine Ruhe, er verfolgte mich auf Schritt und Tritt und jagte mich von einem Albtraum zum nächsten. Dies hielt bis Mitternacht so an. Am nächsten Tag erwachte ich frühmorgens und war unerwartet frohgemut und gut gelaunt. Ich fragte mich, ob ich denn keinen Grund zur Trübsal hätte und ob es mir etwa an nichts gebräche. Ich rief mir alles in Erinnerung und wurde wieder bedrückt. Dennoch begann ich sogleich mit der Beschaffung der Schreibwerkzeuge. Glücklicherweise waren im Federkasten noch genügend schreibfertige Federn vorhanden, und selbst wenn ich keine gehabt hätte, wäre es mir möglich gewesen, welche zurechtzuschneiden. Darauf verstand ich mich beinahe genauso gut wie Großvater. Vielleicht hatte er sogar noch mehr Mühe darauf verwandt, mich das zu lehren, als auf den Unterricht im Schreiben. Schließlich war er der Meinung gewesen, dass es noch wichtiger sei, einem das Zurechtschneiden der Federn beizubringen, als die Schönschrift. Papier gab es ebenfalls hinreichend in Großvaters Schrank, wenn auch nicht in der wünschenswerten Qualität, wie zum Beispiel das aus Kaschmir oder Samarkand. Ich nahm mir ein Bündel Papier und löste das feine Band darum. Jetzt kam es mir leichter vor, ich legte es auf den Boden. Was ich da hatte, war Papier aus Isfahan, das man aus Seide und altem Leinen herstellt. Es ist dunkler als das aus Samarkand, und Großvater hatte es nur zum Üben benutzt. Aber wenn er darauf schreiben wollte, stärkte und polierte er es zunächst, bis es geschmeidig und glatt war, sodass die Tinte darauf leicht und gleichmäßig floss, dennoch war und blieb es ein Papier, das beim Falten Risse bekam. Ich musste also ein paar Blätter stärken, etwas, was ich noch nie getan hatte, aber ich war überzeugt, diese Aufgabe bewältigen zu können. Das Papier, das Großvater vorbereitet hatte, war zumindest aus einem besonderen Grunde unverwüstlich. Er hatte der Stärke Koloquintenöl zugesetzt, und dies bewahrte es vor dem Befall durch Mäuse und Termiten. Ich sah mir auch das Tintenfass an, sehr viel war nicht mehr darin. Stärke zur Bearbeitung des Papiers sowie Ruß und Galläpfel zur Herstellung von Tinte waren es also, zu deren Beschaffung ich mich in den Basar und zum Laden des Hadschis begab.

Als hätte sich in seinem Geschäft seit Tagen nicht einmal der Schatten eines Kunden sehen lassen, sagte dieser: «Wie schön, dass inmitten dieser Hungersnot wenigstens einer an Kalligraphie denkt.»

«Hadschi, du weißt, dass das Schreiben in unserer Familie bedeutet, der Seele Nahrung zu geben. Wenn schon unser Leib hungert, dann ist es nicht recht, auch unsere Seele darben zu lassen.»

Während er Galläpfel in eine Tüte schüttete, hob er den Kopf, blickte mir einen Augenblick ins Gesicht und antwortete: «Du bist wahrlich der Enkel des großen Kalligraphen.»

Sodann wog er auch noch gemahlene Holzkohle und Ruß ab, aber Stärke gab er mir nur ein halbes Ssir und erklärte: «Mehr habe ich nicht, ich habe es für jemanden aufgehoben, der es wirklich zum Stärken von Papier verwenden will, nicht zum Essen!»

Dann nickte er und fügte hinzu: «Ich habe mich die ganze Zeit gefragt, ob der große Kalligraph von Isfahan etwa aufgehört hat zu schreiben, dass sein Enkel nicht mehr zu mir kommt, um die Materialien zu besorgen!»

«Der große Kalligraph von Isfahan hat seine Seele schon vor einiger Zeit dem Höchsten anempfohlen.»

Er stand da wie vom Donner gerührt, mit halb offenem Mund und weit aufgerissenen Augen schaute er mich eine Weile an, und dann fragte er: «Einfach so, sang- und klanglos?»

«Heutzutage sind doch Sterben und Tod der Menschen das Normalste von der Welt.»

«Aber er war kein normaler Mann.»

«Vor dem Tod sind alle Menschen gleich. Daran glaubte auch er selbst.»

«Ein ganzes Leben lang habe ich den Schönschreibern der Stadt ihre Arbeitsutensilien verkauft. Dein Großvater war ein Kalligraph vom Range des großen Mir 'Emâd. Als das Lumpengesindel, das in Schah Abbâs' Diensten stand, ihn getötet hatte, schickte der Mogulkaiser von Indien diesem eine Botschaft: ‹Warum hast du ihn umbringen lassen? Du hättest ihn mir überlassen sollen, du Tyrann, ich hätte ihn dir mit Gold aufgewogen.› Dein Großvater stand ihm in nichts nach.»

Dann ließ er zum Zeichen seiner tiefen Trauer den Kopf sinken und bemerkte: «Seinen wahren Wert wird man erst später erkennen.»

Es wurde für mich Zeit zu gehen, und ich bat ihn: «Hadschi, bitte schreib es an, ich verspreche dir, dass ich meine Schuld bezahle, wenn wieder bessere Zeiten kommen.»

Mit einer Geste gab er mir zu verstehen, dass ich mir wegen der Begleichung meiner Schulden keine Sorgen machen solle, und sagte: «Du bist schließlich sein Enkel. Vielleicht erschaffst du mit dem, was ich dir gebe, einen großen Schatz; geh mit Gott.»

Einen Schatz wohl nicht, aber vielleicht konnte man damit zwei oder drei Menschen vorm Hungertod bewahren! Kaum zu Hause angekommen, ging ich in die Küche und setzte zwei Kesselchen mit Wasser auf, eines für die Zubereitung der Tinte, wofür ich siedendes Wasser benötigte, und das andere, um die Stärke für die Steifung des Papiers aufzukochen.

Als einige Stunden später der Geruch von Tinte und gestärktem Papier aufstieg, erfüllte ihn eine kindliche Freude. Nach dem Tode des Großvaters hatte sich das Fehlen dieses Wohlgeruchs nach und nach bemerkbar gemacht, und erst jetzt begriff er mit einem Mal, wie viel ihm dieser bedeutet hatte. Er liebte diese Gerüche. Siebzehn, achtzehn Jahre lang waren sie ihm in die Nase gestiegen und geradezu ein Teil seines Wesens geworden. Sie erinnerten ihn an Großvaters Kalligraphie, etwas Faszinierendes, dessen Wert er nie recht begriffen hatte. Aber was es auch sein mochte, es hatte mit der persischen Sprache zu tun, und es erfüllte ihn mit Erstaunen, dass auch die Maultiertreiber diese Sprache benutzten, selbst um sich wüst zu beschimpfen. Großvater pflegte zu sagen, nach der Eroberung durch die Araber sei die Verwendung des Persischen zweihundert Jahre lang untersagt gewesen. Er geriet in Zorn, dass man die Sprache, in der Firdausi, Chayyâm, Hafis und Rumi gedichtet hatten, für verboten erklärt hatte. Und zugleich hatte er das Gefühl, dass die Elemente vom Geist seines Großvaters nach und nach in seine Seele eindrängen.

Der Rest des Tages verstrich mit dem Polieren des gestärkten Papiers, und spät in der Nacht, nachdem ich es lange genug mit einem Obsidian geglättet hatte und mir das Handgelenk schmerzte, ging ich völlig erschöpft zu Bett.

Sobald ich am nächsten Tag aus dem Schlaf erwacht war, legte ich mir das so vorbereitete Papier auf die Knie und begann ohne weiteres Nachdenken mit dem Schreiben eines Stückes aus dem *Massnawi*, das die Lieblingserzählung meines Großvaters gewesen war. In dieser Fabel beanspruchten zwei Gruppen von Malern, eine aus dem byzantinischen Reich und eine aus China, den anderen in ihrer Kunst überlegen zu sein. Der Sultan sah die Lösung in einem Wettstreit zwischen ihnen. Er wies ihnen zwei einander gegenüberliegende Räume als Arbeitsplätze zu, und sie machten sich ans Werk. Die Chinesen erbaten jeden Tag verschiedene Farben aus der königlichen Schatzkammer, und er stellte sie ihnen zur Verfügung. Die Griechen wollten keine Farben und sagten, sie brauchten nichts als ein Mittel, den «Rost» zu entfernen. Darauf polierten sie in ihrem verschlossenen Raum mit aller Kraft die Wände auf Hochglanz, bis diese so sauber und rein strahlten wie der Himmel und wie das Herz eines Sufis.

> Als die Chinesen nun ihr Wunderwerk getan,
> Hoben in ihrer Freude sie zu trommeln an,
> Und als der Schah das Kunstwerk sah, das sie vollbracht,
> Hätt' ihn dies Wunder fast um den Verstand gebracht.
> Dann ging nach nebenan er zu der Griechen Ort,
> Die zogen nur den Vorhang, der sie trennte, fort.

Üppige Bilderpracht von der Chinesen Händen
Spiegelt' sich wieder hier in diesen blanken Wänden.
Was dort gefiel, war hier eine noch höh're Wonne
Die Farben wechselten je nach dem Schein der Sonne.
Griechen sind jene, die den Weg der Sufis wandeln
Und ohne Bücher, Studien, andre Künste handeln.
Von irdischen Begierden machen sie sich frei,
Ob es nun Habsucht, Geiz, Gier oder Grollen sei.

Großvater hatte mich stets davor gewarnt, seinen Schreibstil nachzuahmen. Er war der Überzeugung, dass ich durch die Erprobung des Stils aller großen Kalligraphen schließlich einen eigenen Weg finden müsse und vor allem aus meinem Talent und meiner eigenen Begabung schöpfen solle. Außerdem war er der Auffassung, die Kalligraphie sei ein mystisches Liebesspiel mit Buchstaben und Wörtern, es sei nun einmal das Wort, bei dem Gott geschworen habe, und bis zu diesem Liebesspiel vorzudringen, sei nicht jedem in seiner Jugend gegeben, es sei denn, man betreibe es mithilfe innerer Reinheit.

Auf einmal erhellte ein großartiger und gleichzeitig teuflischer Gedanke wie ein Komet meinen Kopf: Großvaters Schönschrift zu imitieren und die Liebhaber seiner Kalligraphie zu täuschen! In jenen Tagen war mir das Gewissen durch den Hunger abhandengekommen, und ich dachte nur an eines: an die Rettung meiner selbst und Jasmins.

Sollte ich etwa ruhig auf den Tod warten? Ich redete mir ein, dass Großvaters Seele damit nicht zufrieden wäre. Und wenn ich nicht auf seine Art zu sterben vermochte, warum sollte ich dann nicht auf meine Art leben können? Sich die Hände schmutzig zu machen ist manchmal vonnöten, manchmal kann man damit viel Gutes tun. Sich die Hände nicht schmutzig zu machen hat nicht die höchste Priorität.

Und als ich darüber nachdachte, stieg mit einem Mal ein heftiges Gefühl in mir auf, schon beinahe wie ein Aufwallen sexueller Begierde, als ob sich meine Kraft mehr als alles andere in den Fingern konzentrierte. Ich hob die Hände und betrachtete meine Finger.

Zum ersten Mal nahm ich auf Großvaters Sitzmatte Platz, legte mir das Papier auf die Knie und setzte die Feder an. Es kam mir vor, als wäre es gar nicht meine Hand, welche die Feder zwischen den Fingern hielt, oder wenn doch, als gehorchte sie jedenfalls nicht mir. Ich hatte das Gefühl, sie habe selbst die Führung übernommen. Ja, ich schrieb mit seiner Hand, all sein Können ging jetzt von ihm auf mich über. Doch ich schrieb meine eigene Lieblingsgeschichte, die Geschichte von den drei Fischen.

> Vernimm diese Geschichte über einen Teich,
> Welchselber von drei Fischen war das Reich.
> Einige Fischer traten an den Teich heran
> Und schauten sich, was darin lebte, an.
> Dann eilten sie davon und holten sich ihr Netz.
> Die Fische sahen's, und der Kluge dachte: Jetzt
> Wird es wohl Zeit für mich, den Tümpel zu verlassen,
> Doch fiel es ihm nicht leicht, diesen Entschluss zu fassen.
> Gut ist die Treue zum geliebten Heimatort.
> Doch ist die wahre Heimat hier nicht, sondern dort.
> Der Weg des ersten Fisches führte ihn zum Meer,
> In eine fremde, weite Ferne führte er.
> Der Fisch nahm viele große Mühen auf sich, und
> Danach war er in Sicherheit, heil und gesund.
> Da fragte sich der zweite Fisch: Was mach' ich nur?
> In dieser Not fehlt von dem Klugen jede Spur.
> Er ist im weiten Meer und aller Sorgen fern,
> Fort ist er nun, der Freund, ich hatte ihn so gern.
> Doch denk' ich lieber an mich selbst in dieser Not!
> Am besten ist's vermutlich so: Ich stell' mich tot.
> Ich werde an der Wasseroberfläche bleiben

Und mit dem Bauch nach oben auf dem Wasser treiben,
So wie ein Strohhalm, der sich nicht zu regen braucht,
Nicht wie ein Schwimmer, der dabei ins Wasser taucht.
Als Toter will ich in des Wassers Obhut sein,
Dies Totsein vor dem Tode rettet mich vor Pein.
Er stieg gleich einem Toten mit dem Bauch nach oben,
Glitt durch die Wellen mal hinab und mal nach droben.
Den Fischern hat's die Freude recht verdorben,
Dass von den Fischen grad der Beste war gestorben.
Einer von diesen wack'ren Männern nahm ihn hoch,
Spuckte darauf und warf ihn nebens Wasserloch,
Dort wälzte dieser sich dann unbemerkt hinein.
Den Törichten ergriff jetzt aber Angst und Pein.
Verzweifelt sprang der Leichtsinnige hin und her,
Doch gab's für diesen Fisch nun keine Rettung mehr.
Das Netz warfen sie aus, im Netz ward er gefangen.
Ob seines Leichtsinns ist es ihm so schlecht ergangen.
Er dacht': Wenn ich noch diesmal der Gefahr entrinne,
Dann weiß ich, wo ein neues Leben ich beginne,
Dann soll mir nur das weite Meer als Heimat dienen.
Ade sagt' ich dem Teich und machte mich von hinnen.
Im grenzenlosen Wasser sucht' ich Sicherheit,
Keine Gefahren drohten mir dort weit und breit.

Ich war von Kindheit an in diese Geschichte vernarrt, und
unter diesen drei Fischen schien mir der zweite noch klüger
als der erste, weil er zu seiner Rettung einen einfacheren Weg
gewählt hatte. Und wenn die Gefahr womöglich noch einmal
eintrat, so konnte man doch für jede neue Bedrohung eine
neue Lösung suchen. Was mich dagegen mit Widerwillen erfüllte, war die Rolle des törichten Fisches. An jenem Tag
setzte ich das Schreiben bis zum Abend fort.

Bei einigen Seiten hatte ich kein gutes Gefühl, ich schrieb
sie noch einmal neu. Am schwierigsten war die Arbeit dort,

wo es galt, Buchstaben mit Kurvaturen zu verwenden. Die Festlegung des Drehungswinkels sowie die Auf- und Abschwünge waren in der Nastaliq-Schrift von Großvaters Hand eine wesentliche Besonderheit. Als hilfreich erwies sich, dass er in seiner Kalligraphie jegliche Monotonie vermied. Kein einziger Buchstabe und kein Wort in seinen Handschriften glichen in seiner Ausführung einem anderen. Allerdings hatte er in den Ligaturen und den Abschlussschwüngen eine persönliche Note von einer gewissen Beständigkeit, und ich vermochte, seinen Stil so weit recht gut zu imitieren, oder ich bildete mir das zumindest ein. Trotz alledem erfasste mich am Ende dieses ersten Tages eine tiefe Niedergeschlagenheit. Eine Weile kam mir die Lösung des wichtigsten Problems, nämlich die Ausgereiftheit und Vollkommenheit seiner Schrift durchzuhalten, unmöglich vor.

Am nächsten Tag war ich außerstande aufzustehen. Zwar hatte jenes Vorhaben in mir die Hoffnung auf Rettung erweckt und mir Kraft gegeben, doch hatte ich am Vortage meine gesamte Energie beim Schreiben verausgabt. Ich hatte das Gefühl, dem Tode nahe zu sein. Im Traum sah ich Jasmin, die, den Rock voller Brot und Trauben, zu mir gekommen war, und sie und ich saßen im Schatten einer Laube in einem lieblichen Garten …

Durch ein hartnäckiges Klopfen an der Tür kam ich wieder zu mir, und als ich mich aufrappelte, war mein Kopf so schwer wie ein Felsblock, sodass es mir ganz unglaubwürdig erschien, dass er auf meinem Hals ruhen könne. Ich stützte mich an den Wänden ab, um zur Tür zu gehen. Zunächst wusste ich gar nicht, was ich da sollte, dann begriff ich, warum ich mich dorthin begeben hatte, doch meine Hände waren zu schwach, um sich zu bewegen, und es war so, als ob erst weitere Schläge an die Tür meinen Fingern die Kraft verliehen hätten, diese zu öffnen, und als ich sie aufmachte, stand ich Ssohrâb gegenüber. Mehr bekam ich nicht mit.

Als ich die Augen öffnete, saß Ssohrâb an meinem Bett und bespritzte mir das Gesicht mit Wasser, er sagte: «Steh auf; ich habe dir Weintrauben mitgebracht.»

Es war, als brächte mich ihr wunderbarer Duft wieder zu mir. Wenn ich auch alles nur verschwommen wahrnahm, so waren die Umrisse der Weinbeeren doch erstaunlich klar. Ich streckte die Hand aus und fragte gleichzeitig: «Ist das Obst in euerm Garten reif?»

Ssohrâb hielt mir ein Ohr an den Mund, und ich musste wiederholen, was ich gesagt hatte.

Er lehnte sich zurück und meinte: «Das siehst du doch.»

Dann steckte er mir die erste Weintraube in den Mund und die nächste ... Ich setzte mich auf, nahm ihm die Trauben aus der Hand, aß die Hälfte davon und tat den Rest in die Tüte zurück, dann erklärte ich: «Das reicht, den Rest esse ich später.»

Offensichtlich hatte ich weiterhin einen sehr hungrigen Blick, er deutete ihn richtig und widersprach mir: «Dieses ‹später› gibt es gar nicht, du willst das doch bloß Jasmin bringen. Aber iss lieber selber. Wenn deine Lebensgeister erst zurückgekehrt sind, kannst du ihr auch etwas zu essen besorgen.»

Ich ging auf seinen Protest nicht weiter ein und erkundigte mich ohne Umschweife: «Ssohrâb, kannst du mir versprechen, mir Essen für zwei Wochen zu besorgen?»

Verwundert sah er mich eine Weile an. Ich fügte hinzu: «Nur für zwei Wochen! So viel, dass ich die Kraft zum Arbeiten aufbringen kann.»

Noch immer verblüfft, fragte er: «Zum Arbeiten? Was für eine Arbeit?»

«Ich habe einen Plan. Wenn ich den ausführe, werde ich nie mehr hungern, selbst wenn dieses Elend tausend Jahre dauern sollte.»

«Und was für ein Plan soll das sein?»

«Du weißt doch, dass es Liebhaber von Großvaters Kalligraphien gibt, die bereit sind, dafür …»

«Wie viele Bücher hat er denn hinterlassen? Und wofür willst du überhaupt zwei Wochen Zeit? Hol sie sofort, und lass uns gehen; ich kenne ein, zwei ernsthafte Interessenten.»

«Großvater hat keine Werke hinterlassen; ich muss sie erst schreiben.»

Ungläubig fragte er: «Und das, was er in den letzten Tagen zu Papier gebracht hat?»

«Das hat er zur höheren Ehre Gottes aufgezeichnet, was ich schreiben will, dient eher der Ehre Satans.»

«Für Kalligraphien zu Ehren Satans wird es keine Kundschaft geben.»

«Deswegen werde ich sie den Käufern ja auch nicht als meine eigenen Arbeiten anbieten, sondern als solche Großvaters.»

«Das, was Großvaters Werke in den Rang eines Wunders erhoben hat, war ein göttlicher Funke.»

«Das ist meine letzte Überlebenschance. Wenn Gott mir nicht zu Hilfe kommt, dann tut es vielleicht der Teufel.»

Dann breitete ich das, was ich am Vortag kopiert hatte, vor ihm aus. Er schaute es ziemlich lange überrascht an und fragte: «Das hast du geschrieben?»

Und als ich nickte, fügte er hinzu: «Das ist kaum zu glauben.»

Erneut betrachtete er meine Kalligraphie, und von Sekunde zu Sekunde nahm sein Erstaunen zu. Er meinte: «Die Kurven und die Ligaturen zeigen dieselbe Ausdrucksstärke wie seine, der Rhythmus und der Schwung mancher Endbuchstaben vielleicht nicht ganz, aber alles ist meisterhaft ausgeführt.»

Erneut starrte er auf die Schönschrift. Schließlich nickte er bewundernd. Er bestätigte mich in meinen anmaßenden Plänen. Aber er hatte auch einen Einwand: «Nur zwei Wochen, um das alles zu schreiben?»

«Das schaffe ich schon, vorausgesetzt, ich werde nicht zu schwach. Du weißt, dass er immer nur Auszüge aus dem *Massnawi* kopiert hat. Ich werde es genauso halten.»

«Wirst du dieselbe Auswahl treffen wie er?», fragte er.

Ich antwortete: «Mit einem kleinen Unterschied; er hat sie immer mit der Erzählung von den chinesischen und den griechischen Malern begonnen. Ich fange mit der Geschichte von den drei Fischen an.»

Darauf schwieg er, bis ich mich endlich gedrängt fühlte, ihm zu sagen: «Was ich von dir haben möchte, sind nur sieben Fladen Brot und etwas Obst als Zukost.»

«Was das Obst angeht», sagte er, «darüber brauchen wir kein Wort zu verlieren. Aber Brot? Du weißt, dass die Leute vor Hunger verrecken: zu Hause oder auf der Straße, im Basar und in den Moscheen, einfach überall. Gestern hat ein Mann in einer Gasse nur zwei Schritte von mir entfernt noch einmal aufgeseufzt, dann ist er umgefallen und gestorben. Aber das Schlimmste war, dass niemand den Toten beachtet hat, die Leute haben nur einen Blick auf ihn geworfen und sind weiter ihren Geschäften nachgegangen.»

Ich bat: «Versprich es mir! Ich schwöre, dass ich es dir zurückgeben werde.»

Ich weiß nicht, was er in meiner Stimme und meiner Miene wahrgenommen haben mag, jedenfalls umarmte er mich und küsste mich auf die Stirn. Aber nach langem Schweigen sagte er dann: «Ich sorge dafür, dass du bis heute Abend einen Fladen Brot bekommst, aber jetzt iss die Weintrauben auf.»

«Ich habe noch eine Bitte: Schau in diesen vierzehn Tagen auch dann und wann bei Jasmin vorbei. Lass sie nicht sterben.»

Als Antwort auf meinen Wunsch schloss er die Augen, nickte mit dem Kopf und verließ das Haus. Sobald er gegangen war, erhob ich mich und begann zu schreiben. Ein weiteres Mal war ich von einer außergewöhnlichen Kraft beseelt.

Ich arbeitete ohne Unterlass, vom frühen Morgen bis zum Sonnenuntergang und bei Mondschein sogar nachts. Stärker als zuvor war ich mir meiner Schwächen beim Schreiben bewusst. Es war zum Beispiel sehr wichtig, dass die Feder die richtige Menge Tinte aufnahm, und mir fiel ein, dass Großvater immer auf der Qualität des Stückchens Tuch im Tintenfass bestanden hatte sowie auf einem ausgewogenen Verhältnis zwischen der Tintenmenge und der Größe des Tuchs. Außerdem hatte er stets auf den Druck geachtet, den man mit der Feder auf den Stoff auszuüben hatte, damit diese die richtige Menge Tinte aufnahm. Dies einzuhalten, erforderte eine außerordentliche Sorgfalt.

Ssohrâb hielt Wort, alle zwei Tage brachte er mir einen Fladen Brot, und jedes Mal sagte er: «Das ist weniger als die Ration für einen Gefangenen!»

Ich pflegte ihm zu antworten: «Gewiss, aber es ist doch bloß für vierzehn Tage, das reicht mir. Denn ich hoffe ja, dass ich hinterher Nahrung in Hülle und Fülle haben werde.»

Für die Übergabe der Essensrationen hatten wir verabredet, dass er zweimal hintereinander an die Türe pochen, dann eine Pause machen und dann noch einmal klopfen solle. Gelegentlich meldeten sich auch andere, vielleicht die Nachbarin, Manusch oder eventuell sogar Jacob, der sich in letzter Zeit um meine Gesundheit sorgte, aber ich öffnete niemandem, nur für Ssohrâb und einen Fladen Brot alle zwei Tage einmal, die Essensration, die ich pünktlich einnahm.

In all diesen Tagen stand mir Großvaters gütiges Gesicht als unerschöpfliche Quelle der Inspiration vor Augen. Die Eigenwilligkeit meiner Entscheidung, die Geschichte von den Malern aus China und Byzanz durch die von den drei Fischen zu ersetzen, übersah er großzügig und leitete mich wie eine verborgene Kraft. Was mich viel Zeit kostete, außer den exakten Drehungswinkel bei den Kurven der gerundeten Buchstaben zu beachten, war das Schreiben der Buchstaben, die man in einem Zug – ohne abzusetzen – ausführen musste. Die Realisierung der Lettern, für die man zwei- oder dreimal anzusetzen hatte, war mir immer leichter gefallen. Die Präzision im Verhältnis der Buchstaben und Wörter zur gedachten Grundlinie war eine weitere Feinheit bei dieser Kunst und erforderte äußerste Genauigkeit.

Am fünfzehnten Tag wurde das Buch fertig, nach einigen Stunden, in denen ich fast bewusstlos dalag, nahm ich es sogleich unter den Arm und verließ das Haus. Zweifellos war ich noch wie benommen und hatte das Gefühl, dass mein Augenlicht nachgelassen habe. Nach so langer Zeit waren die Zwillinge der Nachbarin, von Ssohrâb einmal abgesehen, die ersten Lebewesen, die mir begegneten. Sie kamen mir ganz heil und gesund vor, ihre Mutter erschien auf der Türschwelle, als ob sie wissen wollte, wo ich die ganzen Tage über gewesen sei. Aber schnell zog sie sich wieder zurück und nahm eine abweisende Haltung ein, so, wie man sich beim Anblick einer Maus oder eines schädlichen Insekts verhält. Hatte ich mich in ein abstoßendes oder hässliches Wesen verwandelt?

Während der ganzen Zeit war ich aus Furcht davor, was ich als Gegenüber zu sehen bekommen könnte, nicht vor den Spiegel getreten. Aber die Zwillinge hängten sich, als hätten sie einen Verschollenen wiedergefunden, auf beiden Seiten an mich und wollten mich gar nicht wieder loslassen. Ich sagte zu ihnen: «Ich habe etwas Dringendes zu tun, ich muss so schnell wie möglich los, ich komme aber bald wieder zurück.»

Mir war zumute, als ob das, was rings um mich geschah, mich nichts anginge, aber dieses Gefühl hinderte mich nicht daran zu bemerken, dass sich das Aussehen der Stadt in meiner zweiwöchigen Abwesenheit sehr verändert hatte. Isfahan war noch stiller und apathischer geworden. Nur noch hier und da schlichen einzelne Menschen an den Häuserwänden entlang, als ob sie sich schämten oder vielleicht auch fürchteten, gesehen zu werden. Um den heiligen Baum herum herrschte kein Gedränge wie in früheren Zeiten. Er trug kein einziges Blatt mehr. Hungrige Pilger hatten sie wohl alle abgerissen und aufgegessen. Es gab auch keine nach Futter stöbernden Hunde mehr, vielleicht hatten die Leute sie ebenfalls verzehrt.

Meine Füße trugen mich eilends und ohne dass ich mir dessen so recht bewusst geworden wäre, zum Hause des Kaufmannsgildemeisters. Er war mir als Erster eingefallen und schien mir der geeignetste unter den möglichen Kunden, die ich kannte. Er handelte mit Waren aus allen Enden der Welt, er war auch derjenige gewesen, der die Bestellungen des osmanischen Prinzen, des indischen Mogulkaisers und des Gouverneurs von Aleppo an Großvater weitergegeben hatte. Mit einem Mal überkam mich ein Gefühl ängstlicher Anspannung, als ob mich etwas ohne ersichtlichen Grund quälte. Ich log nicht zum ersten Mal, aber die früheren Lügen waren unbedeutende Schwindeleien gewesen, es war immer nur um Kleinigkeiten gegangen, sie hatten nie zu einem Betrug geführt, und niemand war geschädigt worden, doch dieses Mal … Ich blieb stehen, als könnte ich im Gehen meine Gedanken nicht mehr ordnen, und als ich den Kopf umwandte, erblickte ich zum ersten Mal eine Leiche am Straßenrand, um die sich niemand kümmerte. Es blieb mir nichts anderes übrig, als mein Vorhaben in die Tat umzusetzen.

Als ich an der Tür des Gildemeisters anklopfte, überwältigte mich das Gefühl, dass nicht nur mein eigenes Leben und Geschick, sondern auch Jasmins von dem abhingen, was hinter dieser Tür geschehen würde. Ich atmete tief ein und ließ die frische Luft bis in mein Innerstes dringen.

Ich wartete ein wenig im äußeren Hof seines Hauses im Schatten eines Baumes, an dessen oberen Zweigen kein einziges Blatt mehr hing, bis der Diener mich zu ihm brachte. Auf dem Weg zum Zimmer des Gildemeisters gab er mir folgende Erklärung: Nachts kämen einige Leute, um von der Mauer aus die Blätter des Baumes abzureißen. Der große Herr habe ihnen befohlen, sie nicht daran zu hindern, vielleicht hänge das ihnen von Gott beschiedene, tägliche Brot ja an den Zweigen dieses Baumes.

Ich antwortete: «So viel Großzügigkeit und Großmut sind wirklich äußerst lobenswert!»

Er begriff den Sarkasmus nicht, sondern nickte bloß zustimmend mit dem Kopf.

Der Gildemeister saß oben in seinem Zimmer an ein großes Kissen gelehnt. Ich hatte etwas zu verbergen und fürchtete, ein wenig zwielichtig zu erscheinen, aber er lud mich freundlich zu sich ein, und als ich näher trat, kam er mir womöglich noch dicker vor als zuvor. Er nahm mich bei der Hand, und ohne mich aus den Augen zu lassen, bedeutete er mir, so Platz zu nehmen, dass ich in Tuchfühlung mit ihm auf der Decke zum Sitzen kam. Ich vermied es, ihn anzuschauen, aber bemerkte dennoch, dass sein Blick etwas Befremdliches und Besitzergreifendes hatte.

Sein ganzes Haus roch nach Essen, möglicherweise war es auch mein leerer Magen, der mich so empfindlich auf diesen köstlichen Duft reagieren ließ. Jedenfalls verspürte ich in seiner Gegenwart den Hunger noch stärker. Vor ihm stand ein Porzellanteller mit zwei Birnen. Sie wirkten frisch und saftig, oder vielleicht bildete ich mir das auch nur ein.

Sobald er mich bei der Hand genommen hatte, sprach er mir sein Beileid aus, erging sich in ein, zwei netten Erinnerungen an Großvater und fügte hinzu: «Wann wird Mutter Natur der Menschheit wohl wieder einen so großen Kalligraphen schenken?»

Und verwundert schüttelte er den Kopf. Dann sagte er: «Lass mal sehen, mein Junge, ob du nicht etwas vom Genie deines Großvaters geerbt hast.»

Ich entgegnete: «Der Kalligraph ist in erster Linie ein Schreiber von Gottes Wort, und nicht jeder ist dieses Titels würdig.»

«Du bist zu bescheiden!»

Dann setzte er sogleich hinzu: «Du brauchst keine Schönheit zu schaffen, du selbst bist doch eine Verkörperung von Anmut und Liebreiz!»

In einer Anwandlung von Begierde atmete er lautstark aus, dabei wurde sein Blick noch lüsterner und besitzergreifender. Ich starrte auf den Teppich, aber ich spürte, dass sich seine Lippen immer mehr zu einem anzüglichen Grinsen verzogen.

Ich hob den Kopf und antwortete: «Vielleicht ist er in unserer Familie der letzte Vertreter einer Generation, die sich noch zur Heiligkeit und Würde der Kalligraphie bekannt hat. Wie könnte man ohne diesen Glauben echte Schönschrift schaffen?»

«So ist es. Ich wollte wissen, ob er jemals versucht hat herauszufinden, ob auch du über diese Gottesgabe verfügst.»

In einem tieftraurigen Ton erwiderte ich: «Die Bemühungen des Seligen in dieser Sache sind nie von Erfolg gekrönt gewesen.»

Wieder ließ ich beschämt den Kopf sinken. Er nahm mich in Schutz: «Die künstlerische Begabung ist ein Geschenk Gottes; manche haben sie und andere nicht! Mach dir deswegen keine Vorwürfe, du blauäugiger Junge unserer Stadt.»

Den letzten Satz hatte er in einem verführerischen Tonfall gesprochen, und nunmehr drückte sein ganzer Körper das aus, was zuvor nur sein Blick vermittelt hatte. Meine Kühle und mein Schweigen veranlassten ihn, wieder eine ernste Haltung anzunehmen, er sprach ein Gebet für das Seelenheil meines Großvaters und sagte sogar: «Deinen Vater habe ich auch gekannt, er war ein guter Junge. Er hat sich verliebt und sich im Feuer dieser Liebe verzehrt. Allerdings muss ich auch sagen, dass er von Jugend an der Erotik sehr zugetan und dem Liebesdienst nicht abgeneigt war.»

«Ich weiß sehr wenig über ihn, Ihnen ist ja bekannt, dass ich ihn nie gesehen habe.»

«Es war allerdings nicht seine Schuld. Dein Großvater hatte ihn auf seinem Rockschoß großgezogen, und Liebe war das Wort, das in jenem Hause am häufigsten gebraucht wurde. Ich bin sicher, dass auch du in der Liebe nicht unbewandert bist.»

In diesem Moment nahm sein Gesicht wieder einen gierigen Ausdruck an, und er richtete seine Blicke erwartungsvoll auf mich. Schamhaft senkte ich den Kopf, und da sich diese Situation in die Länge zog, näherte er sich mit seinem Mund meinem Ohr und sagte mit leiser, sinnlicher Stimme: «Es kann doch nicht sein, dass du von der Unart deines Vaters nichts geerbt hat, bei Gott, lass doch mal hören, wie viele du schon schwach gemacht hast.»

Er wusste, wie man es anfängt. Sein Mund war noch ganz nah an meinem Ohr, und ich spürte die Wärme seines Atems in meinem Gesicht. Als Antwort drehte ich mich einen Moment zu ihm um und lächelte bescheiden. Doch er ließ nicht nach. Er rückte etwas ab und meinte: «Jetzt ist alles viel leichter geworden. Für eine Dattel kann man mit einer ganzen Horde Mädchen oder sogar Jungen schlafen.»

Bei diesen Worten brach er in ein süffisantes Gelächter aus und senkte den Kopf, allerdings sah er mich weiter verstohlen an und flüsterte sogar: «Gelobt sei Gott, dass er dich geschaffen hat!»

Dann lehnte er sich plötzlich zurück und rief aus: «Mein lieber Junge, warum bist du denn nur so blass und mager geworden? Hat unser großer Kalligraph etwa vor seinem Tode nicht genügend Essensvorräte angelegt?»

Widerstrebend erwiderte ich: «Er pflegte zu sagen ‹Gott wird schon für unser täglich Brot sorgen›.»

Er streichelte mir den Rücken und entgegnete: «Ja, solche Worte passen in eine Zeit, in der es nicht an Gottesgaben mangelt, aber in Notzeiten, wenn Hunger herrscht, muss man schon selber die Ärmel hochkrempeln.»

Wahrlich und wahrhaftig, er hatte recht. Er erhob die Stimme: «Yârdân, bring Brot und Datteln für unsern Gast.»

Aber er wartete nicht ab, dass der Diener kam, sondern streckte die Hand aus, griff eine Birne von dem Teller vor ihm, schnitt sie in Stücke und ließ es sich nicht nehmen, sie mir mit eigener Hand in den Mund zu stecken. Ich gebe zu, dass dies das leckerste Essen war, das ich mir in meinem ganzen Leben zu Gemüte geführt habe. Yârdân kam nicht, und während sich die nächsten Augenblicke endlos hinzogen, verlor ich unter den gierigen Blicken des Gildemeisters jegliche Sicherheit. In dieser Lage überkam mich plötzlich Furcht, ich senkte den Kopf und rückte von ihm ab, kniete mich in gebührendem Abstand vor ihm auf den Boden und stammelte: «Ich kann wirklich nicht länger bleiben … Wissen Sie? … Ich habe etwas für Sie dabei …»

Ich zeigte auf das in ein Tuch eingeschlagene Buch unter meinem Arm. Er fragte: «Hast du mir vielleicht auch etwas zu essen mitgebracht?»

Froh, endlich das eigentliche Gespräch eröffnen zu können, atmete ich erleichtert auf, änderte meine Position ein wenig und hob den Kopf. Sein Blick drückte im Grunde immer noch dasselbe Verlangen aus. Ich tat so, als bemerkte ich es nicht, und erwiderte: «Es ist viel mehr wert.»

Überrascht nickte er, machte allerdings so weiter wie bisher und fragte: «Sogar noch wertvoller als du selbst?»

Ich überhörte das, und als er meine kühle Reaktion bemerkte, betrachtete er das Päckchen mit größerem Interesse. Ich hatte den Eindruck, er glaube mir. Ich legte es auf den Boden, knüpfte den Knoten im Tuch auf, zeigte auf das Buch und erklärte: «Das ist es.»

Der Ausdruck von Erstaunen und Gier auf seinem Gesicht verstärkte sich, und ich schob ihm das Buch mit noch nie gekanntem Selbstvertrauen auf dem Teppich zu. Er streckte seine fette Hand aus, hob es hoch und fragte gleichzeitig: «Was für ein Werk ist das?»

«Es ist eine Auswahl aus Rumis *Massnawi*, in Nastaliq geschrieben, von der Hand meines Großvaters.»

Trotz Hunger und Schwäche hatte ich das im Brustton der Überzeugung vorgebracht, und ich glaubte, noch eine Weile den Nachhall meiner stolzen Worte im Zimmer zu hören. Einen Moment schaute er mir ungläubig in die Augen, und als er das Buch aufschlug, leuchtete sein Gesicht mit einem Male auf, er nickte anerkennend und sagte dann: «Weißt du, mein lieber Junge, ich habe eine Schwäche für Schönheit, ja, eine Schwäche für Schönheit.»

Unter dem Druck des Verlangens, das in seinem Tonfall mitschwang, war seine Stimme heiser geworden. Er blätterte in dem Buch und sah mit einem Blick voller Bewunderung wieder zu mir herüber. Dann meinte er: «Die Ausgewogenheit zwischen den Schriftzeichen und den Freiräumen in der Kalligraphie deines Großvaters hat nicht ihresgleichen. Er war ein Meister der Komposition, in seiner Schrift springt weder das Weiß noch das Schwarz zu sehr ins Auge … Schau nur, alle Wellen der Dehnungszeichen über den Alefs sind untadlig. Was für eine Schönschrift! Seine Seele ruhe in Frieden!»

«Er hat uns außer seiner Kunst nichts hinterlassen.»

«Was gäbe es Besseres als sie?»

Er blätterte das Buch durch und nickte dabei voller Staunen und Bewunderung. Währenddessen verspürte ich eine Art kindlicher Erregung, und für einen kurzen Augenblick schämte ich mich meines unehrenhaften Verhaltens. Schließlich fragte er: «Willst du es mir verkaufen?»

Um ihn zu täuschen, machte ich ein betrübtes Gesicht, nickte und sagte dann: «Es bleibt mir nichts anderes übrig.»

Er ließ tiefes Mitgefühl erkennen und erklärte: «Eigentlich

gehören diese Dinge nicht in den gewöhnlichen Handel. Es ist ja so, als wollte man Teile des eigenen Wesens feilbieten.»

Aber sofort fügte er selbstgerecht hinzu: «Auf jeden Fall hast du es dem richtigen Mann gebracht.»

Schnell pflichtete ich ihm bei: «Ohne Zweifel! Sie sind dessen würdiger als jeder andere mögliche Käufer.»

«Ist dies das Einzige, was er hinterlassen hat?»

Genau so war es. Nur einige Worte! Aber als ich das hörte, begann ich am ganzen Körper zu zittern, und mit einem Mal begriff ich, wie wertvoll die kalligraphische Handschrift und die losen Blätter waren, die er mir vererbt hatte. Mit vorgetäuschtem Kummer nickte ich und antwortete: «Ja, das ist alles.»

Er sah mich ungläubig an, man hörte, wie sein Tonfall sich änderte, und er fragte geschäftsmäßig: «Willst du den Preis hochtreiben?»

Um diesen Vorwurf zurückzuweisen, schüttelte ich energisch den Kopf und entgegnete: «Sie kannten doch seinen Charakter, an das Abfassen solcher Bücher machte er sich erst, wenn er eine Bestellung erhalten hatte und der Auftraggeber ihm dessen würdig erschien. In der übrigen Zeit machte er lediglich Exerzitien.»

«Ja, das stimmt; wie heikel er bei der Auswahl seiner Kunden war, habe ich selbst erfahren müssen. Allein Gott weiß, wie viel Zeit noch vergehen muss, bis wieder ein solcher Kalligraph das Licht der Welt erblickt. Wann wird man in diesem Land endlich den Wert der Künstler zu schätzen wissen?»

Er schüttelte bedauernd den Kopf. Ich antwortete ihm: «Stattdessen hat man ihn der Gottlosigkeit und Ketzerei bezichtigt.»

«Möge Gott dem obersten Geistlichen seine Sünden nie verzeihen. Der große Schah Abbâs wusste die Kunst zu schätzen. Mit einem Leuchter in der Hand stand er neben Resâ Abbâssi, damit dieser Meister seine Kalligraphien schreiben konnte.»

Spöttisch entgegnete ich: «Das mag sein, andererseits war es ganz sicher er höchstselbst, der den Befehl erteilte, Mir 'Emâd zu töten.»

Da erwiderte er: «Das ist richtig, aber die Schuld daran muss man jenen zuschreiben, die dem Schah eingeredet haben, Mir 'Emâd sei Sunnit gewesen und ein Feind der Schiiten.»

Dann grinste er und fügte hinzu: «Wenn die Afghanen kommen, zwingt man uns vielleicht wieder zum Wechsel der Glaubensrichtung. Das macht nichts, dann werden wir eben wieder Sunniten!»

Er schaute mich an, um die Wirkung seiner Worte auf mich zu prüfen, und dann fuhr er fort: «Vor ein paar Generationen waren unsere Vorfahren allesamt Anhänger der Sunna, und für unser alltägliches Leben jetzt spielt das überhaupt keine Rolle.»

Und als wäre er dieses Gespräches plötzlich überdrüssig geworden, fragte er übergangslos, nun ganz Meister der Kaufmannsgilde: «Wie viel kostet es?»

Beschämt ließ ich wieder den Kopf sinken und antwortete mit einer Gegenfrage: «Wie soll man dafür einen Preis nennen?»

Er entgegnete: «Du weißt ja, dass alle Wege nach draußen versperrt sind. Wann ich das je an einen Mann mit Geschmack werde weitergeben und Geld dafür bekommen können, steht bei Gott. Außerdem ist völlig offen, wann die Afghanen in die Stadt eindringen werden und wer dann von uns am Leben bleibt. Dir ist ja wohl bekannt, dass sie sich von den Religionsgelehrten in Mekka eine Fatwa besorgt haben, nach der es keine Sünde ist, das Blut der iranischen Schiiten zu vergießen.»

Jetzt war er es also, der die Bedrohung durch die Afghanen aufbauschte, den Wert meiner Habe herabsetzte und so den Preis zu drücken versuchte. Um mich zu verteidigen, wandte ich ein: «Aber so wird es ja nicht ewig bleiben.»

Genau wie jemand, der schlechte Laune hat, erwiderte er: «Dieser Aufstand wird sich noch lange hinziehen. Es stinkt nach Verrat. Jede Maßnahme, die der Schah ergreift, ist den Afghanen binnen einer Stunde bekannt. Er hat jetzt auch seinen dritten Sohn aus dem Harem geholt und fortgeschickt, aber was ist dabei herausgekommen? Anstatt ein Heer aufzustellen, vergnügt sich der Prinz in Kaswin bei Gelagen.»

«Gott verdamme ihn und seine Gesellen!»

Mit weit aufgerissenen Augen meinte er: «Wenn diese Niedertracht nicht verdammungswürdig ist, was dann?»

«Trotzdem bin ich davon überzeugt, dass sich die Lage ändern kann.»

Um meine Behauptung ins Lächerliche zu ziehen, schnitt er ein spöttisches Gesicht und dozierte: «Es gab einmal Zeiten, in denen aus unserer Stadt Tag für Tag fünfzig Karawanen mit voll beladenen Kamelen in alle vier Himmelsrichtungen loszogen. Aber jetzt ist Isfahan von einer Handvoll barfüßiger Afghanen umzingelt, und die Leute jagen nach den Fliegen auf dem Hundekot, um sie sich in den Mund zu stecken.»

Ich wiederholte: «Auch diese Tage gehen einmal zu Ende.»

«Bis dahin kann es noch lange dauern. Die Afghanen standen noch ein paar Meilen vor Isfahan, als die Wachen im Hause des holländischen Botschafters am helllichten Tage erdolcht wurden und all sein Hab und Gut, vor allem die Brücke mit dem Bild der Fränkin, geraubt wurde. Jetzt, da sie Isfahan erreicht und den Belagerungsring geschlossen haben, sind die Leute so weit, sich gegenseitig aufzufressen, und Gott weiß, welches Schicksal uns erwartet, wenn die Afghanen morgen den Fuß in die Stadt setzen!»

«Ja, die Menschen verzehren sich gegenseitig, weil sie weit und breit nichts mehr zu essen finden. Und was den Teppich mit der Fränkin betrifft, so wissen Sie selbst besser als jeder andere …»

Aber an dieser Stelle hob er die Hand, gebot mir mit einer

Bewegung zu schweigen und sagte: «Inzwischen weißt du wohl schon alles über diese Brücke.»

«Nein, nicht alles.»

Er ging nicht darauf ein und fuhr fort: «Weißt du, ich habe dieses Geheimnis mit Rücksicht auf deinen Großvater in meinem Herzen bewahrt und nichts davon gesagt, aber mir war klar, dass du eines Tages alt genug sein würdest, um zu begreifen, und fragen würdest: ‹Was tue ich blauäugiger, goldblonder Junge inmitten dieses schwarzhaarigen Volkes mit dunklen Augen?›»

Als ob es außer dem Geschäftlichen nichts Wichtiges mehr zu besprechen gäbe, nahm er eine Lupe zur Hand und schaute sich die Schrift des Buches aufmerksam an. Das kam mir gelegen; ich meinte: «Sehen Sie? Das sind nicht nur Verse von Rumi, das ist auch der Klang der Lyra, des Daf und des Hackbretts, es ist selbst der schöne Gesang eines ruhelosen Liebhabers!»

Er ließ mich spüren, wie wenig er auf meine Worte achtete, indem er sagte: «Weißt du, die Hand deines Großvaters hat nicht mehr dieselbe Vollendung wie früher.»

Bevor ich noch zur Verteidigung ansetzen konnte, fügte er hinzu: «Nun gut, die Jahre sind eben auch an ihm nicht spurlos vorübergegangen.»

Erleichtert über diese Nachsicht, antwortete ich nur: «Mag sein.»

Das war keine geschickte Antwort, möglicherweise hatte er diese Entschuldigung vorgebracht, um den Wert meiner Ware herabzusetzen. Noch bevor ich meinen Fehler korrigieren konnte, fragte er schon: «Wie alt war er übrigens, als er seine Seele Gott empfahl?»

«Neunzig. Aber seine Hand war so beweglich und kraftvoll wie die eines zwanzigjährigen jungen Mannes.»

Dann erklärte er mit einem ungläubigen Lächeln: «Enkel loben und preisen ihre Großväter immer.»

Ich erwiderte: «Er blieb stets auf der Höhe seiner Schaffenskraft, ebendeswegen wird er von aller Welt so geschätzt. Wenn Sie sich dieses Buch in Ihrer Hand anschauen, sehen Sie mit eigenen Augen, wie sehr seine Gestaltung der Wörter es unserem Verstand erleichtert, die wahre Bedeutung des Textes zu erfassen.»

Ich war felsenfest von meinen eigenen Worten überzeugt. In meinem ganzen Leben hatte ich nur selten eine solche Gewissheit gefühlt. Er ließ ein weiteres Mal Nachsicht walten und bekräftigte meine Behauptung sogar, indem er sagte: «Was er schafft, ist nicht nur Schönschrift, es ist ein Liebesspiel mit Buchstaben und Worten, es gleicht dem Lobpreis eines Gläubigen in einem Gotteshaus, es ist wie ein Derwischtanz.»

Er schwieg einen Moment, dann setzte er hinzu: «Ich war schon mit seinem Genie vertraut, bevor du auf die Welt gekommen bist.»

Ich war noch berauscht von seiner poetischen Lobrede, als er mit einem Male sagte: «Lassen wir das Gerede, nenn deinen Preis!»

Seine Exzellenz, der Gildemeister, hatte das so grob herausgebracht, als wäre das Geschäftsmäßige etwas Gemeines oder bestenfalls ganz Gewöhnliches. Verärgert über seinen wiederholten plötzlichen Stimmungswandel, schaute ich ihn eine Weile einfach nur an, und als hätte er seinen Fehler eingesehen, gab er mir reichlich Zeit, meine Empfindlichkeit zu überwinden. Dann antwortete ich kühl: «Ich will kein Geld, geben Sie mir stattdessen Nahrungsmittel, um meinen Lebensunterhalt zu bestreiten.»

Er erwiderte sogleich: «Das ist ja etwas ganz Neues. Seit tausend Jahren machen die Leute keine solchen Geschäfte mehr.»

«Sie wissen doch, dass man in der Stadt nicht mehr viel kaufen kann.»

Da fragte er schnell: «Was willst du denn dafür haben?»

Plötzlich schoss mir etwas durch den Kopf, und ich sprach es aus: «Sichern Sie mir zu, dass ich, bis dieser Aufstand der Afghanen vorbei ist, genug zu essen von Ihnen bekomme.»

«Das Geschäft ist mir zu unbestimmt. Sag mir, was du willst. Mehl, Öl, Zucker, Datteln oder was?»

«Von allem.»

«Wie viel von jedem?»

«Sagen Sie mir, wie viel Sie mir von all dem geben können.»

Er grinste wie über einen unerfahrenen, dummen Jungen und antwortete: «Du bist doch zu mir gekommen, um mir etwas zu verkaufen, also musst *du* jetzt den Preis nennen.»

«Fünfzehn Sack Mehl, vier Krüge Öl, zwei Sack Zucker, zwanzig Man Datteln und zwölf Man Rosinen.»

Mit einem höhnischen Lachen entgegnete er: «Wenn du alles, was in den Lagern des von einer Hungersnot gequälten Isfahan noch übrig ist, zusammenwirfst, ergibt das noch nicht einmal die Hälfte dessen, was du von mir verlangst.»

Um mir zu bedeuten, dass die Verhandlungen beendet seien, legte er das Buch vor mich hin und erhob sich, aber dann machte er seinem Ärger Luft und sagte mit verdüsterter Miene: «Du hast offenbar gar nicht die Absicht, ein Geschäft abzuschließen.»

Auch ich stand auf und erwiderte: «Aber das, was ich zum Tausch anzubieten habe, ist eine einzigartige Kostbarkeit.»

Mit ungewohnter Hartherzigkeit wies er mich ab: «Verschwende meine Zeit nicht länger.»

Vorwurfsvoll fragte ich: «Wissen Sie, worum Sie hier feilschen?»

Er kam einen Schritt auf mich zu, legte mir die Hand auf die Schulter und flüsterte mir, als wäre ich der Einzige, der seine Stimme hören dürfte, ins Ohr: «Was glaubst du eigentlich, wo du hier bist?»

Dann rückte er von mir ab und sagte mit erhobener Stimme: «Hier ist Isfahan, nur einen Schritt von der Hölle entfernt! Leg dieses Buch und eine einzige Dattel vor die Bürger dieser Stadt und sag jedem Einzelnen von ihnen, Mann für Mann, sie müssten sich für einen von diesen beiden Artikeln entscheiden. Was, glaubst du wohl, würden sie wählen? Gegen den Hunger kommt die Kunst nicht an.»

Er kniff die Augen zusammen wie ein Fuchs und sah mich lange an. In diesem ungleichen Kampf war ich unterlegen. Kleinlaut entgegnete ich, um mich dem Bann seines Blickes zu entziehen: «Dann sagen Sie mir jetzt, wie viel Sie mir bieten.»

Er gab mir eine kurze, kühle Antwort: «Zwei Sack Mehl, nicht mehr …!»

Er wartete meine Reaktion nicht ab und fuhr fort: «Selbst wenn du noch tausend Stück anzubieten hättest, bin ich nur bereit, zu diesem Preis ein Geschäft mit dir abzuschließen; zwei Sack Mehl für jedes Buch, nicht weniger und nicht mehr.»

Dann schwieg er, allerdings nahm sein Gesicht, während er die Blicke weiter auf mich gerichtet hielt, nach und nach einen sanften Ausdruck an, er legte mir die Hand auf die Schulter und flötete leise: «Aber die Tür meines Hauses steht dir immer offen, blauäugiger Knabe!»

Dann machte er mit einer erstaunlichen Behändigkeit, die man ihm bei seinem Alter nicht zugetraut hätte, auf dem Absatz kehrt und verließ mich. Auch ohne eine solche Geste hätte er sich wiederum durchgesetzt.

Ich setzte das Spiel fort, mit feuchten Augen presste ich die Zähne zusammen, spuckte auf den Boden und ging aus dem Zimmer. Ich wartete darauf, dass er mich riefe, mich tröstete und ein höheres Angebot machte. Es stimmt schon, dass der Preis, den ich ihm für meine Handschrift genannt hatte, selbst unter völlig normalen Umständen hoch gewesen wäre. Aber es trifft auch zu, dass er die Kalligraphie als Arbeit meines Großvaters angenommen hatte.

Anders als erwartet, rief er mich nicht; wütend verließ ich sein Haus, mit einem unvernünftigen, lähmenden, ja, man kann sogar sagen, grundlosen Zorn. Eine Weile trieb ich mich niedergeschlagen und ziellos in den Straßen herum. «Hätte ich das Geschäft vielleicht abschließen sollen? Wer wäre in dieser Hungersnot schon bereit, mir mehr für dieses Buch zu geben?» Dann machte ich mir selbst Vorhaltungen: «Weißt du eigentlich, wovon die Rede ist? Von einem Kunstwerk ohnegleichen, einem Meisterwerk!»

Plötzlich merkte ich, dass ich mich am *Alten Platz* in der Nähe des Wirtshauses mit dem Mohnkapselgebräu befand, von wo aus es nicht mehr weit zum Hause Jasmins war. Ich verspürte mehr denn je das dringende Bedürfnis, sie zu besuchen.

Ich klopfte an, und sie selbst öffnete mir die Tür. Ich erschrak über ihr Aussehen. Noch nie hatte ich sie so kränklich und schwach gesehen. Nach einer kleinen Pause fragte sie zögernd: «Bist du es?»

Ich musste über ihre Frage lachen und erwiderte: «Empfängst du denn noch andere Besucher außer mir?»

Um mich hereinzulassen, trat sie beiseite, dabei erklärte sie: «In letzter Zeit hat mein Augenlicht nachgelassen.»

Ich ging hinein und antwortete: «Ich bin mit leeren Händen zu dir gekommen. Gott verfluche mich, dass ich nicht einmal fähig bin, meiner Liebsten ein Stück Brot mitzubringen.»

Wir betraten die Terrasse, dort war ein Teppich ausgebreitet, und daneben stand ein leerer Napf. Jasmin folgte meinem Blick und sagte, als wollte sie mich trösten: «Dieser Tage sind die Töpfe in allen Häusern leer.»

Ich fragte sie: «Seit wann hast du nichts gegessen?»

«Ich spüre keinen Hunger mehr.»

«Und deine Mutter?»

«Meine Mutter ist gestern fortgegangen, sie meinte, die Hände in den Schoß zu legen und die Wände anzustarren würde uns auch nicht satt machen. Sie werde erst zurückkommen, wenn sie einen Bissen Brot nach Hause bringen könne.»

Nach dem stummen Jungen fragte ich nicht, aber sie sagte von sich aus: «Die meiste Zeit schläft er, ab und zu wecke ich ihn und gebe ihm ein bisschen Wasser.»

Ich erkundigte mich: «Und Ssohrâb? Hat er sich nicht um dich gekümmert?»

Plötzlich war ihrer Miene eine gewisse Unzufriedenheit abzulesen, ich sah mich genötigt, meine Frage zu wiederholen: «Hat er nicht mal nach dir geschaut? Hat er dir nichts zu essen gebracht? Er hatte es mir versprochen.»

«Ja, aber nur ein Mal. Ich selbst habe ihn aufgefordert, nicht mehr wiederzukommen.»

Ich wollte es genauer wissen, was sie ablehnte, aber schließlich sagte sie: «In seiner Gegenwart habe ich mich unwohl gefühlt.»

Ich entgegnete: «Ich kenne ihn besser als jeder andere; er treibt seinen Mutwillen, ist aber ein zuverlässiger Mensch.»

3. Kapitel

Ich hatte erwartet, dass Ssohrâb mir Vorwürfe machen würde, aber er meinte bloß einfühlsam: «Hoffentlich hat er den Braten nicht gerochen, dass dies Exemplar nicht von Großvater ist.»

«Ich weiß nicht, er hat nichts gesagt.»

Er nahm mir das Buch wieder aus der Hand, blätterte darin und bemerkte: «Die Initialen und Ligaturen dieser Schrift beweisen, dass sie von einem Könner stammen.»

Er nickte bewundernd mit dem Kopf, war wieder sichtlich beeindruckt und sagte: «Dies ist in jeder Hinsicht ein Meisterwerk, mein Junge!»

Er klappte das Buch zu und erklärte großmütig: «Gib die Hoffnung nicht auf. Du musst es eben bei anderen Leuten versuchen. Ich übernehme es, dich eine weitere Woche mit Brot zu versorgen. Mach dir auch um Jasmin keine Sorgen, ich kümmere mich um sie.»

«Nein, nicht um Jasmin. Ich bringe ihr das Essen selber. Du musst mir nur mehr besorgen, damit ich ihr einen Teil davon geben kann.»

Er lachte spitzbübisch und sagte: «Ich weiß nicht, warum sie mich nicht mag.»

«Ssohrâb, du bist ein netter Kerl, mein ältester und engster Freund, aber deine Beziehung zum weiblichen Geschlecht ist sehr einseitig.»

Und mit dem für ihn typischen Spott antwortete er: «Mit dem männlichen Geschlecht geht es mir genauso.»

«Du nimmst die Gefühle nicht ernst.»

«Nun hör schon auf, Allahyâr; diese Frauen! Sogar wenn sie von sich aus angelaufen kommen, behaupten sie immer, dass man sie verführt hat oder die Absicht hatte, sie zu verführen. Hast du die Geschichte von dem Weib gehört, das zu einem Mollâ gegangen ist, um ...»

Eine Frau ging zu einem Mollâ und bat ihn um eine Gebetsformel dafür, dass die Liebe ihres Mannes zu seiner anderen Frau nachlasse. Der Mollâ sagte: «Zufällig habe ich eine sehr bewährte Formel für diesen besonderen Fall, aber damit sie ihre volle Wirkung entfaltet, muss ich sie dir auf den Leib schreiben.» Die Frau antwortete: «Aber, lieber Mollâ, was soll ich meinem Mann sagen, wenn er die Handschrift auf meinem Körper erblickt? Da komme ich doch in Teufels Küche.» Der Mollâ erwiderte: «Mach dir keine Sorgen, ich schreibe das mit einer unsichtbaren Tinte, die niemand außer den Engeln im Himmel sehen kann.» Die Frau, der es widerstrebte, dem Mollâ ihren Leib zur Schau zu stellen, fragte: «Kannst du nicht eine von den Frauen aus deinem Harem rufen, damit sie die Gebetsformel schreibt?» Der Mollâ entgegnete: «Damit sie sofort ihre Wirkung entfaltet, muss ich sie selber schreiben. Du kannst ganz sicher sein, dass dein Mann, sobald ich sie geschrieben habe, seiner anderen Frau so überdrüssig wird, dass er sie nicht einmal mehr anschauen mag, und möglicherweise hat er sie schon verstoßen, bevor du wieder zu Hause bist ... Aber die Entscheidung liegt natürlich bei dir, ich werde dich zu nichts zwingen.» Die Frau, der die gute Nachricht von der sofortigen Wirkung der Gebetsformel den Verstand geraubt hatte, erkundigte sich: «Wohin musst du sie denn schreiben, Mollâ?» Dieser antwortete: «Auf dein Bein.» Die Frau zog sich, ohne den Gesichtsschleier abzunehmen oder den Tschâdor abzulegen, die Pumphosen aus und zeigte dem Mollâ ihren nackten Fuß von der Zehenspitze bis zum Knöchel. Der fragte: «Was soll denn das? Ich muss die Formel über dein Knie schreiben.» Die Frau zog ihre bis zum Knie reichenden Unterhosen notgedrungen um ein oder zwei Zoll hoch, der Mollâ griff zum Griffel und machte sich an die Arbeit. Nachdem er zwei oder drei Wörter geschrieben hatte, forderte er sie auf, die Hose höher zu ziehen, der Platz werde zu knapp. Die Frau gehorchte. Ich will Euch nicht langweilen, die Unterhose rutschte Stück für Stück höher, und der Mollâ schrieb Zeile um Zeile, bis die Scheide der Frau zu sehen war; nun legte der Mollâ den Griffel aus der Hand und benutzte sein Schreibrohr aus Fleisch. Die Frau fragte: «Was ist denn jetzt los, lieber Mollâ?» Dieser erklärte: «Keine Sorge, mir ist nur der Griffel ausgerutscht.» Darauf sie: «Und warum ist dein Schreibrohr so dick?» Er erwiderte: «Mit dem schlanken, spitzen Rohr hätte ich dich gestochen und verletzt. War es da nicht besser, ein weiches, fleischiges Schreibrohr zu verwenden?»

Während der ganzen folgenden Woche suchte ich jeden Mann von Rang und Namen auf, aber entweder war derjenige nicht zu sprechen oder er hatte keine Lust auf ein Geschäft. Aber am schlimmsten von allem war, dass Ssohrâb jetzt das Haus von Jasmin kannte. Baumwolle und Feuer! Oder noch schlimmer: Fleisch in Reichweite einer Katze! Ständig klang mir seine Stimme im Ohr: «Mach dir wegen Jasmin keine Sorgen!»

Am Ende der Woche sah ich ein, dass es keine andere Möglichkeit gab, um Jasmin vor dem Hunger, vielleicht auch vor Ssohrâb oder möglicherweise sogar vor beidem zu schützen, und so nahm ich das Buch wieder unter den Arm und ging zum Hause des Gildemeisters. Derselbe Vorgang wie beim letzten Mal wiederholte sich, das Warten im äußeren Hof im Schatten des seiner Blätter beraubten Baumes, das sich diesmal länger hinzog, das Gerede des Dieners über die Groß-

zügigkeit und die Barmherzigkeit seines Herrn und schließlich der liebenswürdige Empfang beim Gildemeister, zu dem
Yârdân mich natürlich bis zur Schwelle des Salons geleitete.

Es kam mir so vor, als hätte der Leib des Gildemeisters im
Laufe dieser Woche noch zusätzlich eine Menge Fett ange-
setzt. Sobald er mich sah, besonders als sein Blick auf das
Buch unter meinem Arm fiel, brach er in ein triumphierendes
Gelächter aus: «Ich wusste, dass du kommen würdest, mein
blauäugiger Junge.»

Wahrscheinlich war «beschämt» das einzige Wort, mit dem
sich meine Haltung und meine Miene beschreiben ließen. Um
diesen Eindruck noch zu verstärken, senkte ich den Kopf und
sagte mit leiser Stimme: «Ich muss Sie leider ein weiteres Mal
stören.»

Noch ein triumphierendes Lachen, er kratzte sich am Kinn,
und während er nickte – ich weiß nicht, was oder wen er damit bestätigen wollte –, kam er mir entgegen, nahm meine
Hand und fragte voller Anteilnahme: «Seit dem letzten Mal
hast du sehr abgenommen. Habe ich dir nicht gesagt, dass es
an meiner Tafel immer einen Bissen Brot für dich gibt, um ihn
mit mir zu teilen?»

Er zog mich mit sich, aber ich blieb ruckartig stehen und
entgegnete: «Nicht doch!»

Es gefiel mir selbst, wie gebieterisch meine Stimme klang.
Er staunte nicht schlecht und ließ meine Hand los. Ich nahm
Abstand von ihm und fügte hinzu: «Ehrlich gesagt, habe ich
etwas Dringendes zu erledigen, ich muss gleich gehen, ich bin
nur wegen des Tauschgeschäftes mit dem Buch gekommen.»

Eine Weile starrte er auf den Teppich, und dann antwortete
er: «Das Tauschgeschäft mit dem Buch? Wie du möchtest,
junger Mann. Aber du musst wissen, dass ich die Redlichkeit
bei Geschäften nie außer Acht lasse. Hast du dich noch nie
gefragt, warum man gerade mich zum Meister der Kaufmannsgilde gewählt hat? Nein? Was glaubst du, wer, nach-

dem ich ein ganzes Leben lang Waren gekauft und verkauft habe, die Hand am Puls des Basars hat, wenn nicht ich?»

Mit diesen Worten streckte er mir die Hand entgegen. Es dauerte einen Augenblick, bis ich begriffen hatte, was er wollte. Ich trat vor und legte ihm das Buch in die Hand. Als ob es Erbsen, Bohnen oder etwas anderes dieser Art wäre, wog er es in seiner Hand, dann rief er nach Yârdân, der sofort kam und in Erwartung von Befehlen, die Finger über der Brust verschränkt, abwartend dastand.

Mir schien es auf einmal gar kein so schlechtes Geschäft zu sein. Mit diesen beiden Säcken Mehl hätte ich zumindest für zwei oder drei Monate ausgesorgt; nicht nur ich selbst hätte genug, um mich satt zu essen, sondern auch Jasmin, und außerdem könnte ich noch Ssohrâb für den Gefallen entschädigen, ohne dessen Hilfe, das sei redlicherweise zugegeben, ich es nie so weit gebracht hätte.

Der Gildemeister hüstelte, oder war es Yârdân? Ich erinnere mich nicht, aber auf alle Fälle war Ersterer, als ich mit meinen Gedanken wieder in dem Zimmer war, immer noch dabei, das Gewicht meiner Ware abzuschätzen. Dann sah er nacheinander Yârdân und mich an, und nach einigen Augenblicken voll gespannter Erwartung seufzte er laut auf, als legte er eine ungeahnte Freigebigkeit an den Tag, und wies seinen Diener an: «Gib dem Jungen einen Sack Mehl!»

Noch bevor ich reagieren konnte, fügte er hinzu: «Nur wegen deines seligen Großvaters, dem nie jemand das Wasser hat reichen können oder jemals wird reichen können.»

Die letzten Worte hatte er in die Länge gezogen, als wäre er plötzlich der tiefen Weisheit seiner Sentenz inne geworden, geistesabwesend starrte er ins Leere und fuhr noch einige Zeit fort, das Gewicht des Buches abzuschätzen. Mich ergriff ein lähmender Zorn, eine Art stiller Zorn jemandem gegenüber, der sich für mächtiger hält, als er ist, aber dieses Mal lagen die Gründe auf der Hand. Ich überwand mich, und mit einem

Gefühl tiefster Demütigung sagte ich mit Grabesstimme: «Eure Exzellenz, der Gildemeister, hatten verfügt, mir gütigerweise zwei Sack Mehl zu überlassen.»

Mit freundlichem Spott erwiderte er: «Und das bei der guten Laune, die du ausstrahlst.»

Als er sah, dass ich das überhörte, fragte er plötzlich in einem anderen Ton, als wüsste er gar nicht, wovon die Rede war: «Wann soll ich das gesagt haben?»

«Vor genau einer Woche, ich glaube, es war gegen Mittag, als ich Sie aufgesucht habe. Dieser Herr hier, Yârdân, stand auch an derselben Stelle wie heute, er hat alles gesehen und gehört.»

Ich wandte mich Yârdân zu, um eine Bestätigung von ihm zu erhalten, aber er stand steif wie eine Statue da. Der Gildemeister meinte kühl: «Vor einer Woche also?»

Schnell stimmte ich zu, und ohne große Hoffnung warf ich Yârdân erneut einen Blick zu. Der Gildemeister ergriff das Wort: «In Krisenzeiten ändert sich der Wert der Waren von Tag zu Tag. Der Preis von vor einer Woche gilt nicht mehr.»

Als er meine unzufriedene Miene bemerkte, streckte er mir das Buch entgegen und sagte laut und vernehmlich: «Yârdân, du brauchst den Sack Mehl nicht zu holen. Das Geschäft kommt nicht zustande.»

Schnell entgegnete ich: «Aber nicht doch, mein Herr, so war das nicht gemeint, ganz, wie Sie belieben.»

Er lächelte freundlich und verständnisvoll. Ich ergänzte: «Um das, was Sie da in Händen halten, wird eines Tages vielleicht bis aufs Blut gekämpft werden. Aber einstweilen …»

«Du solltest nicht unter Zwang handeln; das Einverständnis beider Seiten ist die Grundlage eines jeden Geschäftes.»

«Natürlich habe ich keinen Einwand. Mögen Sie viel Freude daran haben und Gottes Segen.»

Im Nu hatte Yârdân das Mehl gebracht und vor mir auf

den Boden gelegt. Der Gildemeister machte einen Schritt auf den Sack zu, als fiele es ihm schwer, sich von ihm zu trennen, und äußerte: «Ich hoffe, du lässt dir die wohlschmeckenden Brote, die du daraus bäckst, munden und sie machen dich gesund und munter.»

Er streckte die Hand aus, um mich scherzend oder zärtlich in die Wange zu kneifen, aber ich zog den Kopf zurück und schaute ihn einen Augenblick zornig an. Er tat, als würde er das nicht bemerken, und versicherte: «Es ist Mehl von bester Art und Güte, es kann Dutzende von Leuten vor dem Hungertod bewahren ... Gott schütze dich!»

Er wandte sich zum Gehen, aber plötzlich drehte er sich noch einmal um: «Wie viele du davon auch noch haben magst, ich kaufe sie dir zu diesem Preis ab.»

Er sagte das im Ton eines Menschen, der jederzeit bereit ist, Opfer zu bringen, dessen nie müde wird und auch keinen Lohn dafür erwartet. Und dann erinnerte er noch einmal an den Preis der Ware: «Für jeden Band Kalligraphien einen Sack Mehl... Im Übrigen steht dir die Tür meines Hauses auch ohne Buch stets offen.»

Die letzten Worte hatte er mit leiser Stimme in jenem gewissen Tonfall und mit den mir schon bekannten, zudringlichen Blicken vorgebracht, und dann ging er. Ich blieb zurück, desgleichen Yârdân mit dem Sack Mehl, und das grelle Sonnenlicht fiel direkt durch die offenen Fenster in das geräumige Empfangszimmer.

Ich spürte eine fiebrige Erregung. Ich wusste nicht, wie man eine solche Erfahrung nennen sollte, Niederlage oder Sieg? Vielleicht beides. Insoweit, als ich meine Schrift als die meines Großvaters hatte ausgeben können, war es ein Sieg geworden, aber insofern, als ich sie nicht zu einem angemessenen Preis hatte verkaufen können, empfand ich ein Gefühl der Niederlage. Um mich vom Schmerz darüber nicht unterkriegen zu lassen, tröstete ich mich: Man soll nie zu gierig sein, vielleicht war mir dies vom Schicksal bestimmt, ich sollte Gott danken.

Yârdân fragte, als ob er über die Großzügigkeit seines Herrn sehr erstaunt gewesen wäre: «Was war das, wofür du einen Sack Mehl bekommen hast?»

«Der größte Schatz der Welt!»

Verständnislos und mechanisch nickte Yârdân und sagte in dem Augenblick, als ob er sich bemüßigt fühlte, mir armem Trottel einen Rat zu geben: «Wenn dir der Magen knurrt, brauchst du nichts als ein Stück Brot, Schluss, aus!»

Damit ich die Tiefe seiner weisen Worte erfasste, nickte er eine Weile bekräftigend mit dem Kopf, dann nahm er den Sack, sagte «hau ruck», legte ihn mir auf die Arme und forderte mich auf: «Na los!»

Ich gehorchte. Im Hof fragte er mich: «Du wohnst doch nicht weit weg?»

«Es geht.»

«Die Leute haben alle ihre Lasttiere geschlachtet und verzehrt, du weißt ja …»

«So schwer ist er nicht.»

«Ich wollte dir übrigens noch sagen, dass du verdammt aufpassen musst, es ist möglich, dass dich unterwegs hungrige Leute überfallen!»

Er betonte das Wort «überfallen» und streckte gleichzeitig seine Klauen nach meinem Gesicht aus. Ich antwortete: «Ich passe schon auf.»

«Gestern früh haben sie einen Kerl bloß wegen eines unreifen Apfels umgebracht. Sie haben ihm so ein langes Messer in den Bauch gerammt.»

Um mir klarzumachen, wie grausam die Angreifer seien, und vielleicht auch, wie schlimm die Lage sei, deutete er an, wie lang das Messer gewesen war. Bei der Vorstellung, dass sie dem armen Mann mit so einem Messer Herz und Innereien herausgeschnitten hatten, wurde ich auf einmal schwach, er merkte mir die Veränderung an und beruhigte mich: «Keine Angst. Ich habe das ja nur gesagt, damit du aufpasst.»

Als ob das Schicksal des unreifen Apfels wichtiger wäre als das Opfer, fragte ich: «Ja, haben sie ihm den Apfel schließlich entrissen?»

Mit einem warnenden Unterton erwiderte er: «Nein! Er hat ihn sich schnell in den Mund gestopft und verschluckt, während man ihm das Messer in den Bauch stieß.»

Verdattert entgegnete ich: «Na so etwas! Wie groß war der Apfel denn?»

«Du brauchst dich nicht zu wundern. Ein hungriger Mensch kann sein Maul weit aufreißen. So weit, dass er die ganze Welt mit allen Leuten drauf mit einem Happs verschlingen kann», erklärte er in aller Seelenruhe.

Um mir zu zeigen, wie groß die Erde mit ihren Bewohnern darauf sei, beschrieb er mit den Händen einen weiten Kreis um seinen Kopf. Inzwischen waren wir draußen vor der Tür angelangt, doch ohne dass ich ein Interesse daran bekundet hätte, den Ausgang der Geschichte zu hören, fuhr er unbeirrt fort: «Aber sie haben ihm sofort den Bauch aufgeschlitzt und den Apfel wieder herausgepult.»

Er machte mir sogar mit den Händen vor, wie sie den Leib aufgeschnitten und den Apfel herausgeholt hatten.

«Nun, das hättest du verhindern müssen», sagte ich zu ihm.

«Hätte ich mir Ärger einhandeln sollen, oder was? Wie hätte ich denn mit ihnen fertig werden sollen? Vielleicht hast du noch keine hungrigen Leute gesehen, die sind unglaublich gefährlich.»

«Zufällig sind das Einzige, was ich dieser Tage sehe, hungernde Menschen ... Aber sag mal, ist es vielleicht sicherer, wenn ich durch die Tschâr-Bâgh-Straße gehe?»

Er nahm mir auch diese Hoffnung: «Jetzt ist es überall gleich unsicher.»

«Meinst du? Aber ich habe einen Dolch in der Tasche.»

«Wenn du beide Hände voll hast, wie willst du dann den Dolch benutzen, während sie dich überfallen?»

Auf der Schwelle der halb offenen Tür blieb ich zögernd stehen. Er hatte mich wirklich eingeschüchtert. Als er meinen Zustand sah, machte er ein kameradschaftliches Gesicht und meinte: «Wenn der Herr mir die Erlaubnis gäbe, würde ich dich nach Hause begleiten.»

«Vielleicht hat er es ja so schon gestattet.»

Er sah sich in alle Richtungen um und erklärte: «Vielleicht merkt er es gar nicht. Du hast gesagt, du wohnst nicht sehr weit weg?»

«Nein, es dauert gar nicht lange.»

«Einverstanden, ich komme mit.»

«Gott vergelt's!»

«Aber natürlich ist jede Arbeit ihres Lohnes wert.»

«Einverstanden. Wie viel willst du dafür haben?»

«Die Hälfte von dem Sack Mehl.»

Ich drängte ihn mit dem Ellenbogen beiseite, stieß die Tür mit dem Fuß ganz auf und ging hinaus. Er rief mir hinterher: «Warte! Wie viel willst du mir denn geben, um mich zufriedenzustellen?»

Ich achtete nicht darauf, so aufgebracht war ich seinetwegen, und ich ging mit solchen Riesenschritten voran, dass, als ich mich wieder gefasst hatte, der halbe Weg schon hinter mir lag. Nahe beim Tempel der Zoroastrier bemerkte ich plötzlich, dass mir eine Schar hungriger Menschen folgte. Gleichzeitig stand mir das Bild des langen, bluttriefenden Messers und jenes unglücklichen Mannes vor Augen, dem man Herz und Innereien herausgeschnitten hatte. Furcht überkam mich. Ich blieb stehen und merkte, dass sie auch stehen blieben. Ich drehte mich um und fragte: «Was wollt ihr von mir?»

Es waren ungefähr zehn Personen, und sie sahen mich starr an, der Hunger hatte ihnen jeglichen menschlichen Ausdruck genommen. Ich schrie sie an: «Ich habe euch gefragt, was ihr wollt! Haut ab! Kümmert euch um eure eigenen Angelegenheiten!»

Aber sie starrten mich nach wie vor an. Ich stampfte mit dem Fuß auf, und gleichzeitig stieß ich ein ohrenbetäubendes Gebrüll aus, das mit Sicherheit keinerlei Ähnlichkeit mit einer menschlichen Stimme hatte. Aber sie rührten sich nicht vom Fleck. Ich klemmte mir den Sack Mehl unter den Arm und zückte mit der anderen Hand den Dolch, zwei oder drei Schritte ging ich auf sie zu und fuchtelte damit in der Luft herum. Ich muss ausgesehen haben wie ein betrunkener, streitsüchtiger Raufbold. Einige ergriffen die Flucht, und auch ich begann zu laufen, allerdings in die entgegengesetzte Richtung. Ich rannte schreiend, fluchend und den Dolch schwingend davon. Die Furcht vor einem unmittelbar bevorstehenden Angriff durch sie verhinderte indessen nicht, dass mir am Wegesrand zwei aufgeblähte Leichen ins Auge fielen, die nahe dem verlassenen Derwisch-Kloster mit einigem Abstand voneinander auf der Erde lagen.

Als ich mein Haus erreichte, war keiner von meinen Verfolgern mehr da. Hastig öffnete ich die Tür und trat ein, und noch bevor ich sie wieder geschlossen hatte, stand mir plötzlich die Nachbarin von Angesicht zu Angesicht gegenüber. Ihre Augen blitzten, sie sah den Sack Mehl, den ich unter dem Arm trug, und wusste, dass sie nicht leer ausgehen würde.

Im Hof fiel ich hinter der Tür im Schatten der Platane in Ohnmacht.

Ich weiß nicht, wie lange ich so bewusstlos dalag, aber als ich wieder zu mir kam, war es schon später Nachmittag. Das alles war nicht nur der Aufregung und der durch sie verursachten Erschöpfung geschuldet, die Schwäche infolge des Hungers hatte mich umgeworfen. Der Sack Mehl lag glücklicherweise noch neben mir. Ich trug ihn in die Küche und riss ihn oben mit den Zähnen auf. Ich steckte die Hand in den Sack hinein, stopfte mir eine Handvoll Mehl in den Mund und schluckte es genüsslich hinunter: Es war die köstlichste Speise der Welt.

Im Krug war noch ein bisschen Öl übrig, ich heizte den Herd an, röstete etwas Mehl, vermischt mit Öl, und aß es. Ich kam ein wenig zu Kräften und spürte, dass ich wieder stehen konnte.

Ich begab mich zum Tanur, da fiel mir ein, dass ich den Teig vorbereiten musste, bevor ich den Ofen anzündete, und ich hatte keinen Sauerteig im Haus.

Auf dem Weg zu Ssohrâb überkam mich schon nach den ersten Schritten eine neue Sorge. Was, wenn sie mein Haus gekennzeichnet hatten und dort, sobald ich es verlassen hatte, einbrachen, um den Mehlsack zu stehlen?

Ich kehrte um, in dem Augenblick kamen die Zwillinge zum Spielen heraus, als sie mich sahen, liefen sie mir entgegen und schauten fragend meine leeren Hände an. Ich forderte sie auf: «Gebt schnell eurer Mutter Bescheid, dass ich eine gute Nachricht für euch habe.»

Die Nachbarin selbst erschien im Türrahmen. Auch sie blickte auf meine leeren Hände.

«Ihr müsst schon noch etwas die Zähne zusammenbeißen, vielleicht noch zwei, drei Stunden. Ich schaffe es nicht, das ganze Brot alleine zu backen, ich gehe Ssohrâb holen, damit er mir hilft.»

Plötzlich öffnete die Frau den Mund: «Du brauchst niemanden zu holen, ich helfe dir.»

«Nein, nein. Das ist nicht nötig. Kümmere du dich nur um deine Kinder. Außerdem brauche ich auch Sauerteig, dort gibt es welchen.»

Darauf schwieg sie, und ich bat sie: «Übrigens, kannst du auf mein Haus aufpassen? Wenn ein Dieb auf die Mauer klettert, schrei aus Leibeskräften und alarmiere die Nachbarn.

Du kannst dich selbstverständlich darauf verlassen, dass du etwas von dem Brot abbekommst.»

Als ich mit Ssohrâb zurückkehrte, wurde es allmählich dunkel, aber die Nachbarin und ihre Zwillinge waren noch auf der Schwelle ihres Hauses. Als sie mich erblickten, leuchteten ihren Augen wieder vor Freude auf.

Über Nacht rührten wir mit dem gesamten Mehl Teig an, ich hatte es eilig, Brot daraus zu backen, aber Ssohrâb fand, dass man das Mehl, das so schwer zu bekommen gewesen war, nicht durch überstürztes Backen verschwenden dürfe. Gegen Morgen tat er den Teig in den Backtrog und erklärte: «Der Teig ist aufgegangen, es ist so weit, wir müssen uns an die Arbeit machen.»

«Das ist gut, die Leute schlafen noch, da macht sie der Geruch nach Brot nicht verrückt.»

Er schlug vor: «Heiz du den Tanur an, ich forme inzwischen die Teigkugeln.»

Ich schob Brennholz in den Ofen und zündete es an, dann legte ich das Backwerkzeug bereit. Ssohrâb holte Teig aus dem Backtrog, eine Handvoll nach der anderen, und formte daraus orangengroße Kugeln, dann legte er sie auf ein Kupfertablett. Fünfunddreißig Teigkugeln, das bedeutete, dass wir bald fünfunddreißig Fladen Brot besitzen würden. Ich dankte Gott aus tiefstem Herzen und ganzer Seele für diese großzügige Gabe.

Der Tanur war noch nicht heiß genug, als Ssohrâb und ich, die wir die ganze Nacht über wach geblieben waren, geschwatzt hatten und noch auf die Geräusche der Nacht achteten, plötzlich ein Flattern hörten. In dem Moment wussten wir noch nicht, dass unser Haus das Ziel aller Vögel unter dem Himmel geworden war.

Während wir so früh am Morgen keinen Gast erwarteten, klopfte es, während noch das Rauschen lauter Flügel zu hören war, mit einem Mal an die Tür. Ich dachte: «Gott sei uns gnädig, das Heer der Hungernden meldet sich!»

Ich beugte mich über die Mauer und erkannte Manusch. Sobald ich die Tür öffnete, bekreuzigte sie sich auf der Türschwelle, dankbar, mich bei guter Gesundheit zu sehen, und sagte: «Ich wäre beinahe verrückt geworden, volle drei Wochen stand ich immer nur vor verschlossener Tür. Ich fürchtete, dir sei etwas zugestoßen, nicht einmal die Nachbarin wusste, was mit dir los ist.»

«Komm herein! Jetzt siehst du ja, dass ich heil und gesund vor dir stehe. Ich habe Essen für mich für wenigstens einen Monat vorbereitet.»

Sie lächelte zum Zeichen freundschaftlicher Verbundenheit. Von der Schwelle aus warf sie einen Blick auf das Kupfertablett mit den Teigkugeln und die lodernde Öffnung des Tanurs, dann kam sie herein. Während sie mir einen kleinen Sack hinhielt, forderte sie mich auf: «Hier, nimm. Alle Vorbereitungen für euer Gastmahl sind getroffen, ich habe euch noch ein paar Feigen mitgebracht.»

Ssohrâb antwortete: «Nichts verleiht diesem Festessen so viel Glanz wie dein Erscheinen.»

Manusch lächelte, dann schaute sie mich an, ich wollte ihr sagen, dass seine Worte nur ein freundschaftlicher Spaß seien. Aber noch bevor ich dazu kam, sagte sie: «Ich helfe euch.»

Unverzüglich krempelte sie die Ärmel hoch und schloss sich uns an, sie benetzte die Hand mit dem Wasser aus dem Becken im Hof, spritzte etwas an die Wand des Ofens und folgerte aus der Geschwindigkeit, mit der es verdunstete: «Der Tanur ist zum Backen bereit.»

Ich verbrannte, Großmutters Beispiel folgend, etwas Ziegenwolle, damit der Geruch den Duft des Brotes überlagere und die Hungrigen jenseits unserer Hauswände nicht davon angezogen würden. Manusch hockte sich auf der anderen Seite des Ofens Ssohrâb gegenüber neben die Teigklumpen. Behände nahm sie die Kugeln vom Kupfertablett, wälzte sie in Mehl, rollte sie dann geschickt mit einem Nudelholz auf einem Brett aus, legte die Teigfladen auf eine spezielle Art Schaufel und klatschte sie, um ihre Hände nicht an der Glut zu verbrennen, mit einer solchen Geschwindigkeit und Eleganz an die Wände des Tanurs, wie ich sie selbst bei den erfahrensten Bäckern nicht beobachtet hatte.

Ssohrâb verkündete mit lauter Stimme: «Das Brot, das von diesen Händen gebacken wird, ist bestimmt köstlich.»

Manusch verstand die Ironie, überhörte sie jedoch und erwiderte: «Aber das Schwierigste bei der Zubereitung des Brotes ist das Kneten des Teiges.»

Ich antwortete: «Diese Aufgabe hat Ssohrâb erfüllt.»

Manusch sah Ssohrâb bewundernd an, nickte und streckte die Hände wieder nach dem Kupfertablett aus.

Das durchgebackene Brot mit seinem verführerischen Duft kam Stück für Stück aus dem Ofen heraus, und ich warf von Zeit zu Zeit etwas Ziegenwolle aufs Feuer.

Manusch wiegte den Oberkörper, in die Arbeit vertieft, rhythmisch hin und her, beugte sich über die Öffnung des Ofens und klatschte den Teig an die Wand. Auch Ssohrâb tat das Gleiche, im selben Takt, aber im Wechsel mit ihr, beugte sich vor, neigte sich über das rot leuchtende Loch des Tanurs und hielt die Hand hinein, um zu prüfen, ob das Brot schon durchgebacken sei. Was die beiden taten, ähnelte dem Tanz zweier Menschen, die einander mit den Bewegungen ihrer Körper gleichsam antworteten. Jede Geste des einen fand ihre Entsprechung oder Ergänzung in der des anderen. Mit einem Male kamen sie für einen Augenblick aus dem Takt, beugten sich gleichzeitig zum Ofen hinüber, hielten Auge in Auge inne, und ihr Atem vermischte sich, nur für einen Moment. Dann nahm Manusch, als wäre nichts geschehen, ihre Arbeit wieder auf und Ssohrâb ebenfalls.

Um ein Tuch zu holen, auf dem man das frisch gebackene Brot ausbreiten und abkühlen lassen konnte, ging ich ins

Zimmer. Ich nahm es aus der Nische über dem Fenster, und bevor ich zu den beiden zurückkehrte, erblickte ich sie im Fensterrahmen. Auch dieses Mal waren ihre Gesichter nur wenig voneinander entfernt, sie sahen einander an, und ich meinte sogar, dass Ssohrâb hörbar atmete und die Lippen öffnete, um etwas zu sagen, aber Manusch zog sich, als ob sie meine Anwesenheit plötzlich bemerkt hätte, zurück, warf einen kurzen Blick zum Fenster herüber und wandte sich wieder der Arbeit zu.

Ich kehrte in den Hof zurück und breitete das Tuch neben dem Tanur aus. Als das erste Brot herauskam, wurde das Zwitschern der Vögel so deutlich, als sängen sie oben vom Dach unseres Hauses herab nur für uns.

Der Duft des Brotes breitete sich in der Morgenluft aus, die hungrigen Vögel, die Isfahan vor Wochen auf der Suche nach Körnern verlassen hatten, waren nun scharenweise zurückgekehrt und kreisten über dem Haus des großen Kalligraphen der Stadt. Es waren so viele, dass der Himmel kaum mehr zu sehen war. Auf einmal erschienen einige Leute mit Pfeil und Bogen auf den Dächern, und ein oder zwei Vögel fielen herab.

Ssohrâb seufzte wehmütig und sagte: «Wenn doch die Jagd auf Herzen so leicht wäre wie die auf Vögel.»

Manusch antwortete: «Zu lieben ist schwerer, als zu jagen.»

Das Backen dauerte etwa eine Stunde: fünfunddreißig große Fladen Brot. Ich betete: «Gott, ich danke dir, dass du uns ein weiteres Mal unser täglich Brot gegeben hast.»

Manusch und ich packten das Tuch an den vier Zipfeln und brachten es ins Zimmer. Dann löschte sie den Ofen, wusch sich die Hände und machte sich zum Gehen bereit.

Ich erklärte: «Manusch, nimm wenigstens eines von diesen noch heißen Broten mit.»

«Du kannst mir glauben, dass ich dort keinen Hunger leide.»

Sie schaute mir eine Weile in die Augen, dann verabschiedete sie sich und ging fort.

Sobald sie uns verlassen hatte, rückte Ssohrâb nah an mich heran und sagte, während er mit dem Finger auf mich zeigte: «Du bist ein Dummkopf!»

Ich ahnte zwar schon mehr oder weniger, worauf er hinauswollte, fragte aber dennoch: «Was willst du damit sagen?»

«Du Trottel, sie kommt hierher, um mit dir zu schlafen. Und du stellst dich dumm und lässt sie unverrichteter Dinge wieder abziehen.»

«Sie ist ein anständiges Mädchen.»

«Mag sein! Aber du gefällst ihr, du Querkopf.»

«Und was hast du dann in dieser Geschichte zu suchen? Die ganze Zeit über, in der sie hier war, hast du versucht, mit ihr anzubandeln.»

«Nimm das nicht zu ernst! Es hat mir Spaß gemacht, ich gebe ihnen mit Blicken zu verstehen, dass ich sie begehre, und ich weiß, dass ich ihnen hinterher im Traum erscheine.»

«Es ist besser, du verschwindest und schlägst dir Manusch aus dem Kopf.»

«Der Gedanke an sie spukt mir nicht im Kopf herum, aber ich bin überzeugt, dass ihr der an mich jetzt nicht mehr aus dem Kopf geht.»

Ich beglich meine Schulden bei Ssohrâb und bot ihm noch ein zusätzliches Brot an, das er indessen nicht annahm. Bevor er ging, sagte er auf der Türschwelle: «Lieber Trottel, schlaf mit ihr! Versuche es wenigstens, damit du siehst, ob es dir gefällt … Jemand, der eine solche Frau zur Verfügung hat, braucht seinen Freund nicht anzubetteln, dass er ihn mit zu den Huren nimmt.»

Er ging und ließ mich mit noch lebhafteren Phantasievorstellungen als zuvor zurück. Vielleicht hatte er recht, vielleicht konnte ich sie dadurch, dass ich ihre Liebe erwiderte, zur Komplizin machen, zur Komplizin bei einem Plan, der noch nicht entworfen worden war und an dessen Ausführung noch viel fehlte. Vielleicht würde sich das eines Tages als nützlich erweisen. Ich brauchte noch Zeit, um seinen Rat zu befolgen.

Ich sah zum Himmel hoch, weit und breit flog kein Vogel mehr, der Himmel über Isfahan war bedrückend leer. Da hörte ich undeutlich die Stimmen der Zwillinge der Nachbarin. Ich nahm einen Fladen Brot und ging zu ihnen hinüber. Die Frau empfing mich mit den Worten: «Der Duft des Brotes hat sie schon ganz verrückt gemacht. Ich musste sie in ihr Zimmer einschließen, aber sie haben die ganze Zeit vor Heißhunger an den Türritzen geschnuppert.»

«Ich dachte, dass man den Brotduft wegen der sengenden Ziegenwolle nicht mehr riechen würde.»

«Das stimmt auch, aber der Geruch von versengter Wolle bedeutet für uns, dass in einem Tanur, nur wenige Schritte von uns entfernt, Brot gebacken wird.»

Sie entriegelte die Tür, die beiden stürzten sich auf mich, und im Handumdrehen hatten sie den halben Fladen Brot verschlungen. Ich fragte: «Gibt es hier denn keinen Mann im Haus? Wo ist dein Ehemann, der Vater deiner Kinder?»

Sie wandte den Kopf, blickte auf die Straße, als würde sie Besuch erwarten, und sagte: «Zu Beginn der Hungersnot hat er das Haus verlassen und ist nicht mehr zurückgekehrt.»

«Warum?»

«Er hat angekündigt, dass er nicht wiederkommen werde. Er hat gesagt: ‹Wenn ich kein Brot auftreibe, komme ich nicht nach Hause zurück.›»

«In fast allen Hausern machen die Ernährer es dieser Tage so.»

Dann sagte sie mit weiblichem Schalk im Blick: «In diesen drei Wochen hat Manusch mehrfach an die Tür deines Hauses geklopft, aber du hast nicht geöffnet.»

Bei diesen Worten nahm ihre Stimme einen kritischen Unterton an.

Ich antwortete: «Ich habe das Klopfen nicht gehört. Ich war ganz ins Schreiben vertieft.»

Ungläubig fragte sie: «Ins Schreiben? Und das in Zeiten von Hunger und Tod?»

Ich erklärte ihr nicht, dass ich gerade, um Hunger und Tod zu überwinden, schriebe, sondern erwiderte: «Jeder muss seine Arbeit tun. Und meine Arbeit ist nun einmal, auch in diesen Zeiten, Schreibübungen zu machen.»

«Manusch hatte stets etwas für dich dabei. Wenn sie aufgab, hat sie es immer meinen Zwillingen überlassen.»

«Sie hat ein gutes Herz, sie macht sich Sorgen und fürchtet, ich könne verhungern.»

«Gewiss hat sie ein gutes Herz, aber Sorgen macht sie sich, weil sie in dich verliebt ist.»

Diese Worte erschreckten mich. Großmutter war gestorben, aber offenbar hatte sie ihre Rolle, was die Geschichte von Manusch und mir betraf, der Nachbarin übertragen. Schnell verabschiedete ich mich und kehrte nach Hause zurück, ich wickelte drei Fladen Brot in ein Tuch, empfahl das Haus wiederum der Aufmerksamkeit der Nachbarin und machte mich auf den Weg zu Jasmin.

Als sie das Brot sah, sagte sie: «Jetzt kommen die Wohltaten von allen Seiten. Die Amme hat uns gestern auch vier Fladen Brot gebracht.»

Erfreut fragte ich: «Dann ist sie wieder zurückgekehrt?»

Sie schwieg eine Weile in Gedanken versunken, dann antwortete sie: «Nein, sie hat mir die Brote gegeben, Abschied von mir genommen und sich mit den Worten ‹Auf Wiedersehen am Jüngsten Tag› entfernt.»

Nach einer langen Pause machte sie Anstalten, noch etwas hinzuzufügen, aber dann überlegte sie es sich anders. Schließlich meinte sie: «Mir geht ein schrecklicher Gedanke im Kopf herum, den ich verscheuchen möchte, ich will ihn vergessen, aber ich kann nicht.»

Ich beugte mich ganz nah zu ihr vor, sodass ich ihren Atem im Gesicht spürte, und forderte sie auf: «Bitte, sag es mir!»

«Sie kam in Begleitung eines Mannes, ich kenne ihn, er hat auf dem *Alten Platz* eine Fleischerei.»

Das war eigentlich genug, ich fragte trotzdem: «Ja und …?»

Sie zuckte hilflos mit den Schultern und starrte mich an. Ich sagte: «Hoffentlich …»

Es war ein Glück, dass ich nicht so töricht war, den Gedanken auszusprechen, aber anscheinend verriet mein Blick, was ich im Herzen zu verbergen trachtete. Denn sie zitterte und zog sich ganz langsam zurück, wie jemand, der vor etwas fliehen möchte, dann bedeckte sie das Gesicht mit den Händen.

4. Kapitel

Den ganzen Tag über spiegelte sich das Sonnenlicht auf den an der Oberfläche des Sayandé-Rud treibenden Leichen. Der Himmel über Isfahan war nicht mehr blau, die Hitze hatte ihn in flüssiges Zinn verwandelt, das unbarmherzig blendete, brannte und den Verwesungsgeruch verdoppelte.

Auch in den Gassen lagen aufgedunsene Leichen. Seit Wochen war dies nun schon der allergewöhnlichste Anblick in der Stadt. Zu Beginn der Hungersnot waren es nur wenige gewesen, und die Leute hatten sich gescheut, ihnen zu nahe zu kommen, aber seither hatte sich das verändert. Die meisten Passanten traten an sie heran, um sie zu untersuchen, aber nicht, um ihre Taschen zu durchwühlen, der Sinn stand ihnen nicht nach Geld oder sonst etwas Brauchbarem. Die Leute schoben die Hand unter die Beine der Toten und schätzten den Umfang von deren Waden ab. Wenn man sie genau beobachtete, konnte man ihren Blicken und ihrem Gesichtsausdruck unmissverständlich den Wunsch ablesen, Fleischstücke aus den Leichen herauszuschneiden.

Manche nahmen mit dem Anbruch der Dämmerung ihre nächtliche Suche auf; schwarz gekleidete, flüchtige Gestalten sahen sich nach frischen Leichnamen um. Niemand kehrte mit leeren Händen zurück, einige trugen einen ganzen Leichnam auf dem Rücken nach Hause, andere ein Stück Arm oder Bein, wieder andere sogar Herz oder Leber.

Bisweilen stieg vom Schornstein der Nachbarhäuser ein seltsamer Geruch auf und verdrängte für eine Weile den Verwesungsgestank. Ob die Menschen wohl wirklich Leichen kochten und verspeisten?

Ich sagte zu der Nachbarin: «Ich kann mir nicht vorstellen, dass das stimmt.»

Kühl antwortete sie: «Wenn der Hunger allzu quälend wird, kannst du das ruhig glauben.»

«Quält er mich etwa nicht genug? Sieh doch, wie es um mich bestellt ist.»

«Sieh *du* nur, wie es um mich bestellt ist.»

Währenddessen knabberten ihre Kinder von beiden Seiten an ihren mageren Armen herum.

Nichts war mehr zu abscheulich, und jedermann meinte, alles zu dürfen. Großvaters Voraussage erwies sich als richtig. Die Hungersnot legte Isfahans Seele bloß.

Hat der Verzehr von Leichen die Menschen so weit getrieben?

Die Menschen starben, aber ich war mir sicher, dass Isfahan Hunger und Krieg überleben würde. Diese Stadt war in die Knie gezwungen worden, sie würde sich möglicherweise ergeben, aber ich war davon überzeugt, dass sie nicht zugrunde gehen würde. Isfahan würde in keinem Krieg dem Erdboden gleichgemacht werden.

Diese Gewissheit gab mir Mut. Ich ging Großvaters Manuskript holen, in solchen Büchern erkannte ich Isfahan, zwischen den Wörtern und Buchstaben, die er zu Papier gebracht hatte, erhob es sein Haupt. Vielleicht zeigt diese Stadt auch jetzt in den Leerstellen zwischen den Zeilen, die Sie gerade lesen, ihre verborgenen Winkel.

Während ich Großvaters Buch durchblätterte, ging mir wieder jener schlimme Gedanke durch den Kopf: Konnte ich es in so schweren Zeiten gegen Essen, das mich, Jasmin und sogar die Zwillinge der Nachbarin ein oder zwei Monate lang am Leben erhalten würde, eintauschen?

Großvater hatte mir mehrmals gesagt, das wahre Wesen von Rumis *Massnawi* sei die Liebe, und in diesem Augenblick kam mir eine plötzliche Erkenntnis: Er hatte dieses Wesen mit seiner Art zu schreiben herausgearbeitet und dessen Sinn erweitert. All dies um den Preis seines Lebens, das er dafür eingesetzt hatte.

Mir fiel ein, dass er am Zeigefinger und am Mittelfinger vom dauernden Schreiben stets Schwielen gehabt und dass er diese von Zeit zu Zeit mit seinem scharfen Federmesser entfernt hatte. In meiner Kindheit war ich mehrfach Zeuge dieses Vorgangs geworden, und jedes Mal, wenn er dieses Messer aus seinem kleinen Lederetui herausgeholt hatte, war ich zusammengezuckt. Er schnitt sich Stücke aus seinem Körper, und dies war der Preis für eine Wonne, die er anderen durch seine Schönschrift bereitete. Diese Stücke waren zwar nicht groß, aber er wiederholte es stets von Neuem, und in all diesen Jahren wurde er im gleichen Maße, wie sich meine Knochen streckten und ich aufschoss, vor meinen Augen kleiner und kleiner. Und ich sollte jetzt diesen Ausfluss seiner Seele in die Hände von Unwürdigen legen? Wäre das nicht ein Verrat am Andenken meines Lieben? Nein, das würde ich nie tun. Sie hatten es allenfalls verdient, ein Buch von der Hand des Enkels des großen Kalligraphen von Isfahan zu besitzen, nicht aber von seiner eigenen Hand.

Ich würde es also selbst schreiben.

Ein, zwei Tage verbrachte ich damit, mich noch einmal in einigen von Großvaters grundsätzlichen Techniken, insbesondere in denjenigen Einzelheiten, die nur dem Kenner ins Auge fallen, zu üben. Er hatte mir immer gesagt, Schreiben erfordere Leidenschaft, Hingabe und Glauben, und ich bemühte mich, diese in mir zu erwecken. Seine andere Lektion für mich war, dass man unabhängig von der Aussage des Textes durch die Form der Wörter Schönheit schaffen müsse, eine eigenständige Schönheit, sodass es nicht mehr darauf ankomme, was da geschrieben stehe. Wie Großvater zu predigen pflegte, ohne einen Funken der göttlichen Seele könne man nicht gut schön schreiben, selbst wenn man noch so viel Ausdauer und harte Arbeit hineinstecke. Würde mir dieser göttliche Funke auch diesmal wieder zu Hilfe kommen?

Als ich nun das Schreibwerkzeug bereitmachte, bemerkte ich, dass in dem irdenen Gefäß, in dem Großvater die fertigen Schreibrohre aufzubewahren pflegte, kein geeignetes mehr vorhanden war. Ich musste also ein paar neue zurechtschneiden. Glücklicherweise hatten wir noch genug Ried im Haus. Das Zuschneiden der Schreibrohre hatte Großvater sich ausschließlich selbst vorbehalten, aber ich war so oft Zeuge dessen gewesen, dass ich überzeugt war, dieser Aufgabe gewachsen zu sein: das Ende beschneiden, es rechts und links stutzen, den Spalt einfügen und dem Halm die richtige Länge geben. Das ist alles, aber es erfordert äußerste Genauigkeit und Sorgfalt. Das rechte Maß für die Spitze war der Schnabel einer Taube. Die sanfte Krümmung der Seiten musste dem Ende des Schreibrohrs die Form eines Fischschwanzes geben, die Spalte sollte genau halb so lang sein wie die Spitze, und schließlich hatte das Kürzen des Halms mit einem einzigen Schnitt zu erfolgen. Man durfte nur einen einzigen kurzen, zusammenhängenden Laut dabei hören, der wie «cut» klang. Außerdem mussten alle diese Vorschriften und Maße die Härte oder Elastizität des Rohrs berücksichtigen und dem Gefühl Rechnung tragen, das die Berührung des Rieds den fünf Fingern vermittelte. Großvaters Schnitt erfolgte natürlich stets im richtigen Winkel, sodass er manchmal mit ein und demselben Schreibrohr alle sechs verschiedenen Schriftgrade auszuführen vermochte.

Wieder verbrachte ich zwei Wochen, Tag und Nacht hart arbeitend, mit Schreiben. Dieses Mal litt ich Gott sei Dank anders als letztes Mal keinen Mangel an Speise und Trank.

Der Kunde, an den ich dachte, war Isaak, der Jude. Der

Meister der Kaufmannsgilde kam in meinen Augen als geeigneter Käufer nicht mehr infrage. Er hatte gewiss während dieser letzten zwei, drei Wochen den Tauschwert der Waren wiederum zu seinen Gunsten verändert. Wenn man Hunger hat, darf man mit jedem Geschäfte machen, selbst mit dem Teufel. Not kennt kein Gebot. Isaak war der einzige angesehene Jude der Stadt. Wegen seines Reichtums hatte sich der oberste Geistliche nicht an ihn herangewagt. Am späten Freitagabend wurde ich mit der Arbeit fertig. Nachdem ich mich ein wenig ausgeruht hatte, verließ ich mein Haus und machte mich zu ihm auf.

Der Weg zu seinem Haus führte über den Schahplatz, auf dem es wie früher ein großes Gedränge gab, aber von den Antiquitätenhändlern war nichts mehr zu sehen. Die Leute standen hier und dort in kleinen Gruppen neben den Wasserläufen, die den Platz säumten, im Schatten blattloser Bäume und diskutierten. Sie sahen alle gleich aus, weil sie alle gleichermaßen warteten und hungerten!

An den Ecken des Platzes standen ein paar Dirnen in Erwartung von Kunden und beobachteten die vorübergehenden Männer. Seit einigen Jahren schon waren sie ihrem Gewerbe aus Furcht vor den Bütteln des obersten Geistlichen nur noch heimlich nachgegangen, aber jetzt zeigten sie sich wieder auf den Straßen und Plätzen. Ich spazierte zwischen ihnen herum und lauschte ihrem Tuscheln. Sie wollten kein Geld, für einen Beischlaf forderten sie etwas Mehl, ein Stück Brot, eine Handvoll Rosinen oder Reis, aber natürlich gaben sie sich auch mit sehr viel weniger zufrieden. Die Soldaten, die von außerhalb der Hauptstadt zur Verstärkung der Truppen des Schahs hierher verlegt worden waren, machten es mit ihnen im Austausch für einen Bruchteil ihrer täglichen Essensration.

Das war übrigens das Einzige, was diese Soldaten zustande brachten!

Sie konnten für einen solch geringfügigen Lohn auch mit

Frauen schlafen, die keine Prostituierten waren, mit hungrigen Frauen und Müttern, die neuerdings mit den gewerbsmäßigen Huren konkurrierten. Das war vielleicht auch der Hauptgrund dafür, dass diese ihren Beruf nun wieder öffentlich ausübten, nämlich um ihre neuen Rivalinnen aus dem Feld zu schlagen und den Soldaten die Mühe zu ersparen, durch die Straßen der Stadt streifen zu müssen.

Die Soldaten streunten dennoch mit dem Gewehr in der Hand durch Isfahans Gassen und zeigten ihre Essensrationen: ein Stück Brot, ein paar Datteln, einen Apfel!

Meistens dauerte es nicht lange, eine Tür öffnete sich einen Spalt, und eine Frau zeigte ihr Profil. Es bedurfte keines Feilschens. Das Geschäft wurde schnell abgewickelt. So schnell, dass Ssohrâb meinte: «Manchmal machen sie es im Stehen, im Flur, gleich hinter der Tür.»

Eine von ihnen stand einsam und allein an einer Ecke des Platzes, ich näherte mich ihr, legte die Hände in Siegerpose an den Gürtel und raunte: «Ein bisschen Mehl!»

Ihre Augen blitzten, als sie fragte: «Wie viel ist ein bisschen Mehl?»

Das war offensichtlich ein äußerst großzügiges Angebot, vielleicht begriff sie auch, dass ich in dieser Art von Geschäften gänzlich unerfahren war. Abgesehen davon, hatte ich ja noch gar kein Mehl auf Vorrat. Ich korrigierte meinen Vorschlag: «Zwei Datteln!»

Schnell streckte sie mir die Hand entgegen. Ich erklärte: «Ich habe sie nicht dabei, gehen wir zu mir nach Hause. Da wickeln wir unser Geschäft ab, in gegenseitigem Geben und Nehmen!»

Sie wirkte hübsch und selbstbewusst. Sie antwortete: «Zuerst musst du mir die Datteln geben.»

Ich erwiderte: «Ich schwöre dir, dass du sie bekommst, bevor wir ficken.»

Sie grinste ungläubig, und es war, als ob ihr Gesicht plötzlich blasser aussähe. Sie entgegnete: «Du musst sie mir hier an Ort und Stelle geben.»

Ich fragte: «Und wo soll ich dann mit dir schlafen?»

Als wäre das eine Selbstverständlichkeit, sagte sie schnell: «Wo du willst.»

Trotz der Hungersnot machte sie einen wohlgenährten Eindruck, man merkte ihr an, dass es ihr nie an Kundschaft gemangelt hatte. Bei der Vorstellung, sie besitzen zu können, bekam ich mit einem Mal einen Steifen. Der Besuch bei Isaak, dem Juden, konnte bis morgen warten. Jetzt musste ich erst einmal mit ihr vögeln. Ich fragte sie: «Versprichst du mir, hier zu warten, bis ich zurückkomme? Es dauert nicht lange.»

«Ich verspreche es.»

Ich würde die Frau nackt ausziehen, ich würde ihre Brüste und ihre Möse sehen, und ich würde sie ficken. Während der ganzen letzten drei Jahre hatte ich ständig davon geträumt. Ich beeilte mich, nach Hause zurückzukehren. Schnell lief ich am Tempel der Zoroastrier vorbei, am Eingang zu dem unterirdischen Wasserkanal des Viertels, an dem leeren Wirtshaus, in dem sonst das Mohnschalengebräu serviert wurde, am verlassenen Sufi-Kloster und am heiligen Baum. Sobald ich in unsere Straße einbog, bemerkte ich in der Nähe des Hauses einen Schatten, der wartend an der Tür stand. Und als ich näher kam, erkannte ich Manusch.

Sie empfing mich mit den Worten: «Ich hatte die Hoffnung, dass du kommst, schon beinahe aufgegeben. Was ist passiert, dass du eine solche Eile hast?»

Jetzt trat die Vorstellung von ihrem nackten Körper an die Stelle des Leibs der Hure, beide Bilder waren allerdings sehr vage.

Sie fragte: «Wo bist du gewesen?»

«Wo gehen die Leute dieser Tage schon hin? Alle sind auf der Suche nach einem Happen Essen. Bei mir war es nicht anders, ich wollte sehen, ob ich ein Buch gegen einen Bissen Brot eintauschen kann.»

Sie schaute auf das Buch, das ich in das Tuch eingewickelt hatte und unter dem Arm trug. Mit Mühe schluckte ich meinen Speichel hinunter, streckte die Hand aus, um die ihre zu ergreifen, und forderte sie auf: «Komm herein!»

Doch sie zögerte, mein Tonfall klang sogar für mich selbst überraschend. Wir traten ein, aber dann ging sie nicht weiter, sondern blieb stehen, holte ein kleines Bündel, das sie unter dem Tschâdor versteckt hatte, hervor und hielt es mir hin. Sie sagte: «Das ist ein bisschen Gebäck, ich habe es dir mitgebracht.»

Mir schoss durch den Kopf: «Ich möchte kein Gebäck, ich möchte deinen Körper.» Aber ich sagte: «Danke! Komm, lass uns ins Zimmer gehen!»

Ich sah etwas Zögerliches in ihren Augen, aber sie widersetzte sich nicht. Sie kam hinter mir her, doch auf der Schwelle zum Zimmer blieb sie wieder stehen.

Ich tat einen Schritt auf sie zu, und dann hielten wir beide erneut inne. «Diese Frau kommt hierher, um mit dir zu schlafen; nimm sie.» Aber wie?

Vielleicht lag es an meiner dauernden Tagträumerei über die Liebe, dass ich die Wirklichkeit für einen Augenblick vergaß. Plötzlich bemerkte ich, dass ich sie in meinen Armen hielt. Ihr Kopf lag an meiner Brust, sie zitterte und drückte sich an mich. Ich spürte den Aufruhr in ihrem Inneren, der vielleicht nicht bloß die Folge eines momentanen Bedürfnisses war, sondern einer heimlichen Sehnsucht entsprang, die sie schon lange gefühlt hatte. Während sie mir in die Augen schaute, küsste ich sie auf die Stirn und presste sie noch ein wenig stärker an mich als zuvor.

In dem Moment existierten nur wir beide und ein dringendes Bedürfnis. Ich war ohne Zweifel nicht in sie verliebt. Großvater hatte zu mir gesagt: «Jeder Mensch hat einen idealen Partner, finde ihn und bleib mit ihm zusammen.» Warum tat ich das also? Aus einem einzigen Grunde: Ich wollte mit einer Frau zusammen sein, ihren Geruch spüren und mit ihr schlafen.

Ich merkte, dass sie leise weinte, streichelte ihre Haare und empfand eine plötzliche, tiefe Freude darüber, sie in meinen Armen zu halten ... Ich legte sie auf den Fußboden und zog ihr die Hose aus, ebenso meine eigene. Ich wusste nicht, wie ich es anfangen sollte. Sie kam mir zu Hilfe, und dann ging alles blitzschnell.

Dies war meine erste Erfahrung mit einer Vertreterin des anderen Geschlechts, und ich bin sicher, dass es bei ihr auch so war.

Was geschah in diesen Augenblicken? Mir ist nicht allzu viel davon im Gedächtnis geblieben; habe ich jene Momente wirklich erlebt? Allerdings erinnere ich mich, dass sie mich leidenschaftlich küsste und dass sie leise weinte. Alles verschwamm vor meinen Augen, und ich brannte vor Begierde, ich sehnte mich nur noch danach, dieses Verlangen zu löschen, und so presste ich sie mehr und mehr und mehr an mich.

Dann wurde auch das Zimmer wieder sichtbar, im Licht der Abendsonne, das durch eine Ecke des Fensters hereinfiel, während der grüne Schirm der Platanenzweige sie in der anderen Ecke verdeckte. Auf einmal kamen mir die Blätter wunderschön vor, und im selben Moment fiel mir ein, dass die Wurzeln des Baumes irgendwo unter der Erde den Leib meiner Großmutter umarmten. Diese Blätter hatten etwas Weibliches, Zartes ... Und wir beide lagen schweißgebadet auf dem Boden des Zimmers nebenan. Ich bat sie: «Manusch, ich würde sehr gern deine Brüste sehen.»

Als ob das etwas ganz Alltägliches wäre, knöpfte sie die oberen Knöpfe ihrer Bluse auf und öffnete sie mit beiden Händen.

Das war das Schönste, was ich in meinem ganzen Leben gesehen hatte. Besinnungslos küsste ich ihre quittenrosa Brustwarzen, und dann berührte ich sie, ohne ihr in die Augen zu sehen, mit beiden Händen. Sie legte ihre Hand in meinen Nacken und zog mich wieder an sich. Ich legte meinen Kopf zwischen ihre Brüste und sog ihren Geruch bis tief in mein Innerstes ein.

Ich fragte: «Darf ich auch deine Scheide sehen?»

Sie zögerte kurz, dann beugte sie die Knie und spreizte ihre Beine, gleichzeitig schloss sie die Augen. Dies gab mir den Mut, die Hand auszustrecken und sie zu berühren. Ihr spärlicher, lockiger, dattelfarbiger Flaum war feucht, und während ich sie mit der Hand berührte, stieg ein verführerischer Duft von ihr auf. Ich fuhr mit der Hand weiter nach unten, das lebendige Gewebe zwischen ihren Schenkeln pulsierte unter meinen Fingern. Ich küsste ihren Nabel, der eine kleine Erhebung bildete, und legte meinen Kopf auf ihren Bauch.

Ich dachte: Jetzt, da es dieses Zimmer gab, da es unsere beiden nass geschwitzten Körper gab, da es den Baum gab und das von Hunger geplagte Isfahan, ging das Leben also weiter, vielleicht gab es sogar auch Gott; wo war er übrigens?

Sie sagte: «Ich fürchtete, ich würde es nicht mehr erleben, dich ganz fest, mit aller Kraft, die ich im Leibe habe, an mich zu drücken. Mein Wunsch ist in Erfüllung gegangen, nun bin ich bereit zu sterben.»

Ich küsste sie auf die Stirn und bat sie, nie wieder vom Tod mit mir zu sprechen. Aber sie machte sich plötzlich los und erklärte: «Ich muss gehen.»

Sie knöpfte sich die Bluse zu, zog sich die Hose an und streifte sich den Tschâdor über den Kopf.

Ich entgegnete: «Es wird schon dunkel.»

Sie zog den Tschâdor ein wenig zurück, ließ die Spitze eines Dolchs in ihrer Tasche sehen und antwortete lächelnd: «Aber ich bin sicher, dass ich davon keinen Gebrauch machen muss.»

«Ich mache mir trotzdem Sorgen, du weißt, welchen Gefahren Kinder und einsame junge Frauen dieser Tage ausgesetzt sind.»

Dann fügte ich, als ob ich es bereute, ihr Angst gemacht zu haben, hinzu: «Obwohl dein Fleisch bitter ist und ungenießbar.»

«Die Liebe macht das Fleisch eines Menschen süß.»

«Ich habe es gekostet und kann deine Behauptung nur voll und ganz bestätigen.»

Sie lachte bezaubernd, in dem Moment war mein größter Wunsch, dass sie mir gegenüber säße und mir noch einmal ihre Brüste zeigte, aber sie wiederholte: «Ich muss gehen.»

Ich ging auf sie zu und umarmte sie erneut. Die Wärme ihres Körpers hatte jetzt eine andere Bedeutung für mich. Sie sagte noch einmal: «Ich muss jetzt gehen.»

Ich machte ihr den Weg frei. Sie fuhr fort: «Ich komme dich bald wieder besuchen.»

Ich hätte mir kaum etwas vorstellen können, was ich mir sehnlicher gewünscht hätte.

Sie ging zur Tür, aber bevor sie das Haus verließ, ermahnte sie mich: «Iss bitte wenigstens etwas von dem Gebäck, das ich dir gebracht habe, selbst.»

Ahnte sie, dass ich das meiste von dem, dessen ich habhaft wurde, Jasmin brachte?

Ohne meine Antwort abzuwarten, ging sie hinaus. Ich rief ihr nach: «Manusch, komm wieder.»

Sie drehte sich einen Moment zu mir um, und ich weiß nicht, was für ein Ausdruck in ihren Augen lag, Liebe oder Leidenschaft. Um das, was ich gesagt hatte, zu betonen, nickte ich mit dem Kopf. Sie schaute zu Boden, dann entfernte sie sich in Windeseile, mit einem Mal stand ein Wesen mit Namen «Weib» zwischen mir und der Welt.

Ich fühlte Erleichterung und Glück, ob jene andere Frau wohl noch an der Ecke des Schahplatzes auf mich wartete?

Ich wusste, dass ich jetzt nicht nur nach meinem eigenen Körper riechen würde. Und dann dachte ich wieder an die Augenblicke davor, als ich sie mit einer ungewöhnlichen Kraft an mich gedrückt hatte. Diese Berührung konnte ich sogar jetzt noch spüren.

Seine Frau öffnete mir die Tür. Sie wusste sofort, wer ich war, und erklärte mir: «Ich habe dich an deiner Haarfarbe erkannt, auch wenn du wie alle Leute vor Unterernährung vom Fleisch gefallen bist.»

Ich war enttäuscht, Isaak nicht zu Hause anzutreffen, und sagte: «Bitte richte deinem Mann aus, ich hätte ihm etwas mitgebracht, was noch kostbarer sei als ein Lebenselixier. Morgen schaue ich wieder vorbei.»

Seine Frau antwortete scherzend: «Sicher einen Fladen frisches Brot aus erstklassigem Mehl.»

«Noch besser. Ein Buch von Rumi in der Handschrift meines Großvaters.»

Sie widersprach nicht, sie nickte sogar zustimmend. Vielleicht war es ihre Gutherzigkeit, die sie daran hinderte, mir zu sagen: «Dieser Tage sind alle nur noch auf der Suche nach einem Bissen Brot.»

Alle auf der Suche nach einem Bissen Brot; koste es, was es wolle!

Am nächsten Tag öffnete Isaak selbst mir die Tür. Ohne Zweifel wusste er, weshalb ich zu ihm gekommen war. Zwar bat er mich herein, zeigte aber keinerlei freudige Überraschung. Sie hatten den Hausflur mit Wasser benetzt, und eine magere, schwarze Katze lag schlafend in der Ecke. Ich riet ihm: «Passen Sie gut auf sie auf! Alles, was warm ist und Odem hat, ist heutzutage sehr viel wert.»

«Die Nachbarn haben schon ein paarmal versucht, sie zu stehlen.»

«Hüten Sie sie!»

Wieder bestätigte er meine Worte: «Auf dem Basar sind keine Mausefallen mehr zu finden. Die Leute basteln sich jetzt zu Hause selber welche mit einfachsten Mitteln.»

«Die armen Mäuse; man kann sie mit einem Krümel Käse überlisten.»

«Vor zwei Wochen hat meine Katze eine gefangen; sie war nichts als Haut und Knochen.»

«Trotzdem sind die Leute darüber glücklich, obwohl ich annehme, dass die Mäuse inzwischen vollständig ausgerottet worden sind.»

Er nickte, in dem Augenblick waren wir an der offenen Zimmertür angelangt. Ich zog mir die Schuhe aus, und sobald ich eingetreten war, kniete ich mich hin, schlug das Tuch zurück und übergab ihm das Buch. Gleichgültig schaute er mich an. Ich erklärte: «Es ist eine Auswahl von Rumi aus der Feder meines Großvaters.»

Mein Tonfall war genau der, mit dem Mütter ihren Kindern etwas schmackhaft machen wollen. Aber sein Gesichtsausdruck veränderte sich nicht. «Genau so ein Exemplar hat er für einen osmanischen Prinzen geschrieben, ein anderes für den Emir von Aleppo, ebenso eines für den Mogulkaiser von Indien, und alle in Nastaliq Schekasté; Exemplare, deren Ruhm überallhin gedrungen ist.»

Wieder Schweigen. Auch ich hatte das Gefühl, genug geredet zu haben, ich starrte ihm abwartend in die Augen. Ruhig und zögernd erwiderte er schließlich: «Du weißt, dass es heutzutage dafür keinen Käufer gibt.»

«Ich weiß, aber es bleibt ja nicht immer so.»

«Und der Preis?»

«Ich will kein Geld dafür, geben Sie mir Mehl, Zucker oder Öl. Etwas, womit ich mich am Leben erhalten kann.»

«Das habe ich nicht, aber Geld habe ich, so viel du willst.»

«Isaak, was soll ich denn mit Ihrem Geld anfangen? Wozu ist Geld nütze?»

Er antwortete mir mit meinen eigenen Worten: «Es bleibt ja nicht immer so; die Goldmünzen, die ich dir gebe, werden dir eines Tages viel nützen. Wenn der afghanische Unhold erst einmal wieder abgezogen ist, kannst du dir damit genug Nahrung für hundert Jahre kaufen.»

«Dieses ‹eines Tages› kommt vielleicht nie. Sagen Sie mir, was soll ich jetzt mit meinem knurrenden Magen tun?»

Vielleicht bemerkte er meinen flehentlichen Blick und mehr noch, die schiere Verzweiflung.

Er antwortete: «Warte mal!»

Er ging fort und kam einen Augenblick später mit einem kleinen Beutel Mehl zurück. Ich streckte den Arm aus und legte ihn mir auf die Handfläche. Ich wog ihn in der Hand und wandte ein: «Haben Sie doch ein Einsehen, damit kann man höchstens zwei, drei Fladen Brot backen.»

«Aber es ist reines, gutes Mehl.»

«Das reicht doch nur für zwei oder drei Tage.»

Um zu zeigen, dass das Geschäft nicht zustande käme, schob er mir das Buch herüber. Ich starrte es einen Moment an und meinte dann: «Es ist die Seele meines Großvaters, die Tropfen für Tropfen auf die Seiten dieses Manuskriptes geflossen ist ... Es wäre nur recht und billig, wenn Sie wenigstens noch ein bisschen Öl, Rosinen oder Datteln dazutäten.»

«Dieser Tage ist Brot Gold wert. Dieses Mehl reicht für mindestens fünf Fladen. Einen davon kannst du gegen alles, was du willst, eintauschen. Hinter dem verlassenen Sufi-Kloster liegt ein Laden, in dem man ...»

Ich drehte ihm den Rücken zu, wog den Mehlbeutel noch einmal mit der Hand ab und steckte ihn in die Tasche; ja, er war so klein, dass er in eine Tasche passte. Und dann lachte ich mir im Stillen wegen der Leichtgläubigkeit des Juden ins Fäustchen.

An der Tür drehte ich mich, bevor ich hinausging, noch einmal zu ihm um und fragte argwöhnisch: «Sind auch keine Sägespäne oder gemahlenes Laub beigemischt?»

«Keine Spur!»

«In diesen Zeiten ist den Leuten nichts mehr heilig, sie sind zu allem fähig.»

Es blieb ihm nichts anderes übrig, als mir zuzustimmen, und während er sich über die Fettwülste seines Wanstes strich, fügte er hinzu: «Und sie haben auch keine Angst mehr vor dem Höllenfeuer.»

Da fiel mir der seltsame Ausdruck seiner Augen auf, deutlich konnte man die Flammen darin züngeln sehen. Gott schuf den Teufel aus Feuer.

Ich verließ sein Haus. Das einzig Gute an dem Säckchen Mehl war, dass es so klein war. Es würde niemandes Aufmerksamkeit erregen. Dennoch versteckte ich es vor meinem Bauch unter dem Gewand; so glich ich aufs Haar jenen eingeschrumpften Leuten, deren Bauch vor Hunger oder Krankheit aufgedunsen ist.

Am nächsten Tag folgte ich dem Rat des Juden Isaak, und es gelang mir, in dem Laden hinter dem verlassenen Derwisch-Kloster einen Fladen Brot gegen einen kleinen Beutel Datteln einzutauschen, einen kleinen Beutel Datteln!

Ich war überzeugt, dass meine Jasmin sie genießen würde. Sobald ich das Haus verlassen hatte, erblickte ich die Nachbarin. Obwohl sie sich in letzter Zeit seltener gezeigt hatte und weniger aus ihrem Haus herausgekommen war, stand sie jetzt doch vor der Tür, und ihre Kinder hatten ihre Zähne wie schon neulich an beiden Seiten in ihre knochigen Arme gegraben. Sie grüßte und sah mich mit ihrem verwelkten Gesicht unverwandt an. Während sie das tat, blitzte auf dem Grunde ihrer Augen ein heller Funken auf. Mein Gott! Und ich habe nichts, was ich ihr geben könnte. Ich drückte den Beutel unter dem Arm an mich und machte mich auf den Weg. Ich konnte spüren, wie alle drei meinen Schritten mit den Blicken folgten, den Schritten und dem kleinen Beutel Datteln. Die Vorstellung von den dürren Armen der Frau und dem elementaren Bedürfnis der hungernden Zwillinge, mit ihren Zähnen an irgendetwas zu knabbern, ließen mich innehalten.

Schnell kehrte ich zu ihnen zurück. Ich steckte die Hand in den Beutel, holte zwei Datteln heraus und gab jedem ihrer Kinder eine Frucht, die diese im Handumdrehen mit dem Kern verschluckten. Als ob die Süße der Datteln eine kleine Flamme in ihren Seelen angefacht hätte, lächelten sie mich verzückt an und hielten mir wieder die Hände hin. Ich wies sie zurecht: «Jetzt ist eure Mutter an der Reihe.»

Die Frau streckte ihre Hand aus, ich holte zwei Datteln aus dem Beutel und ermahnte sie: «Iss sie aber auch selber!»

Kaum hatte ich das ausgesprochen und ihr die Früchte auf die Hand gelegt, als die Zwillinge sie sich schon gegriffen hatten, in den Mund steckten und über ihren gelungenen Streich lachten. Auch wenn die Mutter verblüfft wirkte, so verzog sie doch ihre rissigen Lippen zu einem zufriedenen Lächeln. Sie schaute die Zwillinge an und strich ihnen mit einer zärtlichen Geste über das Haar. Die Kinder hoben den Kopf und blickten ihre Mutter an, um sich über die Bedeutung ihrer Reaktion klar zu werden. Die Frau machte ein beleidigtes Gesicht, dennoch streichelte sie ihnen erneut die Köpfe. Ich sagte zu den Zwillingen: «Seht mal, eigentlich wollte ich euch morgen wieder Datteln bringen, aber jetzt überlege ich es mir vielleicht anders. Wisst ihr, warum?»

Sie sahen mich nur durchdringend an. Hilflos ermahnte ich sie: «Diese beiden Datteln waren für eure Mutter. Ihr habt kein Recht, sie ihr wegzunehmen.»

Beschämt schauten sie mich an und senkten die Köpfe. Während ich meinen warnenden Blick auf sie gerichtet hielt, legte ich ihrer Mutter noch zwei Datteln auf die Hand; ich hatte sie noch nicht losgelassen, als sich derselbe Vorgang mit erstaunlicher, noch größerer Geschwindigkeit wiederholte. Die Frau warf ihnen einen ungehaltenen Blick voll Kummer, ja sogar Zorn zu und richtete die Augen dann mit dankbarer Anerkennung wieder auf mich.

Ich schimpfte: «Ihr bösen Kinder! Soll eure Mutter denn etwa nicht am Leben bleiben und sich um euch beide kümmern?»

Schuldbewusst blickten sie zuerst mich und dann wieder ihre Mutter an, sie senkten reumütig den Kopf. Ich sagte: «Morgen bringe ich euch Datteln nur unter der Bedingung, dass ihr eurer Mutter ihren Anteil nicht wegesst. Versprecht ihr das?»

Beide antworteten wie aus einem Munde: «Versprochen!»

Und wie um ihr Wort zu bekräftigen, nickten sie eine Weile mit ihren kleinen, runden Köpfen. Vertrauensselig holte ich noch eine Dattel aus dem Beutel und legte sie der Frau auf die Hand. Die Kinder stürzten sich darauf, aber die Frau schloss blitzartig die Hand. Sie sah sie einen Moment triumphierend an, und dann steckte sie sich die Dattel ohne Rücksicht auf ihr Betteln in den Mund. Die Kinder weinten erbärmlich, aber die Frau ließ die Dattel mit einem erstaunlichen Genuss, der ihr geradezu aus den Augen quoll, im Munde kreisen und blickte mich dankbar an. Dann fragte sie: «Brauchen Sie das Laub von dem Baum in Ihrem Hof?»

«Warum fragst du das?»

«Es ist doch klar, wozu man heutzutage die Blätter der Bäume verwendet; ich möchte sie kochen und meinen Kindern zu essen geben.»

Und während sie das sagte, richteten alle drei ihre Blicke auf meinen Mund. Eine Weile betrachtete ich die langen, üppigen Zweige der Platane, die über die Mauer unseres Hofes in den Himmel ragte, und hatte das Gefühl, Großmutters Seele wabere wie ein zarter Nebel zwischen den Blättern und lade mich ein, ihnen die Bitte nicht abzuschlagen. Ich deutete mit der Hand auf den hohen Baum und erwiderte: «Das alles ist für dich!»

Sie ging in ihr Haus und kam mit einem geflochtenen Korb wieder heraus. Ich sagte: «Ich würde jetzt gern weggehen, und wenn ich zurückkehre …»

«Seit gestern früh sind diese Datteln das Einzige, was die Kinder gegessen haben.»

«Ich bin bald wieder da.»

Darauf antwortete sie nichts. Aber die Zwillinge gruben ihre Zähne wieder auf beiden Seiten in die mageren Hände der Frau, die von einem Netz dicker, bläulicher Adern überzogen waren, und so starrten alle drei mich an.

«Gut, gut, kommt nur, kommt nur.»

Ich öffnete ihnen die Tür meines Hauses. Die Frau trat ein, zunächst sprach sie an Großvaters und Großmutters Gräbern ein Gebet, und dann begann sie, die Blätter abzupflücken.

Gleichzeitig holten die Kinder sich Blätter aus dem Korb und aßen sie. Während sie diese kauten, kam es mir so vor, als ob ihre Haut etwas von deren grüner Farbe annähme, und ich hatte das Gefühl, dass aus den Sohlen ihrer nackten Füße etwas Weißes, Wurzelartiges in den Boden wachse, dass sogar Vögel zu ihnen geflogen kämen, um auf ihren schmalen Schultern Nester zu bauen …

Die Nachbarin fragte: «Wie geht es Manusch?»

«Seit ein paar Wochen habe ich nichts mehr von ihr gehört.»

«Wann hat sie Sie das letzte Mal besucht?»

Sie verhörte mich förmlich, ich wiederholte: «Das ist schon ein paar Wochen her; du kannst mir glauben, dass ich dich und die Zwillinge jedes Mal, wenn sie mir etwas bringt, nicht vergesse.»

«Ich weiß, ich habe doch nicht deswegen gefragt!»

«Wenn ich mich nicht irre, ist sie vor drei Wochen das letzte Mal vorbeigekommen.»

«Daran kann ich mich erinnern, sie ist länger geblieben als sonst.»

Ich war drauf und dran, zu sagen, liebe Frau, hast du nichts anderes zu tun, als am Fenster zu sitzen und mich zu überwachen, aber ich überlegte es mir anders; und als sie sah, dass ich schwieg, nahm sie den Korb voll Blätter vom Boden auf und verließ zusammen mit ihren Zwillingen das Haus.

Mehr als sechs Datteln waren nicht für meine Jasmin übrig geblieben. Ich rannte beinahe den ganzen Weg zu ihr. Dennoch bemerkte ich, dass an der ganzen Wegstrecke Leute auf die obersten Äste der Bäume geklettert waren, um die letzten noch verbliebenen Blätter abzupflücken, als wäre das zu einer neuen Volksbelustigung geworden.

Jasmin selbst öffnete mir die Tür, ich händigte ihr den Beutel mit den Datteln aus und ging zum offenen Fenster des Zimmers, in dem in letzter Zeit immer das Krankenlager des stummen Jungen gewesen war.

Es war nicht mehr da, und als ich mich zu Jasmin umdrehte, erklärte sie: «Er ist gestern gestorben.»

Ich weiß nicht, was in meinem Blick lag, vielleicht ein Vorwurf, jedenfalls verteidigte sie sich: «Glaube mir, wir haben alles, was wir hatten, redlich geteilt, ich habe ihm sogar mehr als seine Hälfte gegeben. Ich kann nichts dafür.»

«Ich kenne deinen Gerechtigkeitssinn, aber woran ist er denn eigentlich gestorben?»

Sie seufzte gereizt und meinte: «Sein Körper war geschwächt; das hast du doch selbst gesehen! Er hat den Hunger nicht mehr ertragen und ist gestorben.»

«Was hast du mit seinem Leichnam gemacht?»

«Ich habe einem Nachbarn Bescheid gesagt, er ist gekommen und hat ihn auf den Friedhof gebracht.»

«Bist du sicher, dass er ihn auf den Friedhof gebracht hat?»

Eine Weile starrte sie mich entsetzt an und fragte dann: «Dann ist es also wahr?»

Ich erwiderte: «Mit eigenen Augen habe ich es noch nicht gesehen, und solange ich es nicht gesehen habe, mag ich es nicht glauben.»

«Vorige Woche hat mir eine Frau im öffentlichen Bad gesagt, dass die Leute Leichen essen, besonders das Fleisch von Kindern, das zart ist, kochen sie und verzehren es. Kann man das glauben?»

«Dieser Tage stimmt alles, was man so hört.»

«Gestern hat der Ofen des Nachbarn den ganzen Tag gebrannt, und er hat einen seltsamen Geruch verbreitet, lauter hungrige Leute haben sich vor seinem Haus gedrängelt.»

Ich zeigte auf den kleinen Beutel Datteln, den sie immer noch auf dem Schoß hielt, und sagte: «Das sind sechs Datteln.»

«Das habe ich sofort begriffen, als du ihn mir übergeben hast.»

Ich spürte, dass etwas Stärkeres als der Hunger sie daran hinderte, sie sofort zum Munde zu führen. Sie fragte: «Und was ist mit dir?»

«Sechs davon habe ich mir selbst genommen. Die da sind für dich.»

«Das glaube ich dir nicht; du hast ganz trübe Augen. Ich kenne den Blick der Hungernden.»

«Aber die Aufrichtigkeit der Liebenden anscheinend nicht.»

Sie lächelte und fragte: «Guckst du dich nie im Spiegel an?»

«Ich bin ganz gesund.»

«Unsere Diskussion führt zu nichts. Solange du nicht die Hälfte davon isst, rühre ich sie nicht an. Eine ich, eine du.»

Wie lieb sie sein konnte! Sie nahm eine Dattel heraus und

steckte sie sich in den Mund, sie kaute mit solcher Lust auf der trockenen, minderwertigen Dattel herum und schaute mich so dankbar und zufrieden an, dass es eine Wonne war.

Sie sagte: «Und jetzt bist du an der Reihe.»

Allahyâr wusste nicht, ob er schlief oder wachte; in diesen Tagen war beides eins. Sogar Nacht und Tag glichen einander, beide hatten dieselbe Farbe, als ob die Zeit stehen geblieben wäre. Alles war still und starr, und nichts regte sich mehr. Als ob alles Lebendige mit einem Male gänzlich versteinert worden wäre, genau wie Lots Frau, die sich umgedreht und zurückgeblickt hatte und daraufhin zur Salzsäule erstarrt war. Lag er etwa im Sterben? War das etwa der Zustand vor dem Tode? Und plötzlich überwältigte ihn bitteres Leid. Er sagte sich, er sei verliebt und müsse am Leben bleiben. Seine Augen wurden feucht, er fühlte, wie ihm die Tränen über die trockenen Wangen liefen. Bisweilen dachte er, die Dinge sprächen mit ihm, die Teppiche, der Baum, die Wände. Er spitzte die Ohren, aber er hörte nichts.

Ich nahm meine Atmung wahr, die ruhige Bewegung meiner Brust und desgleichen das Schwindelgefühl, das von Zeit zu Zeit zunahm und in jenem Zustand der Ohnmacht zu etwas Quälendem wurde.

Seit einigen Tagen erkundigte sich auch die Nachbarin nicht mehr nach mir, weil am Baum nämlich keine Blätter mehr übrig waren.

Sie pflegte morgens zu kommen, von dem Baum im Hof einen Korb Blätter abzupflücken und wegzugehen. Dieser

Vorgang wiederholte sich jeden Tag. Als kaum noch Laub übrig war, beschloss ich, sie daran zu hindern, aber wenn ich die gierigen Blicke der Kinder auf die Hände ihrer Mutter sah, die hastig die Blätter in den Korb warf, brachte ich es nicht über mich, etwas zu sagen. Schließlich hatte sie alle Blätter im Hof bis auf das letzte abgerissen, nahm sie mit und gab sie ihren Kindern zu essen. Danach kam sie aus alter Gewohnheit noch einmal, und als sie die leeren Zweige betrachtete, sagte ich zu ihr: «Du siehst, dass kein Laub mehr übrig ist.»

Betrübt antwortete sie: «Ich weiß.»

Und dann setzte sie voll freudiger Erwartung hinzu: «Aber die Zweige werden neue Blätter treiben.»

«Ja, aber wir müssen bis zum Frühjahr warten.»

«Und was ist mit den Wurzeln? Die kann man doch kochen und essen, warum denn nicht?»

«Vielleicht; aber dieses Stückchen Erde darf man nicht antasten. Zwischen den Wurzeln dieses Baumes liegen meine Großeltern zur ewigen Ruhe gebettet.»

Sie nickte verständnisvoll, trat dann zwei Schritte vor und ließ sich zwischen den beiden kleinen Hügeln auf der Erde nieder. «Ich möchte ein Gebet für den Seelenfrieden der beiden sprechen», erklärte sie.

Ich sah, wie sie halblaut um Hilfe betete und dabei weinte, zugleich erschien auf ihrem Gesicht ein Ausdruck demütigen Flehens und elenden Jammers; dann erhob sie sich schnell und bevor sie hinausging, fragte sie noch: «Haben Sie keine alten Schuhe im Haus?»

Ich wusste, dass die Leute alles, was aus Leder war, sotten und aßen. Ich antwortete ihr: «Das würde dich und deine unschuldigen Kinder umbringen.»

Sie blickte mich nur starr an und ging hinaus.

An den folgenden Tagen gab ich ihr die Schuhe von Großvater und Großmutter, ja sogar einen alten ledernen Wasserschlauch, den wir im Haus hatten. Aber das alles reichte ihr nur für zwei, drei Tage.

Bald darauf erkundigte sie sich wieder nach Schuhwerk. Ich sagte ihr, dass ich nichts Ledernes mehr im Hause hätte. Ich bemerkte, wie sie meine Schuhe ansah, und erklärte ihr: «Du erwartest doch hoffentlich nicht, dass ich dir die gebe und barfuß herumlaufe?»

Sie erwiderte: «Nun ja ...»

Ich entgegnete: «Wenn du mit den Blättern weitermachen willst, besorge ich dir welche. Gib mir nur Zeit herauszufinden, ob andere Leute noch Laub an den Bäumen bei ihren Häusern haben.»

Ohne ein Wort zu sagen, ging sie fort.

Manchmal hatte Allahyâr Wachträume, darin erzählte ihm sein Großvater Geschichten aus dem Koran, und auf dem Höhepunkt der Erzählung stürzte er plötzlich in ein tiefes Tal, in dem ihm alles fremd war, es war ein eigenartiges Gefühl des Enthobenseins. In einem derartigen Zustand spürte er keinen Hunger mehr, er empfand sogar ein eigentümliches Glücksgefühl, eine Schwerelosigkeit! Er dachte, dass es gar nicht so schlecht wäre, wenn das Leben so weitergehen könnte. Bei diesem Gedanken verfiel er in einen fiebrigen Schlummer, aber um Mitternacht tauchte er wieder aus dem Tiefschlaf auf. Der Wind der Verwesung, der alle Geräusche des Tages hinweggefegt hatte, drang jetzt durch die offenen Flügel des Fensters herein.

Er sagte sich: «Ich liege im Sterben. Das sind die letzten Augenblicke meines Lebens; was wird nur aus Jasmin, so allein und ohne jemanden, der ihr hilft?»

Als er wieder einschlief, träumte er von Großvaters Grab. Der ruhte in Frieden, und über seinem Haupt leuchtete eine Lampe.

Das Winseln eines Hundes weckte ihn, vielleicht war jemand gerade dabei, dem armen Tier den Garaus zu machen. Er hatte gehört, dass die Leute einen aus dem Hause eines fränkischen Gesandten entlaufenen Hund am helllichten Tag mitten im Basar zerfetzt, sich die Stücke gegenseitig aus den Händen gerissen und sie noch warm und roh verschlungen hätten.

Der Mond ging erstaunlich groß und unglaublich ruhig auf. Das war das Einzige, was er durch das offene Fenster sehen konnte. Er dachte: «So groß kann der Mond doch gar nicht sein, ich bin sicher tot, und jetzt weile ich in einer anderen Welt, es ist verwunderlich, dass mein Sinnen und Trachten noch auf die Welt der Lebenden gerichtet ist.»

Ich versuchte, meine Hände zu bewegen, und sie regten sich, ich hob sie hoch und schüttelte sie.

Plötzlich hatte ich das Gefühl, ein Lichtstrahl falle durch das Fenster herein, und etwas in meinem Geist zerbrach. Dadurch war ich vorübergehend hellwach, und es kam mir vor, als triebe ich im Wasser oder in der Luft, aber es dauerte nicht lange, und das Schwindelgefühl stellte sich wieder ein. Ich öffnete die Augen, und da ich alles nur verschwommen wahrnahm, schloss ich sie erneut. Das machte es noch schlimmer. Der Hunger schärft manche Sinne, und andere schläfert er ein.

Im Traum sah er, wie er auf dem Meer wandelte und Angst hatte. Er ging nicht unter, aber er fürchtete sich. Die Heiligen vermochten so etwas ebenfalls, aber empfanden sie dabei Furcht? Vielleicht war das der Unterschied zwischen ihm und einem Mystiker, einem Sufi, einem Heiligen. Er ging und ging, bis er an der gegenüberliegenden Küste zu einer Stadt kam; er durchstreifte sie. Er fragte sich, wo das sein mochte. Dann war ihm, als hätte ihm jemand gesagt, das sei Paris. In dem Augenblick erwachte er aus dem Schlaf und bildete sich ein, dass dies sein zweites Leben sei. Er war sich ziemlich sicher, dass er sein erstes Leben in Paris verbracht hatte. Es erstaunte ihn, dass er nichts von dieser Stadt wusste, außer dass seine Mutter ebenda dem ehrenwerten Gewerbe der Prostitution nachging.

Dann war Tag. Er saß am Fenster, der Wind wehte unaufhörlich, heulend wirbelte er den Staub auf und blies ihn durch die Luft. Vom Fenster aus war die Straße nicht zu sehen. Türen, Wände und Häuser waren hinter dem Staub verborgen. Ab und zu gab er den Blick auf die Straße für einen sehr kurzen Moment frei, wenn der Wind ein wenig nachließ, bevor er sich von Neuem erhob.

Und in einer dieser Pausen bemerkte ich, dass zwei aufgedunsene Leichen hinter dem Fenster meines Zimmers in der Gasse auf der blanken Erde lagen. Mir fiel ein, dass sie schon am Vortag an derselben Stelle gelegen hatten. Ich rieb mir die Augen, sah genauer hin und versuchte, ihre Gesichter zu erkennen; aber das ging nicht. Denn danach verschwand alles gleich wieder hinter dem Staub und Sand, etwas später wurde die Aussicht allerdings ziemlich klar. Ich sah, dass die Zwillinge der Nachbarin mit weit aufgerissenen Augen zu Häupten der Leichen standen und sie anstarrten.

Ich zählte sie noch einmal, waren es vielleicht drei? Und diesmal sah ich, dass die Nachbarin mit einem großen Messer neben den Leichen hockte und sie untersuchte. «Wie viele Leichen waren es eigentlich?»

«Nein, es handelt sich nicht um Leichen, das bilde ich mir alles nur ein. Mein Augenlicht hat nachgelassen. Ssohrâb hat vor einigen Tagen im Kaffeehaus vom angesehensten Arzt der Stadt gehört, dass man, wenn man keine Nahrung zu sich nimmt oder zu sehr am Essen spart, das Fett des Körpers nach und nach abbaut. Das gilt auch für die Substanz der Augen … So gehen wir alle vor dem Hungertod unweigerlich der Erblindung entgegen.»

«Eine von ihnen scheint mir eine junge Frau zu sein, oder zumindest bilde ich mir das ein. Sie hat die Hände zum Himmel erhoben und ist in dieser Stellung gestorben, vielleicht war sie gerade dabei, um etwas zu bitten, ein seltsames Lächeln liegt auf ihren Lippen. Der Leib der anderen ist kleiner, er sieht aus wie der von einem Knaben. Seltsam! Wie kommt es, dass die Meute der Hungernden dieser Stadt sich noch nicht an sie herangemacht hat? Die Nachbarin beendet ihre Untersuchung der Toten, enttäuscht erhebt sie sich von dort. Ihre Zwillinge werden sich wohl auch heute Abend hungrig schlafen legen.»

Es fuhren keine Karren oder Wagen mehr durch die Straßen, um die Leichen einzusammeln. Ich wusste, dass die Leute die Maultiere, welche die Wagen zogen, und sogar die Esel für die Karren schon vor einiger Zeit geschlachtet und verzehrt hatten. Es gab niemanden, um die Toten aus den Gassen fortzuschaffen, selbst die Soldaten des Schahs waren samt und sonders verschwunden.

Ich empfand es als angenehm, keinen Leichengeruch mehr wahrzunehmen. Alle sagten, in letzter Zeit liege überall Verwesungsgestank in der Luft, wieso roch ich ihn dann nicht? Ich wusste, dass der Hunger den Geruchssinn der Menschen schärft. Wenn jemand auch nur eine Rosine in der Tasche hat, riechen sie diese, und wenn man sich auch hinter tausend Wänden verborgen hielte, würden sie einen doch finden und erschlagen, wegen einer einzigen Korinthe. Warum nahm ich also den Verwesungsgeruch der Leichen nicht wahr?

«Vielleicht raubt mir die Hitze die Sinne, es könnten auch durch die Einsamkeit verursachte Wahnvorstellungen sein.» Ich schleppte mich in den Hof, in der Gluthitze der Sonne bebte alles, wie zu den Zeiten, als die Erde noch nicht die Erde war und alles nur bebte … Am Anfang schuf Gott eine Essenz, nach siebzigtausend Jahren warf Er aus Seiner Ehrfurcht gebietenden Herrlichkeit einen Blick auf sie. Unter dem Eindruck von Gottes Herrlichkeit ward die Essenz zu Wasser, und dieses hob an zu beben. So vergingen weitere siebzigtausend Jahre, bis Er Feuer auf das Wasser herabsandte, das Wasser siedete und schäumte, und es ließ nicht ab zu beben. Gott schuf die Erde aus dem Schaum und den Himmel aus dem Dampf. Dann sandte Er Gabriel auf die Erde – an dem Ort, da dieser auf sie herabstieg, liegt jetzt Mekka –, und Gott gebot ihm, ihr Beben anzuhalten, doch er vermochte es nicht, da schuf Gott die Berge und sprach: «Ich machte die Berge zu Nägeln für die Erde.» Und dann gebot Er dem Beben des Wassers Einhalt, und Er schuf die Fische im Wasser, und nach siebzigtausend Jahren schuf Er eine gewaltige Kuh und sodann die Sonne und den Mond und die Sterne und darauf alles Volk und darauf die Dschinnen und ... ich steckte den Kopf in das Becken im Hof, hielt ihn eine Weile unter Wasser und hob ihn dann wieder. Danach kam mir die Luft dünner vor, und das Atmen fiel mir leichter.

Ein Klopfen an der Haustür. Ich stand nicht weitab, ich sah sie sogar nach jedem Pochen im Türrahmen zittern. Ich weiß nicht mehr, wie lange es dauerte, bis ich die Tür erreichte, aber erstaunlicherweise hatte ich nicht die Kraft, den Riegel aufzuziehen.

Jemand hinter der Tür sagte: «Nimm dir Zeit.»

Ich erkannte ihn an der Stimme, auf meine Sinne war noch Verlass, und diese Gewissheit flößte mir große Freude ein, die mir auch genügend Kraft gab, um den Riegel zurückzuschieben.

Ich öffnete die Tür, und bevor ich umfiel, fing mich Jacob auf. Er fragte: «Du armer kleiner Kerl, wie lange hast du denn nichts gegessen?»

Mir war das Zeitgefühl abhandengekommen, aber ich glaube, es waren zwei Wochen, dass ich nichts Essbares mehr zwischen die Zähne gekriegt hatte. Er trug mich ins Zimmer, schüttete mir eine Handvoll Rosinen in den Schoß. Ich schluckte alle sofort, und mit einem halben Krug Wasser spülte ich sie herunter.

Er hatte mir ein wenig Mehl mitgebracht und half mir, den Tanur anzuheizen, bereitete selbst den Teig zu und forderte mich auf zu warten, bis er aufging, aber ich hatte nicht die Geduld dazu.

Er meinte: «Die Handvoll Rosinen hat dir genug Kraft gegeben, hab ein bisschen Geduld! Wozu denn diese Eile?»

«Ich liebe eine Frau, ohne die ich nicht leben kann. Wenn ich ihr kein Essen bringe, verhungert sie.»

Ich wusste, dass Jasmin nicht der Mensch war, der gegen Hunger und Tod zu kämpfen vermochte, und sich einfach dem Schicksal ergeben würde.

Er fragte: «Meinst du das armenische Mädchen?»

«Eigentlich bin ich, was sie betrifft, einigermaßen beruhigt, denn sie ist lebenstüchtig und kommt ganz gut zurecht. Außerdem lassen die Jesuiten die Armenier in der Stadt nicht im Stich; zumindest eine karge Mahlzeit, wenn es auch nur gerade genug zum Überleben ist, lassen sie ihnen zukommen.»

«Es sind also zwei!»

«Wenn wir meine Nachbarin und ihre Zwillinge mitzählen, sind es fünf Personen.»

«Bisher hattest du mir nichts von ihnen erzählt.»

«Ja, es sind schließlich genügsame Leute; sie sind mit allem zufrieden, das sie zwischen die Zähne kriegen, sogar mit Laub.»

«Ich sehe schon, dass an dem Baum in deinem Hof kein einziges Blatt mehr ist.»

«Wie steht es denn mit dem Laub von deinen Bäumen?»

«Das meiste habe ich abgeschnitten und an die Hungernden verteilt. Aber ein bisschen ist noch übrig.»

«Bitte bring mir das nächste Mal etwas davon mit.»

Er nickte ratlos, und ich sagte: «Ich will es nicht für mich, sondern für die Nachbarin.»

Ich wartete seine Antwort nicht ab, sondern stand auf und kniete vor Großmutters Grab nieder: «Großmutter, ich beschwöre dich bei Großvaters erhabener Seele, etwas zu tun, damit die Blätter von Neuem sprießen. Bitte, lass das Laub wieder wachsen!»

Ohne auf meine Worte zu achten, und immer noch ratlos, meinte er: «Deswegen glaube ich, es wäre besser, wenn wir die Stadt dem Feind übergäben, dann werden diejenigen, die noch nicht an Hunger und Krankheit gestorben sind, vielleicht gerettet.»

«Jacob ...! Wenn der Aufstand der Afghanen sein Ende gefunden hat, möchte ich bei erster Gelegenheit nach Paris reisen, um meine Mutter zu sehen.»

Er schwieg ein Weilchen, bevor er antwortete: «Das ist ein guter Vorsatz, aber du solltest nichts überstürzen.»

«Überstürzen? Ich werde in wenigen Monaten neunzehn Jahre alt, und das wird unser erstes Treffen sein.»

«Euer erstes Treffen hat vor vielen Jahren stattgefunden; von der Hebamme, die dich auf die Welt befördert hat, habe ich gehört, dass dich deine Mutter gleich nach deiner Geburt in den Arm genommen habe. Erst nach langem Weinen habest du dann schließlich die Augen geöffnet, sodass sie deren Farbe habe sehen können, da habe sie dich noch fester an sich gedrückt und erklärt: ‹Das ist mein Kind.›»

«Liebt sie mich noch immer?»

«Ich glaube schon.»

«Jacob, ich habe eine Frage, und ich bitte dich um eine aufrichtige Antwort.»

In einem ermutigenden Ton forderte er mich auf: «Frag nur.»

«Bin ich ein Bastard?»

Er zögerte, denn eine solche Frage hatte er wohl nicht erwartet, schließlich erwiderte er: «Du bist die Frucht einer großen Liebe!»

«Das ist keine Antwort auf meine Frage.»

Unwirsch meinte er: «Doch.»

Und er machte sich daran, das Brot zu backen.

Eine Stunde später, kaum war Jacob gegangen, wickelte ich die Brote in ein großes Tuch, steckte sie in eine Tasche und brach auf zu Jasmins Haus. Es war gegen Abend.

Von Tag zu Tag schien mir der Weg zu ihr länger zu werden, ich wusste, dass es mir nur so vorkam, weil meine Kräfte stetig abnahmen und es mir von Mal zu Mal schwerer fiel, dorthin zu gelangen, die Sehnsucht, sie wiederzusehen, ließ mich indessen alle Hindernisse überwinden. Immer wenn ich an sie dachte, spürte ich trotz meiner Schwäche eine außerordentliche Leichtfüßigkeit.

Ich klopfte an die Tür, und als ich mich umsah, bemerkte ich, dass eine Frau im Haus gegenüber sich vom Fensterrahmen zurückzog, aber zuvor kreuzten sich für einen Moment unsere Blicke. Ich weiß nicht, warum, aber sie gefiel mir nicht.

Jasmin öffnete mir die Tür, und ich erschrak zutiefst, als ich ihr Gesicht sah. Mein Gott, was war mit meiner schönen Jasmin geschehen? Bei jedem meiner Besuche war sie magerer und kränklicher als davor gewesen, ihre Augen waren tiefer eingesunken und wurden immer matter, aber diesmal ... Sie sagte, sie habe den Duft des Brotes schon eine Weile gerochen. Vielleicht schon in dem Moment, als ich das Judenviertel hinter mir gelassen hatte und in ihren Stadtteil gelangt war. Als sie mich erblickte und ich ihr die Tasche mit dem Brot hinhielt, sah man deutlich, wie ihre Nasenflügel zitterten. Gefasst erklärte sie: «Ich habe seit fast zwei Tagen nichts mehr gegessen.»

Dennoch zauderte sie, den Brotbeutel anzunehmen. Gleich dort hinter der Tür musste ich ein Stück Brot herausholen und es ihr in die Hand drücken. Sie sagte: «Gut, dass du der Meute der Hungernden entkommen bist.»

Sie steckte sich das Stück Brot in den Mund. Wir setzten

uns in den Schatten des Baumes im Hof, dann holte ich meinen Dolch aus der weiten, tiefen Tasche meines Gewandes und zeigte ihn ihr. Wahrscheinlich, um ihr meine Liebe zu beweisen, schwindelte ich ihr vor: «Ich bin übrigens zweimal überfallen worden und war gezwungen, auf einen, der besonders hartnäckig war und nicht von mir abließ, einzustechen.»

Kaum hatte ich das gesagt, hörte sie auf zu essen. Mit vollem, halb offenem Mund stieß sie hervor: «Hoffentlich hast du ihn nicht getötet!»

«Ich weiß nicht, ich habe aber ziemlich heftig zugestochen. Mir blieb nichts anderes übrig, sonst hätte er nicht von mir abgelassen.»

«Dann klebt also Blut an diesem Brot.»

Dabei hielt sie mir das Stück Brot hin, das sie in der Hand hielt.

«Bitte, iss es! Du hast zwei Tage lang keinen Bissen zu dir genommen.»

«Dieses Brot riecht nach Blut.»

«Aber es gehört uns. Ich habe niemanden getötet, um seiner habhaft zu werden.»

«Aber du hast es getan, um es zu behalten.»

«Ich habe doch nur so gehandelt, um am Leben zu bleiben.»

«Du hast es gemacht, um das Brot zu behalten.»

Ich sagte nichts mehr. Auch sie schwieg. Und wieder begannen wir, das Brot zu essen. Ich sah sie stumm an, und während sie sich an den Baum lehnte, übermannte sie im fahlen Abendlicht der Schlaf. Ihre schwarzen Wimpern warfen einen Schatten auf ihre bleichen Wangen: Ihre Schönheit hatte für mich, nachdem ich mit Manusch geschlafen hatte, eine neue Bedeutung angenommen. Ich strich ihr üppiges Haar, das ihr auf die Schultern herabfiel, zur Seite, sodass ihr schlanker, weißer Hals, der an den eines Kindes erinnerte, zu sehen war. Ich schaute sie eine ganze Weile an, meine ruhelosen Fingerspitzen brannten vor Begierde, ihr Antlitz zu liebkosen, und gerade als ich die Lippen spitzte, um sie zu küssen, schlug sie die Augen auf und blickte mich benommen, ungläubig an.

«Ich weiß nicht, warum ich eingeschlafen bin.»

«Das war eine vorübergehende Schwäche, sicherlich vor Hunger.»

Sie beugte sich vor und setzte sich aufrecht hin, als sie wieder zu sich gekommen war, riss sie erneut ein Stück Brot ab, steckte es sich in den Mund und forderte mich auf: «Du musst aber auch etwas essen!»

Ich gehorchte, sie ging auf die Terrasse, um den Wasserkrug zu holen, und als sie zurückkam, sagte ich: «Mein Engel! Du bist das schönste Geschöpf, das Gott erschaffen hat.»

Sie lächelte matt, dann antwortete sie mit einem Anflug von Humor: «Und du bist der hartnäckigste Bewerber, der mir in meinem Leben begegnet ist.»

«Das ist erst der Anfang unserer Geschichte!»

«Wie wird dann wohl das Ende sein?»

«Dass du dich mir weiterhin verweigerst und ich mein Leben daran gebe, dich zu erobern.»

Mein Blick machte sie stutzig, gleich darauf streckte sie die Hand aus, schaute sich besorgt um und sagte: «Geh jetzt. Du musst wieder nach Hause kommen, bevor es richtig dunkel wird.»

«Keine Angst! Schließlich trage ich eine Waffe, ich kann mich verteidigen.»

«Ich habe aber Angst; jetzt habe ich doch nur noch dich.»

Das war richtig, und als sie das einräumte, ging mir vor Freude das Herz auf, ich antwortete: «Ich habe auch niemanden außer dir.»

«Gott verhüte, dass es so weit kommt. Du hast mir von Jacob, Ssohrâb und Manusch erzählt, von der Nachbarin und ihren Zwillingen, und obendrein bist du auch noch der Enkel des großen Kalligraphen.»

«Trotz alledem bin ich nichts weiter als ein unglücklich Verliebter.»

Sie hob die Hand – vielleicht um mir das Gesicht zu streicheln –, aber auf halbem Weg hielt sie inne, zugleich leuchtete in ihren trübe gewordenen Augen ein Funke von Zuneigung auf. Würde sie wohl die meine werden?

Plötzlich sagte sie noch einmal: «Geh, ehe es dunkel ist, musst du zu Hause sein.»

Mit einer Geste geleitete sie mich ruhig zur Türe. Dass sie mir dabei die Hand leicht auf den Rücken legte, erfüllte mich mit Wonne.

Als wir vor der Haustür angelangt waren, sagte ich zu ihr: «Ich komme dich wieder besuchen, dann werde ich dir mehr zu essen bringen.»

Teil 4

Jeder Gemeinschaft ist ein Gesandter bestimmt.

KORAN, SURE 10 («JONA»), VERS 47

1. Kapitel

Als ich am Morgen erwachte, sah ich mich einem Wunder gegenüber: Die Zweige des Baumes in unserem Hof waren wieder voller Blätter, voller zarter Frühlingsblätter.

Ich klopfte bei der Nachbarin an und lud sie ein: «Komm nur, komm, ein Wunder ist geschehen. Das ist alles für dich.»

Danach kam sie wieder jeden Tag, um Blätter zu pflücken, und jedes Mal sprach sie an den Gräbern meiner Großeltern ein Gebet.

Die Zwillinge hatten so reichlich Laub gegessen, dass sie eine grüne Farbe angenommen hatten. Ihre Haut, ihre Augen, sogar ihre Haare waren ganz grün geworden. Die beiden waren wandelnde, kleine, grüne Büsche, die ständig am Straßenrand spielten und, wenn sie schließlich vor Müdigkeit und Unterernährung umfielen, dort mit ihren grünen, geschwollenen Bäuchen einschliefen.

Voll Sorge, es könne ihnen etwas zustoßen, saß ich in meinem Zimmer am Fenster, um auf sie aufzupassen.

Ich forderte die Nachbarin auf: «Versuche, die Kinder mehr im Haus zu behalten.»

Aber sie meinte: «Im Haus werden sie trübsinnig, sie spielen gerne draußen unter freiem Himmel.»

«Für kleine Kinder ist es gefährlich, draußen zu sein.»

«Auf der Straße jagen sie Ungeziefer und essen es. Das ist ein Spiel, das ihnen gefällt.»

«Hast du keine Angst, dass sie dann selber gejagt werden?»

Sie sah mich unschlüssig an. «Kinder werden auf den Gassen entführt», sagte ich zu ihr. «Damit sie nicht schreien, schlitzt man ihnen überraschend die zarte Kehle auf, steckt sie in einen Sack und schleppt sie weg. Die Leute klettern sogar nachts durch die offenen Fenster oder die Belüftungsklappen auf den Dächern in die Häuser und entführen die schlafenden Kinder.»

Es hatte keinen Sinn, dass ich weitersprach, sie starrte mich nur mit ausdruckslosen Augen an. Der Hunger hatte sie ihrer mütterlichen Gefühle beraubt. Ich fragte nur noch: «Siehst du den schwarzen, fetten, verräterischen Rauch denn nicht, der von Zeit zu Zeit aus den Schornsteinen der Küchen zum Himmel steigt?»

Sie hob den Kopf und warf einen Blick auf die Dächer. Dann trat sie in mein Zimmer und nahm das Kopftuch ab, unter dem sie ihr Haar verborgen hatte. Ihre schwarzen Strähnen glänzten im Sonnenschein, der durchs Fenster hereinfiel, und sie meinte: «Sieh mal.»

Sie trat näher, raffte ihren Rock und zog ihn hoch. Ich hatte das Gefühl, die Wärme ihrer Schenkel im Gesicht zu spüren. Sie sagte: «Gestern Abend roch es in deinem Haus nach gekochtem Reis. Meine Zwillinge haben ihre Nasen an die Fensterritzen gedrückt und ihn eingesogen.»

Ich stand auf, die Frau fuhr zusammen und ließ ihren Rock los. Ich ging in die Küche und brachte ihr das, was im Topf noch an Reis übrig war. Ich sagte: «Nimm das mit, und gib es deinen Kindern.»

Sie vermied es, mir in die Augen zu schauen, ließ den Kopf sinken und schüttelte abwehrend den Kopf: «So nicht!»

Dann ging sie.

Am folgenden Tag nahm ich den Reistopf und ging zu ihrem Haus hinüber; als sie mir die Tür öffnete, hielt ich ihn ihr hin und sagte: «Nimm!»

Sie lehnte wieder ab: «Ich muss dir dafür etwas geben.»

Die grünen Zwillinge schliefen im Hausflur, und als sie meinen Blick auffing, erklärte sie mir: «Seit gestern Mittag liegen sie da und schlafen.»

«Dann weck sie doch.»

«Wozu? Damit der Hunger sie quält?»

Sie hielt mir ihre Hände vor die Augen. Ich konnte die kleinen Spuren der Zähne deutlich sehen. Ich erwiderte: «Na gut, ganz wie du willst.»

Sie nahm mir den Topf ab und ging ins Zimmer. Dann rief sie mich. Ich betrat den Raum. Ich blickte in ihre leidgeprüfte Miene, und plötzlich spürte ich, dass ich dieses Gesicht gernhatte, und dann verlockten mich die Rundungen ihres Körpers. Sie war schön, und während ich mir ihren Leib vorstellte, wölbte sich die Vorderseite meiner Hose vor, ich ging auf sie zu, und sie legte sich schnell auf den Boden. Sie wollte sich die Hose ausziehen, aber ich ließ sie nicht. Ich wusste doch, dass sie keine Prostituierte war. Ich küsste sie ein ums andere Mal und presste sie immer mehr an mich. Ich staunte, dass dieser gequälte Leib noch Wärme ausstrahlte. Ich fasste mit der Hand in ihre Hose und streichelte die Innenseite ihrer Schenkel, und während ich sie an mich drückte, kam ich.

Als ich den Kopf hob, standen die Zwillinge auf der Türschwelle und sahen uns zu, und kaum sah ich ihnen in die Augen, liefen sie weg.

Ich stand auf und ging aus dem Zimmer, sie kam hinter mir her, um mich hinauszubegleiten, und ich wusste nicht, was ich in so einer Situation tun oder sagen sollte.

Gerade als ich aus ihrem Haus trat, bemerkte ich Manusch, die vor der Tür meines Heims wartete. Die Nachbarin, die auf der Schwelle hinter mir stehen geblieben war, und sie tauschten böse Blicke aus. Die Nachbarin ging in ihr Haus und schloss die Tür. Manusch sah argwöhnisch drein. Verlegen sagte ich: «Die arme Frau ist mit zwei hungrigen Kindern allein geblieben.»

Manusch schaute mich schweigend an. Ich öffnete die Haustür, wir gingen hinein, und da sich ihr Schweigen in die Länge zog, erklärte ich: «Ihre Kinder schlafen seit zwei Tagen, ganz schwach vor Hunger ...»

Sie bedeutete mir mit der Hand, ich solle lieber davon aufhören, während ich stammelte: «Weißt du, schließlich ...»

Sie hatte die Augen auf den großen, nassen Fleck vorn auf meiner Hose gerichtet, während sie ein paar Datteln und einen Apfel aus der Tasche holte, und ging mit vollen Händen in die Küche. Ich folgte ihr. «Haben die Bäume in euerm Kloster noch Blätter? Oder haben die Heerscharen Hungriger aus der Stadt sie vielleicht abgeerntet und gegessen?», erkundigte ich mich.

Sie legte die Datteln und den Apfel in eine Schale und drehte sich zu mir um: «Warum fragst du das?»

«Wegen dieser Frau und ihrer Zwillinge. Heute oder morgen werden sie wohl Hungers sterben.»

Sie machte eine Bewegung mit dem Kopf, aber ich wusste nicht recht, was sie damit sagen wollte. Sie war traurig und vielleicht auch verärgert, sie wollte nicht bleiben, aber bevor sie ging, sagte sie noch: «Dann muss ich dir also von nun an mehr Essen bringen; bis jetzt dachte ich, dass du nur dem Mattenflechtermädchen davon abgibst.»

Ich entgegnete: «Sieh mal, Manusch, schließlich ...»

«Genug!»

«Hör mir doch zu. Ich kann es nicht mit ansehen, wie die Zwillinge verhungern.»

«Die meisten Leute in dieser Stadt hungern, und Tag für Tag sterben Abertausende.»

«Diese Abertausende sehe ich nicht, doch die Zwillinge habe ich täglich vor Augen ...»

Sie verabschiedete sich kühl und ging fort, aber der Duft des Apfels und der Datteln dort in der geschnitzten Schale auf dem hölzernen Regal in der Küche erfüllte den ganzen Raum.

Ich nahm den Apfel und die Datteln und machte mich auf den Weg zu Jasmin.

Soviel ich auch an die Tür pochte, es kam keine Antwort. Eine Frau hinter mir sagte: «Mir hat sie gestern ebenfalls nicht geöffnet, soviel ich auch angeklopft habe.»

Ich drehte mich zu der Stimme um, aus dem Fenster des gegenüberliegenden Hauses schaute eine Frau mich neugierig an und fügte hinzu: «Die alte Frau ist weggegangen und nicht zurückgekehrt, vor zwei Wochen ist auch der stumme Junge gestorben, mein Mann hat ihn auf die Schulter genommen, zum Friedhof getragen und begraben.»

Ich antwortete ihr: «Nachts hacken die Leute die frischen Gräber auf, holen die Toten heraus und bringen sie weg, besonders die kleinen Kinder, deren Fleisch noch zart ist.»

«Solange sie noch Fleisch am Leib haben, sterben sie nicht. Wenn es mit ihnen zu Ende geht, sind sie nur noch Haut und Knochen. Was den stummen Jungen betrifft, kannst du ganz beruhigt sein, mein Mann hat eine tiefe Grube für ihn ausgehoben.»

«Für hungernde Menschen ist kein Grab zu tief.»

«Bis vor ein oder zwei Monaten haben die Leute frische Gräber geöffnet, jetzt beerdigt ja niemand mehr einen Toten.»

«Du hast recht. Die Nachbarn beobachten alleinstehende Menschen, und sobald diese hinscheiden, verteilen sie ihr Fleisch unter sich.»

«Das ist verlorene Liebesmühe. Wer vor Hunger gestorben ist, hat kein Fleisch mehr auf den Knochen, das einem Appetit machen könnte.»

Das brachte sie mit vor Ärger gerunzelter Stirn vor. Diese Frau war eine wahre Teufelin und machte mich wahnsinnig. Wieder klopfte ich an die Tür. Während ich sie anschaute, fragte ich mich: «Wo mag Jasmin nur sein?»

Die Nachbarin zog zum Zeichen ihres Erstaunens die feisten Schultern hoch und erklärte: «Sie kommt doch nie aus dem Haus.»

Plötzlich überwältigte mich die Sorge, ich nahm den Klopfer in die Faust und pochte mit aller Kraft, die ich noch in mir hatte, an die Tür, sodass sie beinahe aus den Angeln sprang. Die Mauer um das Haus war ziemlich hoch, es kostete mich Mühe, sie emporzuklettern. «Bist du denn ein Angehöriger von Jasmin?», fragte die Nachbarin.

Musste mir dieses Weib weiterhin auf die Nerven fallen? Oben auf der Mauer drehte ich mich zu ihr um und schrie sie an: «Ja, ich bin sogar ihr einziger Angehöriger weit und breit.»

Erschreckt zog die Frau sich zurück und schloss das Fenster.

Auf der anderen Seite sprang ich, obwohl es dort höher war, in den vertieften Innenhof hinab. Ich lief zu Jasmins Zimmer und riss die Tür auf.

O Gott! Was musste ich in diesem halbdunklen Zimmer sehen? Meine Jasmin lag mit glanzlosen Augen, die sie nur mit Mühe offen halten konnte, auf einer Matratze und sah mich mit dem Blick einer Sterbenden an. Sie bewegte die Lippen; zweifellos wollte sie mir etwas sagen, aber sie schaffte es nicht. Ich nahm sie in den Arm, ihr Körper war ganz kühl. Ich rief aus: «Meine Geliebte, was ist denn Schreckliches mit dir passiert?»

Verflucht sei diese Stadt, verflucht sei dieses Elend. Wir sind in tiefste Not geraten, und wir finden keinen Ausweg. Ich brach in Tränen aus.

Wieder bewegte sie die Lippen und flüsterte mit kaum hörbarer Stimme: «Mach dir keine Sorgen, mir fehlt nichts.»

Ich schnitt den Apfel in kleine Stücke und schob sie ihr eines nach dem anderen in den Mund.

Ich lief aus dem Haus, die Frau stand wieder am Fenster, und während sie mich neugierig anstarrte, fragte sie: «War sie noch am Leben?»

Ich antwortete: «Ich bin gleich wieder da, und wenn ihr auch nur ein Haar gekrümmt wird, stecke ich dieses ganze Viertel in Brand.»

Mit aller mir noch verbliebenen Kraft rannte ich zu Jacob.

Auch wenn ich mich an der Schwelle seines Hauses vor Schwäche auf den Boden setzen musste, konnte ich ihm noch sagen: «Jacob, hilf mir, ein Mädchen, das ich mehr liebe als mein Leben, liegt im Sterben.»

Da er schwieg, flehte ich ihn an: «Gib mir ein bisschen Milch und ein paar Datteln oder Rosinen, ich beschwöre dich bei allem auf der Welt, was dir heilig ist! Bei erster Gelegenheit werde ich dir meine Schulden zurückzahlen, hilf mir.»

Er antwortete: «Ach, Allahyâr! Du weißt doch genau, dass das, was du von mir verlangst, fast unmöglich ist.»

«Ich flehe dich an.»

Ich beugte mich vor, um ihm die Füße zu küssen. Aber er ließ es nicht zu. Er sagte: «Also gut, warte hier!»

Bevor er noch einen Schritt getan hatte, wandte er sich wieder zu mir um und fügte hinzu: «Aber nur unter einer Bedingung.»

«Einverstanden. Ich nehme jede Bedingung an.»

«Ich weiß, dass du das für jemand anders willst, aber ein bisschen von dem, was ich dir jetzt bringe, musst du hier an Ort und Stelle in meiner Gegenwart essen. Du begreifst nicht, in was für einem Zustand du selber bist ... Komm herein!»

Ich blieb im Flur seines Hauses stehen und wartete auf ihn, er kehrte schnell zurück, mit einem kleinen Krug Milch in der einen Hand und einem Beutel Datteln und einem Brot in der anderen.

Drei Tage und drei Nächte lang pflegte ich Jasmin. Ich weichte das Brot in der Milch auf und steckte es ihr in den Mund. Sie murmelte: «Mir ist kalt, umarme mich.»

Das war mein Lohn. Während ich sie fest in den Armen hielt und ihren Geruch atmete, ließ ich meinen Tränen freien

Lauf und redete schluchzend auf sie ein: «Ich weiß, dass der Aufstand der Afghanen eines Tages vorbei sein wird, dass der oberste Geistliche und die anderen Verbrecher ihre gerechte Strafe erhalten werden und Isfahan wieder die Stadt sein wird, die sie einmal gewesen ist. Dann heiraten wir und bekommen Kinder, ich lehre sie Schönschrift und führe Isfahan den größten aller Kalligraphen der Welt vor Augen … Sag, dass das alles möglich ist, sag es mir!»

Ich sprach zu ihr von Isfahan, von der Stadt, deren Vorratskammern im Basar und in den Karawansereien und deren Silos sich wieder mit Lebensmitteln füllen würden. Niemand würde mehr Kinder aus den Häusern entführen oder Tote aus ihren Gräbern holen. Von einer Stadt, deren Bäume wieder voller Blätter sein würden und an deren Himmel wieder die Vögel zurückkehren würden, um in den Zweigen zwischen den Blättern ihre Nester zu bauen.

Nach diesen drei entsetzlichen Tagen und Nächten war sie endlich über den Berg; Sie konnte wieder aufstehen, sich von oben bis unten waschen und sich frische Kleider anziehen.

Während sie sich in einer Ecke des Hofes hinter einem Vorhang, den sie zu diesem Zweck dort aufgehängt hatte, wusch, zeichnete sich der Schatten ihrer Brüste und ihrer Schenkel auf dem Tuch ab. Das machte mich verrückt, und meine Hose wölbte sich vorn. Drei Tage und drei Nächte lang hatte ich mich um ihr Wohl und Wehe gekümmert und sie liebkost, und währenddessen war diese Besessenheit gekommen und gegangen, aber danach suchte mich die brennende Gier, wenn ich an den Schatten auf dem Vorhang dachte, stärker als zuvor heim und ließ mich nicht wieder los, es war kaum noch zu ertragen.

… Eines Tages kam ein schöner Vogel durchs Fenster herein und ließ sich neben König David nieder. Der Vogel hatte ein hübsches, buntes Gefieder, und als David ihn fangen wollte, flog er davon zum Fenster hinaus. David blickte dem Vogel nach und schaute aus dem Fenster. Da sah er ein nacktes Weib, das sich Haupt und Glieder wusch. Er verlor sein Herz an diese Frau, und sein Sinnen und Trachten ward verwirrt. Vielleicht war es die Kraft dieser Liebe, die, wenn er Psalmen vortrug, nicht nur die Menschen, sondern auch alle Vögel unter dem Himmel und allerlei Getier von den Bergen um ihn scharte.

Ich vermag nicht zu beschreiben, wie mir zumute war, als ich dort nur wenige Schritte vom warmen, nackten Körper der von mir geliebten Frau entfernt stand und doch an mich halten musste, um keinen Fehltritt zu begehen. Noch tagelang wollte mir das, was ich gesehen hatte, nicht aus dem Sinn gehen, und es war mir ein Rätsel, wie ich hatte widerstehen können. Schon als ich drei Tage zuvor ihren mageren Leib, der wie ein Sperling zitterte, im Arm gehalten und keinen größeren Wunsch gehegt hatte als ihre Genesung, hatte dennoch das Verlangen, sie zu besitzen, ab und zu wie Glut in meinem Herzen gebrannt und wie ein Vorschlaghammer in meinem Schädel gepocht.

Ich musste abwarten. Ich liebte sie, und von Großvater hatte ich gelernt, dass Liebe vor allem Rücksicht auf das geliebte Wesen ist.

Während sie sich, nachdem sie sich gewaschen hatte, im Zimmer vor einer Spiegelscherbe im Sonnenlicht, das durch das Fenster fiel, die Haare kämmte, erschien sie mir als das schönste Wesen, das Gott jemals geschaffen hatte. In dem Augenblick forderte sie mich auf: «Jetzt geh. Ich bin wieder ganz in Ordnung. Kümmere du dich um dich selbst und führe dein eigenes Leben.»

«Jasmin, mein Leben bist du! Erlaube mir, bei dir zu bleiben.»

«Dafür gibt es keinen Grund.»

«Welcher Grund wäre wichtiger als meine Liebe zu dir? Außerdem bist du eine junge, alleinstehende Frau, die Beistand braucht.»

«Gott ist da, und Er lässt mich nicht allein.»

«Gewiss ist Gott immer und ewig da, aber Er hat seinen Dienern geboten, einander in der Not beizustehen.»

«Es war Gottes Wille, dass du in deinem Herzen Liebe zu mir empfändest und mir in diesen schweren Tagen zu Hilfe kämest.»

«Dann bedeuten dir ich selbst und meine Liebe zu dir also gar nichts?»

Sie lächelte und meinte: «Red keinen Unsinn.»

«Was glaubst du wohl, warum ich mich immer in deiner Gasse herumgetrieben habe? Das war nicht bloß eine Laune, und je mehr Zeit verstrich, desto mehr wurde ich mir der Stärke meiner Liebe bewusst … Also hör mir mal gut zu, ich will dich, und ich bin niemand, der einfach aufgibt. Ich bin nicht mehr der schüchterne Knabe von vor drei Jahren, den du necken und mit dem du spielen konntest. Ich bin ein Mann, und ich begehre dich. Soll ich dir offen sagen, wie mir zumute war, als du dich gewaschen hast oder während dieser drei Tage, in denen ich dich im Arm gehalten und liebkost habe?»

Sie schaute mir eine Weile in die Augen, als ob sie zum ersten Mal versuchte, die Ernsthaftigkeit meiner Worte abzuschätzen. Langsam, ja stotternd erklärte sie: «Es gibt ein Hindernis, das es mir verwehrt, deine Liebe entsprechend zu erwidern.»

Ich weiß nicht, was sie in meinem Blick sah – Zorn oder Empörung –, jedenfalls fügte sie hinzu: «Warte.»

Für einen Moment verließ sie das Zimmer, dann kam sie mit einem kleinen Holzkasten zurück und legte ihn vor mir auf den Boden. Ich betrachtete erst diesen und dann sie. Sie schaute mich ebenfalls erwartungsvoll an. Ich fragte: «Was ist das?»

«Mach ihn auf.»

Ich tat wie geheißen. In dem Kasten lag ein Dolch. Ich fragte noch einmal: «Was ist das?»

Sie entgegnete: «Der Gouverneur von Oman trägt ein solches Exemplar im Gürtel, die Klinge ist aus Stahl von Kalkutta geschmiedet und mit Schwefelsäure poliert.»

Als ich sie verständnislos ansah, fügte sie hinzu: «Nimm ihn an dich! Du wirst ihn brauchen!»

«Was soll ich damit tun?»

«Du musst jemanden töten!»

Ich zog meine Hand zurück. Jasmin beugte sich vor, um den Kasten vom Boden aufzuheben, und sagte dabei: «Hasenherz!»

Ich hinderte sie daran und griff behände nach dem Dolch. Dann antwortete ich: «Ganz wie du willst.»

Sie forderte: «Töte den Obermollâ!»

Und zugleich flammte das Feuer der Rachsucht in ihren Augen auf. Verwirrt und verwundert blickte ich sie an. Ich konnte einfach nicht glauben, dass ihr hübscher Mund fähig war, einen solchen Befehl zu erteilen.

Sie erklärte: «Das ist ein Gelübde, das ich vor meinem Gott abgelegt habe. Als man mir den blutigen Leichnam meines Verlobten mit aufgeschlitzter Hose und geschorenem Haar nach Hause brachte, habe ich meinem Gott gelobt, dass ich nur zu einem Mann ins Brautgemach ginge, der das Blut meines Verlobten an jenem Tyrannen rächen würde. Dies ist der Dolch meines Verlobten. Ich will, dass der oberste Geistliche mit genau dieser Waffe getötet wird.»

Ich wandte ein: «Es geht doch das Gerücht um, seine Leiche sei verschwunden und nie wieder aufgetaucht.»

Sie lächelte bitter: «Ich habe seinen Leichnam mit meinen Tränen gewaschen und mit eigenen Händen beerdigt, in einem Grab, das niemand kennt. Die Leute erzählen gern Legenden von Toten, deren Grabstätte ihnen unbekannt ist.»

Ihre Augen glühten in einem ungewöhnlichen Feuer und zeigten ihre wilde Entschlossenheit. Eine Weile wanderte mein Blick zwischen ihr und dem Dolch, den ich in Händen hielt, hin und her. Ich hätte mir nie vorstellen können, dass es so schwierig, wenn nicht sogar unmöglich sein würde, mit ihr zusammenzukommen. Mein Schweigen zog sich wohl so in die Länge, dass sie mir zuvorkam und sagte: «Ich wusste, dass du nicht der Mann für so eine Tat bist.»

Sie streckte die Hand aus, um den Dolch wieder an sich zu nehmen, doch ich hielt ihn mir hinter den Rücken und wehrte ab: «Warte!»

Während ich ihr in die Augen starrte, nahm ich ihre Hand und küsste sie. «Ich übernehme es!», versprach ich.

Zufrieden sog sie die Luft ein und entwand ihre Hand der meinen. «Sie haben nicht nur sein Blut vergossen, sondern ihm auch seine Würde genommen. Ich will, dass du dem Obermollâ auch die Würde nimmst», erklärte sie.

Ich legte die Waffe in den Kasten zurück und nahm ihn an mich. Noch bevor ich Jasmins Haus verließ, fügte sie hinzu: «Wenn du mir den Dolch zurückbringst, dann soll sein frisches Blut noch daran kleben.»

Es war klar und deutlich: Um sie zu erobern, musste ich über die Leiche des obersten Geistlichen gehen.

«Ich töte ihn!»

Danach konnte ich mich nicht mehr daran erinnern, wie ich ihr das hatte versprechen können, aber ich hatte es ihr versprochen. Jede reine Liebe trägt den Keim des Todes in sich, und ich hatte diesen unheilvollen Keim schon bei jenem ersten Treffen gespürt, ja eigentlich schon in dem Moment, als diese Liebe am Horizont aufging.

Vor drei Jahren an einem Sommertag! Zu jener Zeit war Isfahan eine blühende Stadt; den Sommer über flossen überschäumende Wasserläufe durch die überdachten Gassen, die

Bäume trugen reichlich Frucht, sie waren ein Segen, und ich war dabei, frühreif Tag für Tag weiter in die Höhe zu schießen. Ich hörte förmlich, wie meine Knochen beim Wachsen knackten. In mir erwachte eine solche Kraft, als könnte ich die ganze Welt erobern, und ich spürte eine atemberaubende Erregung, als ich ihren Arm sah, einen schlanken Arm, der am Ellenbogen in einer sanften Kurve endete und sich in einer tänzerischen Bewegung aus dem Fenster streckte, um von einem Baum am Straßenrand Kirschen zu pflücken. Dann wiederholte sich dieser Vorgang, und ich trat näher, aber die Besitzerin des Armes war vom Fenster verschwunden. Dieser Tag war wie alle anderen gewesen, nur dass ich ein Stadtviertel durchquert hatte, durch das ich noch nie zuvor gekommen war. Wessen Hand mochte es gewesen sein, die mich an jenem Tag durch diese Gasse geleitet hatte?

Der Heimweg führte mich durch den Basar, mir war schwindlig, und ich ging wie auf Wolken, ich nahm weder den Geruch der Gewürze wahr noch die glänzenden Farben der Stoffballen, nichts. Mir war sogar, als berührten meine Füße den Boden nicht einmal, ich schwebte. Das Fenster meiner Seele zur Welt war geschlossen, und nur eine Hand war inmitten dieser Leere zu sehen, eine Hand wie von Marmor.

Sobald ich zu Hause angelangt war, eilte ich in Großvaters Zimmer. Er war beim Schreiben und murmelte dabei: «In einem Liebenden fließen vier Ströme: einer von Wasser, einer von Wein, einer von Honig und einer von Milch.»

Ich sagte mir, Rumi habe diesen Vers für mich verfasst, speziell für mich am Nachmittag dieses Sommertags, und dass ein so bedeutender Dichter vor einigen Jahrhunderten für meinen Seelenzustand, den eines fünfzehnjährigen Jungen, einen Vers geschrieben hatte, erfüllte mich mit großem Stolz. Indessen hatte ich den Rest des Tages das Gefühl, dass alles, was noch geschah, gänzlich unwirklich sei.

In jener Nacht träumte ich bis zum Morgen, ich sah das

Bild einer marmornen Hand, die sich aus einem Fenster streckte und von einem Baum am Straßenrand Kirschen pflückte. Tief im Innern wusste ich, dass etwas geschehen war, aber natürlich hätte ich niemals angenommen, eine so einfache, natürliche Bewegung könne eine solche über sie hinausweisende Macht haben: eine so unbeschreibliche Sehnsucht nach ihrer Besitzerin entfachen! War das, was man Liebe nennt? In den folgenden Tagen fragte ich mich unzählige Male: Wenn nicht als Liebe, als was könnte man dieses Gefühl dann bezeichnen? Der Anblick dieser Hand ging mit der Empfindung einher, dass der Betrachter von allem Hässlichen unendlich weit entfernt sei.

Am nächsten Morgen musste ich an diesen Vorfall und den immer wiederkehrenden Traum denken, ich kleidete mich an und ging zu der Gasse. Von dem Kirschbaum war nichts zu sehen, das Fenster war jedoch an Ort und Stelle.

Erstaunt lehnte ich mich an die gegenüberliegende Wand, einen kurzen Moment sah ich sie am Fenster vorbeigehen, aber kurz bevor sie aus dem Rahmen verschwand, schlug sie die Lider auf und sah mich an: Aus ihren braunen Augen tropfte Honig. Ihr rundes, klares Gesicht leuchtete wie eine Lampe, und sie strahlte eine königliche Würde aus. Was sie so majestätisch erscheinen ließ, war der Ausdruck ihrer Augen. Ich hatte damals – das gilt übrigens bis heute – selbst noch keine Königin zu Gesicht bekommen, aber ich war fest davon überzeugt, dass die Augen von Königinnen so aussehen müssten, mit einem besonderen Ausdruck, sodass gewöhnliche Menschen, wenn jene ihnen in der Öffentlichkeit begegneten, ihnen sogleich den Weg frei machten.

Immer wieder ging ich dorthin, jeden Tag ging ich dorthin und wartete gegenüber dem Haus darauf, dass sie zufällig am Fenster vorbeikäme und ich den Schatten ihres Profils erspähen könne. Flüchtige Augenblicke, auf die ich manchmal stundenlang warten musste. Und es war an einem dieser Tage, dass sie den Kopf aus dem Fenster streckte, um den lästigen Jungen genauer in Augenschein zu nehmen. Sie hatte kein Tuch auf dem Kopf, und als sie den Oberkörper kurz darauf mit tänzerischem Schwung herauslehnte, fielen ihre seidigen, langen, schwarzen, im Sonnenlicht funkelnden Haare wie ein Wasserfall herab. Ihre Brüste hatten gleich reifen Zitronen vorstehende Spitzen, und unter ihrem dünnen Baumwollhemd war das aufgeregte Pulsieren ihres Herzens zu spüren. Es war, als ob ihr Herz nicht in der Brust, sondern außerhalb dieser pochte. Ich hörte es deutlich schlagen.

Sie lebte mit einer Frau mittleren Alters und einem Knaben zusammen, und dann tauchte auch noch ein junger Mann auf, der langes Haar trug wie ein Derwisch und dies meist unter einer Mütze verbarg. Die Gegenwart dieses Jünglings bereitete mir Albträume. War er vielleicht ihr Mann oder dazu ausersehen, ihr Mann zu werden?

Ein anderer Mann verkehrte nicht in ihrem Haus; und ihr Vater? Wo mochte er sein? Alle paar Tage einmal ließ sich ein Karren sehen, gezogen von einem jungen Gaul, von dessen glänzenden Schenkeln Dampf aufstieg. Auf dem Karren lagen eine Menge noch nicht geflochtener Weidenruten. Der Knabe und der Kutscher brachten diese in Windeseile hinein und luden an ihrer Stelle die geflochtenen Waren auf. Bei alledem war aus dem Haus kein Laut zu hören.

Ob der junge Derwisch wohl mein Rivale war? Vielleicht war er ja ihr Bruder; wer weiß. An einem der Tage, an denen ich in diesem Gemütszustand unter dem Vorbau eines Hauses Wache schob, bis meine Liebste sich vielleicht am Fenster zeigen würde, öffnete der Knabe die Tür und kam, einen Korb in der Hand, heraus. Ich ging ihm nach. In der Nähe des kleinen Basars hielt ich ihn an, bevor er einen Krämerladen betrat, und bat ihn um eine Auskunft: «Mein Junge, ich bin fremd hier, ich wüsste gern ...»

Zum Zeichen der Abwehr zuckte er mit den Schultern und

schüttelte gleichzeitig den Kopf; da er sich anschickte fortzugehen, fragte ich ihn: «Gibt es in diesem Stadtviertel ein Haus, in dem Matten geflochten werden, weißt du, wie man dorthin …?»

Er öffnete den Mund und stieß unverständliche Gurgellaute hervor. Ein Passant, der gerade an uns vorbeikam, wies mich zurecht: «Lass ihn doch in Ruhe, junger Mann. Siehst du nicht, dass er stumm ist?»

So scheiterte mein erster Versuch, in Erfahrung zu bringen, wer die Leute waren, die in dem Haus lebten, und in was für einer Beziehung sie zueinander standen.

Die nächsten Tage verbrachte ich sämtlich damit, Pläne zu schmieden, wie ich an den obersten Geistlichen herankäme, um meinen Vorsatz auszuführen. Mehrmals begab ich mich in die Umgebung seines Hauses und sondierte die Lage. An verschiedenen Tagen verließ er, wenn die Sonne hoch am Himmel stand, in einer prächtigen, von vier Turkmenenpferden gezogenen Kalesche das Haus. Seine Rückkehr folgte keiner ersichtlichen Regel. An anderen Tagen blieb er zu Hause, und dann suchten ihn manche wichtige Persönlichkeiten auf, erkennbar an ihrem Auftreten oder an dem Gefolge, mit dem sie sich umgaben.

Er empfing keine gewöhnlichen Menschen, die Aufseher, die das Kommen und Gehen in seinem Haus überwachten, nahmen Bittgesuche entgegen und stellten Empfangsbescheinigungen dafür aus. Sich dem obersten Geistlichen zu nähern, war eine Herkulesaufgabe, besonders für jemanden wie mich, den Enkel des berühmten Kalligraphen, der sein ganzes Leben lang der Ketzerei verdächtigt worden war.

Der oberste Geistliche hatte kein gutes Verhältnis zu meinem Großvater gehabt. Wegen sufischer Tendenzen und esoterischer Lehren war er ihm verhasst, und wie Großvater erzählt hatte, nahm der Groll des Obermollâs noch zu, als Großvater dessen wiederholtes Ersuchen unbeantwortet gelassen und es abgelehnt hatte, das *Heliat-ol-Motaqin (Die Zierde der Frommen)*, das Hauptwerk von Allameh Madschlessi, abzuschreiben. Mein Großvater betrachtete den Inhalt dieses Buches als einen Irrweg, er glaubte, dass es nur eine Handvoll abergläubischer Regeln enthalte und nichts, aber auch gar nichts mit dem eigentlichen Wesen unserer Religion zu tun habe.

Da gewissermaßen eine Beziehung zwischen einem Besuch beim obersten Geistlichen und dem genannten Buch im Schrank meines Großvaters bestand, suchte ich es wieder heraus. Als ich es aufschlug, gewahrte ich zum ersten Mal, dass der Glaubenshüter oben auf der ersten Seite meinen Vorfahren in einer kurzen Notiz um eine Kopie in Nastaliq-Schönschrift ersucht hatte, damit dieser dadurch – wie der Geistliche sich ausgedrückt hatte – der profunden Bedeutung der Texte eine noch größere Tiefe verleihen könne. Allameh Madschlessi war nämlich der Großvater des obersten Geistlichen gewesen, und dieser Umstand verstärkte die Vorliebe für dieses Buch bei diesem noch.

Ich blätterte in dem Buch und las die Passagen, die sich auf den Umgang und Verkehr mit Frauen bezogen, einige Male durch. Dies Buch gab mir eine hervorragende Möglichkeit, ich konnte an den Stellen, an denen vom Beischlaf die Rede ist, mithilfe der Rundungen der Buchstaben eine Umarmung nachbilden. Ich konnte Auszüge daraus abschreiben und auf diese Weise vielleicht sowohl dem obersten Geistlichen als auch mir selbst und außerdem Jasmin ihre Wünsche erfüllen.

Ich zögerte nicht, bereitete unverzüglich das Schreibwerkzeug vor, und nachdem ich im Geiste noch einmal Großvaters Lehren durchgegangen war, begann ich mit dem Abschreiben. Ich behaupte, dass mir die ganze Zeit Jasmins Körper vor Augen stand und dass ich so inspiriert eine neuartige Verbindung von Buchstaben mit geraden Linien und solchen mit Kurven schuf, dass es einen wie zwei Leiber beim Liebesspiel anmutete.

Ich schrieb Tag und Nacht. Manchmal unterbrach ich die

Arbeit am Rande der Bewusstlosigkeit und ließ mich erschöpft auf Großvaters Matratze fallen. Ich weiß nicht, wie lange ich in diesem Zustand liegen blieb, auf jeden Fall nahm ich das Schreiben, sobald ich zu mir kam, sogleich wieder auf. Einige Reste von Lebensmitteln waren noch vorhanden, und ich war entschlossen, damit so sparsam umzugehen, dass sie bis zur Beendigung der Schreibarbeit für mich reichen würden.

Die Augen brannten mir vor Müdigkeit, sie waren rot angelaufen und tränten, da ich die Hälfte der Zeit bei Kerzenlicht schrieb.

Schließlich vollendete ich die Abschrift wichtiger Auszüge aus Allameh Madschlessis Buch, klebte die Ränder der Seiten mit Glutinleim zusammen, band das Ganze einigermaßen ansehnlich und schlief ungefähr vierundzwanzig Stunden wie ein Stein.

Am nächsten Morgen wusch ich mich zu Hause von Kopf bis Fuß, legte frische Kleidung an, wickelte das Buch in ein Tuch und nahm es unter den Arm. Ich schüttete mir die letzten Rosinen, die noch übrig waren, in die Tasche und trat hinaus, um mich zum Haus des obersten Geistlichen zu begeben.

Das Erste, was ich draußen wahrnahm, war ein verdächtiger Geruch, der aus dem Schornstein der Küche meiner Nachbarin aufstieg. Die Frau saß auf der Schwelle ihres Heims und stierte mit ausdruckslosen Augen auf den Weg. Ich sprach sie an: «Anscheinend hast du etwas zu essen aufgetrieben.»

Jetzt richtete sie denselben stumpfen Blick auf mich, und mit einer Geste, in der sowohl Zorn als auch Erregung lagen, gab sie mir zu verstehen, dass ich fernbleiben solle. Ich beruhigte sie: «Keine Sorge! Ich habe ganz und gar keine Lust auf das, was du da zubereitest. Du und deine Zwillinge, lasst es euch schmecken. Ich habe dir sogar noch ein paar Rosinen mitgebracht.»

Ich holte einige Korinthen aus der Tasche und streckte ihr die Hand entgegen, und da leuchteten ihre Augen flüchtig auf. Einer der Zwillinge kam wie ein Pfeil aus dem Innern des Hauses zur Türschwelle geschossen, griff mit seinen kleinen Händen nach zwei, drei Rosinen und steckte sie sich in den Mund.

Ich forderte ihn auf: «Ruf deinen Bruder, er soll auch kommen.»

Der Junge hörte einen Augenblick auf zu kauen und schaute mit offenem Mund erst mich, dann seine Mutter an, aber gleich darauf aß er weiter.

Mir war klar, dass etwas geschehen war, aber in dem Moment kam ich nicht darauf, was es wohl gewesen sein mochte. Ich hakte nach: «Wo ist denn der andere?»

Möglicherweise hatte ich diese Frage zu laut oder in einem zu herrischen Ton gestellt, denn die Frau erschrak, ja, sie fuhr sogar zusammen. Aber sie brachte die Lippen nicht auseinander, und da das Schweigen sich hinzog, fragte ich sanft: «Nun? Sag doch etwas!»

Sie richtete ihre ausdruckslosen, tief in die Höhlen gesunkenen Augen auf mich. Ich forschte: «Was ist meinem runden grünen Ball denn zugestoßen? Ist er etwa vor Hunger ohnmächtig geworden?»

Als ich den Kopf reckte, um in den Hausflur zu spähen, erhob sie sich plötzlich von ihrem Platz, um mir die Sicht ins Haus zu versperren.

Ich bat: «Der andere ...? Ich möchte, dass ihr ihn auch ruft.»

Eine Träne lief ihr über die knochigen Wangen, und trotz allem war sie ruhig, es kam mir so vor, als ob sie so langsam atmete wie noch nie. Sie erklärte: «Du hast zwei Wochen lang nichts von dir hören lassen. Wir haben die ganze Zeit deine geschlossene Haustür beobachtet, ob du vielleicht herauskämst.»

«Sag mir bloß, wo der andere ist.»

«Er ist nicht mehr.»

Als sie das sagte, hob sie die Hände, es war nicht klar, warum. Aber dann ließ sie sie schnell wieder sinken, und dabei richtete sie den Blick zu Boden. Dann sah sie wieder auf. In ihren Augen lag nichts, was man hätte beschreiben oder deuten können.

Als begriffe ich zum ersten Mal das Ausmaß dieser Hungersnot, hockte ich mich neben ihre Türschwelle und nahm den Kopf in beide Hände. Ich weiß nicht, wie lange ich in dieser Stellung verharrte und wie lange ich so weinte, aber als ich mich erhob, um fortzugehen, stand die Frau mit einer Schale Wasser vor mir. Sie hielt mir diese hin und sagte mit ebenjenem leeren, unerwartet ruhigen Gesichtsausdruck: «Andernfalls wären beide gestorben.»

Sie hatte recht, und bei diesem Urteil erschauderte ich.

Auf meinem Weg zum Wohnsitz des obersten Geistlichen begegnete ich in der Nähe des Hauses der «Zwölf-Tumân-Dame» einer Schar von Leuten, die um einen Sterbenden herumstanden. Der Mann schlug die verängstigten, aber glanzlosen Augen zum letzten Mal auf und musterte die Umstehenden, als wüsste er, worauf sie warteten. Kaum hatte er die Augen geschlossen, hörte er auch schon auf zu atmen. Gleichzeitig sog die Schar der Betrachter zum Zeichen, dass ihr Warten nun ein Ende habe, voller Genugtuung und hörbar die Luft ein, und sofort stürzten sich zwei oder drei Personen auf ihn. Einer zog ihm die Hose herunter und schob seine Hand unter den Schenkel des Toten. Ein anderer holte ein Messer aus der Tasche. Und im selben Augenblick drehte sich aus der Gruppe der Umstehenden einer um und blickte auf das Bündel unter meinem Arm. Ich blieb erst wieder stehen, als ich schon fast den ganzen Weg zum Haus des Geistlichen gelaufen war.

Glücklicherweise war es einer der Tage, an denen er zu Hause geblieben war, denn es herrschte ein lebhaftes Kommen und Gehen, einige Leute warteten dort mit Bittgesuchen in der Hand.

Der Wächter, der am Tor stand, war mit zwei, drei Personen beschäftigt, einige Besucher schickte er hinein, anderen verweigerte er den Einlass. Schließlich kam er auch zu mir und fragte: «Na, junger Mann, zu wem willst du denn?»

«Zum obersten Geistlichen! Ich habe ein wichtiges Anliegen und möchte ihm einen Besuch abstatten.»

«Der Herr ist sehr beschäftigt, dieser Tage empfängt er keine Besucher.»

«Ich habe ihm etwas mitgebracht, was er sich schon sein ganzes Leben lang gewünscht hat.»

«Eine Audienz bei ihm ist ausgeschlossen, das hat er höchstpersönlich angeordnet.»

«Wie steht es mit einer Nachricht für ihn? Könnten Sie ihm etwas ausrichten?»

Er wies mich an hereinzukommen, damit ein bartloser Schreiber, der in einem Zimmerchen im äußeren Hof auf einem Baumwollkelim vor einem niedrigen Tisch hockte, die Nachricht notieren konnte.

Der bartlose Mann tunkte seine Feder in die Tinte und forderte mich auf: «Bitte!»

«Mit untertänigsten Grüßen an den Herrn obersten Geistlichen bittet der unwürdige Enkel des großen Kalligraphen, der vor drei Monaten seine Seele mit Segenswünschen für seine Exzellenz, den obersten Geistlichen, Gottes Barmherzigkeit empfohlen hat, vorbringen zu dürfen: Im Nachlass jenes Verstorbenen befand sich das Exemplar eines Auszuges aus dem Buche von Allameh Madschlessi von der Hand meines Großvaters in Nastaliq-Schönschrift, das ich dero Gnaden, dem obersten Geistlichen, persönlich überreichen möchte. Meine besten Empfehlungen.»

Der Torhüter antwortete: «Komm in einer Woche wieder, dann erhältst du die Antwort.»

Ich erwiderte: «In einer Woche? Wenn seine Exzellenz, der oberste Geistliche, den Namen Allameh zu hören bekommt, wird er außer sich vor Freude sein, richten Sie dem hohen Herrn nur ein Wort darüber aus, worum es sich handelt.»

«Gut, dann komm übermorgen wieder!»

Ich kehrte nach Hause zurück, aber ich fand keine Ruhe mehr. Beständig ging mir die Szene meines Kampfes mit dem obersten Geistlichen durch den Kopf. Ich wusste, dass er ein korpulenter Mann war, aber wahrscheinlich mangelte es ihm an Beweglichkeit. Ich musste ihm den Dolch bei passender Gelegenheit ins Herz stoßen oder auch in den Unterleib. In diesem Falle müsste ich ihn kräftig in der Bauchhöhle herumdrehen, damit alle seine Eingeweide davon verletzt würden, und dann müsste ich ihn mit einem Ruck wieder herausziehen. Dennoch fürchtete ich, dass mein Stich fehlgehe und der Dolch ihn, wenn ich aufs Herz zielte, nur an der Schulter treffen werde. Nie dachte ich dabei an die Folgen, die das für mich haben würde, mein einziger Wunsch war, ihm den gerechten Lohn für seine Untaten zukommen zu lassen und Jasmin zufriedenzustellen; welches Schicksal mich danach erwartete, hatte für mich nicht die geringste Bedeutung. Die Sorge, dass mein Stich nicht die erhoffte Wirkung haben werde, brachte mich auf den Gedanken, dass ich die Klinge des Dolches vergiften müsse.

Noch am selben Tag ging ich zu Ssohrâb und weihte ihn in mein Geheimnis ein, er bestärkte mich in meinem Vorhaben und behauptete sogar steif und fest, ich würde, wenn ich Erfolg hätte, in der Stadt zum gefeierten Helden werden. Er war der Auffassung, die wirksamste Weise, den obersten Geistlichen zu töten, sei es, ihm mit der Klinge die Kehle durchzuschneiden. Dann probierte er die Schneide an seinen Nägeln aus und meinte: «Ein kurzer Schnitt mit dem Dolch wird ihm den Kopf abtrennen, du musst ihn nur an der richtigen Stelle ansetzen.»

Jener Tag und ebenso der ganze folgende Tag vergingen damit, dass ich mit Ssohrâb übte, den obersten Geistlichen überraschend anzugreifen und niederzustechen. Er übernahm die Rolle des Opfers, und schließlich steigerten seine Ratschläge meine Geschwindigkeit bei der Ausführung dieser Tat beträchtlich. Er war es auch, der es übernahm, das Gift zu besorgen, um die Klinge des Dolches damit zu bestreichen, und er überreichte es mir am versprochenen Tage. Ich präparierte den Dolch und versteckte ihn im Ärmel. Die gefälschte Anthologie von Madschlessi lag, in ein Tuch gewickelt, in einer Nische des Zimmers bereit.

Gerade als ich mich anschickte, das Haus zu verlassen, brachte mir die Nachbarin zwei Fladen Brot und erklärte mir: «Ich habe es nicht fertiggebracht, diese Fleischbrühe zu essen.»

Erst schaute ich auf die Brotfladen, dann blickte ich der Nachbarin ins Gesicht. Sie fügte hinzu: «Ich habe sie gegen ein paar Brote eingetauscht, diese hier sind für dich.»

Sie hielt mir die Fladen hin, und ich nahm sie wie ein Schlafwandler von ihr entgegen. Dann verschwand sie in Windeseile in ihrem Haus.

Ich wickelte das Brot in ein Tuch und holte das Buch aus der Nische. Als ich es in der Hand wog und spürte, wie leicht es war, fühlte ich nach und nach jeglichen Mut für eine Audienz beim Obermollâ schwinden. Wie sollte ich diesem bösartigen Mann gegenübertreten?

Am Haus des obersten Geistlichen haftete bei aller Heiligkeit ein Makel, nämlich der Name einer Hure, der Zwölf-Tumân-Dame! Über sie ging das Gerücht um, dass sich inmitten ihrer dichten Haare ein Vogelnest befunden habe, dessen Bewohner ständig gezwitschert habe. Diese Frau war zwar schon vor Jahren gestorben, und ihr Haus, das berühmt dafür war, dass Decken und Wände einst mit erotischen Fresken bemalt waren, gehörte jetzt nicht einmal mehr ihren Erben. Aber alle kannten es unter dem Namen dieser Dame, und es zeichnete sich durch eine hohe Zypresse aus, deren Wipfel aus ziemlich großer Entfernung aus allen Himmelsrichtungen zu sehen war, und zudem durch schöne Fliesen am Eingang. Das Haus der Zwölf-Tumân-Dame lag in unmittelbarer Nähe vom Anwesen des obersten Geistlichen, und daher bildete es einen wichtigen Teil von dessen Adresse. Wenn man sich in der Umgebung nach dessen Residenz erkundigte, sagten die Leute: «Sehen Sie diese Zypresse? Da liegt das Haus der Zwölf-Tumân-Dame. Wenn Sie daran vorbeigehen, kommen Sie zu einem kleinen Basar, und gleich neben dem offenen Platz da liegt das Haus des obersten Geistlichen ...» Und ich war gerade an dem der Zwölf-Tumân-Dame vorbeigegangen. Noch vor dem kleinen Basar hörte ich hinter einer verschlossenen Tür Weinen und Jammern. Es war lange her, dass ich dergleichen vernommen hatte, denn schon seit Langem beklagten die Menschen nicht einmal mehr den Tod ihrer liebsten Angehörigen; als wäre deren Sterben ein Grund zur Freude, ja sogar eine Erlösung.

Vor dem Haus gab es ein kleines Gedränge, ein Zeichen dafür, dass der oberste Geistliche nicht ausgegangen war. Während ich noch überlegte, wie ich an den Torwächter herankäme, entdeckte er mich und beorderte mich mit einem Handzeichen zu sich. Er hatte mich also wiedererkannt und sagte ohne Umschweife: «Geh hinein!»

Im äußeren Hofe lag ein ziemlich großer Garten voller Obstbäume. Die Straßenbäume in der Stadt trugen nicht nur kein Obst mehr, sie hatten nicht einmal mehr Blätter; und von mehreren hatte man sogar die Wurzeln ausgegraben und gekappt. Was es hier gab, hatte nichts mit den Gegebenheiten außerhalb dieses Hauses zu tun, und im selben Augenblick wurde mir bewusst, dass ich in dieses Anwesen gekommen war, um einen Menschen zu töten. Es war eine seltsame Gefühlsaufwallung, sowohl Angst als auch Erregung.

Außer mir hatte der oberste Geistliche noch einem anderen Audienz gewährt, der wartend im Schatten stand und von dem Statthalter des Glaubenshüters wissen wollte, ob es in Zeiten von Hunger und Elend nach der Schariʿa zulässig sei, Aas zu verzehren. Und obgleich der Haushofmeister gesagt hatte, dass dagegen nichts einzuwenden sei, bestand der Mann darauf, die Fatwa aus dem Munde des obersten Geistlichen selbst zu hören: «Ich will es mit eigenen Ohren von seinen gesegneten Lippen vernehmen.»

Ein langer, schlanker Mollâ kam zu mir und forderte mich auf: «Komm mit!»

Er ging los, und ich folgte ihm im Gefühl, dass ich im Begriff sei, einen Auftrag auszuführen, von dessen Erfüllung mein Lebensglück abhänge.

Der Eingangsbereich des Gebäudes war leer, und dort zog ich mir wie beim Betreten jedes anderen heiligen Ortes die Schuhe aus. Der Mollâ führte mich in ein Zimmer, damit ich dort die Ankunft seiner Heiligkeit, des obersten Geistlichen, erwartete. Sobald ich das Zimmer betreten hatte, kam er ebenfalls herein und starrte mich mit kleinen, unter buschigen Brauen verborgenen Augen an, als hätte er ein wunderliches Lebewesen vor sich. Dann erkundigte er sich: «Du bist also der Enkel des großen Kalligraphen der Stadt?»

Seine Frage hatte einen feindseligen Unterton, ich antwortete: «Ja, er hat seine Seele Gottes Gnade empfohlen; er hätte sein Leben gern für Sie hingegeben.»

Er erwiderte: «Ich weiß, möge Gott ihm seine Sünden verzeihen! Er war für den Herrn obersten Geistlichen stets ein Ärgernis.»

Vollkommen ahnungslos fragte ich: «Aber was hatte dieser Diener Gottes ihm denn getan?»

Ohne auch nur einen Moment zu zögern, entgegnete er: «Was er getan hat?»

Unter seinen buschigen Augenbrauen starrte er mich noch feindseliger an, dann erklärte er: «Er verbreitete ganz ungeniert esoterische Lehren und tat hässliche Dinge, die ich mich in den Mund zu nehmen scheue. Diese Männer ... diese jungen Männer. Muss ich noch deutlicher werden?»

Ich antwortete: «Nun ja, er wusste zu schätzen, was gut aussah, alles Schöne war in seinen Augen ein Abglanz des göttlichen Glorienscheines, und hübsche Menschen standen über allem. Aber mein verehrter Herr, er hat niemandem ein Leid zugefügt.»

«Kein Leid? Aufgestachelt von seinesgleichen, hat der Pöbel vor einiger Zeit bei jenen unglückseligen Vorfällen Steine gegen die Tür des Hauses unseres obersten Geistlichen geworfen und einen Aufruhr verursacht.»

«Aber ich bitte Sie! Da haben Verleumder Ihnen etwas eingeredet. Niemandem ist von meinem seligen Großvater jemals Schaden zugefügt worden, er war von allen wohlgelitten.»

«Wenn du bei Gott nicht wohlgelitten bist, was nützt dir dann das Wohlwollen seiner Diener? Er war ein Meister der Täuschung, er trug grauenhafte Gedanken mit dem unschuldigen Blick eines Kindes und dem einfältigsten Lächeln vor und führte die Geschöpfe Gottes irre.»

«Er hat lediglich geliebt, und er wusste, dass die Liebe eine göttliche Narrheit ist.»

«Durch ihn ist Ärgernis entstanden. An Lästerung und Ketzerei hatte er nicht seinesgleichen.»

«Mein Großvater war ein gottesfürchtiger Sufi. Seine einzige Verfehlung bestand darin, dass er die ersten drei Kalifen nicht verflucht hat.»

«Ebendas ist die allergrößte Sünde. Leute wie er leugnen Gott.»

«Er glaubte, dass uns Gott nahe ist, näher als ein Mensch seinem Schatten. Er pflegte zu sagen, allein, wenn wir einen Schritt aus unserem Selbst hinaustun, können wir eins mit Gott werden.»

Er hielt meine Behauptung für keiner Antwort wert, lächelte spöttisch und meinte dann: «Die Sufis und die Derwische haben erstaunliche Häresien in unseren rechten Glauben eingefügt. Bist du je zu einer ihrer Versammlungen am Vorabend des Freitags in ein Derwischkloster gegangen? Statt zu beten, tanzen sie und reden in Zungen oder vollführen andere seltsame Rituale. Was hat In-Zungen-Reden oder Tanzen mit dem wahren Glauben zu tun? Sie haben sich außerhalb unserer Glaubensgemeinschaft gestellt. Sie halten den Tanz für die erhabenste Form des Gebets – schon das ist eine Blasphemie –, und den Höhepunkt körperlicher Vereinigung sehen sie als ein Mittel an zum tieferen Verständnis der Bedeutung von Vereinigung und Aufgehen in Allah. Sie glauben an nichts als Sinnlichkeit und Unterwerfung unter ihre eigenen Begierden.»

Ein kindischer Widerspruchsgeist war in mir erwacht, der mich vollkommen vergessen ließ, wozu ich eigentlich hergekommen war. Ich gab nicht nach: «Sie glauben, dass es viele Wege zu Gott gibt. Sie haben sich für den Tanz der Derwische und das dazugehörige Ritual entschieden.»

Aufgebracht ging er einen Schritt auf mich zu: «Das ist der Geist des Aufruhrs.»

Noch immer voller Widerspruchsgeist sagte ich, als hätte ich mich dorthin begeben, um ihn in die Mystik einzuführen: «Eine Leiter, um in den Himmel aufzusteigen, ebendas ist die menschliche Existenz. Im Kreis herumzuwirbeln, ist ein geistlicher Tanz, und die Umdrehungen, die der Tanzende ausführt, sind ein Mittel zur Vereinigung von Himmel und Erde und zum Vollzug ihrer Hingabe. Rumi war es, der diesen Tanz erfunden hat.»

«Sprich den Namen dieses Verfluchten nicht noch einmal aus!»

Dann drohte er mir mit dem Finger und fügte hinzu: «Hör mal, mein Junge, die Sufis und die Derwische haben sich selbst aus dem Kreise der Muslime ausgeschlossen. Am allerschlimmsten ist, dass sie sich mit Zauberei abgeben. Erst vor wenigen Jahren hat sich einer von ihnen mitten im Kreise der Aufseher des ehrwürdigen obersten Geistlichen, die ihn umringt hatten, während er den verfluchten Teppich unter dem Arm trug, in Luft aufgelöst. Alle Menschen, die auf dem Schahplatz waren, sind Augenzeugen jener schändlichen Tat geworden.»

«Das alles sind doch nur die Wundertaten von Asketen.»

Er verlor nach und nach die Fassung: «Mein liebes Kind, was für eine Askese soll das sein? Es sind Schwindler und Scharlatane. Sie verbreiten lästerliche Lügenmärchen über sich und ihre Gesinnungsgenossen.»

… im Dunkeln ging er überallhin, stets leuchtete eine Lampe, die zwischen Himmel und Erde hing, über seinem Haupt … er wandelte auf dem Wasser, ohne dass sein Fuß nass geworden wäre … glühendes Eisen holte er mit bloßen Händen aus dem Ofen, und er versengte sich nicht … wenn es ihn in der Wüste dürstete, stampfte er Wasser mit dem Fuß aus dem Boden, als sprudelte dort eine Quelle … wenn er nachts predigte, strahlte Licht aus seinem Munde. Eines Nachts schlief er hungrig ein, er sah den Gesandten Gottes im Traum, wie er ihm einen Fladen Brot gab, und aß die Hälfte davon, plötzlich erwachte er; da hielt er die andere Hälfte dessen in der Hand …

«Das Allerschlimmste sind die Lügen, die sie über die Schiiten verbreiten; sie erzählen, dass diese in den Kreuzzügen den christlichen Angreifern die militärischen Geheimnisse der Muslime verraten und später beim Mongolensturm deren Soldaten die Tore der Städte geöffnet hätten. Sogar die Schuld am Fall von Bagdad schreiben sie dem Verrat der Schiiten zu.»

Das alles sagte er und starrte mich dabei mit einem so durchdringenden Blick an, dass ich mich ganz hilflos fühlte, schließlich gewann ich wieder Gewalt über mich und fragte: «Was ist so schlecht daran, den Weg der Versöhnung und des Kompromisses zu gehen, wenn man sich einem gefährlichen Feind gegenüber sieht? Sehen Sie doch, in was für einer Lage sich Isfahan jetzt befindet. Es ist doch keineswegs ausgemacht, dass die Anwesenheit der Afghanen in der Stadt gefährlicher wäre als Hunger und Seuchen.»

«Du bist ein kluger Junge, aber dein Großvater hat dir ein paar Flöhe ins Ohr gesetzt. Die Afghanen werden nichts ausrichten können. Die großen Religionslehrer haben alle gemeint, dass die Wiederkehr des verheißenen Mahdi in die Zeit der Safawiden fallen wird. Also kann ihre Hauptstadt nicht durch die Hand der barfüßigen Afghanen zugrunde gehen. Leute wie dein Großvater gefährden den rechten Glauben; nicht umsonst hat Schah Esmâ'il II – Gott hab ihn selig! – tausendzweihundert von ihnen zur Hölle geschickt. Er hätte sie samt und sonders töten sollen, um alle Triebe dieses gefährlichen Stammbaums mit Stumpf und Stiel auszurotten. Jetzt ist das Ende der Zeiten vielleicht wirklich nahe, denn die Welt ist voller Sünde, und dank des segensreichen Wirkens von Sufis und Derwischen wird Ungehorsam nicht mehr verabscheut. Und du, mein Kind, dessen Mund noch nach Muttermilch riecht, sagst mir ins Gesicht ...»

An diesem Punkt hob er seinen Blick zur Decke und stieß ein «Gott schütze uns!» hervor, er war ganz und gar außer sich. Er war drauf und dran, mich aus dem Haus zu werfen, und alles wäre verloren gewesen. Ich war sicher, dass eine Fortsetzung dieses Gesprächs meine Beziehung zu diesem Mann oder gar zum obersten Geistlichen selbst sehr schwierig machen würde. Allerdings wusste ich überhaupt nicht, was ich tun sollte, um in einem annehmbareren Lichte zu erscheinen. Als Zeichen der Unterwerfung verneigte ich mich, setzte die Büßermiene eines Menschen auf, der vor Reue den Tränen nahe ist. Plötzlich kam mir ein Einfall, und ich fasste ihn sogleich in Worte: «Natürlich sind alle Ihre Äußerungen voll tiefer Einsicht. Wie käme meine Wenigkeit dazu, mit Ihnen zu streiten?»

Dann schwiegen wir beide. Es verstrich noch ein Weilchen, das mir aber, der ich voller Besorgnis und Unruhe war, wie tausend Jahre erschien, und schließlich trat der oberste Geistliche durch eine Tür, die sich zum angrenzenden Zimmer auftat, ein, der hagere Mollâ verbeugte sich und verließ den Raum. Der Glaubenshüter war nicht allein, einer seiner Adjutanten, ein massiger Mollâ, kam ebenfalls mit. Kaum schickte ich mich an, ihm zum Handkuss entgegenzutreten, hielt sein massiger Begleiter mich zurück: «Komm nicht näher.»

Notgedrungen blieb ich an der Stelle, die er mir angewiesen hatte, stehen. Der oberste Geistliche bemerkte, wie sehr die Einschüchterung des massigen Mollâs meinen überschäumenden Drang, ihm meine Ehrerbietung zu erweisen, dämpfte, und erklärte freundlich: «Sei nicht traurig, lieber Junge. Du weißt doch, dass ansteckende Krankheiten in der Stadt grassieren, diese Vorsichtsmaßnahme ist leider notwendig.»

Natürlich war das Unsinn. Die Menschen starben zwar zuhauf, aber nicht an Krankheiten, sondern an Hunger.

Der Obermollâ nahm am oberen Ende des Zimmers auf einem kleinen, mit grünem Samt bezogenen Diwan Platz, und ich blieb stehen, wo ich war. Sodann hob er an: «Du bist also, wie man mir mitgeteilt hat, der Enkel des großen Kalligraphen.»

Zum Zeichen der Zustimmung senkte ich den Kopf. Er fuhr fort: «Möge Gott die Last seiner Sünden erleichtern und ihm die Blasphemie und die schmutzigen Übeltaten, von denen er bis zum letzten Augenblick seines Lebens nicht lassen mochte, verzeihen.»

Zum Zeichen des Bedauerns und der Scham nickte ich und antwortete: «Am Ende seines Lebens hatte er seinen irrigen Gedanken gänzlich abgeschworen. Wenn er sich abends auf seinem Gebetsteppich niederließ und Bußgebete sprach, weinte er so sehr, dass dieser ganz nass wurde.»

Er ging auf meine Worte nicht ein und sagte: «Lass mal sehen, mein lieber Junge, ob du nicht auch so ein Gotteslästerer bist wie er.»

Ich beeilte mich zu entgegnen: «Aber nein, mein Herr!»

«Lass erst einmal hören, woran er gestorben ist, an einer Seuche oder vor Hunger?»

Verlegen erwiderte ich: «Weder noch.»

«Red keinen Unsinn. Selbst der Satan muss, wenn er denn endlich verreckt, eine unheilbare Krankheit bekommen oder verhungern.»

«Sein Tod war die Folge einer plötzlichen Entscheidung. Er beschloss zu sterben, und er starb.»

Er grinste und wandte ein: «Aber ist Sterben denn etwas wie Austreten, das man sich vornehmen und ausführen kann?»

Ungerührt zuckte ich mit den Schultern und antwortete: «Auf jeden Fall rief er mich zu sich und erklärte mir, er wolle sterben. Dann streckte er sich auf dem Boden aus und starb; einfach so.»

Er war ein Geistlicher und wusste, dass etwas Derartiges nur mithilfe einer übermenschlichen Kraft geschehen konnte. Ungläubig, ja sogar ärgerlich schüttelte er den Kopf, dann sagte er, indem er jedes einzelne Wort betonte: «Er hat an nichts als an den Teufel geglaubt.»

Mit einer ärgerlichen Handbewegung verlieh er seiner Äußerung Nachdruck, dann fügte er hinzu: «Mir ist zu Ohren gekommen, dass er irgendwo gesagt habe, um seinen Schöpfer wahrhaftig zu lieben, müsse man vor allem vermeiden, den Predigten der Geistlichen zu lauschen.»

Natürlich hätte ich lieber etwas anderes erwidert, aber mir blieb nichts übrig, als ihm beizupflichten: «Möge Gott ihm seine Verfehlungen nachsehen!»

Er nickte, anscheinend betrachtete er meine Zustimmung als einen großen Sieg, und mit einem Male legte sich sein Ärger ein wenig. Nach einem Moment des Nachdenkens erkundigte er sich: «Wie hat er seine letzten Tage verbracht?»

«Er widmete sich ganz der Kalligraphie.»

«Ich bin sicher, dass er dem Hunger erlegen ist, Menschen vom Schlage deines Großvaters, die ein angenehmes, süßes Leben im Kreise ihrer ihnen hörigen Jünger geführt haben, sind nicht stark genug, um Widrigkeiten zu ertragen.»

Seine Boshaftigkeit flammte wieder auf, und ich dachte, ein leiser Widerspruch würde keinen großen Schaden anrichten, also entgegnete ich: «Er hat so wenig gegessen wie ein Kleinkind. Eine Handvoll Brot reichte ihm für den ganzen Tag.»

Ich sah den Zorn in seinen Augen, wenn er auch spöttisch lächelte und erwiderte: «Wie kann man schreiben, wenn man den ganzen Tag nur ein kleines Stück Brot zu sich nimmt?»

Ich bemühte mich, meinen Fehler zu korrigieren: «Ganz unter uns, er hat sich von Zeit zu Zeit an die Speisevorräte in der Küche herangemacht und etwas gegessen, wenn meine Großmutter und ich es nicht sahen, aber dennoch hat er so getan, als ob eine Handvoll Brot ihm für einen ganzen Tag genügte … Möge Gott ihm seine Sünden vergeben!»

Doch das reichte ihm nicht. Er erhob die Stimme und forderte: «Das musst du allen Leuten hier eines Tages mit lauter Stimme verkünden, damit diejenigen, welche seinen Einflüsterungen erlegen sind, Vernunft annehmen. Du hast ja keine Ahnung, wie viele Menschen er mit seinen Irrlehren in den Abgrund der Hölle gesandt hat.»

Zornig streckte er die Hand aus und blickte mich an. Ganz und gar hilflos sah ich ihm in die Augen, und als ich es nicht mehr aushielt, fing ich an zu schluchzen und zuckte mit den Schultern. Das zeigte Wirkung, mit freundlicher Stimme sagte er: «Beruhige dich, mein Junge!»

«Wie könnte ich mich beruhigen, ich weine aus Furcht vor Gott und vor dem Feuer der Hölle, in deren Abgrund mein Großvater jetzt schmort.»

Und dann fügte ich gleich noch hinzu: «Bitte gestatten Sie mir, Ihre gesegnete Hand zu küssen.»

Das wäre die geeignete Gelegenheit gewesen, meinen Vorsatz auszuführen, aber kaum tat ich einen Schritt auf ihn zu, ging der massige Mollâ dazwischen. Der oberste Geistliche hielt ihn mit einer Handbewegung zurück.

Ich trat an ihn heran und küsste seine segensreiche Hand, aber als ich in den Ärmel greifen wollte, um den Dolch herauszuziehen, brachte mich die Gegenwart des massigen Mollâs, der jetzt nur einen Schritt von uns entfernt stand und mich mit hochgezogenen Augenbrauen ärgerlich musterte, von dem Gedanken ab. Darauf gab er mir mit einer Geste zu verstehen, dass ich an meinen Platz zurückkehren solle.

Der oberste Geistliche, der jetzt einen zufriedenen Eindruck machte, belehrte mich: «Weißt du, mein Junge, mit dem Aufstand der Afghanen stellt uns Gott auf die Probe. Wenn wir fest an dem Ort verharren, an den Er uns gestellt hat, und dem Willen des Satans, uns ihnen zu ergeben, nicht Folge leisten, wird unser Platz oben im Paradiese sein.»

Dann sagte er unter Verweis auf das Buch, das ich unter dem Arm trug: «Du hast mir ein Buch des seligen Allameh Madschlessi gebracht, nicht wahr?»

«So ist es, sehr verehrter Hüter des Glaubens, ein Exemplar des *Heliat-ol-Motaqin* von der Hand eines einzigartigen Meisters aller Zeiten, des großen Kalligraphen, meines verstorbenen Großvaters. Er wollte Ihnen dieses Kleinod mit eigener Hand überreichen. Es verlangte ihn in seinen letzten Tagen nach der Ehre, Euer Gnaden einen Besuch abstatten zu dürfen.»

Er nickte mit dem Kopf und gab dem massigen Mollâ ein Zeichen, das Buch in Empfang zu nehmen. Es war mir unmöglich, mich von der Stelle zu rühren. Der Mollâ trat heran, und mit einem scheelen Blick nahm er es mir aus der Hand, um es dem obersten Geistlichen zu geben. Es war, als läse er mir aus der Hand. In dem Augenblick kam es mir so vor, als verdiente dieser Fleischkoloss den Tod sogar noch mehr als der Obermollâ. Ich fuhr fort: «Aber sein letztes Stündlein ereilte ihn, und es war meinem seligen Großvater nicht mehr vergönnt, das Manuskript zu binden und mit Goldschnitt zu versehen.»

Der oberste Geistliche befand: «Das macht nichts, dafür werde ich selbst sorgen.»

Sein Stirnrunzeln zeigte, dass er in tiefes Nachdenken versunken war. Er unterzog die erste Seite des Buches einer genauen Prüfung, und als er den Namen seines Vorfahren darauf entdeckte, hellte sich seine Miene mit einem Male auf, wenn sich seine Stirn auch nicht glättete, und er erklärte: «Viele haben vorausgesehen, dass der Tod dieser geheiligten Persönlichkeit unser islamisches Land unweigerlich in Gefahr bringen werde.»

Er sprach eine Fürbitte für dessen Seele, dann las er den Titel des Buches laut vor: «*Heliat-ol-Motaqin*».

«Das heißt *Die Zierde der Frommen*. Seht Ihr, wie schön das ist?» Er blätterte das Buch durch. Der massige Mollâ sagte: «Er behauptet, es sei ein Schriftstück von der Hand des großen Kalligraphen.»

Ohne den Blick von dem Manuskript zu heben, nickte der oberste Geistliche. Er bestätigte es, und mehr denn je erschien er mir als ausgemachter Dummkopf.

Ein, zwei Stellen aus dem Buche las er murmelnd vor, und seine Stirn glättete sich vor Zufriedenheit. Trotzdem konzentrierte ich die ganze Kraft und alles Selbstvertrauen, das ich in mir hatte, in meinen Augen, um nicht schwach zu werden, wenn er den Kopf höbe und mich ansähe, und um seinem Blick standhalten zu können, was auch immer er enthielte.

Aber es ging gut aus, denn er sagte: «Diese Schönschrift lässt einem wahrhaftig die Augen aufleuchten, so Gott will, möge der Schöpfer ihm die Freude, die wir beim Anblick dieser Handschrift empfinden, als Ausgleich für seine Sünden anrechnen.»

Während er das Buch gebannt betrachtete, blinzelte er ein-, zweimal, vielleicht traute er seinen Augen nicht, dann hob er den Kopf und fragte: «Du bist doch sein Enkel, sag mal, was für ein Mann war er eigentlich?»

Ich war überrascht, und mir war nicht klar, worauf er eigentlich hinauswollte. Ich gab eine ausweichende, halb scherzhafte Antwort: «Er war kein schlechter Kerl.»

Er schwieg, schaute wieder auf das Manuskript, als wüsste er, dass diese Unterhaltung zu nichts führen würde, bewunderte es erneut, und von dessen Zauber berührt, blühte sein Gesicht förmlich auf. Auch er hatte also einen Sinn für Schönheit! Nachdem sein Blick lange auf einer Seite der Handschrift verweilt hatte, urteilte er: «Das ist großartig!»

Ich hatte das Gefühl, in mir steckten ein Kalligraph von hohen Graden und ein mit allen Wassern gewaschener Teufel. Ja, ich hatte ihn getäuscht, und ich war bereit, für die Folgen mit meinem Leben zu bezahlen. Als ich mir das sagte, überkam mich eine außerordentliche Kühnheit, und ich meinte: «Ich glaube, mein Großvater war ein Teil des Lichtes, wenn er durch die Sonne ging, verschwammen die Umrisse seiner Person mit dem, was ihn umgab.»

Er würdigte meine Behauptung keiner Antwort und entgegnete stattdessen: «Die Qualität einer Schönschrift lässt sich an zwei Dingen erkennen: Das eine ist die vollendete Ausgewogenheit der Buchstaben und der Wörter im Verhältnis zueinander und das andere die rechte Linienführung und das Gleichmaß der Formen.»

Der Zauber verflog, ich hatte nicht erwartet, dass er sich

mit den Geheimnissen der Kalligraphie so gut auskannte. Bald wäre es um mich geschehen, sagte ich mir.

Er klappte das Buch zu und meinte: «Was wäre wohl geschehen, wenn dein Großvater der Gotteslästerei und Ketzerei entsagt und sein Können in den Dienst der Verbreitung der frommen Lehren unseres Allameh Madschlessi gestellt hätte? Weißt du, wo sein Ort jetzt wäre?»

Ich, der ich wusste, dass mein Großvater in der Tiefe seines Grabes ruhte, erwiderte mit gespielter Ratlosigkeit und versteckter Spitzbüberei: «Wo wäre er denn dann?»

Er streckte den Finger zur Decke und antwortete: «In der obersten Stufe des Paradieses.»

Dann machte er eine Pause und schloss die Augen, ich hatte den Eindruck, dass sich der Anflug eines Lächelns auf seinen Lippen abzeichnete, er offenbarte uns nichts von dem, was in seinem Geist vorging, aber ich bin sicher, dass es mit den ewig jungfräulichen Huris im Himmel zu tun hatte.

Er schlug die Augen auf, schüttelte bedauernd den Kopf und erklärte: «Aber er schrieb sein ganzes Leben lang die Ergüsse vom Geiste jenes verruchten Dichters, des verfluchten Rumi.»

Auch der massige Mollâ nickte bekräftigend. Ich hatte die Beschreibung des Paradieses schon in verschiedenen Büchern gelesen: Bäche, in denen Milch fließt, andere Bäche, durch die Honig rinnt. Engel, deren Jungfräulichkeit nach jedem Beischlaf wiederhergestellt wird, die stets und ständig unberührt sind, und die Lust des Orgasmus dauert tausend Jahre. Bei dem Gedanken überkam mich wieder eine sexuelle Erregung, als der oberste Geistliche plötzlich fragte: «Nun, was willst du denn von mir als Anerkennung für dies wertvolle Präsent?»

«Zunächst eine Fürbitte aus Ihrem erhabenen Munde nicht nur für mein Seelenheil, sondern auch für das meines Großvaters, sodann die Erlaubnis, Ihnen weitere Male meine Aufwartung zu machen und die geheiligte Gegenwart von Euer Ehren zu genießen.»

Hochmütig nickte er mit dem Kopf, ich sah sogar den Anflug eines zufriedenen Lächelns über seine Lippen huschen, dann sagte er, an den massigen Mollâ gewandt: «Geben Sie ihm auch einen Sack Mehl von guter Qualität.»

Er erhob sich; da ich dieses Geschäft als zutiefst ungerecht empfand, trat ich einen Schritt vor und bat, noch bevor er den Raum verließ: «Mein Herr, könnten Sie nicht anzuordnen geruhen, mir gnädigerweise zwei Sack zu überlassen?»

Er hielt inne und wandte sich zu mir um, einen Moment schaute er mir zögernd ins Gesicht. Ich wusste, dass es eingefallen genug aussah, um in jedem Menschen ein Gefühl der Gerechtigkeit zu erwecken, dennoch bemühte ich mich, noch erschöpfter zu wirken und mit noch glanzloseren Augen dreinzublicken. Als hätte er mich bei etwas ertappt, fuhr er mich an: «Du bist also zu mir gekommen, um Geschäfte zu machen?»

Eilfertig erwiderte ich: «Aber nein, mein Herr. In erster Linie beabsichtigte ich, Euer Gnaden meine untertänigste Aufwartung zu machen, sodann wollte ich auch den letzten Willen meines verstorbenen Großvaters erfüllen, der mich wenige Augenblicke vor seinem Hinscheiden rief, obwohl er kaum noch zu sprechen vermochte, und verfügte, Euer Gnaden bei erster Gelegenheit das Buch des verstorbenen Allameh zu überbringen und um Vergebung für das Versäumnis zu bitten, dass er nicht selbst das große Glück genossen habe, Ihnen seine Aufwartung zu machen, um es Ihnen persönlich zu überreichen. Außerdem wollte ich Sie darum ersuchen, für sein Seelenheil zu beten, diesen Punkt hat er mir besonders eingeschärft. Sie wissen ja, dass er schließlich bereut hat, wenn auch erst spät. Ich hoffe, seine Bußfertigkeit wird beim Jüngsten Gericht gnädig angesehen.»

Der oberste Geistliche antwortete ungläubig: «Gott möge

alles schließlich zum Guten wenden; er hatte unsere wiederholten Bitten um eine Abschrift des Buches unseres Großvaters immer unbeantwortet gelassen.»

«Mein Großvater hatte seine Haltung in den letzten Jahren seines Lebens vollständig gewandelt und seine früheren Gewohnheiten ganz und gar aufgegeben. Mehrfach las er das Buch des seligen Allameh Madschlessi und war überwältigt von der Tiefe der darin enthaltenen Wahrheiten. In dieser letzten Zeit hat er auch stets mit Wohlgefallen Ihrer Heiligkeit gedacht. Der Tod hat ihm nicht die Zeit gelassen, Ihnen selbst seine Aufwartung zu machen, um Ihnen das Buch zu überreichen. Außerdem…»

Da fragte er plötzlich: «Warum bist du wirklich zu mir gekommen? Ich bin fest davon überzeugt, dass es nicht geschehen ist, um den Letzten Willen deines Großvaters zu erfüllen.»

Dieser Mann war nicht dumm. Ich musste seine Unterstellung umgehend zurückweisen: «Aber ich habe es Ihnen doch gesagt.»

Wir sahen uns zunächst einen Moment an, dann richteten wir beide unsere Blicke woandershin, aber er verlor die Geduld und beauftragte den massigen Mollâ: «Gib ihm zwei Sack Mehl.»

Ohne meine Reaktion abzuwarten, verschwand er hinter dem Vorhang. Der andere nahm mich mit in den Hof, machte mit einem Male, ich weiß nicht, warum, ein freundliches Gesicht und meinte: «Du weißt ja, dass die Lumpen dieser Stadt heutzutage ein ganzes Heer Hungriger hinter sich versammeln und alle, die etwas Essbares bei sich haben, angreifen. Allahu akbar! Die Endzeit ist gekommen.»

Ich hatte nicht übel Lust, ihm zu antworten, dass es der segensreichen Existenz der Leute vom Schlage unseres verehrten obersten Geistlichen zu verdanken sei, dass solche Tage angebrochen seien. Aber ich biss mir auf die Zunge und erwiderte stattdessen: «Ich weiß, aber da kann man nichts machen.»

Zum Zeichen des Nachdenkens legte er seine Stirn in Falten und entgegnete: «Für alles gibt es eine Lösung.»

«Und die wäre?»

«Dass ich zwei bewaffnete Wächter mit dir mitschicke.»

«Möge Gott sich Ihrer verstorbenen Ahnen erbarmen!»

Er blieb stehen, legte mir brüderlich den Arm um die Schultern, runzelte die Stirn, um mir zu zeigen, dass er nachdachte, und fügte hinzu: «Aber sie machen das nicht für nichts und wieder nichts.»

«Sondern?»

Er spielte wieder dasselbe Theater – er legte die Stirn in Falten – und erklärte: «Mindestens einen Sack.»

Als er mein Erstaunen sah, meinte er: «Das musst du natürlich selbst entscheiden. Weißt du, ich habe damit nichts zu tun, es geht mich nichts an.»

Er schaute mich mit größter Anteilnahme an. Tatsächlich war mir auch selbst klar, dass es ein Ding der Unmöglichkeit war, zwei Sack Mehl heil und gesund durch die Straßen Isfahans angesichts der Hungernden zu ihrem Bestimmungsort zu bringen. Wahrscheinlich setzte ich damit nicht nur die beiden Sack Mehl, sondern auch mein Leben aufs Spiel. Einen Moment dachte ich daran, Ssohrâb und Borsu Bescheid zu sagen, statt die bewaffneten Wächter des obersten Geistlichen anzuheuern. Aber ich überlegte es mir sogleich anders. Wäre ich erst einmal von hier fort, hätte ich keine Garantie dafür, wieder hereingelassen zu werden, um meine Mehlsäcke einzufordern. Hilflos antwortete ich: «Also gut; ich bin einverstanden.»

Der massige Mollâ ging weg, und ich stand eine Weile, die mir wie eine Ewigkeit vorkam, dort in der Ecke des Hofes. Schließlich kam er zurück, aber kein Wächter begleitete ihn. Er senkte den Kopf, und nach einem bedrückenden Schweigen sagte er tief beschämt: «Sie wollen anderthalb Sack Mehl als Lohn.»

Dann nickte er zum Zeichen seines Mitgefühls: «Es gibt keine Gottesfurcht, keinen Glauben und keinen Anstand mehr.»

«Nicht einmal die übelsten Halsabschneider gehen so mit ihren Opfern um.»

Voller Anteilnahme bestätigte er meine Äußerung und befand: «Das ist eine Prüfung Gottes. Am Ende wird niemand verschont bleiben.»

«Aber stehen sie denn nicht unter Ihrem Befehl?»

Betrübt nickte er mit dem Kopf und erklärte: «In diesen schlimmen Zeiten gehorcht niemand mehr dem andern. Alle haben ihre Seele dem Satan verschrieben.»

«Ich brauche sie nicht. Bitte bringen Sie mir meine zwei Sack Mehl.»

Der massige Mollâ erwiderte nichts, und ich spähte zur Überprüfung der Lage durch einen Türspalt aus dem Anwesen hinaus. Der Wächter stand im Schatten eines Baumes, neben ihm zwei, drei Leute, die anscheinend auf die Erlaubnis warteten hereinzukommen, und etwas weiter weg eine ziemlich große Menge zerlumpter Menschen, die dort herumlungerten und das Haus des obersten Geistlichen beobachteten. Die Ansammlung wirkte bedrohlich, und schon aus der Art, wie sie dort standen, wurde ihre Angriffslust deutlich, es kam mir vor, als ob sich bei meinem Anblick ein Raunen erhöbe, vielleicht bildete ich mir das auch nur ein.

Ich kehrte wieder zu dem massigen Mollâ, der in einer Ecke stand und mich betrachtete, zurück. Er sagte: «Ich wusste, dass du einlenken würdest.»

«Mir bleibt wohl nichts anderes übrig.»

Er ging weg und kam umgehend mit einem halben Sack Mehl und zwei Leibwächtern zurück. Ich lud mir den Sack auf den Rücken; und die beiden begleiteten mich aus dem Haus des obersten Geistlichen. Sie wirkten abgemagert, aber sie führten immerhin Feuerwaffen mit. Wir machten uns auf den Weg und begegneten allenthalben Hungernden, die jedoch, sobald sie die Gewehre an den Seiten der Wachen baumeln sahen, zurückwichen.

Einer der beiden sprach mich an: «Du bist noch sehr jung, du siehst nicht so aus, als ob du Familie hättest.»

«Weder Weib und Kind noch Vater und Mutter. Niemanden. Ich bin mutterseelenallein!»

Er nickte, der andere ergänzte: «Im Gegensatz zu dir haben wir zwei jeder eine siebenköpfige Familie, wir müssen auch noch für unsere Eltern sorgen.»

«Gott helfe euch!»

Der Erste fragte: «Weißt du, wie viele Brote du mit dem Mehl, das du hier nach Hause trägst, backen kannst?»

«Nein!»

«Schätze mal!»

«Zehn, vielleicht zwölf Stück.»

Der andere brach in lautes Gelächter aus und erwiderte: «Du hast ja keine Ahnung, mindestens fünfzig!»

Ich schwieg, ich sagte mir, die Fortsetzung dieser Diskussion würde zu nichts führen; aber ich täuschte mich.

Der Erste gab nicht nach: «Wenn du ein bisschen sparsam damit umgehst, kommst du mit diesem Mehl wenigstens einen Monat aus. Aber ich und mein Kamerad müssen heute Abend wie schon an den Abenden davor ein Brot unter sieben Personen aufteilen.»

An diesem Punkt hielt ich es nicht mehr aus und widersprach: «Ihr Schufte, ihr habt mir anderthalb Sack Mehl dafür abgenommen, dass ihr das hier macht, und dann behauptet ihr noch, dass ihr euch zu siebt einen Fladen Brot teilen müsst?»

Die beiden blickten erst mich und dann einander verwirrt und ratlos an. Einer von beiden antwortete schließlich: «Was soll denn das? Anderthalb Sack Mehl? Wovon redest du?»

«Von den anderthalb Sack Mehl, die ihr mir abgenommen habt, um mich nach Hause zu begleiten.»

Einer von ihnen brach in Gelächter aus, und der andere widersprach: «Du bist ja noch dümmer, als du aussiehst. Unsere Tagesration besteht aus einem Fladen trockenem Brot und sonst gar nichts.»

Plötzlich fühlte ich mich, als hätte man mir Gift gegeben; wenn ich vorher noch den leisesten Zweifel daran gehabt haben sollte, ob ich den obersten Geistlichen umbringen solle, war ich nun davon überzeugt, dass er den Tod mehr als verdient habe.

Der Erste fragte: «Siehst du diese Heerscharen Hungernder, die uns verfolgen? Glaubst du wirklich, dass wir und unsere Gewehre, wenn die sich alle zusammen überraschend auf uns stürzen, irgendetwas ausrichten würden? Sie machen uns den Garaus, und unsere Frauen und Kinder verhungern; wir setzen für diesen Bissen Brot unser Leben aufs Spiel.»

Ich begriff, sie wollten mehr herausschlagen und mich übers Ohr hauen. Ich fuhr sie an: «Was für ein Wink mit dem Zaunpfahl! Anderthalb Sack Mehl haben der Obermollâ und seine Helfershelfer mir abgeluchst, und jetzt wollt ihr mir noch diesen halben Sack abnehmen. Nur über meine Leiche!»

Der andere erwiderte: «Werde doch nicht wütend! Niemand von uns hat das gewollt, wir dachten bloß, vielleicht lässt sich dein Herz erweichen, und du hast ein Einsehen mit uns.»

«Bevor ich im nächsten Augenblick aus Angst vor diesem Haufen Hungriger, der so bedrohlich hinter uns herkommt, verrecke, könntet ihr wenigstens etwas dafür tun, dass sie uns in Ruhe lassen.»

Einer von beiden erklärte: «Das wird sogleich erledigt.»

Er wandte sich um und feuerte einen Schuss in die Luft ab. Alle gaben sogleich Fersengeld. Der andere fragte: «Hast du gesehen, wie wir sie eingeschüchtert haben?»

Wir waren beinahe bei mir zu Hause angelangt. Ich log sie an: «Ich habe mit dem Obermollâ ausgemacht, dass ich ihm morgen noch etwas bringe und zwei Sack Mehl dafür bekomme. Dann werde ich etwas für euch tun. Jetzt brauche ich euch nicht mehr; ihr könnt gehen.»

Ohne ihre Reaktion abzuwarten, lief ich zu meinem Haus und ging eilig hinein. Aber einen Augenblick sah ich den Schemen der Nachbarin, die am Fenster ihres Heims stand. Kaum war ich wieder zu Atem gekommen, öffnete ich die Haustür und spähte verstohlen in die Gasse. Weit und breit war keine Menschenseele zu sehen. Ich legte den halben Sack Mehl in die Speisekammer und begab mich, um Hilfe zu holen, zu Ssohrâbs Wohnstatt. So viel Brot zu backen würde ich allein nicht schaffen. Außerdem hatte ich keine Ziegenwolle zur Hand, um sie zu verbrennen, und ohne das, da war ich mir sicher, würde das Heer der Hungernden, sobald der Geruch nach frischem Brot aufstiege, mir das Haus stürmen.

Zusammen mit Ssohrâb kehrte ich nach Hause zurück, auf dem Weg lag überall Brennholz herum, und wir nahmen es mit. Holz gab es tatsächlich in Hülle und Fülle, denn die Leute gruben die Bäume aus, um die Wurzeln zu verzehren.

Siebzehn Fladen Brot! Das war eine üppige Gottesgabe. Ein Fladen war für meine Nachbarin und ihren Sohn bestimmt, acht waren für Jasmin. Mit weiteren acht Fladen könnte ich zehn Tage auskommen, vielleicht würde es reichen, um noch eine Auswahl aus Rumi abzuschreiben. Sosehr ich auch darauf drängte, Ssohrâb weigerte sich, auch nur einen einzigen Fladen von mir anzunehmen. Er meinte: «Du brauchst diese Brote, um das nächste Buch zu fälschen!»

An jenem Tag schien mir Ssohrâb ganz und gar nicht gut aufgelegt zu sein, er war wortkarg und gab auf meine Fragen nur einsilbige Antworten. Schließlich sagte er: «Jetzt gehe ich.»

Er wandte sich zur Tür, ich wünschte mir, er bliebe länger,

manchmal schenkte mir seine Gegenwart eine Ruhe, die niemand, absolut niemand sonst mir zu geben vermochte. Ich rief seinen Namen. Er blieb stehen und drehte sich zu mir um. Ich bat ihn: «Komm mich doch öfter besuchen.»

Er kam wieder zurück und blieb vor mir stehen. Ich fügte hinzu: «Ich sage das nicht wegen des Essens, das du mir bringst, sondern mir geht es um dich selbst.»

Verstimmt und ohne mir ins Gesicht zu blicken, erwiderte er: «Dein ganzes Sinnen und Trachten ist nur auf Jasmin gerichtet, du ziehst es vor, deine Zeit mit ihr oder mit Manusch, vielleicht auch mit der Nachbarin zu verbringen!»

Ich widersprach: «Ich verbringe sie sehr gerne auch mit dir. Das sage ich dir aus tiefstem Herzen.»

Er kam näher, sodass ich seinen Atem im Gesicht spürte, mit jenem besitzergreifenden, verlockenden Blick starrte er mich eine Weile unverwandt an, und dann schloss er die Lider zum Zeichen des Einverständnisses. Ruhe kehrte ein.

Ich war die ganze Zeit wie benommen. Ich hielt das für den Vorboten einer Krankheit; aber noch mehr Sorgen als um mich selbst machte ich mir um Jasmin. Dann tröstete ich mich damit, dass diese Schläfrigkeit eine Folge der Hitze, der Unterernährung und des andauernden Hungers sei. Aber das Erstaunlichste war, dass ich sogar in einer solchen Lage noch weiterschrieb, und ich wunderte mich selbst über meine Widerstandsfähigkeit. Damit die Schweißtropfen, die mir ständig im Gesicht brannten, nicht aufs Papier tropften, musste ich mir die Stirn immer und immer wieder mit einem Tuch abwischen.

Manchmal hielt ich, um der Zittrigkeit meiner Hand Herr zu werden, das Gelenk der Rechten mit der Linken fest, damit die Feder gleichmäßig über das Papier glitt. Am späten Nachmittag, kurz vor Anbruch der Dunkelheit, überwältigte mich die Müdigkeit, und ich sank mehr oder weniger bewusstlos auf Großvaters kleine Matratze. Selbst in diesem Zustande einer halben Ohnmacht versuchte ich noch, mich zu erinnern, wie viele Seiten ich an diesem Tage geschafft hatte; das auszurechnen war in diesem Zustand nicht leicht.

An einem dieser heißen Nachmittage kam ich durch anhaltendes Hämmern an der Haustür allmählich zu mir, und als ich mich unter größten Mühen dorthin geschleppt hatte und sie öffnete, stand ich Yârdân, dem Diener des Kaufmannsgildemeisters, gegenüber, der mir, als er mich sah, das Buch entgegenstreckte und mich aufforderte: «Nimm dein Buch zurück und gib den Sack Mehl wieder her.»

Diese überraschende Begegnung machte mich hellwach, aber ich war verwirrt. Ich erkannte das Buch, ließ es mir aber nicht anmerken. Er hielt es mir hin, drückte die Kante drohend gegen meine Brust und drängte mich zurück.

Ich ergriff ihn beim Handgelenk und ermahnte ihn: «Du bist doch ein vernünftiger Mann, aber du hättest mir fast die Haustür eingerannt; was hat dieses Verhalten denn zu bedeuten?»

Er wiederholte, was er gesagt hatte: «Nimm dein Buch zurück und gib den Sack Mehl wieder her.»

«Was für ein Buch? Was für einen Sack Mehl? Was soll dieser Unsinn?»

«Willst du meinem Herrn ein gefälschtes Buch andrehen? Mein Herr lässt dir sagen: ‹Gib mir sofort den Sack Mehl wieder heraus, oder ich beschwere mich beim obersten Geistlichen, und das würde dir sehr schlecht bekommen.›»

Schon die Nennung dieses Namens ließ mich zittern wie Espenlaub. Ich machte ein freundliches Gesicht und antwortete: «Du brauchst doch nicht gleich so wütend zu werden, komm erst einmal herein und setz dich in den Schatten der Hauswand, ich bringe dir einen Becher Wasser, damit du wieder zu Atem kommst. Danach reden wir miteinander.»

Das zeigte Wirkung. Ich nahm ihn an der Hand und zog ihn herein. Er setzte sich auf die Steinbank in den Schatten der Mauer, nahm sein Käppchen vom Kopf und machte sich daran, sich Luft zuzufächeln. Ich sagte: «Warum sollten wir einen Knoten, den man mit der Hand lösen kann, mit den Zähnen aufknüpfen?»

Seine Miene entspannte sich, sie wurde weich, er beruhigte sich und erklärte: «Das habe ich meinem Herrn auch gesagt. Ich habe ihm gesagt: ‹Deswegen braucht man sich doch nicht zu streiten, wir machen das Geschäft rückgängig, und damit Punktum!›»

Um dies freundschaftliche Einverständnis zu bestätigen, sagte ich: «Gott segne dich! Auf jeden Streit folgt ein Friedensschluss.»

Noch sanfter als zuvor erwiderte er: «Allerdings hat mein Herr mir gesagt: ‹Wenn du dich gut mit ihm stelltest und ihn von Zeit zu Zeit besuchen kämest ...›»

Ich ließ ihn nicht ausreden, ich ging und brachte ihm aus dem Krug in der Küche einen Becher kühles Wasser, den er mit einem Zug bis zum letzten Tropfen leerte. Jetzt hatte sich seine verschwitzte Miene ganz beruhigt. Ich musste ihn, koste es, was es wolle, zufriedenstellen; denn wenn der oberste Geistliche da hineingezogen würde und mitbekäme, dass sein eigenes Buch auch eine Fälschung war, würde meine Lage höchst ungemütlich.

Ich redete ihm zu: «Ich bin genau wie du bloß ein armer Schlucker. Alles, was mir mein Großvater hinterlassen hat, habe ich dafür ausgegeben, um in diesen Zeiten von Hunger und Elend einen Bissen Brot zu bekommen, meinen Magen zu füllen und nicht zu verhungern. Jetzt hat der Gildemeister es sich mit unserem Geschäft anders überlegt, das tut nichts, dann machen wir es eben rückgängig. Das ist doch kein Grund, sich zu streiten!»

Yârdân, der sich alledem gegenüber verständnisvoll zeigte, setzte ein bedauerndes, Verzeihung heischendes Gesicht auf und äußerte: «Falls ich zu heftig zu dir gewesen sein sollte, vergib mir bitte.»

Er händigte mir das Buch aus und erklärte: «Hier ist das Buch, heil und ganz, in demselben Zustand, in dem du es neulich meinem Herrn überreicht hast.»

Ich schlug es auf, blätterte darin und las einige Verse daraus laut vor:

Zu einem Manne, der einst einen Vogel fing,
sprach dieser, als er so in seinem Netze hing:
«Du gingest Schafen und auch Rindern an die Kehle,
verzehrtest sie und schlachtetest sogar Kamele,
doch sättigten dich nicht einmal die Großtierherden;
wie willst du dann von meinen Gliedmaßen satt werden?
Dreifachen Ratschlag geb' ich dir, lässt du mich frei,
und merke, ob ich weise oder töricht sei.
Den ersten gebe ich dir noch in deiner Hand,
den zweiten dann von dort: von deines Daches Rand,
vom Baum da oben will ich dir den dritten geben.
Sie mögen dir von Nutzen sein fürs fürd're Leben.
Dies sag' ich dir noch hier in deiner Hand: Kein Mann
verdient Vertrauen für etwas, was nicht sein kann.»
Er gab ihm den soliden Rat noch in der Hand,
dann flog er auf und setzte sich auf jene Wand.
«Weine doch nicht um etwas, was dir ist entgangen,
um etwas, was vorbei ist; denn es ist vergangen.»
Dann setzte er hinzu: «In meinem Leibe liegt
verborgen eine Perle, die zehn Dirhem wiegt.
Dies Kleinod war dein Reichtum, deiner Kinder Glück,
du hattest in der Hand ein einzigart'ges Stück.
Dein Schicksal war's, das dich dies hat verlieren lassen.
Solch eine Perle wirst du nicht noch einmal fassen.»
Wie eine Schwangere vor Schmerzen schreit und stöhnt,
so heiß der Jammer aus dem Mund des Mannes tönt.
Der Vogel fragte: «Habe ich dir nicht geraten,
ist etwas erst verloren, dessen zu entraten?
Sag, warum trauerst du um das, was du verloren,
verstehst du denn nicht, oder hast du taube Ohren?
Ich riet dir außerdem: ‹Misstraue jedermann,
der dir etwas verspricht, was nicht sein kann!›
Mein Körper dürfte nicht einmal drei Dirhem wiegen;
Wie kann ein Kleinod von zehn Dirhem darin liegen?»

Ich fragte ihn: «Hast du zugehört, Yârdân? Das hat der große Rumi für Leute vom Schlage deines Meisters geschrieben, welche die Gier nach den Gütern dieser Welt taub und blind macht und um den Verstand bringt. Dein Herr wusste doch besser als jeder andere, dass mein Großvater erst zur Feder griff, um das *Massnawi* abzuschreiben, wenn er einen würdigen Kunden gefunden hatte. Rumis zweiter Ratschlag für uns ist, dass wir Vergangenem nicht hinterhertrauern sollen. Abgesehen davon, magern ich und du in dieser Hungersnot von Tag zu Tag ab, während anderer Leute Bauch von Mal zu Mal dicker wird.»

Dann blickte ich ihn etwas genauer an und meinte: «In den zwei Wochen, seit ich dich zuletzt gesehen habe, bist du viel magerer geworden.»

Er seufzte und antwortete: «Na ja, wir sind eine siebenköpfige Familie oder waren es, sollte ich besser sagen; zwei von ihnen sind im Laufe dieses einen Monats aus Mangel an Nahrung oder infolge von Krankheit umgekommen. Ich bringe am Abend nicht mehr als einen Fladen Brot nach Hause; das ist alles. Die einen essen, und die anderen gucken in die Röhre ... Jetzt hat er mir versprochen, er würde mir heute Abend, wenn ich es schaffte, jenen Sack Mehl von dir zurückzubekommen, ein Brot zusätzlich geben.»

«Was für ein bitteres Unrecht ... Ich hatte übrigens kein Geschäft mit einem Minderjährigen gemacht, nicht wahr! Dein Herr kannte die Schrift meines verstorbenen Großvaters ganz genau, er liebte und bewunderte sie. Wer hat ihn dazu gebracht, seine Meinung zu ändern?»

«Ich weiß nicht, wer Zweifel in sein Herz gesät hat, aber er ist auf jeden Fall sehr wütend. Er hat das Buch zum Hofkalligraphen geschickt, und der hat es als Fälschung erkannt.»

Ich wusste, dass der Schreiber des Palastes ein erfahrener Fachmann war, aber ich wandte ein: «Wenn dieser hohe Herr, der königliche Kalligraph selbst, auch nur eine einzige Zeile wie in diesem Buch zu schreiben imstande wäre, dann könnte er sich ein Urteil erlauben.»

«Aber er wird jedenfalls von allen anerkannt.»

«Hör mal, was nützt dir eigentlich dieser eine zusätzliche Fladen Brot, den er dir heute Abend gibt? Einverstanden, heute Abend könnt ihr euch satt essen; und morgen Abend? Und am folgenden Abend?»

«Vielleicht sorgt Gott selbst auf andere Weise auch morgen für uns.»

Er seufzte und schaute wie in der Hoffnung auf ein Wunder zum Himmel auf. Ich legte ihm die Hand aufs Knie und sagte: «Wir Hungerleider müssen schließlich zusammenhalten.»

Er wandte mir das Gesicht zu und schaute mir so misstrauisch wie noch nie in die Augen. Ich nickte ruhig, um ihn zu überzeugen, dass er richtig gehört hatte. Als er anhaltend schwieg, fragte ich: «Wie viel willst du von mir dafür haben, dass du die Sache mit deinem Herrn zurechtbiegst?»

«Das geht nicht. Wie soll ich das machen?»

«Du musst dir etwas einfallen lassen.»

Er verfiel in tiefes Nachdenken, und nach einer Weile erkundigte er sich: «Wie viel gibst du mir denn dafür?»

«Wie viel willst du denn?»

Er hob den Zeigefinger und erklärte: «Lass mich vorab sagen, dass ich nichts außer Brot oder Mehl akzeptiere.»

Ich erwiderte: «Ich gebe dir zwei Fladen Brot. Doppelt so viel, wie dein Herr dir versprochen hat.»

Er erhob sich voller Zorn und zischte: «Glaubst du, du hast es mit einem Kind zu tun? Einen halben Sack Mehl! Kein Gran weniger und kein Gran mehr!»

«Etwas Gerechtigkeitsgefühl wäre eigentlich nicht schlecht.»

«Gib mir den Sack Mehl und hör auf zu feilschen. Ich sage dir: ein Mann, ein Wort!»

Seine Sturheit brachte mich außer Fassung. Ich fuhr ihn an:

«Du willst einen Sack Mehl? Ich habe alles zu Brot verbacken, aufgegessen und dort hinten wieder ausgeschieden.»

Ich zeigte mit dem Finger auf den Abort in der Ecke des Hofs. Seine Augen traten fast aus den Höhlen, als er mich ansah, gleichzeitig zitterte er vor Wut oder Hass; ich zeigte nochmals auf den Abort und erklärte: «Es ist alles dort, nimm es dir und bring es deinem Meister!»

Ich hielt ihm das Buch hin, er schnappte es sich und verließ, Gift und Galle spuckend, das Haus.

Als er fortging, überkamen mich Angst und Schrecken. Hoffentlich übergäbe man meinen Fall nicht dem Gerichtshof des obersten Geistlichen. Denn bei dem Hass, den dieser gegen meinen Großvater hegte, hätte ich nichts Gutes zu erwarten, da er natürlich ebenfalls misstrauisch und wegen des Buches von Madschlessi ein Gutachten vom königlichen Kalligraphen einholen würde. Wenn an den Tag käme, dass sein eigenes Buch gleichfalls gefälscht war, käme ich in Teufels Küche.

Allahyâr fand die ganze Nacht lang keinen Schlaf. Seine Gedanken ließen ihm keine Ruhe. Vielleicht würde man ihm zuerst, weil er gelogen hatte, den Mund mit flüssigem Blei füllen und ihn dann wegen betrügerischen Geschäftsgebarens auspeitschen, mit einem Wort, man würde an ihm Rache für die lebenslange Verachtung durch seinen Großvater nehmen. Am nächsten Morgen entschloss er sich, noch in aller Frühe so aufgeregt und ratlos, wie er war, zu Ssohrâb zu gehen.

Ein Ausweg war vielleicht, mich zu verstecken, aber wo? Bei Ssohrâb, Borsu oder Âssef? Diese Häuser würde man auf der Suche nach mir zuallererst durchsuchen, denn die ganze Stadt war darüber im Bilde, dass ich mit ihnen befreundet war, und ich wollte sie auf keinen Fall in mein unüberlegtes Abenteurertum verwickeln. Aber was blieb mir denn anderes übrig?

Als ich die Tür öffnete, um mich auf den Weg zu machen, begegnete ich der Nachbarin und ihrem Kind, sie fragte: «Sie gehen weg?»

«Glaube mir, ich habe nichts mehr zu essen.»

Sie schüttelte verstimmt den Kopf und entgegnete: «Ich will nichts zu essen … Hören Sie … Sehen Sie, wenn ich Ihnen meinen Sohn zusammen mit sechs Fladen Brot übergebe, versprechen Sie dann, bis zu Ihrem Tode für ihn zu sorgen?»

Es war eine eigenartige Bitte, aber andererseits waren sechs Fladen Brot zu viel, als dass ich ihre Worte einfach hätte überhören können. Ich erwiderte: «Nun, mit sechs Broten könnt ihr euch doch bis zu zwei Wochen am Leben erhalten. Warum willst du ihn denn dann mir anvertrauen?»

«Wenn es sechs Fladen Brot gibt, wird es mich nicht mehr geben.»

Jetzt war alles klar. Aber mir verschlug es die Sprache. Sie erklärte: «Morgen Nachmittag bringt der Schlächter vom *Alten Platz* das Brot und nimmt mich mit.»

Ich brachte es nicht über mich, etwas zu sagen. Sie fragte: «Einverstanden?»

Ich nickte. Sie hakte nach: «Versprechen Sie, von allem, was Sie danach bekommen, meinem Kind etwas abzugeben?»

Ich nickte noch einmal. Sie bat: «Ich möchte es aus Ihrem Munde hören.»

Ich nahm meine ganze Kraft zusammen und antwortete: «Ich verspreche es.»

Dann atmete sie erleichtert auf: «Also bis morgen Nachmittag!»

Nachdem ich lange nichts zu essen bekommen hatte, empfing mich Ssohrâbs Mutter, meine geliebte Amme, mit Reis und Linsen, und beim Abschied schickte sie Ssohrâb mit mir mit: «In einer so gefährlichen Lage darfst du nicht alleine bleiben.»

Er und ich beratschlagten miteinander, bis zum Abend prüften wir jeden Ausweg, der uns einfiel, und schließlich kamen wir zu dem Ergebnis, dass es das Beste wäre, den Meister der Kaufmannsgilde um eine Woche Frist für die Rückerstattung des Sackes Mehl zu bitten. Danach müsste ich dann die Kopie, an der ich arbeitete, eilends fertigstellen, sie gegen einen Sack Mehl eintauschen und diesen dem Gildemeister zur Rückabwicklung des Geschäftes übergeben. Wir legten uns schlafen, um uns am nächsten Morgen in aller Frühe an die Arbeit zu machen.

Als wir am nächsten Tag erwachten, klopfte es an die Tür. Erschreckt rief ich aus: «O Gott! Da sind sie.»

Mir blieb vor Angst die Spucke weg. Ssohrâb bewahrte die Fassung. Er ging in den Hof, spähte über die Mauer in die Gasse und flüsterte mir ins Ohr: «Keine Angst! Es scheint nur ein kleiner Junge zu sein.»

Als ich öffnete, lehnte ein verschrumpelter Mann mit einem Beutel über der Schulter hinter der Haustür an der Wand. Bei meinem Anblick lächelte er blass, und gleichzeitig leuchteten seine stumpfen Augen auf.

Sein Gesicht war wie das aller Leute in diesen Tagen mager und eingefallen vor Hunger. Ich fragte: «Nun, lieber Mann, kann ich etwas für dich tun?»

«Du bist der Enkel des großen Kalligraphen?»

«Der bin ich.»

«Ich komme aus Schiras, von Abu ʿAli Choldi.»

Abu ʿAli Choldi war mir ein Begriff, er war einer von Großvaters Freunden. Ich hatte von ihm gehört, dass er eine Gabe besaß, die ihn befähigte, das Geschehene zu verändern, sodass man meinte, die Vergangenheit, in der man und mit der man gelebt hatte, sei nichts als eine bloße Einbildung, und er vermochte auch, sie wahrhaftig durch eine andere, äußerst reale Erinnerung zu ersetzen. Dann fuhr der Mann fort: «Sind Gäste bei dir nicht willkommen? Ich weiß, dass in eurer Stadt eine Hungersnot wütet, aber eine Schale Wasser lässt sich doch in jedem Hause finden.»

Ich war wie vom Donner gerührt. Was wollte er von mir? Dann fragte er: «Kann ich hereinkommen? Ich möchte etwas mit dir besprechen.»

«Selbstverständlich.»

Ich trat zur Seite und bat ihn mit einer Handbewegung herein. Wir gingen ins Zimmer, und als wir uns gesetzt hatten, sagte ich: «Es ist eine Schande, dass wir nichts zu essen im Hause haben, aber Wasser gibt es natürlich.»

Ich wollte aufstehen, aber er nahm mich bei der Hand, nötigte mich, wieder Platz zu nehmen, und erläuterte: «Das ist nicht nötig, ich muss so schnell wie möglich zurück.»

Ich ließ mich nieder und erklärte: «Mein Großvater hat seine Seele Gott empfohlen.»

«Ich weiß, das war vor drei oder vier Monaten, eines Tages war ich kurz vor Mittag bei unserem Herrn, als seine Miene plötzlich einen seltsamen Ausdruck annahm, er rief mir zu: ‹He du!›, und ich antwortete: ‹Ja, mein Herr.› Dann setzte er mir auseinander: ‹Ich hatte einen Moment lang eine Vision, dass sich die Engel Flügel an Flügel aufgereiht hätten, so dicht nebeneinander, dass der Himmel nicht mehr zu sehen war.› Ich fragte ihn: ‹Und wo gingen alle diese Engel hin?›, und er gab mir zur Antwort: ‹Sie kamen aus dem Paradies, um den großen Kalligraphen von Isfahan in Empfang zu nehmen.›»

Ich zitterte am ganzen Leibe. Als der alte Mann meinen Zustand sah, schwieg er, bis ich mich beruhigt hatte, dann sagte ich: «Offensichtlich hat etwas Eiliges, Lebenswichtiges Sie hierher zu uns gebracht.»

«So ist es, und ich komme besser gleich zur Sache. Die Sache verhält sich so, dass mein Herr mich gegen Morgen aus dem Schlaf geweckt und mir aufgetragen hat, mich so schnell wie möglich zu eurem Hause zu begeben und den Teppich aus

Furcht, es könne ihm etwas zustoßen, aus diesen Kriegswirren fortzubringen.»

Ich sah ihn ungläubig an, und in meinem Blick muss die Frage gelegen haben: «Was meinst du damit? Von was für einem Teppich redest du?»

Er indessen fuhr einfach fort: «Ich fragte meinen Herrn, ob es denn so dringend sei, und er wies mich an, es sei besser, wenn ich noch im selben Augenblick aufbräche, als es auch nur eine Minute später zu tun. Und dann setzte er mir auseinander, er habe soeben einen alten Freund im Traum gesehen, der ihm mitgeteilt habe, in seinem Hause gebe es im Besitz seines Enkels eine Brücke, die umgehend in Sicherheit gebracht werden müsse, sonst drohten die afghanischen Barbaren, sie zu zerstören.»

Ich musste ihm vertrauen. Dennoch fragte ich: «Sie wissen schon, dass ein Teppich nichts ist, was man einfach in der Tasche oder gar in dem Beutel da verstecken kann. Wie wollen Sie ihn in diesem Durcheinander durch die Reihen der afghanischen Belagerer bringen?»

Ohne auch nur einen Moment zu zögern, erwiderte er: «Genau so, wie ich sie auf dem Weg hierher durchquert habe.»

Ich entgegnete: «Aber dieses Mal haben Sie einen Teppich dabei. Es ist die Brücke, auf die sich die Augen aller Männer einer ganzen Stadt richten.»

«Das, was ich von meinem Meister wissen wollte, hat sich nicht nur auf deine paar Fragen beschränkt, und er hat immer nur geantwortet: ‹Tu einfach das, was ich dir sage, den Rest überlasse nur mir … Du hast keine Ahnung von den übernatürlichen Fähigkeiten meines Herrn und Meisters.›»

Dann fügte er noch hinzu: «Beeile dich besser; er hat mir eingeschärft, ich müsse Isfahan noch vor dem Mittag hinter mir gelassen haben.»

Ich ging nach oben und brachte nicht nur den Teppich, sondern auch das Buch mit der Auswahl aus Rumi und die losen Blätter mit. Ich erklärte: «Das hier sind Kalligraphien aus dem *Massnawi* von Rumi von der Hand meines Großvaters; es ist besser, Sie bringen sie wie den Teppich in Sicherheit.»

Das Buch und die Blätter passten in seinen Beutel, die Brücke nahm er auf die Schulter, und dann ging er mit seinem schmächtigen Körper behände davon.

Ssohrâb, der den alten Mann und mich die ganze Zeit über fassungslos angestarrt hatte, öffnete, als dieser ging, endlich den Mund und fragte verdutzt: «Wer war das eigentlich?»

«Ich weiß es nicht, aber mein Großvater riet stets dazu, unter solchen Umständen keine langen Nachforschungen anzustellen.»

«Und der Teppich?»

«Das werde ich dir bei Gelegenheit alles erklären.»

Und dann fügte ich gleich noch hinzu: «Jetzt ist es so weit, die Stadt ergibt sich, und die Afghanen rücken ein.»

Als wäre diese Behauptung noch verwunderlicher als das Auftauchen des alten Mannes in meinem Haus und die Tatsache, dass der Teppich mit der Abendländerin im Schrank meines Großvaters im Obergeschoss gelegen hatte, blickte er mich nur noch erstaunter an. Ich sagte: «Dass dieses Haus für die Aufbewahrung der Brücke mit der Fränkin nicht mehr sicher genug war, bedeutet, dass die Afghanen bald in die Stadt einfallen und die Häuser der Leute ausplündern werden.»

Während der alte Mann, den Teppich auf der Schulter, den Fuß zur Tür hinaussetzte, war mir, als wäre mir eine schwere Last abgenommen worden. Binnen Kurzem würden die Afghanen in die Häuser der Bewohner eindringen, außerdem herrschte Hunger, dennoch verspürte ich ein Gefühl der Freude. Mit einem Male schien es mir, als ob der nagende Schmerz wegen meines leeren Magens, obwohl wir uns am Vorabend hungrig schlafen gelegt hatten, nachgelassen hätte. Die Afghanen marschierten ein, das war beängstigend, aber das acht Monate währende Warten hatte nun ein Ende, und wie immer, wenn eine lange Zeit des Wartens zu Ende geht, bedeutete dies auch eine Erleichterung. Ssohrâb sagte: «Ich muss machen, dass ich heimkomme.»

Wir verließen das Haus. Um den Weg abzukürzen, gingen wir über den Innenhof der Freitagsmoschee in den großen Basar, der sich ohne Unterbrechung bis zum Schahplatz hinzog. Wir waren schon fast an dessen Ende angelangt, da spürten wir, dass ein ungewöhnliches Hin und Her im Gange war, und als wir aus den Gassen des Basars am Rande des Platzes hinaustraten, hatte sich die Stimmung auf einmal verändert.

Die Leute eilten hierhin und dorthin, und allenthalben waren Satzfetzen zu hören. Die Rede war davon, dass der Schah sich endlich entschlossen habe, Krone und Thron an Mahmud, den afghanischen Oberbefehlshaber, zu übergeben. Einige meinten, dass dies eine Falle sei, sobald die Afghanen in die Stadt einzögen, würden die Soldaten des Schahs, die sich an allen Ecken und Enden versteckt hätten, überraschend über sie herfallen und ihnen den Garaus machen. Das flüsterte man sich nur leise ins Ohr, damit es ja keine Auswärtigen mitbekämen.

Die Leute, die vor Hunger wie wandelnde Leichen aussahen und jetzt auf den Platz geströmt waren, wandten ihre Schädel auf den mageren, langen Hälsen jedem Passanten zu, der neu hinzukam, und richteten erwartungsvolle Blicke aus ihren tief in den knochigen Höhlen brennenden Augen auf ihn, um Gerüchte oder Nachrichten – was sich in jenen Tagen kaum noch unterscheiden ließ – zu hören. Da sie bei diesem Aufruhr und dieser Hast nichts Verlässliches erfuhren, bestürmten sie sich gegenseitig mit Fragen: «Soll etwa Brot verteilt werden?»

Am Zugang zum Platz herrschte ein ziemliches Gedränge, sodass kaum noch ein Durchkommen möglich schien, aber so war es nicht; Ssohrâb und ich bahnten uns einen Weg durch die Menge und gelangten auf den offenen Platz.

Dort standen die Leute verhältnismäßig locker verteilt, aber je mehr wir uns dem Palast näherten, desto dichter und gedrängter wurde die Masse, bis es schließlich um die Tore zum Sitz des Herrschers einen regelrechten Auflauf gab. Plötzlich legte sich das allgemeine Gemurmel, und überall herrschte tiefe Stille, die Menge zog sich ruhig zurück, und wir hörten Pferdegetrappel.

Der Schah kam aus dem Palasttor heraus, hinter ihm eine Gruppe schwarz gekleideter Reiter. Wie ein Trauerzug, der einen Sarg begleitet.

Der Schah kam näher, und als eine größere Menschenmenge ihn und sein Gefolge erblickte, hoben einige unter den dort versammelten Frauen an zu weinen. Auch einige Männer taten es ihnen nach und klagten laut schluchzend. Der Zug näherte sich, er kam allmählich so dicht heran, dass ich ihn gut sehen konnte. In diesem Augenblick wandte mir der Schah, als er in nächster Nähe an mir vorbeiritt, das Gesicht zu, vielleicht hatte man ihn darauf hingewiesen, dass sich auch der Enkel des großen Kalligraphen der Stadt unter den Schaulustigen befinde. Er trug gewöhnliche Kleider und wirkte wie ein einfacher Mann oder sogar ein Einfaltspinsel. Er war nicht mehr der Schah, er war ein normaler Mensch; nichts erinnerte mehr an jenen Herrn, der in all diesen Jahren Befehle zur Hinrichtung oder Blendung erteilt hatte. Wenn es schon nichts nützt, Monarchen in den letzten Augenblicken ihrer Herrschaft zu sehen, so schadet es auch nicht; sie strahlen keine Würde mehr aus und flößen keine Ehrfurcht mehr ein.

Sobald der Schah und sein schwarz gekleidetes Gefolge die Menge durchquert hatten, brachen die Menschen hinter ihnen auf wie ein Mann.

Ich spürte noch einen Überrest der Beschwingtheit in mir, die ich an diesem Morgen empfunden hatte, als Ssohrâb zu mir sagte: «So wie die Dinge stehen, brauchst du dir wegen des Gildemeisters und des Obermollâs keine Sorgen mehr zu machen. Nach der Übergabe der Stadt werden die beiden zur Hölle fahren.»

«Ich fürchte, alle Bewohner dieser Stadt werden ihr Schicksal teilen.»

Mit einem Male leerte sich der Platz, und kurz darauf legte sich sogar das Gemurmel des Trauerzuges, der dem Schah das Geleit gegeben hatte, nach und nach. Wir blieben allein zurück, und Mann für Mann verschwanden die Versammelten, die vielleicht noch nicht begriffen hatten, was die Stunde geschlagen hatte, einer nach dem anderen im Basar' oder in den angrenzenden Gassen. Dann breitete sich eine unheimliche Stille über den gesamten Platz aus.

Ich fragte: «Aber Jasmin?»

Ssohrâb antwortete schelmisch: «Es ist doch klar, dass du sie jetzt nicht allein lassen kannst.»

Wir verabschiedeten uns voneinander, und ich machte mich zu Jasmins Haus auf, der kürzeste Weg führte durch den Basar.

Dort drinnen gab es wieder ein Getümmel, einige rannten herum, riefen laut andere beim Namen und forderten sie auf, ihnen zu folgen. Ein Koloss von einem Mann, von dem man sich fragte, woher er nach all diesen Tagen der Hungersnot noch seine Kraft nahm, rempelte mich so an, dass ich beinahe mit dem Kopf auf das steinerne Pflaster aufgeschlagen wäre, und ich hätte mir wohl, wenn mich nicht ein barmherziger Samariter aufgefangen hätte, den Schädel zertrümmert.

Etwas weiter vorn war der Weg ganz und gar versperrt; die Menge schob sich voran, ein paar Frauen kreischten, vielleicht aus Furcht um ihr Leben oder das der Kinder in ihrer Begleitung, und plötzlich drang inmitten dieses Tumultes das Schreien von Kamelen an mein Ohr. Kurz danach stellte sich heraus, dass man vier Kamele, die im Stall des Schahs zurückgelassen worden waren, geschlachtet hatte; und dabei waren die Hungrigen handgemein geworden.

Vor Jasmins Haus drehte ich mich, wie ich es mir in den letzten Tagen angewöhnt hatte, einen Augenblick um und schaute hinter mich; die Nachbarin stand am Fenster ihres Zimmers und sah mich und Jasmins Heim an, als ob inzwischen nichts Neues vorgefallen wäre und man auch nichts dergleichen zu erwarten hätte.

Gleich beim ersten Klopfen öffnete mir Jasmin, ich trat ein. Noch hinter der Tür nahm ich sie, als ob eine neue Zeit angebrochen wäre, fest in den Arm. Sie leistete keinerlei Widerstand, und wir blieben eine ganze lange Weile in dieser Haltung stehen. Dann löste sie sich langsam von mir.

Ich erzählte ihr: «Vor Kurzem ist der Schah ins Heerlager der Afghanen gezogen, um Krone und Thron zu übergeben.»

Sie wandte sich um und ging in ihr Zimmer. Ich lief ihr

hinterher: «Von nun an kann ich dich nicht mehr alleine lassen.»

Sie blieb stehen, aber sie drehte sich nicht um, und zugleich fragte sie: «Glaubst du, ich bin der einzige Mensch in dieser Stadt, der allein ist?»

«Du bist der einzige unter allen alleinstehenden Menschen in der Stadt, der mir etwas bedeutet.»

Ich kam bis zur Schwelle ihres Zimmers, ging aber nicht weiter. Mitten im Raum wandte sie sich zu mir um, schaute mir unverwandt in die Augen und meinte: «Heißt das etwa, dass du bei mir bleiben willst?»

Ich nickte und antwortete: «Selbst wenn du mich hinauswirfst, rühre ich mich hinter deiner Haustür nicht vom Fleck. Wenn die Afghanen hier eindringen wollen, müssen sie über meine Leiche gehen.»

Ich trug meinen kurzen Appell mit solch einem Feuer vor, dass klar war, dass ich nicht klein beigeben und keinerlei Zugeständnisse machen würde.

Sie dachte einen Moment nach, meine Ansprache hatte offensichtlich Eindruck auf sie gemacht, das konnte ich ihr ansehen. Ich erklärte: «Ich habe deinen Wunsch nicht erfüllen können; man hat mich daran gehindert, nahe an den obersten Geistlichen heranzukommen, ich warte jedoch auf eine andere Gelegenheit.»

Sie antwortete: «Die Rache an ihm hat für mich seit einer Weile an Bedeutung verloren, jetzt ist dein starkes Werben um mich wichtiger geworden.»

Diese Worte gaben mir den Mut, ihr Zimmer zu betreten. In ihrem Blick lag etwas Erwartungsvolles, aber vielleicht war das auch bloße Einbildung, auf alle Fälle umarmte ich sie wieder. Auch diesmal wehrte sie sich nicht, aber sie wand sich bald aus meinen Armen heraus. Sie bat: «Du musst mir Zeit lassen, mich seelisch darauf vorzubereiten, deine Frau zu werden.»

Nach und nach wurden mir die erregenden Anzeichen ihrer Zustimmung deutlich. Ich erwiderte: «Ich warte, solange du willst.»

Sie lächelte und setzte sich auf die Matratze, die in der Ecke des Zimmers lag. Ich fragte sie: «Hast du heute etwas gegessen?»

Statt einer Antwort zuckte sie unmerklich mit den Schultern. Ich sagte: «Du hast also nichts zu dir genommen, nicht wahr?»

«Ich habe keinen Hunger.»

Neben ihrem Lager stand eine leere Schale. Ich entgegnete: «Ich bin bald wieder da.»

Auf dem Weg nach Hause sah ich überall Leute, die aus den Bächen eimerweise Wasser in die Häuser brachten, Türen und Fenster mit Brettern vernagelten und sich gegenseitig Ratschläge erteilten, wie man dem Feind begegnen solle. Eine stillschweigende Widerstandsbewegung, die letzten Zuckungen einer sterbenden Stadt. Die Angst vor dem unmittelbar bevorstehenden Einrücken der Afghanen hatte die ganze Einwohnerschaft in helle Aufregung versetzt. Ob der Ansturm der afghanischen Soldateska unheilvoller war als der Angriff von Hunger und Tod? Eine dunklere Farbe als Schwarz gibt es nicht. Mehr brauchte es nicht, um sich in die neuen Umstände zu schicken.

Daheim nahm ich den letzten Fladen von den Broten, welche die Nachbarin mir gebracht hatte, also meinen letzten Essensvorrat, und machte mich wieder auf zu Jasmins Haus. Unterwegs dachte ich die ganze Zeit darüber nach, aus welcher Richtung das afghanische Heer wohl in die Stadt einrücken werde und ob dann mein Haus für die Angreifer näher liegen werde oder das von Jasmin.

Das Brot war trocken, Jasmin brachte einen nassen Lappen und wickelte es darin ein. Wir gierten nicht nach dem Essen. Vielleicht hatte der Hunger alle unsere Bedürfnisse ausgelöscht, sogar das nach Brot. Das Verlangen nach Nahrung schon, aber das danach, die Frau zu umarmen und ein Paar mit der zu werden, die mir gegenübersaß, niemals, und je mehr ich sie ansah, desto mehr quälte mich dies Begehren. Bald setzte der natürliche Rhythmus meines Atems aus, und mein ganzes Wesen zitterte vor Erregung. Mein Gott! Sie und ich! Nur wir beide, und «Sie ist mein». Besinnungslos wiederholte ich mir das, und jedes Mal erschien ihr nackter Schatten auf dem Vorhang vor meinen Augen. Ich verscheuchte meine Traumbilder, ich versuchte ständig, meine innere Erregung und Unrast vor ihr zu verbergen.

Sie streckte sich auf dem Lager aus und schloss die Augen. Die gleichmäßige Bewegung ihrer Brüste, die kleinen Schweißperlen, die auf ihrem Hals unterhalb des Ohrs und auf der Kehle glitzerten, und der milde Duft, den ihr Atem verströmte, machten mich verrückt.

Ich näherte mich ihr, sodass ich ihre Atemzüge im Gesicht spürte, und während ich die Hand ausstreckte, um ihr über die Haare zu streicheln, schlug sie die Augen auf; sie schaute mich fragend an, aber vielleicht bildete ich mir das auch nur ein.

Verwirrt sagte ich: «Das Brot ist jetzt fertig, wir können essen.»

Sie streckte mir die Hand entgegen, damit ich ihr beim Aufstehen behilflich wäre. Ich flüsterte ihr zu: «Mein Augenstern, mein Sonnenschein, meine Braut!»

Als ob sie etwas Unerwartetes gehört hätte, fuhr sie plötzlich zusammen, und unversehens runzelte sie die Stirn, doch ich weiß nicht, was in meinem Blick lag oder was sie sah, jedenfalls wurde ihre Miene schnell wieder sanft, sie lächelte mich an und zog ihre Hand ruhig zwischen den meinen heraus.

Ich holte eine Schale Wasser, und wir begannen zu essen. Ungerührt, ja sogar ein bisschen widerwillig steckte sie sich kleine Stückchen Brot in den Mund, und nachdem sie kurz darauf herumgekaut hatte, trank sie einen Schluck Wasser; ich verfolgte mit den Blicken, wie das Wasser langsam ihre Kehle hinablief. Dann war die Reihe an mir zu trinken. Ich legte meine Lippen genau an die Stelle, wo sie ihre angesetzt hatte, und wir setzten dieses Spiel bis zum Ende fort.

Erstaunlicherweise war das Einzige, woran ich in jenen Momenten nicht dachte, die drohende Gegenwart der Afghanen hinter den Mauern unserer Häuser. Als beträfe diese Angelegenheit nur Menschen aus einer anderen Welt.

Die Nacht verbrachte ich in einem anderen Zimmer des Hauses, in dem Raum, in dem der stumme Knabe geschlafen hatte. Noch nie hatte ich so nahe bei ihr gelegen; die ganze Zeit stand mir deutlich ihr nackter Schatten auf dem Vorhang vor Augen und ließ mich nicht einschlafen, sodass ich ein paarmal vor Verdruss mit aller Kraft, die ich im Leibe hatte, den Kopf auf das Kissen schlug.

Schließlich schlummerte ich doch noch ein, und ich glaube, gleich zu Beginn hatte ich einen Traum. Sie lag in meinen Armen, und im letzten Moment, genau bevor ich kam, öffnete sich die Tür, und ein afghanischer Soldat setzte den Fuß ins Zimmer. In dem Augenblick fuhr ich hoch, schlief aber gleich wieder ein, und bis zum Morgen träumte ich wirres Zeug: Ich irrte verloren durch eine wüste Einöde ohne einen Grashalm, die mir unbekannt war. Vielleicht war das sogar meine Heimatstadt Isfahan, eine Stadt, die aufgrund eines Fluchs durch Felsbrocken, die vom Himmel regneten, zerstört worden war; solche verworrenen Albträume verfolgten mich bis zum Tagesanbruch.

Zum Frühstück aßen wir den Rest Brot, und ich ging, um Erkundigungen einzuholen, in den kleinen Basar; die afghanischen Soldaten rückten von der südlichen Front her in Isfahan ein, und die Leute bereiteten sich darauf vor, sich in den Nordteil der Stadt zurückzuziehen. Eilends kehrte ich zu

Jasmin zurück. Ich forderte sie auf: «Nimm dein Kleiderbündel, wir gehen in mein Haus.»

«Was macht das für einen Unterschied? Doch höchstens, dass sie eine Stunde später bei uns ankommen.»

«Beeil dich; eine Stunde ist doch auch schon ein Gewinn.»

Sie packte ihre Sachen mit äußerster Gelassenheit: zwei Sätze Oberbekleidung, ein Nachthemd, zweimal weichen Stoff als Unterwäsche und Toilettenartikel – ein Badetuch, Henna, einen Kamm und Seife, weniger als das, was eine Braut für ihren persönlichen Bedarf mit ins Haus ihres Angetrauten mitnimmt, aber eigentlich war es doch genau dies. Sie sagte: «Ich bin fertig.»

In der Gasse waren keine Menschen mehr zu sehen, nur noch Türen. Tatsächlich gab es überall nur noch verschlossene Türen, Türen, die sich nicht mehr zu Häusern öffneten. Die Leute hatten sie zugenagelt und waren über die Dächer in die Häuser geklettert, nun saßen sie im Dunkeln und harrten des Angriffs der Afghanen.

Vor meiner Haustür stand Ssohrâb und wartete. Als er uns sah, meinte er: «Gut, dass ihr zusammen seid.»

Ich öffnete, und wir gingen hinein, mir war, als hätte mein Heim mit einem Male eine neue Bedeutung bekommen. Tief in meinem Innersten wusste ich, dass dieses Haus mein Brautgemach sein würde. Ssohrâb erklärte: «Ich bin gekommen, um dir beim Zunageln der Tür und der Fenster zu helfen.»

Ich entgegnete: «Ich habe eine bessere Idee: Wir verstecken uns im Backofen unseres Anwesens.»

Wir krempelten die Ärmel hoch, holten mit einem Eimer Wasser aus dem Becken im Innenhof und wuschen den Tanur aus. Ich nahm meine Braut bei der Hand, und wir beide verbargen uns darin, Ssohrâb verschloss die Öffnung mit Ziegeln, bedeckte ihn mit Grasbüscheln aus dem kleinen Garten und abgebrochenen Zweigen vom Baum und ging fort.

Inmitten der Dunkelheit und der geheimnisvollen Stille, die

überall herrschte, hatte ich, während ich ihr gegenüber hockte und zu ihr hinüberschaute, das Gefühl, dass ich in einem Tempel auf dem Opferstein säße. Ich flüsterte ihr zu: «Es ist eine Schande, dass ich dir nichts anzubieten habe.»

Es herrschte Schweigen, ich konnte sie nicht sehen, als ob die Dunkelheit sämtlicher Nächte, die wir nicht beieinander gewesen waren, sich an einer Stelle, in diesem Tanur, gesammelt hätte. Plötzlich sah ich ihre Augen aufblitzen, und gleichzeitig fühlte ich die Liebkosung ihrer Finger auf meinem Mund. Mit außerordentlicher Zärtlichkeit und, wie ihr Herzklopfen verriet, Leidenschaft zog sie mich an sich, dann legte sie ihre glühende Wange an meine Lippen.

In der Ferne waren Stimmen zu hören.

Nach so langen Jahren fällt es mir schwer oder es ist mir sogar unmöglich, mich an mehr Einzelheiten dessen, was in jenen Augenblicken geschah, zu erinnern. Dies bleibt für immer hinter einem Nebel verborgen. Aber mir scheint, dass in einem jener Momente plötzlich eine kurze Pause eingetreten sei: Die Geräusche, die von Weitem zu hören gewesen waren, wurden mit einem Male deutlich, dann brandeten Lärm, das durchdringende Kreischen einer Frau, das Gebrüll eines Afghanen und der ungleichmäßige Rhythmus von Pferdegetrappel in einem Augenblick alle gleichzeitig in der Gasse auf, und die Fensterscheiben der Zimmer klirrten in den Rahmen.

Was ging mich das an? Meine Welt lag in diesem kleinen Raum in einem Backofen, ich verfügte ganz und gar über sie, und während ich an ihren Haaren roch, löste ich das Band am Kragen ihres Kleides und streifte es über ihre Schultern hinunter.

Wahrscheinlich hörten wir das Schreien und Fluchen durch die Hauswände, und wir rückten vermutlich enger zusammen. Aber es war einer jener Augenblicke, von denen ich mir sicher war, dass mir nichts davon in Erinnerung bleiben werde, als dass ich sie in meinen Armen hielt. Dieses Gefühl beseelte und beglückte mich.

Das Klappern von Pferdehufen auf dem Steinpflaster der Gasse und der Rhythmus ihrer Körper; zuweilen bestimmte Allahyâr das Geschehen; er antwortete auf die körperlichen Regungen der Frau und die Wünsche, die sie durch ihr Atmen und die Kraft verriet, mit der ihre mageren Arme den Mann an sich zogen oder wegdrückten, durch seine Bewegungen, hinein und heraus.

Unter der Haut der Frau lag eine ganze Stadt. Allahyâr ging auf ihren Plätzen spazieren, durchstreifte ihre schmalen Gassen, blieb einen Moment auf dem höchsten Dach stehen, verschlang alle Aussichten mit seinen Blicken, er badete in ihren Quellen und ruhte im Schatten ihrer Bäume. Sie hatte eine Stadt im Leib; eine Stadt, die immer größer wurde, diese Stadt war Isfahan mit seinen Palästen und Moscheen, mit seinen Häusern und Karawansereien, seinen Basaren und den Geschäften darin, seinen Menschen und Vögeln, seinen Gärten und Bäumen, seinen Kornfeldern und seinem Weizen und vor allem mit seinem Sayandé-Rud. Und dass er jeweils nur einen Teil davon wahrnahm, lag daran, dass der Einfallswinkel der Lichtstrahlen sich änderte, und dann leuchteten am weiten Himmel dieser Stadt Buchstaben und Wörter auf. Buchstaben mit Kurven, lang gestreckte Buchstaben, Buchstaben mit mehreren Punkten, Buchstaben, die, wenn man sie miteinander verband, Rätsel aufgaben: Isfahan!

Er hatte das Gefühl, dass das Herz ihm im ganzen Leibe schlug. Er machte eine kurze Pause; nachts werden die Geräusche lauter, auch in der Dunkelheit ist es so, und vielleicht bekam er deswegen den Eindruck, das Gebrüll eines afghanischen Mannes lasse die Wände des Tanurs erzittern; er achtete nicht darauf, er drang wieder in die Frau ein. Genau in dem Augenblick, als er kam, trat ein Soldat die Haustür ein.

Sie hielten einander, von Kopf bis Fuß in Schweiß gebadet, im Arm, berauscht und erschöpft lauschten sie den Schritten der Angreifer, welche die Zimmer nach Wertsachen durchstöberten; eine vergebliche Suche, der einzige Schatz des Hauses oder vielleicht sogar der ganzen Welt lag in Allahyârs Armen. Später konnte er sich nie daran erinnern, wie seine erste Vereinigung mit Jasmin verlaufen war, er wusste nur, dass sie kurz gewesen war, so kurz wie das Ausatmen eines Menschen, der lange die Luft angehalten hat.

Der vorliegende Roman ist vor allem ein Werk der Literatur, es will durch eine spannende Erzählung sowie interessante, differenzierte Gestalten, welche die Anteilnahme des Lesers erwecken, zum Nachdenken anregen, gefallen und unterhalten. Daneben vermittelt es aber durch die Schilderung der historischen Umstände zum Ende der Safawidendynastie (1501–1722) in deren Hauptstadt Isfahan mit dem Konflikt zwischen dem toleranten Mystizismus der Sufis einerseits und der Bigotterie der Orthodoxie andererseits interessantes Hintergrundwissen über die iranische Kultur, das auch zum heutigen Verständnis jenes Landes beiträgt. Dabei spart der Verfasser nicht mit Kritik an der orthodoxen Geistlichkeit, die sich ebenso auf deren heutige Nachfahren anwenden lässt. Das ist der Grund dafür, dass er sich nicht einmal um die Genehmigung zur Veröffentlichung dieses Werks in seiner Heimat bemüht hat, die Zensur hätte es ohnehin nicht passieren lassen. Die deutsche Fassung ist deswegen die weltweite Erstpublikation.

Der Autor bedient sich des Kunstgriffs, dem Leser ein fiktives Manuskript aus jener Zeit zu präsentieren, das dessen Entdecker nur leicht überarbeitet und aktualisiert habe. Das erlaubt es dem Verfasser, sich einer angenehm zu lesenden, gut verständlichen, zwar konservativen, aber nicht altertümelnden Sprache mit nur wenigen veraltet wirkenden Ausdrücken oder Wendungen zu bedienen. Eine Besonderheit des

Stils lässt sich allerdings in der deutschen Übersetzung nicht wiedergeben, weil eine Eigenheit der modernen persischen Erzählprosa im Deutschen keine Entsprechung hat: Unter den modernen iranischen Schriftstellern ist es üblich, die handelnden Figuren nicht in der Schriftsprache reden zu lassen, sondern im Teheraner Dialekt, der heutzutage zur landesweit verbreiteten Umgangssprache geworden ist. In diesem Roman aber bedienen sich die Figuren auch in der direkten Rede der Schriftsprache. Dies ist aber in der deutschen Literatur ohnehin die Regel, sodass es dem Leser nicht auffällt.

Die meisten der im Roman vermittelten Informationen legt der Autor seinen handelnden Figuren in den Mund, vor allem dem Ich-Erzähler Allahyâr, dem Enkel eines erfundenen großen Mystikers und Kalligraphen, dessen Eigenschaften indessen authentisch, da von historischen Figuren übernommen, sind. Nur an wenigen Stellen mischt sich der Verfasser selbst direkt ein, indem er die Darstellung des Protagonisten durch einige Sätze über diesen in der dritten Person ergänzt oder Abschnitte über die Hintergrundkultur einfügt, z. B. mit Berichten über religiöse Legenden, historische Bräuche des Hofes oder einen antiklerikalen Witz, in denen er dem Stil und der Wortwahl der Originalvorlagen Rechnung trägt, die ihn inspiriert haben. Diese Passagen ergänzen den Bericht des Protagonisten und die Äußerungen seiner Partner zu einem sorgfältig recherchierten, genauen Bild von den Zuständen in Isfahan zu Beginn des 18. Jahrhunderts unserer Zeitrechnung.

Die Einzelheiten sind gewiss auch dem iranischen Leser nicht unbedingt vertraut, die allgemeine geschichtliche Entwicklung seines Landes dagegen kennt er natürlich. Für den deutschen Leser dürfte es indessen hilfreich sein, diese wenigstens kurz und zugegebenermaßen oberflächlich zu skizzieren.

Nach schiitischer Auffassung hatte Mohammad bei der Rückkehr von seiner letzten Pilgerfahrt auf dem Weg von Mekka nach Medina seinen Vetter und Schwiegersohn ʿAli zu seinem Stellvertreter und Nachfolger ernannt (nach sunnitischer Überlieferung wollte er ihn mit dieser Erklärung indessen nur als Anführer einer kleinen Truppe auf einem Feldzug bestätigen). Die muslimische Gemeinde entschied sich jedoch bei der Wahl eines Nachfolgers zunächst für drei andere Mitglieder der Gemeinde und erst beim vierten Mal für ʿAli. Diese vier ersten Nachfolger des Propheten sind für die Sunniten die «rechtgeleiteten Kalifen», und ihre Zeit gilt ihnen als eine ideale Epoche in der islamischen Geschichte. Sie wird von den Salafisten (von Salaf = Vorgänger, Ahn) als Modell für ihr eigenes Verhalten betrachtet. Sehr friedlich verlief diese Zeit jedoch nicht. Unter den beiden ersten Kalifen eroberten die arabischen Heere das persische Großreich und die Hälfte des byzantinischen Imperiums. Der zweite Kalif, ʿOmar, wurde von einem Sklaven ermordet. Auch der dritte Kalif, ʿOsmān, starb eines gewaltsamen Todes. Er hatte die schriftliche Fassung des Korans veranlasst und zur allein verbindlichen Fassung erklärt. Dadurch hatte er die Rezitatoren, die diesen bis dahin mündlich überliefert hatten, entmachtet, was ihm deren gewaltsame Opposition eintrug. Außerdem bevorzugte dieser reiche Kaufmann, Angehöriger einer der Patrizierfamilien Mekkas, die dem Propheten bis zuletzt Widerstand geleistet hatten, seine nächsten Verwandten in einer Weise, die viele Muslime schockierte.

Schließlich wurde 656 n. Chr. ʿAli, ständiger Anwärter auf die Nachfolge des Propheten, zum vierten Kalifen gewählt. Aber er traf sofort auf bewaffneten Widerstand verschiedener Gruppen und wurde nach nur fünf Jahren ermordet.

Die Schiiten (von «Schīʿat ʿAlī» = die Partei ʿAlis) betrachten ihn als den ersten rechtmäßigen Nachfolger des Propheten und nennen ihn den ersten Imam. Dieses Wort bezeichnet für die Sunniten einfach den Vorsteher der Gemeinde, für die Schiiten jedoch den Vorsteher der Gesamtheit der Muslime. Sie fügen in ihrem Glaubensbekenntnis den Sätzen «Es gibt keinen Gott außer Allah» und «Mohammad ist der Gesandte Gottes» noch einen weiteren hinzu: «ʿAli ist der Freund Gottes.» In ihren Augen brachte die Herrschaft ʿAlis fünf goldene Jahre. Auch schrieben sie ihm einen überragenden Einfluss auf die kulturelle Entwicklung zu. Bestattet wurde er in Nadschaf im jetzigen Irak, bis heute wichtiger Wallfahrtsort und Zentrum schiitischer Gelehrsamkeit. Chomeyni verbrachte dort die weitaus meiste Zeit seines Exils (1965–1978).

Nach ʿAlis Tod im Jahre 661 n. Chr. hatte mit der nunmehr herrschenden Dynastie der Omajjaden die alte Machtelite Mekkas, die sich erst spät und aus Opportunismus dem Islam angeschlossen hatte, das Heft wieder in der Hand. Ihre Zeit war einerseits von religiöser Toleranz bzw. Laxheit geprägt, andererseits von aristokratischem Standesbewusstsein. Sie schufen entgegen dem Ideal von der Gleichheit aller Muslime eine Klassengesellschaft, in der die Araber über die anderen Völker herrschen sollten. Nicht-Araber mussten sich nach ihrer Bekehrung als Schutzbefohlene einem der arabischen Stämme anschließen und hatten keine Aussicht auf Gleichberechtigung. Wie man sich unschwer vorstellen kann, rief dies den Unwillen der Neu-Muslime hervor. Kufa, die ehemalige Hauptstadt ʿAlis, wurde zum Mittelpunkt des Widerstandes.

Nach dem Tode des ersten Omajjadenkalifen wandten sich die Bewohner Kufas an ʿAlis zweiten Sohn, Hussein; dieser zog als dritter Imam mit einer kleinen Schar von Angehörigen und Anhängern dorthin, diese 72 Mitglieder umfassende Gruppe wurde aber unterwegs in der Nähe von Kerbelā in der Wüste von den Truppen des Kalifen abgefangen, belagert und schließlich, von Durst gequält, abgeschlachtet. Die Schiiten gedenken alljährlich mit Trauerfeierlichkeiten dieser Ereignisse.

Der Märtyrerkult wurde zu einem wesentlichen Bestandteil der iranischen Kultur. Das Kalifat aber blieb in der Hand von Arabern aus dem Stamme der Kuraischiten. Es hatte seinen Sitz zunächst in Damaskus und später in Bagdad.

Der Mongolensturm unter Dschingis Chân und seinen Nachfolgern bedeutete einen tiefen Einschnitt in der Geschichte der islamischen Welt. Mit der Einnahme von Bagdad und der Ermordung des Kalifen im Jahre 1258 n. Chr. beendete sein Enkel Hülägü Chân nach mehr als fünfhundertjähriger Herrschaft das arabische Kalifat und errichtete das Reich der Il-Châne, das Iran, Mesopotamien, den Kaukasus und Anatolien umfasste.

Schon unter diesen Mongolenherrschern wurden die Sufi-Orden als Sachwalter der leidenden Bevölkerung populär. Sie spendeten nicht nur Trost, sondern leisteten oft auch materielle Hilfe, und ihre Scheichs dienten häufig der Vermittlung zwischen der Machtelite und dem einfachen Volk. Sie trugen vermutlich mehr zur Verbreitung des Islams bei als die orthodoxen Theologen. Im Laufe der Zeit wurden die Orden nicht selten zu gut organisierten, militanten Verbänden. Der von diesen praktizierte Volksislam stand durch die besondere Verehrung ʿAlis der Schia nahe. Das galt auch für den von Safi-od-Din (gest. 1334) gegründeten und nach ihm benannten Orden der Safawiyeh.

Jahrhundertelang waren nomadisierende Stämme, von Nordosten kommend, nach Iran und zum Teil weiter nach Kleinasien gewandert. Nun kehrte sich die Richtung um. Im 15. Jahrhundert strömten drei Wellen türkischer Rückwanderer, die sich der Herrschaft der Osmanen entziehen wollten, aus Anatolien nach Iran. Besonders die der dritten Welle, die Kizilbāsch (Rotköpfe, so genannt nach ihrer roten Kopfbedeckung), füllten die Ränge des Safawiden-Ordens. Eingeklemmt zwischen den Osmanen im Westen und den Usbeken im Osten, verwandelte sich diese ursprünglich friedliche Glaubens- und

Lebensgemeinschaft in einen militärischen Verband, dessen Ordensmeister Essmâ'il 1501 nach der Eroberung von Täbris den alten persischen Kaisertitel Schāhānschāh annahm. Bald hatte er das Gebiet des heutigen Iran, Westafghanistan und das Zweistromland eingenommen. Aber die Randzonen dieses Gebiets waren heftig umkämpft, und das neu entstandene Reich war auf die Loyalität seiner Krieger angewiesen. Die Sprache war kein geeignetes Abgrenzungsmerkmal, da sowohl die Osmanen als auch die Usbeken ebenfalls Turkvölker waren. Ein iranisches Nationalgefühl gab es damals noch nicht und schon gar nicht bei den Kerntruppen, den gerade erst aus Anatolien zurückgewanderten Turkmenen. So kam für die Identifikation als Gruppe eigentlich nur die Religion infrage, und die Safawiden standen, wie bereits erwähnt, der Schia nahe. Also entschied man sich für diese und brachte sich damit in Gegensatz zu den osmanischen und usbekischen Sunniten. Der Orden hing jedoch einem eher heterodoxen, diffusen Glauben an und verfügte keineswegs über geeignete, entwickelte dogmatische Grundlagen und theologische Lehrer. Deswegen ließ man diese aus den arabischen Gebieten, vor allem dem Libanon, kommen und begann eine systematische, zwangsweise Bekehrung der iranischen Bevölkerung, die bis dahin mehrheitlich sunnitisch gewesen war, zur Zwölferschia. Diese wird im Gegensatz zu anderen schiitischen Gruppen (wie den Zaiditen und Ismaeliten) so genannt, weil ihre Anhänger glauben, dass der zwölfte Imam, der Mahdi, um 900 n. Chr. entrückt worden sei, um erst am Ende der Zeiten wiederzukehren und ein Reich des Friedens zu errichten. Um die Abgrenzung von den Sunniten zu betonen, verlangte man damals von den schiitischen Gläubigen, die ersten drei Kalifen zu verfluchen.

Der bedeutendste der Safawiden-Schahs war Abbās der Große (1587–1629), der das im Zentrum Irans gelegene Isfahan zur Hauptstadt machte. Zur Sicherung seines Reichs gegen

die Osmanen richtete er an der Nordwestgrenze als Puffer-
zone einen weitgehend entvölkerten Grenzstreifen ein. Dazu
siedelte er die dort lebenden Armenier zwangsweise um. Die
Bewohner der besonders blühenden Händler- und Hand-
werkerstadt Dschulfa mussten in die neue Hauptstadt umzie-
hen; dabei kam ein Großteil von ihnen um. Den Überleben-
den wies er auf dem Südufer des Flusses von Isfahan, des
Sayandé-Rud, ein eigenes Viertel zu, in dem sie Kirchen und
Schulen bauen und eine Art Selbstverwaltung einrichten durf-
ten. Sie konnten ihren christlichen Glauben beibehalten, und
es war ihnen im Gegensatz zu den Muslimen gestattet, Wein
herzustellen.

Zum Beginn des 18. Jahrhunderts war Iran weitgehend
schiitisch geworden, nur in den Grenzgebieten gab (und gibt)
es noch einige sunnitische Gruppen. Zu ihnen gehörten die
paschtunischen Afghanen.

Der letzte Schah aus der Dynastie der Safawiden, Sultan
Hosseyn, war ein strenggläubiger Schiit, und eine seiner ersten Maßnahmen war es, dem führenden Kleriker Macht zu
geben. Eine systematische Verfolgung der Sufis setzte ein, der
Genuss von Alkohol und Opium sowie die Prostitution wurden unter Strafe verboten, Frauen wurden in der Öffentlichkeit scharfen Restriktionen unterworfen. Andersgläubige,
wie Sunniten, Christen, Juden und Zoroastrier (Anhänger
der von Zarathustra gestifteten vorislamischen Staatsreligion
Irans), wurden unterdrückt und zum großen Teil zwangsweise
bekehrt. Andererseits wurde der Schah selbst zum Alkoholi-
ker, der sich immer weniger um die Staatsgeschäfte kümmerte.

1709 und 1716 gab es erste Aufstände in Afghanistan, von
1717 bis 1720 rebellierten sunnitische Gruppen in Kurdistan
und Schirwan (Aserbaidschan). Die Hauptgefahr ging jedoch
von dem afghanischen Stamm der Ghilzai aus, die unter
ihrem Anführer Mahmud gegen Isfahan marschierten. Sultan

Hosseyn zog ihnen entgegen und erlitt bei Golanâbâd am 8. März 1722 eine Niederlage. Daraufhin wurde die Stadt von März bis Oktober 1722 belagert. Während dieser Zeit war das Kommando des Schahs von Inkompetenz und Mangel an Entschlossenheit gekennzeichnet, und er büßte die Loyalität seiner Provinzgouverneure ein. Hunger und Seuchen zwangen die Stadt schließlich zur Aufgabe, 80 000 Menschen sollen damals ihr Leben verloren haben, bis der Schah am 23. Oktober 1722 zugunsten von Mahmud abdankte. Dieser verfiel indessen bald dem Wahnsinn und starb am 25. April 1725. Dessen Nachfolger ließ den in Gefangenschaft gehaltenen Sultan Hosseyn 1726 aus Furcht, die Osmanen könnten ihn mit Waffengewalt wieder als Herrscher einsetzen, hinrichten. 1729 wurden die Afghanen von einem im Namen eines anderen Mitglieds der Safawidenfamilie tätigen General geschlagen und zogen sich 1730 nach Kandahar zurück. Die Safawiden erlangten die Macht jedoch nicht wieder; denn der erwähnte General krönte sich später selbst zum Schah. Auch der schiitische Klerus wurde durch ein Zwischenspiel, in dem man sich um einen Ausgleich mit den Sunna bemühte, vorübergehend entmachtet.

Der Sufismus jedoch blühte weiter und hat bis heute viele Anhänger in Iran. Er steht in scharfem Gegensatz zur islamischen Orthodoxie, sei sie nun sunnitisch oder schiitisch. Das ist in der christlichen Tradition nicht grundsätzlich anders, aber in ihr wird der Widerspruch zwischen Orthodoxie und Mystik bzw. Gesetz und Liebe, zumindest dem eigenen Anspruch nach, zugunsten der Liebe aufgelöst. Sie sei, so heißt es im Neuen Testament, des Gesetzes Erfüllung. Das Regelwerk des Islams dagegen, zusammengefasst unter dem Namen *Schariʿa* (= Weg zur Tränke), bestimmt auch heute noch in hohem Maße das öffentliche wie das private Leben der Muslime. Einen Gegenpol dazu bildet die mystische Liebe, die anders als im Abendland, wo sie fast vergessen ist, in den islamisch geprägten Ländern auch in der Gegenwart noch große Bedeutung hat. Der Name *Sufi* (von arabisch Suf = Wolle) ist vermutlich auf das schlichte Wollgewand zurückzuführen, das die Derwische (von persisch *Darwisch* = Armer, Wanderer) zu tragen pflegten. Sie praktizierten Nächstenliebe, Toleranz sowie Verzicht auf Äußerlichkeiten und warben gerade dadurch besonders erfolgreich für ihren Glauben. Liebe ist für sie das Band, das Gott und die Menschen vereint. Nach ihrer Auffassung hat sich nicht nur Adam in Gott verliebt, als dieser ihm seinen Odem einblies und er zum ersten Mal die Augen aufschlug, sondern auch der Schöpfer in sein Geschöpf. Es sei dahingestellt, ob der Sufismus unter außerislamischem Einfluss entstanden ist. Diese Annahme lässt sich ebenso wenig ausschließen wie beweisen. Notwendig ist sie nicht; denn wir finden alle Fundamente des sufischen Denkens auch im Islam selbst. Im Koran wird berichtet, dass Gott selbst dem Menschen seinen Geist eingehaucht habe, dass wir Gottes seien und zu ihm zurückkehren würden, dass Gott dem Menschen näher sei als dessen eigene Halsschlagader oder, wie es in diesem Roman heißt, sein eigener Schatten. Auch die Auffassung, Himmel und Erde sowie alles zwischen diesen beiden seien Zeichen Gottes für jene, die verstünden, wird im Koran geäußert. Für die Sufis ist nun nicht nur die Welt, sondern auch das Heilige Buch, das ja wie diese von Gott selbst geschaffen worden ist, ein Gleichnis, das es zu deuten gilt. In ihm gibt es ein *Außen* und ein *Innen* oder, mit den Worten des sufischen Dichters Rumi, die *Knochen* und das *Mark*. Diese Verachtung der ihrer Meinung nach nicht richtig verstandenen Äußerlichkeiten brachte die Sufis dazu, eigene Riten und eine von der Außenwelt abgesonderte Gemeinschaft zu entwickeln. Für den Weg nach innen braucht der Gottsucher einen geistlichen Führer, einen *Morsched*; und unser Kalligraph war offensichtlich ein solcher. Er zeigt seinen Schülern den Pfad von der Enthaltsamkeit über die Stufen der Gottesfurcht, des Gottvertrauens, der Gottesliebe und der höchsten, vollkommenen Liebe zu einer intuitiven, tief im Innern gefühlten Erkenntnis (*Irfân*). Die Sufis sehen darin auch einen Unterschied zur westlichen Mystik, denn dieses Wort kommt von griechisch *myéo* (= einweihen) und hat eine Verbindung zu *Geheimnis (mystérion)*, während es dem Sufi um Erkenntnis geht. Dabei bedient er sich gewisser Praktiken, der Askese, der Entrückung, der Meditation, der rituellen Wiederholung formelhafter Wendungen, insbesondere der schönsten Namen Gottes. Aus ihrer unendlichen Zahl sind uns neunundneunzig bekannt, sie sind es, die fromme Muslime mit ihrem Rosenkranz rezitieren. Hinzu kommen aber auch Musik, Tanz und Dichtung. Letztere setzt gern Gott und die Liebe, *Irfân* (Gotteserkenntnis) und Rausch gleich, und in ihr kommt es auch immer wieder zu Tabubrüchen und Regelverletzungen, sei es in Bezug auf das Alkoholverbot, sei es auf das Sexualleben, sodass das persische Wort *Rend* sowohl Sufi als auch Freigeist, Zecher oder Wüstling bedeuten kann und je nach der Perspektive dessen, der es verwendet, als Schimpfwort oder Lob dienen mag.

Allerdings gab es auch Versuche, Sufismus und Orthodoxie miteinander zu versöhnen. Am bemerkenswertesten war in dieser Hinsicht wohl das Werk des iranischen Gelehrten Al-Ghasâli (1059–1111), unter den Europäern im Mittelalter Algasel genannt und hoch geschätzt. Nach ihm sind der Versuch, durch die Beachtung der dem Propheten Mohammad offenbarten Regeln zu Gott zu gelangen, und die Suche nach ihm auf dem Weg zum *Irfân* grundsätzlich gleichberechtigte Wege zur Wahrheit.

Einen besonders wichtigen Beitrag zur Systematisierung des sufischen Denkens leistete der andalusische Gelehrte Ibn Arabi (* 1164/65 in Murcia, Spanien, † 1240 in Damaskus, Syrien), indem er die Unterscheidung von *Außen* und *Innen* auch auf die Glaubensbekenntnisse der drei abrahamitischen

Religionen anwandte. Er betrachtete die Unterschiede zwischen ihnen als etwas Äußeres und meinte, ihre Anhänger könnten Gottes wahres Wesen nur erfassen, wenn sie sich gegenseitig anerkennten. Die Gebetsrichtung spiele keine Rolle; denn «wohin immer ihr euch wendet, dort ist Gottes Angesicht». In jedem geliebten Objekt, so lehrte er, erscheine Allah dem Auge des Liebenden, entziehe sich dessen Blick indessen gleichzeitig durch ebendiese Art der Liebe und bleibe hinter dem Schleier der Formen des geliebten Gegenstandes verborgen. Nur wenn man begreife, dass jedes Liebes- und Lobesgedicht ihm, der dahinter stehe, gelte, könne man diesen Vorhang beiseiteziehen. Auch Gott und Mensch verhielten sich zueinander wie *Innen* und *Außen*. Der Mensch als Geschöpf, in das Gott sich selbst entäußert habe, könne durch *wassl* (unio mystica = vollkommene Einswerdung) in Gott aufgehen. Diese sei allerdings nicht für alle erreichbar, sondern nur für die *Vollkommenen Menschen*, von denen der Koran einige nenne, zu denen aber auch die großen Sufis gehörten. So ein Mensch werde zu einem sichtbaren Aspekt des unsichtbaren Gottes.

Der in diesem Roman so häufig erwähnte Maulânâ Dschalâl ud-Din Rumi ist Ibn Arabi möglicherweise während der Zeit seiner Einführung in den Sufismus in Damaskus selbst begegnet. Dessen Geist ist jedenfalls in des Dichters späterem Werk zu spüren. Geboren wurde Rumi 1207 in Balch im heutigen Afghanistan, verließ seine Heimat zusammen mit seinen Eltern wohl auf der Flucht vor dem Mongolensturm und zog über Iran, die Arabische Halbinsel sowie Syrien nach Konya in Kleinasien. Dort wurde er zum Lehrer der Theologie und zum *Morsched* (sufischen Führer). Gedichtet hat er, obwohl in einer griechisch- und türkischsprachigen Umgebung lebend, hauptsächlich auf Persisch. Das hier mehrfach zitierte *Massnawi* hat er dem dritten seiner ihm in einer innigen Liebesbeziehung verbundenen Freunde während seiner letzten zehn Lebensjahre diktiert. Wo er ging und stand, soll dieser ihm gefolgt sein und seine Gedichte aufgezeichnet haben, während er tanzend und Verse rezitierend durch den Basar gezogen sei. Später habe der Freund sie ihm vorgelesen und nach seinen Angaben korrigiert. Er polarisierte die ihn umgebende Gesellschaft: Einerseits schockierte er die Wohlanständigen durch seine Männerfreundschaften und sein Verhalten. Selbst die Beerdigung seines zweiten Freundes sei zum Stein des Anstoßes geworden, habe er sie doch gefeiert wie eine Hochzeit, die in einem wirbelnden Tanz geendet habe. Andererseits erwarb er durch das erwähnte Lehrgedicht hohes Ansehen bei den Gebildeten. Selbst der fast allmächtige Großwesir soll ihn um Rat gefragt haben.

Stark verkürzt und vereinfacht könnte man Rumis Botschaft so formulieren: Adam komme von Allah her und lebe zu ihm hin, seine Seele sei ein abgetrennter Teil Gottes und strebe nach der Wiedervereinigung mit dem Geliebten. Überall begegne ihr sein Bild, vor allem aber in ihr selbst, sie müsse es nur erkennen. Daraus beziehe der Mensch seine Kraft und seine Würde. Der Tod sei nichts als das Tor zum wahren Leben.

Auch heute noch polarisieren die Sufis die iranische Gesellschaft. Einerseits hat Chomeyni selbst eine Ausbildung als Sufi durchlaufen und Verse im Stile eines klassischen Sufi-Dichters hinterlassen, andererseits werden in der Islamischen Republik Iran immer wieder Sufis verfolgt, ihre Scheichs verhaftet und Schreine ihrer großen Toten zu schlichten Gräbern zurückgebaut, die sich nicht mehr als Pilgerstätten und Orte zum Sammeln von Spenden eignen. Damit hofft man, den Einfluss der Sufis zurückzudrängen.

Allahyârs Großvater war indessen nicht nur ein Sufi-Lehrer, sondern auch ein berühmter Kalligraph und damit ein Vertreter der wichtigsten unter den Bildenden Künsten in einer islamischen Gesellschaft. Sie soll, so meinen jedenfalls die Schiiten, von ʿAli selbst erfunden worden sein. Damit betonen sie nicht nur die Ehrwürdigkeit und den hohen Rang dieser Kunst, sondern sie rücken ihren Schöpfer in die Nähe Gottes. Denn Allah selbst lehrte den Menschen nach dem Koran den Gebrauch des Schreibrohrs, und ʿAli vervollkommnete ihn darin, indem er aus einer bloßen Gebrauchsfertigkeit eine Kunst machte.

Ihre tatsächlichen Ursprünge liegen indessen im Dunkeln. Wir wissen, dass es bereits im ersten Jahrhundert nach der Gründung eines islamischen Staates in Medina verschiedene Kalligraphen gegeben hat, und uns sind auch einige Namen von Schreibkünstlern überliefert, aber wir wissen weder, wie ihre Schrift ausgesehen haben mag, noch kennen wir die ältesten erwähnten Schreibstile; umgekehrt ist uns auch unbekannt, wie man den Stil bzw. die Stilvarianten der ersten erhaltenen und in Museen aufbewahrten Kalligraphien nannte. Aber bereits aus jener Zeit stammt die Unterscheidung zwischen einer «weichen» kursiven Schreibweise und einer formellen, später «kufisch» genannten Schriftart. Vor allem diese wurde für die Aufzeichnung der ersten Exemplare des Korans und heiliger Texte als Bauinschriften verwendet, während die erstgenannte praktischere Schrift zunächst hauptsächlich dem täglichen Gebrauch diente. Aber auch aus ihr entwickelten sich bald unterschiedliche Schönschriftstile.

Vom 10. Jahrhundert n. Chr. an werden die Dinge klarer. Der Wesir Abu ʿAli Ibn Muqla († 940) und sein Bruder Abu Abdullah Ibn Muqla († 949) schufen in Bagdad mit einem ersten Kanon von sechs auf der Kursive beruhenden Schönschriftarten die Grundlage für alle weiteren Entwicklungen. Kalligraphie gehörte von nun an zur höheren Bildung, und sowohl Prinzen als auch Anwärter auf höchste Staatsämter wurden darin geschult. Der nächste herausragende Kalligraph war ʿAli Ibn Hilal († 1022). Er war nicht nur ein bedeutender Künstler, sondern auch ein großer Religionslehrer, der vierundsechzig Abschriften des Korans gefertigt haben soll. Das einzige mit Sicherheit von ihm stammende Exemplar, das erhalten ist, befindet sich heute in Dublin. Er führte ein «Punkt» genanntes Maß für die Schriftproportionen ein, nach dem die verschiedenen Schrifttypen bis heute gegliedert werden. Ein Haussklave des letzten Kalifen von Bagdad namens Jaqut al-Mustasimi († 1298), der dreihundertvierundsechzig Koranexemplare geschrieben haben soll, überlebte den Sturz und Tod seines Herrn um vierzig Jahre. Seine sieben wichtigsten Schüler zerstreuten sich in der islamischen Welt von damals, und in der Folge dessen gab es von nun an regional unterschiedliche Schreibstile. Die bedeutendste Weiterentwicklung, die in den nächsten Jahrhunderten folgte, war die in Iran geschaffene Schrift *Nastaliq*. Wie kompliziert sie ist, mag man daran ermessen, dass für den Fotosatz dieser Schrift zwanzigtausend verschiedene Glyphen (Zeichen für einen Buchstaben, einen Buchstabenteil, eine Ligatur oder auch ein Silbenzeichen) benötigt werden. Ihre Erfindung, eine Fusion zweier verschiedener schon davor verbreiteter Stile, wird dem Täbriser Kalligraphen Mir ʿAli zugeschrieben. Sie galt besonders vielen Iranern als der Höhepunkt der Schriftkunst, als «die Braut unter den Schreibstilen». Sie ist eine luftige, schwebende Schrift mit starker Dynamik des Striches, oft im Wechsel mit beiden Enden des Schreibrohrs geschrieben; sie dient vor allem der Wiedergabe von Poesie, weniger der heiliger Texte. Nur zwei Koranexemplare sind in Nastaliq geschrieben. In ihr erwarb unsere Romanfigur ihre Meisterschaft. Cheheltan übernimmt hier etwas, was auf die von ihm erwähnten Kalligraphen Resâ Abbâssi und Mir ʿEmâd auch tatsächlich zutraf: Sie wurden dadurch in der gesamten islamischen Welt vom arabischen Westen bis ins Indien der Mogulkaiser im Osten berühmt. Die Namen dieser und anderer Meister der Schönschrift sind in der islamischen Welt von ähnlicher Bedeutung wie im

Westen z. B. Giotto, Leonardo da Vinci, Albrecht Dürer oder Rembrandt.

Die Ästhetik dieser Meister und ihrer Bewunderer unterscheidet sich von der abendländischen nicht nur durch ihren höheren Abstraktionsgrad, sondern sie widerspricht auch sonst in mancher Hinsicht unseren Sehgewohnheiten. Das Schriftbild besitzt hier Freiheiten, die wir sonst nur aus der (abstrakten) Malerei kennen. Die Schriftzeilen müssen nicht geradlinig sein und stets den gleichen Abstand haben, sondern oft nehmen sie zum linken Ende hin (die Schriftrichtung verläuft von rechts nach links) einen Aufschwung, der muss jedoch sorgfältig kalkuliert, in sich stimmig, dynamisch und rhythmisch sein. Ähnliches gilt für die Beziehung der Zeilen untereinander.

Die arabischen Schriftzeichen unterscheiden nicht Majuskeln und Minuskeln, sondern ein einzelner Buchstabe kann bis zu vier verschiedene Formen annehmen. Während im lateinischen ABC die Buchstaben entweder alle isoliert sind (in Druckschrift) oder (in der Kursive) innerhalb eines Wortes alle miteinander verbunden, gibt es im arabisch-persischen Alphabet verbundene und unverbundene Buchstaben, für manche gelten auch besondere Ligaturen. Einige bestehen nur aus einem Strich oder Schwung, andere sind zusammengesetzt. Viele werden erst durch hinzugefügte Punkte kenntlich. So kann dasselbe Häkchen, je nachdem, ob man einen, zwei oder drei Punkte darüber- oder daruntersetzt, N, T, Th, B, I oder P bedeuten. Die Linienführung der Zeilen, der Abstand der Buchstaben voneinander, ihre Verbindung miteinander, das Verhältnis der Punkte zum Körper der Buchstaben, die Schwünge der gerundeten Zeichen, die Dicke des Striches, das An- und Abschwellen seiner Breite und die Relation zwischen dem Schwarz der Tinte und dem Weiß des Papiers sind einige der Details, die der Kalligraph zu beachten hat und mit denen er seine Kreativität und Meisterschaft beweisen kann;

und das Ergebnis soll nicht nur ein Schriftstück sein, sondern ein Bild, das durch seine ästhetischen Qualitäten beeindruckt wie ein abstraktes Gemälde.

Aber nicht nur die Form der Kalligraphie spielt eine wesentliche Rolle, sondern auch das verwendete Material. Das können Stein, Ziegel, Fliesen oder Stuck für Bauinschriften sein, Metall für Münzen und Pergament oder vor allem Papier für Bücher. Bei Letzterem achtete man besonders auf die Qualität. Häufig wurde es von weither importiert und in der Regel mit einer Mischung aus Stärke, für die der Kalligraph oft sein eigenes Rezept hatte, beschichtet und anschließend mit einer Spezialflüssigkeit, vielfach auf der Grundlage von Eiweiß, lackiert. Auch für die Tinte gab es allerlei verschiedene Verfahren. Sie wurde in verschiedenen Schattierungen verwendet, sie sollte glänzen und durfte nicht ausbleichen. Häufig wurden Galläpfel und Ruß, z. B. aus verbrannten Leinsamen, ergänzt durch andere Substanzen, z. B. Gummi arabicum und Koloquintenöl, mit Wasser angerührt und aufgekocht, man nahm aber auch Gold und Silber zu Hilfe, um besonders wertvolle Tinten herzustellen. Solange die Moscheen mit Öllampen beleuchtet wurden, lieferten auch diese Ruß für die Tinte der Kalligraphien und verliehen ihnen damit einen zusätzlichen Anstrich der Heiligkeit. Als Schreibgerät benutzt man besondere Arten von Schilfrohr. Dafür verwendet man im Arabischen und Persischen das Wort *qualam*, das auf das griechische *kálamos* zurückgeht. Etymologisch ist es mit dem deutschen Wort *Halm* verwandt. Diese Rohre wurden durch komplizierte Verfahren geschmeidig gemacht, zugeschnitten und geschlitzt, um einen gleichmäßigen Fluss der Tinte zu gewährleisten. Nicht nur im Koran, auch in der Bibel ist von diesem Gerät die Rede, Luther übersetzt es mit «Griffel». In der hier vorliegenden Fassung wird dafür *Feder* oder *Schreibrohr* verwendet.

Aus dieser Schilderung wird ersichtlich, dass dem Kalligraphen zahlreiche Mittel zur Verfügung standen, seinem Manuskript eine eigene Note zu verleihen, es zu einem individuellen Kunstwerk und Ausdruck seiner Persönlichkeit zu machen. Kalligraphien konnten und sollten zu einem Fest fürs Auge werden wie Tanz und Musik, aber auch zu Gebeten. Im Vordergrund stand weder das Streben nach Ruhm noch das nach materieller Anerkennung, sondern das Gotteslob. Wie die Künstler des europäischen Mittelalters wirkten sie vor allem *ad maiorem Dei gloriam*, zur höheren Ehre Gottes.

Abgeschiedenheit Eine Art ritueller Trancezustand, in den die Sufis sich zurückziehen, um sich Gott zu öffnen.

Âbguscht Aus Fleischbrühe und Hülsenfrüchten, meist Erbsen, bestehendes Gericht.

Al-Andalus Der einst von den Muslimen benutzte Name für Spanien.

Allameh Madschlessi (1616–1698) Einer der einflussreichsten schiitischen Kleriker Irans. Nachdem ihn der Schah zum obersten Geistlichen ernannt und ihm freie Hand gegeben hatte, verfolgte er erbittert sowohl Philosophen als auch Sufis und Sunniten.

Brot Das iranische Brot wird in großen, flachen Fladen gebacken und in ein Tuch eingewickelt transportiert. Früher wurde es dann in Krügen oder Metallgefäßen aufbewahrt.

Chinesen und Griechen In dieser Erzählung aus Rumis *Massnawi* sind die Chinesen die Vertreter einer hoch entwickelten Zivilisation, sie sind Meister in Kunst und Wissenschaft. Die Grundlage für diese Auffassung dürfte ein Hadith, also eine Überlieferung, sein, nach welcher der Prophet Muhammad gesagt haben soll: «Strebe nach Wissen, und wenn du dazu bis nach China gehen musst». Die Griechen dagegen, gemeint sind die griechisch sprechenden Bewohner des byzantinischen Reiches, sind die Repräsentanten einer esoterischen Spiritualität. Die Grundlage dafür liefert der Koran in der 30. Sure («Die Byzantiner»).

Daf Besonders von den Sufis benutzte Handtrommel.

Derwisch Angehöriger einer muslimisch-asketischen Ordensgemeinschaft. Das Wort stammt aus dem Persischen: «Darwisch» = Armer, Wanderer, auch Bezeichnung für die Sufis (Mystiker), die als Bettelmönche umherzogen.

Derwischkloster Siehe «Sufi-Kloster».

Die drei Fische Diese Fabel ist nicht nur eine erbauliche Geschichte über die Notwendigkeit, vorzusorgen, sondern ein Gleichnis, das die Weisheitslehre der Sufis vermitteln soll. Der Fischteich steht für die Welt, in der wir leben, das grenzenlose Meer dagegen für das Jenseits der unendlichen Gottesliebe. Jenes ist die wahre Heimat des Menschen, nicht irgendein Ort im Diesseits, und der Tod vor dem Tod ist die Entrückung, die Absage an die Welt und der Verzicht auf alles irdische Verlangen. Der kluge Fisch ist einer von den ganz wenigen vollkommenen Menschen, die den Weg zu Gott gefunden haben und anderen den Weg weisen können, der zweite Fisch gleicht dem Sufi-Schüler, der immer wieder neu den Tod vor dem Tod suchen muss, um den Gefahren der Welt der Sinne und des Begehrens zu entkommen, und der leichtsinnige Fisch symbolisiert die Haltung des normalen Erdenbürgers – wie die törichten Jungfrauen aus dem biblischen Gleichnis von den zehn Jungfrauen (Matthäus 25,1–12). Dies Gleichnis wird jedoch konkreter als das aus dem Neuen Testament, indem es Hinweise auf die Art der Vorbereitung aufs Jenseits gibt. Allahyâr interpretiert die Geschichte indessen auf seine eigene Weise.

Dirhem   Alte Gewichts- und Währungseinheit von im Laufe der Zeit wechselndem Wert.

Dschinn   Gespenst. Salomo gebot nach orientalischer Tradition über die Geister.

Dschomâdi-ol-awwwal   Monat des arabischen Mondkalenders. Der 20. Dschomâdi-ol-awwwal entsprach in jenem Jahr dem 8. März.

Dschulfa   Armenier-Viertel, auf dem Südufer des Sayandé-Rud gelegen, unter Schah Abbâs dem Großen Anfang des 17. Jahrhunderts nach einer Zwangsumsiedlung von Armeniern in seine Hauptstadt Isfahan angelegt.

Esstuch   In Iran war es üblich, ein Tuch auf den Boden zu legen und dort sitzend zu essen.

Fatwa   Von einem Geistlichen nach islamischem Recht erstelltes Gutachten.

Feder   Das traditionelle und auch heute noch für die Kalligraphie benutzte Schreibgerät der Iraner ist keine Gänsefeder, sondern ein spezielles, zum Schreiben zurechtgeschnittenes Schilfrohr, das auch schon in der Bibel erwähnt wird. Es heißt auf Arabisch und Persisch «Qalam»; das Wort ist aus dem Griechischen übernommen; dort lautet es «Kálamos», dies ist etymologisch mit dem deutschen Wort «Halm» verwandt.

Fränkin Seit dem Eindringen der Kreuzritter unter französischer Führung in den Orient nannten die Muslime die Europäer nach diesen «Franken».

Glaubensbekenntnis Das islamische Glaubensbekenntnis, die Schahâda, lautet in Übersetzung: «Es gibt keinen Gott außer Gott. Muhammad ist der Gesandte Gottes.» Die Schiiten setzen noch hinzu: «ʿAli ist der Freund Gottes.»

Griechen Siehe «Chinesen und Griechen».

Hadschi Jeder Muslim, der dazu in der Lage ist, soll wenigstens ein Mal in seinem Leben eine Hadsch, eine Pilgerfahrt nach Mekka, gemacht haben. Dadurch wird er zum Hadschi. Dies Wort wird als Ehrentitel verwendet.

Herr der Zeit Beiname des Mahdi.

Hülägü Chân Enkel von Dschingis Chân und Oberbefehlshaber der Mongolen, die auf Befehl des Großchâns Möngke 1258 Bagdad eroberten und damit dem abbassidischen Kalifat ein Ende setzten.

Hussein Der dritte Imam der Schiiten, jüngerer Sohn ʿAlis; er und seine Angehörigen wurden 680 n. Chr. in der Schlacht von Kerbela bei dem Versuch, die Macht im islamischen Reich zu erringen, von den Umayyaden zunächst eingekesselt und dann, als sie fast verdurstet waren, niedergemetzelt. Er wurde zum schiitischen Märtyrer par excellence, und die Schiiten gedenken seiner jedes Jahr mit Trauerzeremonien und Passionsspielen.

Imam Für die Sunniten der Vorbeter, für die Schiiten Titel für den legitimen Nachfolger des Propheten Muhammad und

Führer der Gemeinschaft aller Muslime. Die Imame in diesem Sinne sind ʿAli, der Vetter und Schwiegersohn des Propheten Muhammad, und nach Auffassung der in Iran herrschenden Zwölferschiiten seine elf Nachkommen, welche die Führer der Gemeinschaft der Muslime hätten sein sollen. Der Letzte, der Mahdi, ist, so glauben sie, entrückt worden und wird am Ende der Zeiten als Erlöser zurückkehren.

Inneres Licht   Siehe die Erläuterung unter «Rumi».

Joseph   Der Joseph des Alten Testaments gilt bei den Muslimen als Prophet. Er wird im Koran als ungewöhnlich schön geschildert.

Kalifen (von arabisch Châlifa = Stellvertreter)   Zunächst von der muslimischen Aristokratie gewählte Nachfolger und Stellvertreter des Propheten Muhammad, später Dynastien. Erst als vierter Kalif wurde Muhammads Vetter und Schwiegersohn ʿAli gewählt, der nach Meinung der Schiiten von Anfang an der muslimischen Gemeinde als Imam hätte vorstehen müssen (siehe auch unter «Sunna»).

Kalle-Pâtsché   Gericht aus dem Kopf und den Füßen von Hammeln.

Kalligraphie   Angesichts des – in den unterschiedlichen Glaubensrichtungen des Islams allerdings verschieden streng gehandhabten – Bilderverbots stieg die Schönschrift zur führenden unter den Bildenden Künsten auf. Sie galt zudem nicht nur als hohe Kunst, sondern auch als Gottes- und als Staatsdienst, Prinzen wurden darin ausgebildet, und einige der berühmtesten Kalligraphen waren Minister. Unter den zahlreichen Varianten steht in Iran die *Nastaliq* besonders hoch im Kurs.

Königsbuch   Iranisches Nationalepos, von Firdausi um das Jahr 1000 n. Chr. verfasst. Originaltitel: «Schâhnâme».

Land voller Juwelen   Beliebte Formel zum Lobe Irans, Anspielung auf die alte Nationalhymne.

Mahdi   Nach dem Glauben der Zwölfer-Schiiten ist der zwölfte Imam im 9. Jahrhundert n. Chr. zunächst in die «kleine Abwesenheit» entrückt worden, aus der er noch mittels Boten mit der Gemeinde seiner Anhänger kommuniziert habe, und im 10. Jahrhundert dann in die «große Abwesenheit», um erst am Ende der Zeiten wiederzukehren und ein Reich des Friedens zu schaffen.

Man   Ca. 3 Liter.

Massnawi   Hauptwerk des mystischen Dichters Moulânâ Dschalâl-ud-Din Rumi, eines der bekanntesten und einflussreichsten Werke des Sufismus. Es entstand im 13. Jahrhundert n. Chr., besteht aus sechs Büchern, umfasst nahezu 26 000 Verse und enthält Weisheitslehren, Ermahnungen, Geschichten und Anekdoten sowie Kommentare und Interpretationen zum Koran.

Meile   Parasange (neupersisch: Farsang / Farsach), 6240 m.

Mir ʿEmâd (* 1554 in Kaswin, † 1615 in Isfahan)   Prominenter persischer Kalligraph und angesehenster Vertreter der Nastaliq-Schönschrift, Rivale von Resâ Abbâssi. Die Geschichte über seine Ermordung ist authentisch.

Mollâ   (arabisch: Mullâ) Bezeichnung für einen muslimischen Geistlichen, hat heutzutage ähnlich wie «Pfaffe» einen abwertenden Klang.

Mufti Ein sunnitischer Rechtsgelehrter, dessen Rang ihm erlaubt, ein Gutachten (Fatwa) über eine Rechtsfrage abzugeben.

Nastaliq Das Nastaliq ist eine besondere Stilart der persischen Kalligraphie und wurde der Legende nach von Mir ʿAli Tabrisi, einem Kalligraphen aus dem 14./15. Jhd., in Täbris geschaffen. Sie wurde zur beliebtesten Schrift Irans.

Nastaliq Schekasté Besonders elegante, schwierige Variante der Nastaliq-Schönschrift.

Neujahr Das neue Jahr beginnt in Iran am ersten Frühlingstag, also in der Regel am 21. März.

Nimrod Nach biblischer und islamischer Überlieferung ein Tyrann, der sich gegen Gott empörte. Er soll vergeblich versucht haben, Abraham verbrennen zu lassen. Eine Anspielung auf diese Überlieferung findet sich in der Sure «Die Propheten» (21,68–69).

Pahlawân Ursprünglich «Recke», in dieser Bedeutung wird es im persischen Nationalepos, dem «Königsbuch» von Firdausi, verwendet. Später nahm es die Bedeutung jemandes an, der Meister im Ringkampf und gleichzeitig moralisches Vorbild ist. Oft organisieren sich die Pahlawâne in Sufi-ähnlichen Orden und folgen einem Lehrer, der sie trainiert, aber auch geistlich anleitet.

Qanât Unterirdischer in den Boden gegrabener Wasserkanal, Teil eines uralten, ausgedehnten Bewässerungssystems.

Resâ Abbâssi Großer Kalligraph und Miniaturmaler (* ca. 1570 in Maschhad, † 1635 in Isfahan), nach ihm heißt eines der schönsten Museen Teherans.

Rumi Eigentlich Dschalâl-ud-Din, * 1207 in Balch im heutigen Afghanistan, † 1273 in Konya in der heutigen Türkei. Er floh zusammen mit seinem Vater vor dem Mongolensturm aus seiner Heimat. Die Iraner pflegen ihn «Moulânâ» (unser Lehrer) zu nennen. Rumi ist ein Beiname, der sich darauf bezieht, dass er in Anatolien, also dem einstigen Römischen Reich («Rum»), lebte. Er war einer der größten mystischen Dichter persischer Sprache. In den hier zitierten Gedichten aus seinem Hauptwerk, dem *Massnawi*, wird die Lehre der Sufis deutlich. Er spricht z. B. vom «Mark» des Korans, seiner esoterischen Bedeutung, und davon, dass er die «Knochen», die äußeren Regeln, den «Hunden», den orthodoxen Geistlichen, überlasse. Oder er sagt, dass jemand, der eine menschliche Seele gewonnen habe, den Tod nicht zu fürchten brauche, da das innere Licht, der göttliche Funke der Seele, sich durch diesen mit dem göttlichen Licht wieder vereinigen werde. Der Orden der tanzenden Derwische, der Mevlevis, geht auf ihn zurück.

Sayandé-Rud Fluss, an dessen Südufer Isfahans Armenierviertel liegt.

Schah Abbâs Bedeutendster Herrscher aus der Dynastie der Safawiden, regierte von 1587 bis 1629, machte Isfahan zur Hauptstadt Irans.

Schâhi Kleine Münze, heute nicht mehr in Gebrauch.

Schale Zu der damaligen Zeit wurden in Iran weder Tassen noch Gläser benutzt, man servierte Getränke in Schalen.

Schariʿa Religiöses Regelwerk, das sowohl materielle als auch prozessuale Vorschriften enthält und straf-, zivil- und völkerrechtliche Normen umfasst. Es beruht auf dem Koran sowie mündlichen Überlieferungen. Da diese bei den vier verschiedenen Rechtsschulen der sunnitischen Muslime und in der Schia nicht gleich sind, gibt es unterschiedliche Auffassungen und Auslegungen.

Schia (kurz für Schiat ʿAli = Partei ʿAlis)   islamische Glaubensrichtung, deren Anhänger, die Schiiten, nur die leiblichen Nachkommen von Fatima, der Tochter des Propheten Muhammad und seiner Frau Chadidscha, und seines Vetters und Schwiegersohnes ʿAli als legitime Nachfolger des Propheten und Religionsstifters ansehen. Sie nennen diese im Gegensatz zu den Kalifen «Imame». Innerhalb der Schia gibt es verschiedene, z. T. sehr unterschiedliche Richtungen. In diesem Roman ist die in Iran herrschende Zwölferschia gemeint, für welche die Reihe der Imame mit dem zwölften, dem Mahdi, endet.

Ssir   Knapp 75 g.

Sufis   Islamische Mystiker, die eine spirituelle Vereinigung mit Gott durch die Liebe suchen und die Befolgung äußerer Regeln gering achten. Nach ihrer Auffassung hat der Koran neben der allen Leuten zugänglichen äußeren Bedeutung noch eine wichtigere innere Botschaft, die sich nur ihnen erschließt. Tabubrüche, wie Weingenuss, Tanz und Musik, gehören zu ihren Riten und interreligiöse Toleranz zu ihren Lehren. Sie sehen in der Schöpfung Gottes eine Form seiner Offenbarung, und der Mensch verdient als Krone von Gottes Schöpfung ihre Liebe. Daher wurden ihnen manchmal Homosexualität und Ketzerei vorgeworfen. Sie wurden schon früher von der orthodoxen Geistlichkeit verfolgt und werden auch in der Islamischen Republik Iran unterdrückt.

Sufi-Kloster Die Sufis zogen oft als wandernde Derwische (Bettelmönche) von einem Ort zum andern und fanden in solchen Häusern Herberge.

Suleika Die Frau des Potiphar, die sich in Joseph verliebte und ihn zu verführen versuchte. Ihr hat Goethe ein Buch aus seinem «West-östlichen Divan» gewidmet.

Sunna Islamische Glaubensrichtung, der die große Mehrheit der Muslime anhängt. Die Sunniten betrachten im Gegensatz zu den Schiiten die Kalifen (von arabisch Châlifa = Stellvertreter), die zunächst gewählt wurden, später jedoch Dynastien bildeten, als die rechtmäßigen Nachfolger des Propheten Muhammad. Bei ihnen gibt es vier verschiedene Rechtsschulen mit unterschiedlichen Traditionen und Regeln.

Tanbur Bei den Sufis beliebte, viersaitige Langhalslaute.

Tanur Ton- oder Lehmofen, an dessen heiße Innenseite Brotfladen zum Backen geklebt werden.

Târ Lautenähnliches Musikinstrument.

Tumân Währungseinheit, entspricht 10 Riâl bzw. 10 000 Schâhi, seinerzeit sehr viel Geld.

Turm des Schweigens Von den Anhängern der von Zarathustra gestifteten, vorislamischen iranischen Religion errichtete Türme, auf denen sich oben eine offene Fläche befindet. Darauf werden die menschlichen Leichname zum Verzehr durch Geier und Raubvögel ausgesetzt. Die Zoroastrier praktizieren diese «Himmelsbestattung», um die Elemente Erde, Feuer und Wasser nicht zu verunreinigen.

Vorabend des Freitags Der wöchentliche Feiertag der Muslime ist der Freitag, und er beginnt jeweils mit Anbruch der Dunkelheit am Vorabend.

Wein Da der Wein den Muslimen verboten war, mussten sie ihn von den christlichen Armeniern kaufen.

Zoroastrier Anhänger der von Zoroaster bzw. Zarathustra gestifteten vorislamischen Staatsreligion Irans.

Weitere Werke von
Amir Hassan Cheheltan bei C.H.Beck

Amir Hassan Cheheltan
Amerikaner töten in Teheran
Ein Roman über den Hass in sechs Episoden
2011. 192 Seiten

Im Juli 1924 besucht das amerikanische Ehepaar Robert und Kathrine Imbrie Teheran, ohne jede Vorkenntnis, der Mann will Fotos bei einer schiitischen Massenzeremonie machen, außerdem einen Hund retten und kommt bei der anschließenden Pöbelei ums Leben. 1953 gelingt es der CIA und dem britischen Geheimdienst, ein subversives Netz unter den Gegnern des demokratisch gewählten persischen Premiers Mossadegh zu knüpfen, und die legitime Regierung wird gestürzt. Es folgen die Schreckensherrschaft des Schahs und anschließend die der Ayatollahs. 1978 kommt ein Großneffe Robert Imbries nach Teheran, um dem gewaltsamen Tod seines Onkels nachzugehen, er hat eine heftige Affäre mit der Iranerin Mina, beide kommen bei einem Anschlag auf ein Restaurant ums Leben, das Amerikanern als Treffpunkt diente. 1988 wird Resa, ein Widerstandskämpfer sowohl gegen das Schah-Regime, der ein Attentat auf einen amerikanischen Militärattaché verübt hat, als auch gegen die Herrschaft der Mullahs und der Zwillingsbruder Minas, bei den Massenhinrichtungen des Regimes getötet. Die Gewalt hält an.

In dicht verwobenen und atmosphärisch und spannend geschriebenen Episoden und aus wechselnden Perspektiven erzählt Amir Hassan Cheheltan von den Träumen und Traumata eines Landes, das auf einen äußeren Feind und die Rettung von außen fixiert geblieben ist, nachdem es einst seiner historischen Chance beraubt wurde. Einfühlsam und kenntnisreich, zwischen Ironie, Härte und Wehmut schwebend, ist dieser Roman zugleich ein Porträt Teherans, einer der Mega-Citys, in denen sich die Zukunft entscheiden wird.

Verlag C.H.Beck München

Amir Hassan Cheheltan
Teheran, Stadt ohne Himmel
Eine Chronologie von Albtraum und Tod
4. Auflage 2018. 224 Seiten

Keramat sieht gut aus, ist mutig und brutal. Mit zehn läuft er von zu Hause weg, geht nach Teheran und schlägt sich durch. Am Vorabend der islamischen Revolution schließt er sich einer Gang an, die Bordelle betreibt und gegen unliebsame politische Versammlungen vorgeht. Aus dem Krieg zwischen dem Iran und dem Irak schlägt er Kapital, indem er einen Schwarzhandel mit Medikamenten und Lebensmitteln organisiert. Als Dank für die Zerschlagung oppositioneller Gruppen erhält Keramat nach der Revolution den Posten des Direktors in einem berüchtigten Gefängnis für politische Gefangene.

Mit Keramt macht Amir Hassan Cheheltan eine ambivalente Figur zum Helden seines Buches. In ihr kristallisieren sich die Widersprüche des heutigen Iran, von denen der Autor in einer poetischen und bestrickenden Sprache zu erzählen weiß.

Verlag C.H.Beck München